八閩文庫

八閩文庫

要籍選刊

60

文選旁證

下

[清]梁章鉅 撰

穆克宏 點校

海峽出版發行集團
THE STRAITS PUBLISHING & DISTRIBUTING GROUP
福建人民出版社

文選旁證卷第三十一

文選卷三十七下

羊叔子

讓開府表

臣祜言：臣昨出　六臣本無「出」字。《晉書·羊祜傳》無「昨出」二字。

注昨出，爲沐浴而出在外　張氏雲璈曰：謂休沐也，《初學記》：漢律，吏得五日一休沐，言休息洗沐也。

每極顯重之地，常以智力不可彊進　又夙夜戰慄　《晉書》「地」作「任」，「彊」作「頓」，「慄」作「悚」。

德未爲衆所服　又功未爲衆所歸　《晉書》「衆」并作「人」。

誠在過寵　六臣本「誠」作「誠」，尤本「過寵」作「寵過」，皆誤。

而猥超然降發中之詔　《晉書》無「超然」二字。

以身誤陛下，辱高位，傾覆亦尋而至。願復守先人敝廬〔一〕　《晉書》無「以」「誤陛下」四字，又無「亦」字、「而」字、「復」字。六臣本校云五臣「人」下有「之」字。

大臣之節，不可則止　孫氏志祖曰：注引周任云云，當改引「所謂大臣者」云云。

臣雖小人　六臣本校云「小人」五臣作「輕小」。

然臣等不能推有德　何校去「等」字，據《晉書》也，各本皆衍。

有遺德於版築之下，有隱才於屠釣之間，而令朝議用臣　六臣本無兩「於」字、「令」字、「議」字。《晉書》無「令」字。

且臣忝竊雖久　又**臣所見雖狹**　《晉書》上句無「且」字，下句作「且臣雖所見者狹」。

據今光禄大夫　六臣本、毛本并無「今」字。

李喜秉節高亮，正身在朝　《晉書》「喜」作「憙」，「秉」作「執」，「正身在朝」作「在公正色」。按喜、憙古字通。

莅政弘簡，在公正色　《晉書》作「清亮簡素，立身在朝」。

皆服事華髮　六臣本校云「服」五臣作「伏」。

注**領職曰服事**　又**謂公家之事也**　何校「領」改「頒」、「謂」下添「爲」字、「也」改「者」，各本皆有脱誤。尤本「之」誤「服」，又脱「也」字。

雖歷内外之寵　《晉書》「歷」下有「位」字。

今道路未通 六臣本校云五臣「通」作「清」。《晉書》「未」作「行」。

臣不勝憂懼 至 **以奪** 《晉書》作「匹夫之志，有不可奪」八字。

校記

〔一〕守先人敝廬 陳八郎、秀州、明州、袁本「敝」字，贛州、建州、尤本、元槧本、毛本、胡本作「弊」。

李令伯 陳情表

《陳情表》 尤本「情」下有「事」字。

注 **密一名虔** 蕭氏《續後漢書》亦云一名虔。按《華陽國志》作「宓」〔二〕又作「虙」，「虔」字當是「虙」字之誤。

躬親撫養 「親」當作「見」。六臣本作「親」，校云善作「見」。《三國·蜀志·楊戲傳》注及《晉書·孝友·李密傳》皆作「見」。

臣少多疾病 六臣本校云善無「少」字。

煢煢獨立 注 **一作孑** 六臣本校云「獨」五臣作「煢」。《蜀志注》《晉書》皆作「孑」，此尤本「一作孑」三字即校語錯入注中也。

而劉夙嬰疾病　《蜀志注》《晉書》「夙」皆作「早」。

辭不赴命。詔書特下　六臣本「命」作「會」。《蜀志注》《晉書》皆作「命」。又《晉書》「詔書」作「明詔」。

則劉病日篤　六臣本「則」下有「以」字。

欲苟順私情　《蜀志注》《晉書》皆無「欲」字。《晉書》「順」作「徇」。

猶蒙矜育　《蜀志注》「育」作「愍」，《晉書》作「卹」。

特爲尤甚　《晉書》作「尫羸之極」。

且臣少仕僞朝　《丹鉛總録》云：嘗見佛書引此作「荒朝」，蓋密之初文也；「僞朝」字蓋晉改之以入史。孫氏志祖曰：「荒朝」亦不可解，且所云佛書不知何書，姑識於此。

寵命優渥　《晉書》「優渥」作「殊私」。

是以區區不能廢遠　《晉書》作「是以私情區區，不敢棄遠」。《蜀志注》「能」亦作「敢」。

臣密今年　《蜀志注》無「密」字。

報劉之日短也　六臣本校云「報」下更有「養」字，元槧本亦有「養」字，《蜀志注》《晉書》皆作「報養」，《晉書》「報」上更有「而」字。何氏良俊《語林》四云：「李令伯嘗聘吳，吳主與群臣汎論道義，因言甯爲人弟，令伯曰願爲人兄，吳主問何願爲兄，令伯曰爲兄供養之日長也。」〔二〕觀此知令伯天性純孝，言談間亦自然流露。

願乞終養　翁先生曰：《晉書》取密之此節列于《孝友傳》可也，郝經《續後漢書》乃置之《高士傳》，豈不知其始事漢、終事晉，而竟以其乞養不出爲高耶？

注　**葛龔《喪伯父還傳記》曰**　葛龔見《後漢書·文苑傳》，不載喪伯父事，此不知所引，或有誤脱。

非獨蜀之人士及二州牧伯所見明知，皇天后土，實所共鑒　《蜀志注》「獨」作「徒」。《晉書》作「但」，「所見」作「之所」，「共鑒」作「鑒見」。銑注：二州謂梁州、益州也，牧伯謂榮、逵也。

聽臣微志　《蜀志注》「志」作「言」，引《華陽國志》：武帝覽表曰「密不空有名也」，嘉其誠欵，賜奴婢二人，下郡縣供養其祖母奉膳。

注　**《禮記》曰：子曰：小人行險以僥倖。僥與徼同**　今《禮記》及今《中庸》「僥」皆作「徼」。《五經文字》云：徼，古弔反，又古堯反，要也，經典及《釋文》皆別作「儌」。

校記

〔一〕華陽國志作宓　「國」原誤作「縣」，《三國志旁證》卷二五引此條不誤。

〔二〕何氏良俊語林四云云　何氏引自《三國志·楊戲傳》注。

謝平原内史表

陸士衡

注　**到官上表**　六臣本「表」下有「謝恩」二字，元槧本同。

注 **時成都攝政，故稱版詔**　案《後漢書·陳蕃傳》「尺一選舉」注「尺一謂版長尺一，以寫詔書也」，《魏志·吕布傳》注「初天子在河東，有手筆版書召布來迎」，是版詔即天子之詔。其所謂版官者，《魏書·邢巒傳》謂之版宦。大約持節都督諸軍事者皆得便宜授官，亦不儘諸王也。

臣機頓首頓首，死罪死罪　六臣本此十字作「中謝」二字。

臣本吴人，出自敵國　六臣本無「吴人」二字。

注 **群萃而同處**　胡公《考異》曰：「同」當作「州」，各本皆誤。

官成兩宫　何曰：官，一作宦。

注 **駿議，徵爲太子洗馬**　「議」當作「誅」，尤本不誤。

遭國顛沛，無節可紀　良注：遭國顛沛，謂趙王倫篡位，遷帝金墉；無節，謂不能見危授命。

共作禪文　余曰：《陸機傳》：趙王倫將篡位，以爲中書郎，倫之誅也，齊王冏以機職在中書，九錫文及禪詔疑機與焉，遂收機等九人付廷尉，賴成都王穎、吴王晏并救理，得減死徙邊，遇赦而止。

注 **王隱《晉書》曰：袁瑜**　六臣本「袁」作「爰」。胡公《考異》曰：作「爰」爲是，爰姓見《廣韻》，似正文當善「爰」五臣「袁」也。案《史記》「袁盎」，《漢書》作「爰盎」，是袁、爰通。又案六臣本自此至「道淵」共爲一節，在後「曹武」下，然則「馮熊字文羆」「顧榮字彦先」二句亦王隱《晉書》語，割裂者非。〔一〕

陰蒙避迴，崎嶇自列　六臣本校云「崎」善作「岐」。濟注：「陰蒙避迴，詐發妹喪，不預倫事。崎嶇，傾側也。自列謂自分雪。」

重蒙陛下　注**謂成都也**　何曰：此表自上惠帝，非成都也，觀表首「陪臣」可見。士衡從成都在鄴下，魏郡太守治鄴，詔書下魏守，守復遣丞授耳。以表末「便道之官」等語證之，其義尤明。

而不能不恨恨者　五臣「恨恨」作「悢悢」。銑注：悢悢，悲也。

注**《左傳》曰：斐豹**　毛本「斐」作「婓」。何校作「奜」字，從《廣韻》。然今本《左傳》作「斐」，恐《廣韻》未可全信也。

注**攜手逐秦**　陳校「逐」改「遯」，各本皆誤。

校記

〔一〕胡公案史記又案六臣本云云　「史記」爲梁案，「六臣本」爲胡案，二句當互乙。

劉越石　勸進表

注**閔帝年號**　何校「閔」改「愍」，陳同，各本皆誤。

領護軍　六臣本無「軍」字。

冀州刺史、左賢王、渤海公臣磾　六臣本「磾」上有「匹」字，是也。《晉書·元帝紀》「冀」作「幽」。

王氏鳴盛曰：匹磾本傳先言「領幽州刺史，劉琨自并州依之」，又言「自務勿塵以後，值晉喪亂，自稱位號，據有遼西之地，西盡幽州，東界遼水」，則此自是幽州，非冀州也。錢氏大昕曰：《匹磾傳》不言封渤海公。

上書　六臣本「上」下有「尚」字。

注**授圖于黎元**　六臣本「于」作「子」，是也。

知黎元不可以無主　《晉書》「黎元」作「蒸黎」。

注**武王曰：至于大王，肇基王迹**　《今考定武成》無「武王曰」字。

注**三世，謂景、宣、文**　「世」當作「葉」。六臣本「景宣」作「宣景」，是也。

卜年過於周氏　又**艱禍繁興**　《晉書》「年」作「世」，「禍」作「難」。六臣本作「禍難」〔一〕。

有若綴旒　注《**公羊傳**》**曰：君若贅旒然。贅，猶綴也**　案《詩·長發》「爲下國綴旒」，傳箋「綴，表也；旒，旌旗之垂者也」〔二〕。是本作「綴」字，惟與《公羊傳》異義。

百辟輔其治　《晉書》「治」作「政」。

注**劉載使劉曜**　陳校「載」改「聰」，各本皆誤。

注**太尉應劭等議**　陳校「尉」下添「掾」字，各本皆脱。

臣等奉表使還，仍承西朝　《晉書》無「等」字，「仍」作「乃」。

含氣之類　六臣本校云五臣「氣」作「血」，《晉書》亦作「血」。

況臣等荷寵三世　注**三世，謂邁至琨也**　張氏鳳翼曰：三世謂承前三帝之恩，舊注謂琨、祖、父，恐遺匹磾，觀「等」字可見。

承問震惶　又**且悲且惋**　六臣本校云五臣「惶」作「遑」，誤也。《晉書》「承」作「聞」，「悲」作「驚」。

舉哀朔垂　六臣本校云五臣「舉」作「興」，誤也。

天命未改　《晉書》「未」作「無」。

齊有無知之禍　六臣本「齊」上有「是以」二字，《晉書》亦有。

主諸侯之盟　六臣本作「以主諸侯」。《晉書》作「以主諸侯之盟」。

應命代之期　六臣本校云五臣「代」作「世」，《晉書》亦作「世」。

夫符瑞之表　六臣本校云五臣無「夫」字，《晉書》亦無。

自京畿隕喪　六臣本校云五臣「隕」作「殞」，誤也。

撫寧江左　《晉書》「寧」作「征」。

抗明威以攝不類，仗大順以肅宇內　五臣「攝」作「懾」。翰注：懾，服也。《晉書》「仗」作「杖」，「肅」作「號」。

宣王之興　又無不吟詠徽猷　《晉書》「之」作「中」，「詠」作「諷」。

注**舜讓避丹朱於南河之南**　今《孟子》無「讓」字，「丹朱」作「堯之子」。《尚書·舜典》正義引亦作「舜避丹朱於南河之南」。

注**西蜀父老曰**　「西」當作「難」，各本皆誤。

不謀而同辭者　《晉書》無「而」字。

敢考天地之心　六臣本校云五臣無「敢」字，誤也。

昧死以上尊號　《晉書》無「以」字。

狹巢由抗矯之節　《晉書》「巢由」作「由巢」。

以上慰宗廟乃顧之懷，下以釋普天傾首之望　《晉書》無兩「以」字，「望」作「勤」。六臣本校云「普」善作「溥」。

注**《公羊傳》曰：緣臣之心**　何校「傳」下添「注」字，「臣」下添「子」字。

方今鍾百王之季　《晉書》「鍾」作「踵」。

當陽九之會　《容齋續筆》云「史稱百六陽九爲厄會，以曆志考之，其名有八：初入元百六曰陽九，次曰陰九，又有陰七陽七、陰五陽五、陰三陽三，皆謂之災歲。大率經歲四千五百六十，而災歲五十七。以數計之，每及八十歲則值其一。今人但知陽九之厄」云。案《漢書·志》注「一元之中有五陽四陰，陽旱陰水，九七五三皆陽數也，故曰陽九之㐫」〔三〕，觀孟康注甚明，容齋「其名有八」云云與正文及注無一合者，余仲林亦沿之而誤。

注 **民服其上，下無覬覦** 何校「服」下添「事」字，「上」下添「而」字。

齊人波蕩 又 **安可以廢而不恤哉** 六臣本校云五臣「人」作「民」。《晉書》「齊民」作「黎元」，無「以」字。

注 **久無繫嗣** 余校「繫」改「繼」，尤本不誤。

昔惠公 又 **群臣輯穆** 《晉書》「昔」下有「者」字，「穆」作「睦」。

深謀遠慮 又 **各忝守方任，職在遐外** 又 **共觀盛禮** 《晉書》「慮」作「猷」，無「各」字，「守」作「于」，「職」作「久」，「共觀」作「共覩」。

兼左長史右司馬臣温嶠、主簿臣辟閭訓 又 **輕車將軍** 六臣本校云：五臣無「兼」字，「温」上無「臣」字，「辟」作「薛」，「軍」下有「事」字。

注 **王隱《晉書》曰：温嶠，字泰真** 《晉書》「泰」作「太」。按《世說新語》等書亦多作「太」者。

校記

〔一〕六臣本作禍難 「作」上原衍「亦」字，係稿本誤增，上句《晉書》「禍作難」而非「作禍難」。

〔二〕傳箋綴表也旒旌旗之垂者也 「傳箋」稿本原作「毛、箋」後改「毛傳」，茲據《詩·商頌·長發》正，所引「綴」爲毛傳，「旒」爲鄭箋。

〔三〕案漢書志注云云　「注」據《漢書》補，所引乃《律曆志》孟康注。

文選卷三十八

張士然　**爲吴令謝詢求爲諸孫置守冢人表**

注　**孫盛《晉陽春秋》曰**　尤本無「春」字。余曰「春」字應删，下同。按孫盛《晉陽秋》蓋避簡文宣太后諱阿春，取春夏爲陽之義，改「春」爲「陽」。《舊唐書·經籍志》亦誤作《晉陽春秋》。

成湯革夏而封杞　《大戴禮·少閒》篇云「成湯放移夏桀，遷姒姓於杞」與此合，《史記》《漢書》述酈生之言亦同。惟《禮記·樂記》、《史記·周本紀》《杞世家》俱言武王封杞者，蓋武王因其舊封重命之耳，《漢書·梅福傳》所謂「紹夏於杞」也。〔一〕

注　**《尚書》曰：乃爾先祖成湯革夏駿命**　今《書·多士》篇「乃」下有「命」字，「駿命」作「俊民」、連下「甸四方」爲句。按俊與駿通，民、命音同，如此注所引以「駿命」二字屬上讀，似較《孔傳》所釋語意爲順。但正義、釋文兩本相合，不知李氏所見何以獨有此異也。

武王入殷而建宋　《史記》殷周二紀及魯宋管蔡世家、自叙傳并以微子封宋爲成王事，蓋沿《書》序之説，然《書》序云「成王既黜殷命，殺武庚，命微子啓代殷後」，此謂命代殷後爲上公，非謂成王始封微子於宋也。《禮記·樂記》、《韓詩外傳》三并言「武王下車，投殷之後於宋」，《荀子·成相》篇、《潛夫論·氏姓》篇、《漢書·梅福傳》并同。此注所引《吕氏春秋》今在《慎大》篇，云「武王下轝，命立成湯之後於宋，以奉桑林」，而《誠廉》篇又載「武王使召公盟，微子曰：世爲長侯，守殷常祀，相奉桑林，宜私孟豬」，據此益知微子初封爲侯爵，至成王時始命爲上公耳。〔二〕

故三王敦繼絶之德 五臣「王」作「代」，濟注可證。

一時並祀 又**洋洋之義** 六臣本「並」作「普」、「義」作「美」。

濟神器於甄井 注**甄，音真** 葉氏樹藩曰：《説文》「甄，居延切」，善注「音真」誤。陳曰：「惟甄、堅音叶，故孫堅以甄井神器爲受命之符，是三國以前甄皆音堅，後爲吴諱故轉而音真；而江氏永《古韻標準》以堅字作居因切，古音與肩、豜音異，故《詩》『敦弓既堅』與鈞、均、賢同韻。則『甄音真』是也。《廣韻》：甄，姓也，側鄰切。」

園陵殘於薪采 何曰：《吴主傳》：太元元年〔三〕秋八月，大風，吴高陵松柏斯拔。

故舉勞則方輪先代 向注：言論功勞，則當效力於漢。

從坐則異世已輕 向注：若緣孫皓之坐，則是遠祖應輕。

校記

〔一〕大戴禮少間篇云云　本段摘自梁玉繩《吕子校補》卷二，唯變换句序。

〔二〕史記殷周二紀云云　本段摘自梁玉繩《史記志疑·殷本紀》，唯顛倒「然」字上下文。
〔三〕太元元年　「太」原作「大」，據《三國志·吴主傳》改。

庾元規　讓中書令表

臣亮言　六臣本校云五臣無。

少無檢操　又**爰客逃難**　《晉書·庾亮傳》「檢」作「殊」，「客」作「容」。

注**中州爲洛陽**　陳校「爲」改「謂」，是也，各本皆誤。

注**《論語》：季康子以就有道**　此是節引而割裂太甚。

不悟徼時之福　又**乘異常之顧**　六臣本「徼」作「邀」，古字通；「乘」作「垂」，是也，《晉書》亦作「垂」。

既眷同國士，又中之婚姻　又**沐浴玄風**　六臣本校云五臣無「既」字，誤也。《晉書》「之」作「以」，「玄」作「芳」。

頻繁省闥　《晉書》「繁」作「煩」，古字通。良注：頻，數也；繁，多也。按《晉書》亮累遷給事中、黄門侍郎、散騎常侍，所謂「頻繁省闥」也。林先生曰：《蜀志·費禕傳》「頻繁至吴」，《晉書·刑法志》「使問頻繁」，《山濤傳》「手詔頻繁」，是當時習用之語。

無勞被遇 又**陛下踐祚** 《晉書》「被」作「受」，「祚」作「阼」。

康哉之歌，實在至公 六臣本校云五臣「歌」作「美」、「在」作「存」。《晉書》亦作「存」，「存」下有「於」字。

實與骨肉中表不同 又**皆私其姻者也** 又**則謂天下無公矣** 《晉書》「與」上無「實」字，「則」下無「謂」字，又無「者也」二字。

東京六姓 何曰：注以章德竇后、和熹鄧后、安思閻后、順烈梁后、桓思竇后、靈思何后，按六姓當并馬后言之，章德、桓思本一姓也，馬光亦自殺。

注 **桓思竇后、順烈梁后** 何校乙「順烈梁后」於「桓思竇后」上，是也，各本皆誤。

皆非姻黨 又**輕也薄也** 又**勢連四時** 《晉書》「黨」作「族」，注云一無「薄也」二字，「勢連」作「連勢」。

財居權寵 又**事有不允** 「財」讀作「纔」。濟注：財，淺也，淺居權寵之地。《晉書》「財」作「或」，「有」作「猶」。

直由婚媾之私 《晉書》無「直」字，「婚」作「姻」。

故率其所嫌而嫌之於國 《晉書》無此十字。

是以疏附則信 《詩》「予曰有疏附」，注謂「率下親上曰疏附」也。

則禍成重闥之内矣　《晉書》「成」下有「於」字，「闥」作「闈」。

可爲寒心者也　六臣本校云「爲」善作「謂」，《晉書》亦作「謂」，皆誤。

冒親以求一才之用，未若妨嫌以明公道　《晉書》「才」作「寸」，「公道」作「至公」。

而使内處心膂　六臣本校云「處」善作「劇」。案《晉書》作「處」，恐李與《晉書》未必同也。

注**《尚書》：穆王曰：今命汝作朕股肱心膂**　此《君牙》篇之文，今《書》作「今命爾予翼〔一〕，作股肱心膂」，注蓋約舉其詞，故「尚書」下無「曰」字，未必有異本也。

注**《孝經》曰：君子之教以孝，非家至而日見之。鄭玄曰：非門到户至而見之**　今本《孝經》「孝」字下有「也」字，鄭玄曰云云即鄭注，唐玄宗注云「言教不必家到户至、日見而語之，但行孝於内，其化自流於外」者即取鄭説，注疏序所云「明皇於先儒注中芟去煩亂，撮其義理允當者用之」是已。而錢氏侗重刻日本《孝經》鄭注竟無「非門到户至而見之」八字，反有「但行孝於内流化於外也」十字，殊不可解，此海舶本所爲可疑也。

夫富貴寵榮　《晉書》「寵榮」作「榮寵」。

實仰覽殷鑒　六臣本校云五臣無「實」字。

憂惶屏營　五臣「惶」作「懼」，翰注可證。

不知所厝　《晉書》「厝」作「措」。

以臣今地至**以待刑書**　《晉書》無此二十九字。

察臣之愚，則雖死之日　五臣「愚」下有「誠」字，向注可證。《晉書》無「誠」字，「則」下有「臣」字。

校記

〔一〕今命爾予翼　「予」原在「今」下，據《尚書·周書·君牙》改。

桓元子

薦譙元彥表

注**性清**　六臣本「清」作「静」，是也。

臣聞太朴既虧　五臣「太」作「大」，良注可證。《三國·蜀志·譙周傳》注亦作「大」。

以敦在三之節　洪氏《隸釋》云：「《楊震碑》：緣在三義一。《楊統碑》：追在三之分。」蓋魏晉以前語如是。

是故上代之君　六臣本「故」作「以」，《蜀志注》亦作「以」。

斯有識之所悼心　六臣本校云五臣無「斯」字，誤也。

庶武羅　何曰「庶」字《晉陽秋》作「廉」。按今《蜀志注》引《晉陽秋》仍作「庶」，蓋何所據非今本，故不同也。

抱德肥遯　《晉書·隱逸·譙秀傳》云：秀少而静默，不交於世，知天下將亂，預絶人事，雖内外宗親不與相見，郡察孝廉、州舉秀才皆不就。

姦威仍逼　毛本「仍」作「相」，恐誤。六臣本及《蜀志注》并作「仍」也。

注 **太子師及祭酒印綬**　陳校「及」改「友」，各本皆誤。

雖園綺之棲商洛　六臣本校云五臣「園」作「袁」。案皇甫謐《高士傳》「東園公」姓轅名秉字宣明〔一〕，《東觀餘論》「園」作「圈」，《匡謬正俗》有「圈稱《陳留風俗傳》自序：圈公之後爲秦博士〔二〕，避地南山，惠帝以爲司徒」，今得漢石刻有云圈公神座、綺里季神座，姓字書多以圈爲園公之後也，是「園」作「轅」作「圈」皆通。姜氏皋曰：《兩漢博聞》引師古注曰「四皓稱號本起於此，更無姓名可稱。蓋隱居之人匿蹟遠害，不自標顯，祕其氏族，故史傳無得而詳。至於皇甫謐、圈稱之徒及諸地理書說，竟爲四人安姓氏，自相錯互，語又不經，班氏不載於書，諸家皆臆說，今并棄略，一無取焉」，明監本《漢書》已不載此注，當是宋時楊大雅所見本。

豺豕當路　《蜀志注》「豕」作「狼」。

若秀蒙蒲帛之徵　《晉書》云：朝廷以秀年在篤老，兼道遠，故不徵，遣使敕所在四時存問。

九服知化矣　六臣本校云五臣「矣」作「也」。

校記

〔一〕案皇甫謐高士傳云云　此下至「姜氏皋曰」上摘自方以智《通雅》卷二十。然《高士傳》未載四皓名字，《陶淵明集・集聖賢群輔録》注云「園公姓園名秉字宣明，見《陳留志》」，《野客叢書》云「陳仲子字子終，見《高士傳》」。商山四皓園公姓園名秉字宣明，見《陳留志》」，疑方氏誤讀「高士傳」入下句。「皇甫謐高士傳」當作「陳留志」。

〔二一〕自序圈公之後爲秦博士　「之後」衍。《匡謬正俗》「之後」下尚有「圈公」二字，乃圈稱自稱圈公之後、圈公爲秦博士，《通雅》混之。

殷仲文

解尚書表

注 **檀道鸞《晉陽秋》曰**　何校「晉」上添「續」字，陳同，各本皆脱。

莫以自保　又 **於臣實所敢喻**　《晉書・殷仲文傳》「莫」作「無」，「實」下有「非」字，「喻」作「譬」。按《晉書》是也，此傳寫誤脱耳。

誠復驅迫者衆　五臣「迫」作「逼」，濟注可證。《晉書》亦作「逼」。

至於愚臣　又 **忘身殉國**　注 **見利思義**　《晉書》「於愚」作「如微」，「忘」作「亡」。六臣本校云五臣「忘」作「以」。何校「利」改「得」。

注 **子曰：見危授命，見利思義**　今《論語》作子張語。

錫文纂事，曾無獨固　《晉書》：「桓玄將爲亂，使總領詔命，以爲侍中，領左衛將軍。玄九錫，仲文之辭也。」

鎮軍臣裕　《晉書》作「會鎮軍將軍劉裕」。

佇一戮於微命　五臣「佇」作「抒」。良注：抒，洩也。《晉書》作「佇」。按「佇」當作「紓」。

復引之以縶維　又**唯力是視**　《晉書》引作「申無唯力」四字。

自同全人　五臣「全」作「令」，向注可證。《晉書》亦作「令」。何曰「全」誤「令」，是也，「全」字李注有明文。

臣亦胡顏之厚　注**《尚書》曰：予心顏厚有忸怩**　姜氏皋曰：本書曹子建《上責躬應詔詩表》〔一〕有「則犯詩人胡顏之譏」，李注引《毛詩》「何顏而不速死也」，《困學紀聞》云《詩》無此句：今注此則引《書》但釋「顏厚」也，惟今讀「予心」二字連上句耳。

違謝闕庭，乃心愧戀　《晉書》「謝」作「離」，「愧」作「慕」。

校記

〔一〕曹子建上責躬應詔詩表　「上」據《文選》補。

傅季友　**爲宋公至洛陽謁五陵表**

注**其界本西得梁州之地**　胡公《考異》曰：「梁」當作「雍」，《晉書·地理志》司州「其界西得雍州之京兆、馮翊、扶風三郡」可證。

爲宋公求加贈劉前軍表

王教爲先　六臣本校云五臣「教」作「化」，誤也，《宋書》《南史》劉穆之傳皆作「教」。

故司勳秉策在勤必記　《南史》「秉」作「執」。《宋書》「記」作「書」。

故尚書左僕射、前軍將軍臣穆之　六臣本校云五臣無「將軍」二字、「臣」下有「劉」字，誤也。《宋書》皆與此同。《南史》「前」下無「軍」字。

内竭謀猷　《宋書》「竭」作「端」。

注**密勿，僶勉也**　《漢書·劉向傳》引《詩·十月之交》「黽勉從事」亦作「密勿」。姜氏皋曰：後世「密勿」作「秘密」解，胡氏鳴玉《訂譌雜録》以爲始於柳子厚《祭楊郎中文》「密勿之謀，唯道是履」、《祭崔使君文》「密勿書奏，元侯是俞」，是也。

敷讚百揆，翼新大猷　《宋書》此兩句上下互乙，「大猷」作「王化」。

撫寧之勳，實洽朝野，識量局致，棟幹之器也　《宋書》「寧」作「寄」，無「識量」以下九字。何曰：《表》與《宋書》本傳所載異同頗多，陳少章以爲此據季友本集，按《隋志》「《傅亮集》三十一卷」久已無傳，不知是否也。

方宣讚盛化　又**志績未究**　《宋書》「化」作「猷」。《南史》「志」作「忠」。

榮哀既備，寵靈已泰　《宋書》「既」作「兼」，「泰」作「厚」。

内難亦荐　又**靡有寧歲，臣以寡劣**　《宋書》「亦荐」作「彌結」，「有寧歲」作「歲暫寧」，「臣」上有「豈」字。

注**公之北伐也，徐道覆乃有窺闚之志，勸盧循承虚而下，循從之**　《南史·宋武紀》云：初帝之北也，徐道覆勸盧循乘虚而出，循不從，道覆乃至番禺説循曰「今日之機萬不可失，若剋京師，劉公雖還無能爲也」，循從之。

實賴穆之匡翼之勳　又**忠規密謨**　《宋書》「勳」作「益」，「密謨」作「遠畫」。

潛慮帷幕　《宋書》云：穆之入輔，常居幕中畫策，劉毅等疾之，每從容言其權重，帝愈信仗之。

事隔於皇朝、功隱於視聽者，不可勝記　《宋書》「功隱於視聽」五字在「事隔於皇朝」前，無「者」字。六臣本「記」作「紀」。《宋書》「勝」作「稱」。

遂克有成　《宋書》「遂克」作「克遂」。

未有寧濟其事者矣　六臣本校云五臣無「矣」字，誤也。

每議及封爵　又**茅土弗及，撫事永念**　《宋書》「爵」作「賞」，「茅土弗及」作「未沾茅社」，「念」作「傷」。

俾忠貞之烈，不泯於身後，大賚所及，永秩於善人　《宋書》「大賚」下九字在「忠貞」九字前，「貞」作「正」。《南史》「秩」作「旌」。

臣契闊屯夷。旋觀終始　又**義深情感**　《宋書》「夷」作「泰」，「終始」作「始終」，「感」作「密」。

爲齊明帝讓宣城郡公第一表

任彥昇

爲齊明帝　六臣本「明」下有「皇」字，「帝」下有「作相」二字。

任彥昇　《梁書·任昉傳》：齊明帝既廢，鬱林王始封宣城郡公，使昉具表草，帝惡其亂斥，甚愠，昉由是終建武中位不過列校。

臣鸞言：被臺司召　六臣本校云五臣「鸞」作「公」，無「司」字。顧氏炎武曰：任昉《爲齊明宗表》稱「臣公言」，《爲蕭揚州表》稱「臣王言」，表辭本合稱名，而改公、王，其亦臣子之辭也。按以篇末「臣諱」證之，「鸞」字當是後人所加。

揚州刺史　六臣本校云五臣「刺」作「長」，誤也。

食邑三千户　《南史·齊明紀》無此文。

注**道生，即太祖之弟也**　陳校「弟」改「兄」，是也，《南齊書》本傳可證，各本皆脱。

世祖武帝　六臣本「武」下有「皇」字，《梁書》亦有。

偶識量己　五臣「偶」作「偏」，翰注可證。《梁書》作「偶」。

王室不造　《梁書》「不造」作「之亂」。

注**封博陸侯**　「封」下當有「霍光爲」三字。

注**郤超假還東**　何校「郤」改「郗」，陳同，各本皆誤。

注**孫盛《晉陽春秋》曰**　「春」字衍，説見《爲吴令謝詢表》。

將何以肅拜高寢、虔奉武園　林先生曰：高帝葬太平陵，武帝葬永安陵。

驃騎上將之元勳　注**位在三公上**　余曰：按《漢書·百官表》《霍去病傳》俱不言驃騎位在三公上。《續漢志》云「明帝以東平王蒼爲驃騎將軍，以王故，位在公上」，非驃騎本在公上也。《東觀漢記》云「驃騎將軍位次公」，蔡質《漢官儀》、沈約《宋志》并云位次丞相。遍檢諸書，知善注誤引，非《漢書》古今本異也。

注**黷慢朝經也**　「朝經」二字不當有，各本皆衍。

鉅平之懇誠必固　六臣本「必」作「彌」。

注**則盡君道**　又**則盡臣道**　尤本無兩「則」字。

臣諱誠惶誠恐　六臣本無此六字。

爲范尚書讓吏部封侯第一表

封霄城縣 六臣本校云五臣「霄」作「宵」，誤也，《梁書·范雲傳》可證。余曰：《南齊州郡志》郢州竟陵郡有霄城縣。

臣雲頓首頓首，死罪死罪 六臣本無此十字，有「臣雲中謝」四字。下文「豈待明經」下同。

注 **聖人之治天下，使菽粟如水火** 今《孟子》「人」下無「之」字，「使」下有「有」字。

赭衣爲虜 余曰：《南史·范雲傳》：「遷廣州刺史。時江祏姨弟徐藝爲曲江令，深以託雲。有譚儼者，縣之豪族，藝鞭之。儼以爲恥，至都訴雲，雲坐徵還下獄，會赦免。」案《梁書·范雲傳》同此。

亂離斯瘼 注《毛詩》曰：**亂離瘼矣** 陳曰：「瘼」當作「莫」，注同，「毛詩」當作「韓詩」，「瘼矣」當作「斯莫」，潘安仁《關中詩》注可證。

悵望鍾阜 注**蔡邕《詩序》曰：暮宿河南悵望。許慎曰：鍾山北陸，無日之地** 陳曰：鍾阜謂建康之鍾山也，注誤引許叔重語。按六臣本注作「悵望鍾阜，已見上文」八字，謂已見沈休文《鍾山詩》題下，此本復出又誤增多，皆沿六臣別本之誤，當訂正。汪氏師韓亦誤認爲李注，其實非也。

列宅舊豐 五臣「豐」作「酆」，良注可證。案《漢書·地理志》沛郡下有豐縣，京兆下有新豐縣，應劭曰：「太上皇思東歸，於是高祖改築城市街里以象豐，徙豐民以實之，故號新豐也。」此文舊豐正指沛郡之豐，作酆恐非。且李注自引《漢書·盧綰傳》也。

南陽大人賢者　注陳校「大人」作「人與」。六臣本無「大」字，脱「與」字。

鴻都不綱　注**元和元年，置鴻都門學**　「元和」當作「光和」，各本皆誤。《後漢書·蔡邕傳》「光和元年置鴻都門學」，杭氏世駿曰：鴻都，門名，於内置學〔一〕，非太學也。

金章有盈笥之談　注**金章、盈笥，未詳**　濟注：金章，印也，趙王倫爲亂謡曰「金章滿箱，尚不可長」，言小人在位者衆。案此注未知所出，恐因下句附會，不足取也。

或四姓侍祠　何校删「或」字，各本皆衍。

注**《范氏譜》曰：汪生少連**　《元和姓纂·范·燉煌》：「狀云范汪之後。職方郎中范季明代居懷州，云自燉煌徙焉。」或即此汪生也。

所乏者時　五臣「者」作「非」。濟注：言當太平之時。

千秋之一日九遷　注**《東觀漢記》：馬援《與楊廣書》曰：車丞相，高祖園寢郎，一月九遷爲丞相**　又「日」字當爲「月」字之誤　《野客叢書》云：「考《漢書》，高寢郎田千秋訟太子寃，武帝立拜爲大鴻臚，師古注『立見而即拜之，言不移時也』，謂千秋因此一言頃刻之間自高寢郎超遷九秩至大鴻臚，非謂一日之間九次遷除也，善注似誤。又按《漢書》『千秋爲大鴻臚數月〔二〕，代屈氂爲丞相〔三〕，封富民侯』，《漢史》謂〔四〕千秋『特以一言寤意，旬月取宰相、封侯，世未嘗有〔五〕』蓋以此也。則知千秋爲相、封侯乃在鴻臚數月之後，所謂旬月者十月也，豈一月九遷爲丞相哉！」

矜臣所乞 六臣本校云五臣「矜」作「徵」，誤也。

微物知免 六臣本校云「免」善作「表」，誤也。

臣雲誠惶以下 六臣本無此六字。

校記

〔一〕杭氏世駿曰鴻都門名於内置學　此乃《後漢書·靈帝紀》章懷注，下句「非太學也」方爲杭氏語，即《石經考異》卷上「鴻都學非太學」條。

〔二〕爲大鴻臚數月　「月」原作「日」，據下文及《野客叢書》卷十五、《漢書·車千秋傳》改。

〔三〕代屈氂爲丞相　「氂」原作「釐」，據稿本及《野客叢書》卷十五、《漢書·車千秋傳》改。

〔四〕漢史謂　「史」原作「吏」，據稿本及《野客叢書》卷十五改。

〔五〕世未嘗有　「嘗」原作「常」，據《野客叢書》卷十五改。

爲蕭揚州作薦士表

爲蕭楊州作 尤本「楊」誤作「揚」，脱「作」字。

臣王言　林先生曰：蕭楊州乃昭明之叔，故隱其名，原表當作「臣遥光言」。

注**《孟子》曰：舜使禹疏九河，禹掘地而注之海**　今《孟子》無此文，當是節取「神農」「好辯」兩章句爲之。

六飛同塵，五讓高世　《梁書·王暕傳》無此八字。

五聲倦響　六臣本「五」上有「而」字，《梁書》亦有。

注**謝靈運《宋書序》曰**　何校「宋」改「晉」，陳同，各本皆誤。

秘書丞琅邪臣王暕　余曰：《南史·王暕傳》：「弱冠選尚淮南長公主，拜駙馬都尉，歷秘書丞。齊明帝詔求異士，始安王遥光薦暕，除騎從事中郎。天監中歷侍中、吏部尚書、左僕射，領國子祭酒，卒。」

字思晦　《梁書》删此三字，已在傳首也。

七葉重光　注**《晉中興書》曰：王祥弟覽，覽生導，導生洽，洽生珣，珣生曇首**　《野客叢書》云：「《晉書》覽生裁、裁生導，恐善注所引脱誤。王筠亦言『未有七葉名德重光、爵位相繼如吾門者』，筠蓋與暕再從兄弟，皆曇首曾孫，所以俱云七葉。」案五臣良注「七葉謂自王祥以下至暕父曇首」，《野客叢書》謂良不考究，是矣。

注**在貧賤，不患物不疎己**　何校「賤」下添「雖仁賢」三字。

萬夫傾望　五臣「望」作「首」，銑注可證。《梁書》亦作「首」。

豈徒荀令可想、李公不亡而已哉　余曰：《南史》：「暕年數歲，風神警拔，有成人之度。時父儉作宰相，賓客盈門，見暕曰：公才公望復在此矣。」

前晉安郡侯官令東海王僧孺　余曰：《梁書》：「魏衛將軍肅八世孫，仕齊晉安郡丞、侯官令。建武初舉士，始安王表薦，除尚書儀曹郎。」

字僧孺　《梁書·王僧孺傳》删此三字，已在傳首也。六臣本於此表亦從之删，誤矣。

理尚棲約，思致恬敏　毛本脱「思致恬敏」四字。

注　**劉璠《梁典》**至**鄒人也**　毛本脱此十二字。

注　**范曄《漢書》曰**　何校「漢」上添「後」字，陳同，各本皆脱。

集螢映雪　《梁書》「集」作「照」。

注　**檀道鸞《晉陽春秋》曰**　何校「晉」上添「續」字、去「春」字。

豈直鼮鼠有必對之辯　按鼮鼠事見《廣韻》《藝文類聚》《太平御覽》并引《竇氏家傳》云云，與李注所引《三輔決録》合。《水經·穀水注》亦云：靈臺，漢光武所築，世祖嘗宴於此臺，得鼮鼠。而《爾雅·釋獸·鼠屬》「豹文，鼮鼠」，郭注「鼠文采如豹者。漢武帝時得此鼠，孝廉郎終軍知之，賜絹百匹」云云，《玉篇》仍之，於此互異，則從郭注誤也。又按《説文·鼠部》「鼮，豹文鼠也」，則是讀「鼨鼠豹文」爲句，「鼷鼠」屬下讀，與此又異。〔二〕邵氏晉涵曰：《説文》以「豹文」上屬「鼨鼠」，考《唐書·盧若虚傳》云「時有獲異鼠者，豹首虎臆，大如拳，職方辛怡諫謂之鼮鼠，若虚曰『非也，此許慎所謂鼨鼠，豹文而形小』，一座盡驚」，是豹文之爲鼮、爲鼨，亦互存兩説也。

校記

〔一〕按鼮鼠事又按説文云云　此段摘自臧琳《經義雜記》卷二，唯變换句序。

爲褚諮議蓁讓代兄襲封表

昨被司徒符　六臣本「昨」上有「一」字，梅鼎祚《梁文紀》「昨」作「日」〔一〕。

仰稱詔旨，許臣兄賁所請，以臣襲封南康郡公　向注：「蓁，南康郡公褚淵嫡子，少出外繼，有庶兄賁襲爵。蓁既長，賁上表歸封，天子許焉。」余曰：《南齊書》：「褚淵長子賁，永明六年上表稱疾，讓封與弟蓁。七年賁卒，蓁改封巴東郡侯，明年表讓封還賁子霽。」

世載承家　六臣本作「載世以家」。

深鑒止足，脱屣千乘　《南史·褚賁傳》：賁爲侍中，領步兵校尉、左户尚書，常謝病在外，上以此望之，遂諷令辭爵，讓與弟蓁。

校記

〔一〕梁文紀昨作日　此誤，《梁文紀》卷六同六臣本作「一昨」，乃《藝文類聚》卷五一、《唐類函》

卷六二等作「一日」。

爲范始興作求立太宰碑表

故精廬妄啟　林先生曰：《困學紀聞》謂「精廬」見姜肱傳，乃講授之地，即劉淑、包咸、檀敷傳所謂精舍也，善注引王阜事，五臣謂爲寺觀，謬矣。

注 **敬敷五教在寬**　六臣本「五教」二字重。胡公《考異》曰：「重者是，《殷本紀》及《商頌》正義引《尚書》皆重。」孫氏星衍曰：「《史記·五帝本紀》不重者，後人誤删之。《後漢書·鄧禹傳》策、《質帝紀》注皆重『五教』二字，《唐石經》『五教』下疊二字尚可辨。是近本始脱也。」

述作之茂　六臣本「茂」作「義」。《南齊書·竟陵王傳》云：所著内外文筆數十卷。

亦無得而稱焉　元槧本、毛本注引《論語》作「民無德而稱焉」〔一〕，皇侃《義疏》云「生時無德而多馬，一死則聲名俱消，故民無所稱譽也」，似「得」宜作「德」，今本《論語》作「得」，尤本亦改從「得」，恐反失李注本意矣。

注 **又潘敞以仗防之**　陳校「又」改「使」，各本皆誤。

亦從班列　六臣本「列」作「例」，誤也。

故首冒嚴科　何曰「故」下疑有脱文。胡公《考異》曰：何意謂此當云故吏故民之類，未知所脱果何文耳。

致之者反蒙嘉歎　五臣「致」作「置」，銑注可證。

注尤歎其惠　《毛本》「歎」下有「美」字，「惠」作「意」，皆非。

注《修張良教》　何校「良」下添「廟」字，陳同。

注第二子恪　陳校：「子」字當重有，各本皆脱。

注顔蠋謂齊王曰　六臣本「蠋」作「觸」。案今《齊策》作「斶」。

儻驗杜預山頂之言　六臣本「山頂」作「立峴」。

校記

〔一〕民無德而稱焉　稿本此下有「是同何晏論語集解也」九字。

文選旁證卷第三十二

文選卷三十九上

李斯　上書秦始皇

《上書秦始皇》　毛本「書」字在「皇」字下，誤。

李斯　注《史記》曰：**會韓使鄭國來間秦**　此引《李斯傳》以逐客事爲因鄭國，與《始皇本紀》不同。孫氏志祖曰：逐客之議因嫪毐，不因鄭國，鄭國事在始皇初年。《大事記》云：「是時不韋專國，亦客也，孰敢言逐客乎？《本紀》載于不韋免相後，得之矣。」

臣聞吏議逐客　余曰：《新序》云：斯在逐中，道上上諫書，始皇使人追至驪邑得還。

昔穆公求士　六臣本「昔」下有「者」字。

迎蹇叔於宋　《史記·李斯傳》索隱云「於宋」未詳所出，正義引《括地志》云：蹇叔岐州人，時游宋，故迎之於宋。

來邳豹公孫支於晉　《史記》「來」作「求」恐誤，《索隱》云「公孫支，所謂子桑也，是秦大夫，而云自晉來，亦未見所出」，正義引《括地志》云：公孫支岐州人，支游晉後歸秦。

注**《左氏傳》曰：晉郤芮、丕鄭**　「芮」下當有「殺」字，各本皆脱。

此五子者　又**穆公用之**　《史記》無「子」字。六臣本「穆」上有「而」字，《史記》亦有。

并國三十　《史記》作并國二十，而《秦本紀》言益國十二，《韓子·十過》篇同，《漢書·韓安國傳》言并國十四，皆不可信。惟《史記·匈奴傳》言八國服秦，庶得其實。梁氏玉繩曰〔一〕：如《荀子·仲尼》篇言齊桓公并國三十五〔二〕，《韓子·難二》篇言晉獻公并國十七、服國三十八，《吕氏春秋·貴直》篇言晉獻公兼國十九、《直諫》篇〔三〕言楚文王兼國三十九，《説苑·正諫》篇言荆文王兼國三十，同一妄也。

注**又曰：惠文君八年，張儀復相秦，攻韓宜陽，降之。云孝王**　胡公《考異》曰：「此二十一字決非善注，考張儀復相後八年也，《秦本紀》《六國表》《韓世家》并無『攻韓宜陽降之』之事，善烏由爲此語？況下方引『甘茂伐宜陽』而疑書誤，若果有此語便是無疑矣。六臣本『王』作『公』，下同。」

注**十年，納魏上郡，張儀伐蜀，滅之**　胡公《考異》曰：按依《史記》當作「十年，張儀相秦，魏納上郡。八年，張儀復相秦伐蜀，滅之」，此注全爲人所改，各本皆同，絶非善舊矣。

注**《史記》云孝王納上郡，此云惠王，疑此誤也**　胡公《考異》曰：此十六字決非善注，考魏納上郡在惠文君十年，《秦本紀》《六國表》《魏世家》有明文，善何由爲此語？

注 通三川是武王，張儀已死。此云惠王用張儀之計拔三川，疑此誤也 《索隱》云：「惠王時，張儀爲相，請伐韓，下兵三川；司馬錯請伐蜀，惠王從之，果滅蜀。儀死後，武王欲通車三川，令甘茂拔宜陽。今并云張儀者，皆歸功於相，又三川是儀先請伐故也。」按《史記·樗里甘茂傳》云張儀西并巴蜀之地，《水經·江水注》云惠王使儀、錯等滅蜀，《華陽國志》云「蜀王伐苴侯，苴侯奔巴，求救於秦，惠文王使儀、錯伐蜀，滅之」，故《索隱》謂歸功於相。

注 孝王卒 六臣本「孝」作「武」，是也。

此四君者 六臣本作「此上四君」，此尤本「者」字據《史記》添。

却客而弗納 六臣本「弗」作「不」，下句同，《史記》亦作「不」。

有和隨之寶 六臣本「隨」作「氏」。

而陛下悦之何也 又 然後可 六臣本無「何也」及「可」字。

則夜光之璧 又 而趙衛之女 又 駿馬駃騠 又 蜀之丹青 《史記》「則」下有「是」字，「而」字在「駿」字上，「趙」作「鄭」，「馬」作「良」，「蜀之」作「西蜀」。尤本「馬」改「良」，「蜀之」改「西蜀」，據《史記》也。

所以飾後宫 六臣本「所」作「可」。

夫擊甕叩缶　《史記·藺相如傳》「竊聞秦王善爲秦聲，請奉盆缻以相娛樂」，《集解》引《風俗通義》曰「缶者，瓦器，所以盛酒漿，秦人鼓之以節樂也」，《索隱》曰缻音缶。

而歌呼嗚嗚快耳者　六臣本無「呼」字。《史記》「耳」下有「目」字。王氏念孫曰：聲能快耳，不能快目，目字亦衍。

鄭衛《桑間》、《韶虞》《武象》者　注　**徐廣曰：韶，一作昭**　《史記》「韶」作「昭」，下同。梁氏玉繩曰：昭有韶音，故可通用，以《韶》《武》與鄭、衛并説，殊爲不倫，然出於斯之口，無責耳矣。

今棄叩缶擊甕　六臣本無「叩缶」二字。《史記》「叩缶」在「擊甕」下，元槧本同。尤本據添，復倒在上。

若是者何也？快意當前　六臣本無「者」字，「意」下有「之」字。

在乎色樂珠玉　又**在乎民人**　六臣本無「珠玉」二字。《史記》「人」下有「也」字，尤本據添。

此非所以跨海內　六臣本「所」作「可」。

兵彊者則士勇　《史記》無「者」字。按「則」字似衍。

退而不敢西向　六臣本無「向」字，元槧本同。

願忠者衆　《史記》「願」上有「而」字，各本皆無。

損民以益讎　六臣本校云五臣「益」作「答」，誤也。

而外樹怨諸侯　六臣本「外」下有「以」字。《史記》「怨」下有「於」字。

校記

〔一〕梁氏玉繩曰　此五字當移段首，本段全摘自《史記志疑·秦本紀》。

〔二〕齊桓公并國三十五　「五」據《史記志疑·秦本紀》《荀子·仲尼》補。

〔三〕吕氏春秋直諫篇　「直」原作「真」，據畢沅本《吕氏春秋·貴直論》改。

鄒陽　上書吴王

注**惡不指斥言**　何校去「不」字，陳同，各本皆衍。

縣衡天下　注**如淳曰：衡，猶稱之衡也**　《漢書·鄒陽傳》注：服虔曰關西爲衡，應劭曰衡平也，師古曰：「此説秦自以爲威力彊固，非論平法也，又言陳勝連從兵之據，則是説縱横之事耳。服釋是也。」今案李注與顔迥不相同。王氏念孫曰：如説是也，縣衡天下謂法度加於天下耳。

畫地而人不犯　《漢書》無「人」字，恐傳寫脱。

注**蘇林曰：覆，盡也。言胡上射飛鳥、下盡地之伏兔**　此蘇林引或説也，《漢書》注蘇林曰「言胡來人馬之盛，揚塵上覆飛鳥、下不見伏兔也」，當先引此。

救兵不至　六臣本「至」作「止」，是也，《漢書》作「止」。

注 **至子襄王無嗣**　「襄」字當作「哀」。尤本不誤。

六齊望於惠后　師古曰：「一説惠帝二年悼惠王入朝，吕后欲鴆殺之，獻城陽郡尊魯元公主，得免，六子以此怨之。」全氏祖望曰：誅諸吕，大臣許立齊王，是爲惠帝後也，已而背之，故六齊怨望耳，「惠后」乃「惠後」之譌。

大王不憂，臣恐救兵之不專　注 **以孟康解其文，故言不專救漢。如淳解其意，故云不能爲吴**　師古曰：二説皆非，言諸國各有私怨欲申，其志不肯專爲吴，非不敢相救也。

注 **輒當爲禦**　「輒」當作「輔」，各本皆誤。

蛟龍驤首奮翼　《漢書》「蛟」作「交」，「驤」作「襄」。師古曰：襄，舉也。

聖王底節修德　五臣「底」作「砥」，翰注可證。

則無國而不可奸　六臣本「奸」作「干」。《漢書》無「而」字。

注 **《爾雅》曰：奸，求也**　「奸」當作「干」，各本皆誤。

然臣所以歷數王之朝　又 **非惡臣國而樂吴民**　六臣本無「所以」二字，「民」下有「也」字。

故願大王無忽，察聽其至　《漢書》「王」下有「之」字，「至」作「志」。

注 **善曰：劉瓛《周易注》曰：至，極也。謂極言之**　六臣本無此十五字，是也。此尤增多，殊誤。

注　**孟康曰：鶚，大雕也**　師古曰：鶚自大鳥而鷙者，非雕也。

注　**如淳曰：鷙鳥比諸侯。鶚比天子**　趙氏曦明曰：鷙鳥即下文武力死士，喻吴王同黨，一鶚自喻，如淳説非。

然則計議不得　《漢書》「則」作「而」。六臣本校云「議」善作「謀」，恐誤。

東褒儀父之後　《漢書》「儀」作「義」，師古曰「義讀曰儀」。

注　**晉灼曰：《方言》：梁益之間所愛諱其肥盛曰壤也。善曰：《方言》云「瑋其肥盛」，《晉書注》以「瑋」爲「諱」**　姜氏皋曰：今本《方言》：「江淮之間曰泡，秦晉或曰䑋；梁益之間凡人言盛及其所愛，偉其肥䐢〔一〕謂之䑋。」郭注：「肥、䑋，多肉也。」是「諱」「瑋」與「偉」、盛與䐢、壤與䑋并異。《列子》「三年大壤」訓富足也，《貨殖傳》「天下壤壤」訓紛錯貌，是壤亦有盛義。盧氏文弨云：「諱，宋本作偉，晉灼注《漢書》以瑋爲諱，考《説文》亦作諱，『諱其肥盛』，今俗間於小兒猶然〔二〕，似亦不爲無理。迄今江淮人謂質弱力薄爲䑋，亦語之反也。」《説文》「壤，柔土也」，段氏玉裁曰「《方言》亦取柔意，今俗語謂弱曰壤」，則用諱字是也〔三〕。又《晉書注》當即是晉灼《漢書注》，蓋傳寫脱譌。

豈非象新垣等哉　《漢書》「垣」下有「平」字。

注　**言高祖涉所燒之棧道也**　六臣本「涉」「燒」二字互易。

灌章邯　《漢書》「灌」作「水」。

收弊人之倦　六臣本「弊」作「敝」。《漢書》「人」作「民」。

西楚大破　張氏雲璈曰：淮北沛、陳、汝南、南郡，此西楚也〔四〕；彭城以東東海、吴、廣陵，此東楚也；衡山、九江、江南、豫章、長沙，此南楚也。見《史記・貨殖傳》。

此皆國家之不幾者也　《漢書注》：應劭曰：「言不可庶幾也。」李奇曰：「不但幾微，乃著見也。」或曰：幾，危也，此數事於國家皆無危險之慮也。」師古曰：「言漢朝之安，諸侯不當妄起邪意。應説是。」

校記

〔一〕偉其肥腻　《方言》明刻本「腻」字，四部叢刊景宋本作「腻」，戴震《方言疏證》卷二、王念孫《廣雅疏證》卷二上、錢大昭《廣雅疏義》卷三、錢繹《方言箋疏》卷二、周祖謨《方言校箋》卷二、華學誠《揚雄方言校釋匯證》卷二等均改作「晠」，《楚辭・惜往日》王逸注「盛，古作晠」是也，錢繹謂腻乃晠之訛字。

〔二〕今俗間於小兒猶然　「今俗」據稿本及抱經堂本《方言》盧文弨校語補。

〔三〕説文段用諱字云云　此誤，《説文》「贜」字下「諱其肥」，王筠注「似後人據誤本《方言》改之」，段注「按李所據《方言》作瑋，許書諱亦當作瑋。瑋同偉，奇也，驚羨之意也」，是段不作

「諱」明矣。按《方言》盧文弨、錢繹、周祖謨從明本作「諱」；戴震、王念孫、華學誠從宋本作「偉」，華氏云「《説文》及《漢書注》引晉灼已爲訛文，皆不足據，唯李善注引尚存其朔」。

〔四〕汝南南郡此西楚也　「南郡」據《選學膠言》卷十七、《史記·貨殖列傳》補。

獄中上書自明

獄中　六臣本作「於獄」。

太子畏之　《史記·鄒陽傳》索隱：王劭云「軻將入秦，待其客，未發，太子丹疑其畏懼，故曰畏之」，其解不如「見虹貫日不徹」也。

夫精誠變天地　《史記》《漢書》并無「誠」字。

左右不明　注**不敢斥王也**　何曰：下文皆言爲左右所排，非避指斥也，左右謂勝、詭之徒。

而燕秦不寤也　六臣本無「而」字，「寤」作「悟」。《史記》亦作「悟」。

昔玉人獻寶，楚王誅之　六臣本「昔」下有「者」字。《史記》「玉人」作「卞和」，下同，「誅」作「刖」。

李斯竭忠　《史記·李斯傳》云人皆以斯爲忠，梁氏玉繩曰：《法言·重黎》篇有答或人「李斯盡忠」之問，當時蓋有以爲忠者。先通奉公曰：潘安仁《西征賦》「謂斯忠而鞅賢」，此言「竭忠」意當與之同，否則失言矣。

是以箕子陽狂，接輿避世，恐遭此患　六臣本「陽」作「佯」，《史記》亦作「佯」。六臣本「患」下有「也」字，《史記》《漢書》亦有。東方朔《非有先生論》云「接輿避世，箕子被髮佯狂」。《莊子·大宗師》篇音義「箕子名胥餘」。《易林·巽之泰》稱箕伯，《大畜》又稱姬伯，疑箕、姬古通。北魏孝文帝《弔比干墓碑》又作「箕子」，則省文耳。陸通字接輿，見《高士傳》。《莊子·應帝王》篇稱王接輿，《逍遥遊》篇音義又作接輿。或謂《論語》「接輿」是與夫子之輿相接，非人名，殊無據。而馮景《解春集》又謂接姓輿名，引齊有接子爲證，更未可信也。

願大王察玉人、李斯之意　《史記》「察」上有「孰」字。

語曰：白頭如新，傾蓋如故　《史記》「語」作「諺」。《史記》《漢書》「曰」下并有「有」字。凌氏稚隆曰《説苑》作「白頭而新，傾蓋而故」〔一〕。

注 **或初不相識相知，至白頭不相知**　上「不」字似不當有。余曰孟康注「初相識至白頭不相知」。

故樊於期逃秦之燕　《史記》「樊」上有「昔」字。

以奉丹事　六臣本「丹」下有「之」字，《史記》亦有。

而慕義無窮也　《漢書》無「而」字。

是以蘇秦不信於天下，爲燕尾生　六臣本無「於」字。《史記》「爲」上有「而」字。

注 **殆欲誅之**　何校「殆」改「君」，陳同，各本皆誤。

誠有以相知也 六臣本「誠」誤作「成」。

人惡之於燕王，燕王按劍而怒 《史記》作「燕人惡之於王，王按劍而怒」，《漢書》無「於」字。

白圭顯於中山 六臣本「中山」二字重，《史記》亦重。

人惡之於魏文侯，投以夜光之璧 六臣本校云善有二「文侯」。《史記》《漢書》并重。《史記》無「於」字。《漢書》「投」作「賜」，無「以」字。

剖心析肝相信 《史記》「析」誤作「折」。

昔者司馬喜又**范睢摺脇折齒** 《漢書》無「者」字，「摺」作「拉」。

注**《尚書·吕刑》曰：臏者，脱去人之臏也** 今《吕刑》無此文。王氏鳴盛曰：「剕辟疑赦」傳「刖足曰剕」，《説文·刀部》無剕字，惟《足部》「跀，斷足也；跀，斷足也」、《刀部》刖字但云「絶也」，然則剕當作跀、刖當作跀。伏生《書傳》作髕，《周本紀》亦作髕，《漢刑法志》「剕罰之屬」亦作「髕罰之屬」。《公羊·襄二十九年》疏引鄭《駁異義》云「皋陶改臏爲剕，《吕刑》有剕，周改剕爲刖」，《司刑》注「刖，斷足也」，髕、臏義通。此「臏者」句疑是《吕刑》古注。

挾孤獨之交 《史記》「交」作「位」。

是以申徒狄蹈雍之河 《史記》「蹈雍之河」作「自沈於河」，《索隱》引服虔云雍州之河也。王氏念孫曰：雍讀爲甕，謂蹈甕而自沈於河也，《索隱》曰《新序》作「抱甕自沈於河」，今《新序·雜事》篇作「蹈流之河」，後人改之也，《漢紀・孝成紀》荀悦曰：「雖死猶懼形骸之不深，魂神之不遠，故徐衍負石入海，申徒狄蹈甕之河。」

申徒狄　注〔二〕**殷之末世人也**　向注亦云申徒狄諫殷不聽，而《索隱》引韋昭云六國時人。按《新序・節士》篇云：「申徒狄非其世，將自投於河，崔嘉聞而止之曰：『吾聞聖人仁士之於天地之間，民之父母也，今爲濡足之故，不救溺人，可乎？』申徒狄曰：『不然，昔者桀殺關龍逢、紂殺王子比干而亡天下，吴殺子胥、陳殺洩冶而滅其國，故亡國殘家非無聖智也，不用故也。』遂負石沈於河。」《韓詩外傳》一所載略同，則以爲六國時人者近之。

注 **徐衍，周之末人也**　何校「末」下添「世」字，陳同，各本皆脱。胡公《考異》曰：《漢書》顔注引服虔、《史記集解》引《列士傳》正有可證。

不容身於世　《史記》《漢書》無「身」字。

以移主上之心　六臣本「主上」作「人主」。

注 **《新語》曰**　胡公《考異》曰：六臣本上有「善曰」二字，是也，下「《説苑》鄒子説梁王曰」上、「《國語》泠州鳩曰」上同。

故百里奚乞食於路　六臣本「路」上有「道」字，《漢書》亦有。

甯戚飯牛車下，而桓公任之以國　六臣本「牛」下有「於」字。《漢書》無「而」字。

此二人豈素宦於朝、借譽於左右　《史記》《漢書》「人」下有「者」字。《史記》「素」作「借」，「借」作「假」。

合於意，堅如膠漆　《史記》《漢書》「意」作「行」。《史記》「堅如」作「親於」。

昔魯聽季孫之説而逐孔子　六臣本無此「而」字，《漢書》亦無。《史記》「昔」下有「者」字。

注 齊人饋女樂　《論語》「饋」作「歸」，釋文「歸如字，鄭作饋，其貴反」。《後漢書·蔡邕傳》注引亦作饋。《漢書·禮樂志》作餽，師古注同。

宋信子冉之計囚墨翟　注 文子曰子罕也。善曰未詳　《漢書》「信」作「任」。何校「文子」改「文穎」，陳同，各本皆誤。《史記》作「宋信子罕之計而囚墨翟」。按《吕氏春秋》注言《春秋》子罕殺宋昭公，子罕賢臣，安有此事？而《韓非子》《韓詩外傳》《淮南子》《説苑》諸書并云子罕逐君擅政。蓋子罕之後以字爲氏，或世爲司城，如鄭罕氏之世掌國政，故戰國時亦有子罕得與墨翟相涉耳。〔三〕

夫以孔墨之辯，不能自免於讒諛　又 衆口鑠金，積毁銷骨　六臣本「墨」作「翟」。毛本無「於」字。《史記》《漢書》「骨」下有「也」字。按《中山靖王勝傳》亦有「衆口鑠金，積毁銷骨」之語。

注 積毁銷國，亦云銷骨。又曰：讒毁之言，骨肉之親爲之消滅，國亦然也　胡公《考異》曰：此注各本皆有誤，考《史記》《漢書》絶無作「國」者，恐其并非善注，爲合并六臣多所增竄也。

是以秦用戎人由余而霸中國　《漢書》句首無「是以」二字，「霸」作「伯」。

齊用越人子臧而彊威宣　注子臧，越人也　《史記》「越人子臧」作「越人蒙」，《索隱》云未見所出，而《漢書》《新序》并作「子臧」與此同，張晏曰「子臧或是越人，蒙字」，注「人」下當有「蒙字」二字。胡公《考異》曰：各本皆誤，正文自云越人子臧，決不當以「子臧越人也」作注甚明。

豈拘於俗，牽於世，繫奇偏之辭哉　《漢書》「拘」作「係」，「辭」上有「浮」字。《史記》「奇」作「阿」。

垂明當世　六臣本「明」作「名」，《史記》亦作「名」。

故意合則胡越爲昆弟，由余、子臧是矣。不合則骨肉爲讐敵，朱、象、管、蔡是矣　《史記》「子臧」作「越人蒙」，「爲讐敵」三字作「出逐不收」四字。《漢書》「昆」作「兄」。六臣本兩「矣」并作「也」。

今人主誠能用齊秦之明　《史記》「明」作「義」。

則五霸不足侔，三王易爲比也　《史記》「侔」作「稱」，無「比」字。《漢書》「三王」上有「而」字，亦無「比」字。六臣本有「而」字。

而不悦田常之賢　《史記》「而」下有「能」字。六臣本「賢」下有「良」字。

封比干之後　《索隱》云：後謂子也，不知其名。按《元和姓纂》云：比干爲紂所滅，其子堅逃難長林之山，遂姓林氏。

修孕婦之墓 此事無考，《書·泰誓》正義引《帝王世紀》云紂剖比干妻以視其胎，據此則「封比干之墓」即爲「修孕婦之墓」矣。〔四〕

故功業覆於天下 《史記》「覆」作「復就」二字。

夫晉文公親其讐而彊霸諸侯，齊桓公用其仇而一匡天下 《史記》《漢書》并無上「而」字。《漢書》無兩「公」字。

誠嘉於心，此不可以虛辭借也 六臣本「嘉」作「加」，《史記》《漢書》亦作「加」，此恐誤。

立彊天下，而卒車裂之 《漢書》無「而」字。《史記》「立」作「兵」。

禽勁吴而霸中國，遂誅其身 《史記》無「而」字，下句「遂」字作「而卒」二字。

是以孫叔敖三去相而不悔 梁氏玉繩曰：《莊子·田子方》《吕覽·知分》皆云孫叔敖三爲令尹、三去令尹，《荀子·堯問》亦有三相楚之語，故鄒陽述之，《史記·循吏傳》載之，他如《淮南·道應》《氾論》、《説苑·尊賢》《雜言》并因之，然不足信也。《吕覽》高注曰「《論語》云令尹子文，不云叔敖」；《隸釋·漢延熹三年叔敖碑》取材最博，獨不及三去相事；《困學紀聞》七謂「事與子文相類，恐是一事」。

於陵子仲辭三公爲人灌園 《新序》「子仲」作「仲子」。《漢書注》「子仲，陳仲子也」，《索隱》亦同。按《戰國策》趙威后問齊使「於陵子仲尚存乎」去孟子已六十年，疑非陳仲子也。

今人主能去驕慠之心　六臣本「慠」作「傲」，《漢書》亦作「傲」。《史記》《漢書》「能」上并有「誠」字。

披心腹　六臣本「腹」作「腸」。

注 **公孫鞅事孝王**　陳校「王」改「公」，各本皆誤。

無愛於士　六臣本「愛」作「變」。孫氏志祖曰：《新序》作「變」，與上句「終與之窮達」意相貫，此「愛」字誤。案孫説非也，《史記》《漢書》皆作「愛」，李注亦有明文，各依其舊可也。

則桀之狗　又 **而跖之客**　又 **何况因萬乘之權**　六臣「狗」作「犬」，《漢書》亦作「犬」。《史記》「跖」作「蹠」，無「何」字。《漢書》無「而」字。

然則荆軻湛七族，要離燔妻子，豈足爲大王道哉　《史記》「燔」作「燒」，「湛」上、「燒」上各有「之」字，末句作「豈足道哉」。《漢書》無荆字，師古曰：「此説云湛七族，無荆字也。尋諸史籍，荆軻無湛族之事，不知陽所云者定何人也。」按《論衡·語增》篇云「秦王誅軻九族，復滅其一里」，此必有所據。《野客叢書》云「湛之爲義言隱没也，軻得罪秦，凡軻親屬皆竄迹隱遯不見於世，如高漸離變姓名匿于宋，非謂滅其七族」云云，則以意擬之耳。又按劉敞引王充書言：「秦怨荆軻，并殺其九族」，殺則是湛矣，非必沉之水也。王氏念孫曰：「劉説是也，九族七族小異而大同，則漢時傳語固有荆軻滅族之事矣。且荆軻湛七族、要離燔妻子，相對爲文，則正文内當有荆字。若無荆字，則應注當云『軻，荆軻也』，今直云荆軻爲燕刺秦始皇，則正文原有荆字甚明。師古所見本偶脱荆字，遂云不知何人，誤矣。」劉孝標《廣絶交論》云「約同要離焚妻子，誓殉荆卿湛七族」即用此書。

注 **上至高祖** 何校「高」改「曾」，各本皆誤。

以闇投人於道 六臣本「道」下有「路」字，《史記》亦有。

衆莫不按劍相眄者 毛本脱「者」字。《史記》「衆莫」作「人無」。

輪囷離奇 注 **離，薄棊切。奇，音衣** 《史記》「奇」作「詭」。師古曰「離音力爾反，奇音於綺反，一曰離、奇各讀如本字」，此音不知所據。

何則？以左右先爲之容也 《漢書》無「何則」二字。

故無因而至前 《史記》無「而」字。

雖出隋侯之珠、夜光之璧，祇足結怨而不見德 《漢書》作「雖出隋珠和璧，祇結怨而不見德」。《史記》「祇足結怨」作「猶結怨」。

故有人先談 注 **談或爲游** 《漢書》無「故」字，「談」作「游」。

則枯木朽株 《史記》「則」下有「以」字。

今天下布衣窮居之士，身在貧賤，雖蒙堯舜之術 《史記》《漢書》「今」下有「夫」字。《漢書》

「賤」作「嬴」。《史記》「蒙」作「包」，《索隱》曰「言蒙被堯舜之道」也。

欲盡忠當世之君　《漢書》無此七字。

雖竭精神，欲開忠信，輔人主之治　《史記》「神」作「思」。六臣本校云「治」善作「政」。《漢書》作「欲開忠於當世之君」。

則人主必襲按劍相眄之跡矣　《史記》「襲」作「有」，無「矣」字。

是使布衣之士，不得爲枯木朽株之資也　《史記》無「之士」二字。六臣本校云善無「也」字。

獨化於陶鈞之上　注**比之於天也**　師古曰：陶家名轉者爲鈞，蓋取周回調鈞耳，言聖王制御天下亦猶陶人轉鈞，非陶家轉象天也，張晏説非。余曰：崔浩《漢書音義》：以鈞制器萬殊，故如造化之運轉裁成也。

而不牽乎卑辭之語，不奪乎衆多之口　《史記》兩「乎」字并作「於」。《史記》《漢書》「辭」并作「亂」。

任中庶子蒙嘉之言　《漢書》無「嘉」字。師古曰：蒙者庶子名也，今流俗書本「蒙」下輒加「恬」字非也。案李注與顔迥不相同，李引《戰國策》「厚遺秦王寵臣中庶子蒙嘉，嘉爲先言於秦王」，有「嘉」字明甚。考《史記》此文正有「嘉」字，爲《文選》所出，合諸《戰國策》，姓蒙名嘉確無可疑。師古所見《漢書》誤脱「嘉」字，遂爲「蒙者庶子名」之説，當依此正之。

以信荆軻之説 六臣本校云善無「以」字。《漢書》無「之説」兩字。

周文獵涇渭，載吕尚而歸 六臣本「文」下有「王」字，《史記》《漢書》并有。《漢書》無「而」字。

秦信左右而亡 《史記》句首有「故」字，「亡」作「殺」。然荆卿刺秦王不中，則「亡」與「殺」皆非也。

以其能越拘攣之語，馳域外之義 《史記》《漢書》「拘攣」作「攣拘」。六臣本「義」作「議」，是也，《史記》《漢書》并作「議」。

獨觀於昭曠之道也 《漢書》「於」作「乎」。

今人主沈諂諛之辭，牽於帷牆之制 六臣本「沈」下有「於」字，是也。《史記》《漢書》「沈」下并無「於」字。

與牛驥同皂 《史記索隱》引韋昭云「皂，養馬之官，下士也。養馬之官，其衣皂也」，然就文義似非。解此皂字，當如郭璞所云：皂，養馬之器。

而不留富貴之樂〔五〕 《漢書》無此七字。

注《列士傳》曰：鮑焦 《索隱》云：案此事見《莊子》及《説苑》，《韓詩外傳》小有不同也。

不以私汙義 又**砥礪名號者，不以利傷行** 《漢書》「砥礪」作「底厲」。《史記》「私」作「利」，「礪」作「厲」，「利」作「欲」。

故里名勝母，曾子不入 《史記》「里」作「縣」，「曾」上有「而」字。然勝母非縣，《史記》誤也，《索隱》引《尸子》作孔子事，而《淮南子·說山訓》、《說苑·談叢》篇、《論衡·問孔》篇、《鹽鐵論·晁錯》篇、《新論·鄙名》篇、《顏氏家訓·文章》篇并作「曾子」與此同。〔六〕

邑號朝歌，墨子迴車　《史記》「墨」上有「而」字。按《新論》及《顏氏家訓》〔七〕載此作顏淵事，《水經·淇水注》引《論語撰考讖》云「邑名朝歌，顏子不舍，七十弟子掩目，宰予獨顧，由蹷墮車」〔八〕，惟《淮南子》作「墨子」與此同。

今欲使天下恢廓之士，誘於威重之權，脅於位勢之貴，回面汙行　《史記》《漢書》「恢」作「寥」。《史記》「誘」作「攝」，「脅」作「主」。《漢書》「誘」作「籠」。《史記》「回」上有「故」字，《索隱》曰「杜預云：回，邪也」。

則士有伏死堀穴巖藪之中耳，安有盡忠信而趨闕下者哉　《史記》「士」下無「有」字，「巖藪」作「巖巖」，「安」下有「肯」字。六臣本校云五臣「穴巖」作「巖穴」，無「者」字。按「巖巖」「巖穴」皆誤。

校記

〔一〕凌氏稚隆曰說苑云云　語出楊慎《丹鉛總録》卷二六，「說苑」當作「新序」，引自《新序·雜事三》。

〔二〕申徒狄注　原作「注申徒狄」，據《文選》改。

〔三〕按吕氏春秋云云　此段摘自梁玉繩《吕子校補》卷二。

〔四〕此事無考云云　本段摘自梁玉繩《史記志疑·魯仲連列傳》。

〔五〕而不留富貴之樂　此下原衍「也」字，據下文「漢書無此七字」及《漢書·鄒陽傳》改。

〔六〕然勝母非縣云云　本段摘自梁玉繩《史記志疑·魯仲連列傳》。

〔七〕按新論及顔氏家訓云云　此下摘自梁玉繩《史記志疑·魯仲連列傳》。

〔八〕論語撰考讖由蹷墮車　殿本《水經注·淇水》「撰」改「比」，「蹷」改「蹷」。

上書諫獵

司馬長卿

故力稱烏獲　注《史記》曰：秦武王有力士烏獲　按《文子·自然》篇云「老子曰：用衆人之力者，烏獲不足恃」，是古有烏獲，後人慕之以爲號也。

勇期賁育　《史記》《漢書·司馬相如傳》注并云：夏育，古猛士也。按《國策》云：夏育、太史啟叱呼駭三軍。

注**勇士孟賁**　《困學紀聞》八云：賁育謂孟賁、夏育也，《廣韻》以賁爲姓，云古有勇士賁育，謬矣。

臣之愚暗　《史記》《漢書》無「暗」字。

卒然遇軼才之獸　《漢書》「軼」作「逸」。

駭不存之地　張氏雲璈曰：心志不存留之地，謂出於意外，下文「内無存變之意」存字意同。

力不得用，枯木朽株盡爲難矣　《漢書》無「力」字。六臣本「得」下有「施」字。《史記》「難」作「害」。

雖萬全無患，然本非天子所宜近也　《漢書》「全」下有「而」字。《史記》《漢書》「所」上皆有「之」字。

猶時有銜橛之變　余曰：周遷《輿服志》：鉤逆上者爲橛，橛在銜中，以鐵爲之，大如鷄子。按師古《漢書·志》：橛謂車之鉤心也；銜橛之變，言馬銜或斷，鉤心或出，則致傾敗以傷人也。

而況乎涉豐草、騁丘墟　《漢書》無「而」字，「墟」作「虛」，師古曰虛讀曰墟。《史記》：而況涉乎蓬蒿、馳乎丘墳。

不亦難矣　《漢書》無「亦」字。劉敞曰「亦」字不當刊。

而樂出萬有一危之塗以爲娱，臣竊爲陛下不取也　《漢書》無「而」字、「也」字。《史記》「出」下有「於」字。

禍固多藏於隱微　六臣本「固」作「故」，非也。

而發於人所忽者也　《史記》《漢書》「所」上皆有「之」字。

坐不垂堂　注**張揖曰：畏櫚瓦墮中人也**　師古曰：垂堂者，近堂邊外，自恐墜墮耳，非畏櫚瓦。案顔説出於樂彦，見《史記索隱》。

枚叔

上書諫吴王

臣聞得全者昌，失全者亡　《漢書·枚乘傳》兩「者」下并有「全」字。

舜無立錐之地，以有天下；禹無十户之聚，以王諸侯　注**《韓子》曰**　此見《韓子·安危》篇。《淮南子·氾論訓》亦云：堯無百户之郭，舜無置錐之地，禹無十人之聚。《戰國·趙策》《史記·蘇秦傳》并云：堯無三夫之分〔一〕，舜無咫尺之地，以有天下；禹無百人之聚，以王諸侯。案堯承摯後，舜承堯後，禹爲崇伯鯀子，皆有國土，故《趙策》吴注曰此説士無據之詞。

湯武之士不過百里　今《史記·蘇秦傳》作「湯武之士不過三千」。

以直諫　六臣本「以」下有「置」字，誤也。

願披腹心　六臣本「腹心」作「心腹」。

上縣之無極之高，下垂之不測之淵　《漢書》「縣」下、「垂」下無「之」字。

注**臣改計取福**　何校去「臣」字，陳同，各本皆衍。

變所欲爲　六臣本「所」下有「以」字。

注**猶反掌也**　今《孟子》：猶運之掌也。

今欲極天命之上壽，弊無窮之極樂　又**居泰山之安**　《漢書》無「上」字、「極」字。六臣本無

「極」字。《漢書》「居」上有「以」字。

此愚臣之所大惑也　又**而惡其迹**　《漢書》上句作「此愚臣之所以爲大王惑也」，下句末有「者」字。

注**《孫卿子》以爲涓蜀梁**　六臣本無此八字。

欲湯之滄　《漢書》「滄」作「滄」。案《説文·水部》滄，寒也；《冫部》滄，寒也。《玉篇》同。《廣韻·十一唐》滄，寒皃；《四十一漾》滄亦釋爲寒。

百步之内耳　六臣本句首有「乃」字，《漢書》作「迺」字。

禍何自來　六臣本句末有「哉」字。

殫極之統斷幹　注**極之綆幹**　《漢書》「殫」作「單」，孟康曰：「西方人名屋梁爲極。單，一也。一梁謂井鹿盧也。言鹿盧爲綆索久鍥，斷井幹也。」五臣「統」作「綆」，翰注可證。何校注中「極」上添「盡」字、「幹」上添「斷」字，陳同，皆據《漢書注》也。

始生而蘖　《漢書》「而」作「如」。

手可擢而抓　六臣本、《漢書》「抓」并作「拔」。胡公《考異》曰：上句「搔而絶」者横絶之也，此句「擢而拔」者直拔之也，擢訓引，不得言「引而抓」可知也。其注末「抓，壯交切」一音，乃既引《廣雅》解上句之「搔」爲「抓」而自音之，與此句無涉，不知者誤認而改之，六臣本復據所見爲校語，讀者莫察矣。善自音注中字，其字非正文所有，如此者不一而足。《漢書》顔注云「搔謂抓也，搔音索高反，抓音莊交反」亦自音注中字，可證。

注 **椽樟初生** 何校「椽」改「豫」，陳同，各本皆誤。

先其未形 六臣本句末有「也」字，《漢書》亦有。

磨礱砥礪 《漢書》「砥礪」作「底厲」。師古曰：底，柔石也；厲，皁石也。

校記

〔一〕堯無三夫之分 「分」原作「封」，據《戰國策·趙策二》《史記·蘇秦傳》改。

上書重諫吴王

注**《漢書》曰：乘於是復説吴王** 顧氏炎武曰：《枚乘傳》上言「吴王不納，乘等去而之梁」，下云枚乘復説吴王，蓋吴王舉兵之時乘已家居，而復與之書，不然無緣「復説」也。

南距羌莋之塞 六臣本「莋」作「笮」，下同。

而并天下，是何也 六臣本「是」作「者」。

而南朝羌莋 《史記》「莋」作「筰」。按邛筰武帝時始通，此書已云「南朝邛莋」，故劉敞以爲疑。今考《史記·南越尉佗傳》：「漢十一年遣陸賈，因立佗爲南越王，與剖符通使，和集百越，毋爲南邊患害。」又云：「佗因此以兵威邊，財物賂遺閩越、西甌、駱，役屬焉。」《西南夷傳》云：「南越食唐蒙蜀枸醬，蒙問所從來，曰：道西北牂柯，江廣數里，出番禺城下。」又云「南越以財物役屬夜郎」，又云「從巴蜀筰關入，遂見夜郎侯」。由是觀之，南越地東西萬餘里，是爲蠻夷大長史，所謂夜郎、滇、巂、筰諸君長者當未通中國者，或已由南越而列於朝貢也。

辟猶蠅蚋之附群牛　毛本「牛」誤作「羊」。

注**《說文》曰：秦謂之蚋，楚謂之蚊**　今《說文》「秦」下有「晉」字。

天下聞吴率失識諸侯　《漢書》「下」作「子」。

是大王威加於天下　六臣本「王」下有「之」字。

而富實於天子　《漢書》「富實」作「實富」。毛本「實」誤作「貴」。

夫漢并二十四郡，十七諸侯，方輸錯出，軍行數千里不絶於郊，其珍怪不如山東之府　注**軍，一爲運**　《漢書》「軍」作「運」，「郊」作「道」，「山東」作「東山」。師古曰：言漢此時有二十四郡、十七諸侯，方軌而輸，雜出貢賦，入于天子，猶不如吴之富也。按《吴都賦》「造姑蘇之高臺，臨四遠而特建，帶朝夕之濬池，佩長洲之茂苑，窺東山之府則瓌寶溢目，覰海陵之倉則紅粟流衍」語蓋本此。

注**張云錯互出攻**　「張」下當有「晏」字，各本皆脫。

注 **錯出，謂四方更輸，交錯出獻之而行也**　胡公《考異》曰：上「錯出」二字當作「則」〔一〕，「獻」當作「運」。上注「則謂興軍遠行也」解作「軍」之本，此注「則謂」云云解作「運」之本，各本皆誤。

不如山東之府　《漢書》「山東」作「東山」，無注。本書《吳都賦》亦作「東山」。按《越絶書》：闔閭旦食於紐山，晝遊於胥母。《史記正義》謂之莫釐山，即今所稱洞庭東山也。

不如海陵之倉　姜氏皋曰：臣瓚以海陵爲「縣名，有吳太倉」，海陵見班《志》，至晉爲海陽，《隋志》曰梁置海陵郡，唐仍縣，南唐改爲泰州，然則倉當在此；而《續漢書·郡國志》云東陽「有長洲澤，吳王濞太倉在此」，東陽非海陵矣，何吳太倉之多也！

不如長洲之苑　注 **韋昭曰：長洲在吳東也**　錢氏大昕曰：「王伯厚謂：長洲名縣始於唐武后，《續漢書·郡國志》廣陵郡東陽縣『有長洲澤，吳王濞太倉在此』，東陽今盱眙縣，枚乘説吳王云長洲之苑，謂廣陵之吳，非今長洲縣。其説信矣。然吳自有長洲，《越絶書》『闔閭走犬長洲西』，《漢書》『王莽始建國四年，臨淮民田儀等爲盜賊，依阻會稽長洲』，又魏武帝對吳使徐詳云『孤願越橫江之津，與將軍游姑蘇之上，獵長洲之苑』，左思賦云『佩長洲之茂苑』，則吳之有長洲舊矣。」按《漢志》東陽屬臨淮郡，《續漢志》始屬廣陵。《漢高紀》：六年以故東陽郡、漳郡、吳郡五十三縣立劉賈爲荆王，十二年立吳王濞王荆故地。三郡五十三城是王濞之地，未嘗有臨淮郡，既無臨淮安得有東陽？且《漢書》文穎注曰「東陽，今下邳也」，《續漢志》「下邳本屬東海，武帝置爲臨淮郡」，《留侯世家》載下邳爲今邳州，相距江都幾及千里，前漢亦不屬廣陵國，吳王何以置倉於境外耶？竊謂《續漢志》之長洲澤當是地名偶同，孤文無證；而韋昭注明言在吴東最爲可據，若在東陽當云吴西矣。

注 **蘇林曰：以海水朝夕爲池**　「以」上脱「吴」字。《漢書注》有。

此臣之所爲大王樂也　又 **漢知吴有吞天下之心**　《漢書》「所」下有「以」字，「心」下有「也」字。

六臣本「吴」下有「之」字。

注 **羽林黄頭郎，習水戰者**　《晉書·天文志》「羽林四十五星」。《漢書·宣帝紀》注應劭曰：「天有羽林，大將軍之星。林喻若林木之盛；羽，羽翮鷙擊之意。」故《漢百官表》羽林屬郎中令，又有羽林令丞、羽林騎、羽林孤兒、羽林期門等秩。又《鄧通傳》「以櫂船爲黄頭郎」注：土勝水，其色黄，故刺船之郎皆著黄帽，因號黄頭郎。此云「羽林黄頭郎」未詳所出，觀正文「羽林黄頭循江而下」者似言分遣水陸之師也，疑羽林、黄頭亦當分解。

絶吴之饟道　《漢書注》師古曰：饟，古餉字。

以備滎陽　六臣本校云「備」善作「偪」，按尤本亦作「偪」，皆誤。

三淮南之計　《漢書·淮南厲王傳》：「文帝十六年，立厲王三子王淮南故地，三分之，阜陵侯安爲淮南王，安陽侯勃爲衡山王，陽周侯賜爲廬江王。孝景三年，吴楚七國反，淮南王欲發兵應之，其相曰『王必欲應吴，臣願爲將』，王乃屬之，相已將兵，因城守，不聽王而爲漢。漢亦使曲成侯將兵救淮南，淮南以故得完。吴使者至廬江，廬江王不應，而往來使越；至衡山，衡山王堅守無二心。」故文曰三淮南不負其約也。

齊王殺身以滅其迹 注 **善曰：《漢書》云「齊王聞吴、楚平，乃自殺」，今乘已言之，《漢書》與此必有一誤也** 師古曰：《齊王傳》云「吴楚已平，齊王乃自殺」，今此諫書即以稱之，二傳不同，當有誤者。劉奉世按：《漢書》吴王正月先起兵，二月敗走，中間五十日爾，三國圍齊三月不能下，漢兵至乃引歸，解圍而後齊王自殺，則當在吴走後一月外事〔二〕；又乘此書云梁固守以待吴飢，則是未飢以前安得已知齊王殺身與四國不得出兵及趙囚之詳？疑此書爲後人追加，或傳之者增之也。

注 **膠東、膠西、濟北、菑川四國王也發兵應吴、楚** 六臣本「菑川四國」作「吴、楚、臨淄」，「吴楚」作「此謀」。胡公《考異》曰：各本皆誤，此當依《漢書》顏注引作「膠東、膠西、濟南、菑川王也，發兵應吴楚」。

今大王已去千里之國 《漢書》無「今」字。

弓高宿左右 如淳注：後弓高侯竟將輕騎絶吴糧道。

校記

〔一〕上錯出二字當作則　引文有二「錯出」，「上」字據下文「此注則謂云云」補。

〔二〕在吴走後一月外事　「外」據《漢書·枚乘傳》殿本注補。

文選旁證卷第三十三

文選卷三十九下

江文通　詣建平王上書

注《淮南子》曰：鄒衍　至爲之降霜　此所引與本書《求通親親表》注同，《初學記》《事類賦》亦引，而今《淮南子》無此文。

庶女告天，振風襲於齊臺　注《淮南子》曰：庶女告天，雷電下擊　六臣本校云五臣「臺」作「堂」，《梁書·江淹傳》亦作「堂」。今本《淮南子·覽冥訓》「告天」作「叫天」。

注**沈約書曰**　何校「書」上添「宋」字，陳同，各本皆脱。

伏死而不顧者此也　《梁書》無「此」字。

謂徒虚語　《梁書》作「始謂徒語」。

注**馬遷《悲士不遇賦》曰**　「馬」上當有「司」字，各本皆脱。

注**今乃知之**　「今乃」當作「乃今」，各本皆倒。

少加憐察 《梁書》「察」作「鑒」。

側身扃禁者乎 六臣本校云五臣「乎」作「也」。

復爲門下之賓 《梁書》無「復」字。

豫三五賤伎之末 《梁書》「伎」作「使」，注云一作「伎」。方氏廷珪曰：三五軍術即九宫八卦，兵家演爲八門，中宫大將居之，生、景、開三門爲吉，驚、死、杜、休、傷五門爲凶，三則已就之，五則使敵人居之。按此即李注引《抱朴子》之意，似不得云「賤伎」。許氏宗彦曰「三五」疑即「格五」，《漢書》虞丘壽王以善格五待詔，則「三」與「格」恐無誤理，許説恐亦非。

大王惠以恩光，顧以顔色 《梁書》「惠」作「厚」，「顧」作「眄」。

注**《燕丹子》曰：荆軻之燕太子東宫** 今本《燕丹子》作「太子甚喜，自以得軻永無秦憂，後日與軻之東宫」。

注**太子令人奉槃金轉用抵** 《史記索隱》作「太子奉金瓦進之」。今本《燕丹子》「轉」作「軻」。

注**《孟子》曰：墨子兼愛，摩頂致於踵。劉熙曰：致，至也** 今《孟子》作「摩頂放踵」，亦有「至」義。趙注「放乎琅邪」〔一〕「放乎四海」下皆云「放，至也」，其注此處亦云「下至于踵」。是李氏所見本必作「致」，非因「致」與「放」偏傍相涉而誤。本書《廣絶交論》「皆願摩頂至踵」，又《洞簫賦》注引趙岐《孟子章句》曰「放，至也」，皆可互證。

注**言固陋之愚心**　陳校「心」改「也」，各本皆誤。

身限幽圄　尤本「限」誤作「恨」。

是以每一念來　六臣本作「每以一念來」。

注**忽然亡生**　六臣本「亡」作「忘」，是也，此傳寫誤。

泣盡而繼之以血也　六臣本及《梁書》「血」下并有「者」字。

注**則未可以論行**　六臣本「以」作「與」，是也，各本皆誤。

注**《論衡》：谷口鄭子真**　六臣本「衡」作「曰」，是也，各本皆誤。

退則虜南越之君　何曰《梁書》「退」作「次」，是也，各本皆誤。

注**以丹書之信**　陳校「以」上添「申」字，各本皆脱。

積讒磨骨　又**遠則直生**　《梁書》「磨」作「摩」，「遠」作「古」。

注**補淮陽醫工長**　六臣本「淮陽」作「譙國」，「醫」作「監」，無「工」字。元槧本「工」作「士」。案《後漢書·第五倫傳》作「淮陽國醫工長」；《續志》中尉下有醫工長，注曰主醫藥。

彼之二子，猶或如此　《梁書》「子」作「才」，「此」作「是」，毛本亦作「是」。

至如下官　《梁書》無「至」字。

夫魯連之智　六臣本「夫」下有「以」字。

昭景飲醴 尤本「醴」下有「而已」二字，誤衍。

鵠亭之鬼 注**行宿高安鵠巢亭。**《**列異傳**》**云：鵠奔亭** 六臣本校云「鵠」善作「鴻」。按依注疑李作「鵠」不作「鴻」也。五臣作「鵠」，銑注可證，《梁書》亦作「鵠」。又案注「安」當作「要」，《水經·浪水注》云「鬱水又逕高要縣，縣有鵠奔亭。廣信蘇施妻始珠，鬼訟于交州刺史何敞處」其證也。林先生曰：《後漢書·王忳傳》所載斄亭女子〔二〕與鵠亭事相類。

注**夢見五丈夫倚徙稱无罪，公問晏子，曰：昔先公靈公出畋，有五丈夫來，驚獸，悉斷其頭而葬之，命曰丈夫丘。命人掘之** 今本《晏子春秋》「倚徙」作「韋廬」，「先公」作「先君」，「來驚獸」作「罟而駭獸」，「悉斷其頭」作「故殺之，斷其頭」，「丈夫丘」作「五丈夫之丘」，「命人掘之」作「公令人掘而求之」。

注**交阯刺史周敞** 《水經·浪水注》「周」作「何」，見上。

敬因執事以聞 《梁書》下有「此心既照，死且不朽」八字。

校記

〔一〕放乎琅邪　今《孟子》「乎」作「于」，《天問》王逸注引同，《後漢書·陳蕃傳》引作「乎」。

〔二〕斄亭女子　「斄」原作「㯃」，據《後漢書·王忳傳》改。

奉答敕示七夕詩啟

任彥昇

雖漢在四世　注**四世，謂漢武帝也**　姜氏皋曰：《漢書·禮樂志》：至武帝定郊祀之禮，乃立樂府，采詩夜誦，有趙、代、秦、楚之謳，以李延年爲協律都尉，多舉司馬相如等數十人造爲詩賦，略論律吕，以合八音之調，作十九章之歌。

注**三祖，謂魏武、文、明也**　《三國·魏志·明帝紀》：「景初元年有司奏：武皇帝撥亂反正，爲魏太祖，樂用《武始》之舞；文皇帝應天受命，爲魏高祖，樂用《咸熙》之舞；帝制作興治，爲魏烈祖，樂用《章武》之舞。三祖之廟萬世不毁。」張氏雲璈曰：未終稱祖，孫盛譏之，而此啟及鍾嶸《詩品》《文心雕龍》亦承其謬。

克諧《調露》　注**調和致甘露也**　案此啟答敕示詩，故從「帝迹多緒」「託情風什」説來，「調露」二字似係實舉前朝帝製以相比況，始與《薰風》相對也。《吕氏春秋》有「殷湯即位，乃命伊尹作《大濩》，歌《晨露》，修《九招》《六列》，以見其善」云云，《晨露》或即《調露》歟？

注**其詩曰：南風之薰兮**　孫氏志祖《家語疏證》云：「《南風》之詩，鄭注《樂記》云其辭未聞也，正義云『王肅《聖證論》引《尸子》及《家語》難鄭，馬昭云：《家語》王肅所增加，非鄭所見，《尸子》雜説不可取證正經，故言未聞也』，案今本《尸子》載此詩見《仁意》篇。」而孫星衍輯《尸子》引《群書治要》於《綽子》篇載「南風之薰兮，可以解吾民之慍兮」二句，又非《仁意》篇。

注 裴頠集有《辯才論》 六臣本及尤本「頠」并誤作「詭」。

爲卞彬謝修卞忠貞墓啟

卞忠貞墓 余曰：《六朝事迹》云：晉尚書令卞壺塋吴治城，今天慶觀乃其地，後七十餘年盗發其墓，尸僵如生，鬢髮蒼然，爪甲穿手背，安帝賜錢十萬封之，入梁復毁，武帝又加修治。

宣敕，當賜 六臣本校云五臣無「當賜」字。

注 《廣雅》曰：貿，易也 今本《廣雅·釋詁二》作「貿，斁也」，無「易」字詁。按《佩觿》「斁，余益切，改也」，與「貿」字義正合，此或傳寫脱偏旁耳。

謹奉啟事以聞 六臣本無「事」字。

啟蕭太傅固辭奪禮

《啟蕭太傅固辭奪禮》 毛本「啟」作「上」，「禮」下有「啟」字。〔一〕

昉啟 濟注：昉，家集諱其名，但云君〔二〕，撰者因而録之。何曰：六朝諸集書啟多作「君啟」「君白」之語，吕説得之。按據此則「昉」當作「君」，李應與五臣同；下「君於品庶」，六臣本校云善作「君」字，是；又「昉往從末宦」校語同，「昉」字亦應改「君」。其六臣本三字并作「昉」者皆誤耳。

孫氏志祖曰：《文選》槩改書「昉」者非。

注**《孝經》曰：故親生之膝下，以養父母**　今《孝經·聖治》章「父母」下有「日嚴」二字，宋日本僧奝然所獻鄭注本同。近鮑氏以文所刻古文《孝經》孔安國傳作「是故親生毓之，以養父母日嚴」，無「膝下」二字。

注**然而遂亟之**　六臣本無「亟」字，是也。別本作「極」，皆衍。

校記

〔一〕啟蕭太傅固辭奪禮毛本云云　秀州、明州、袁本無「啟」，陳八郎本「啟」作「上」；贛州、建州本正文及各本目録均同毛本。

〔二〕家集諱其名但云君　「君」下原衍「啟」，據《文選注》改。

文選卷四十

奏彈曹景宗

臣聞將軍死綏　注**綏，却也**　張氏鳳翼曰：綏是執綏之綏，言死於執綏，不敢棄也，以死制例之可見，舊注以綏爲却，恐非。

注**《漢書》曰：廷尉王恢逗橈**　「王」當作「當」，此在《韓安國傳》。

明罸斯在　六臣本「斯在」作「在斯」。

塗中罕千金之費　六臣本「塗」作「涂」。

注**金城西泝曰塗澗**　尤本「泝」誤作「沂」，脱「曰塗」二字。

淹移歲月　六臣本「歲」作「年」。

注**壯士猶戰不降**　六臣本無「戰」字。

猶有轉戰無窮　「有」當作「其」，六臣本校云善有「其」字。

受命致討　六臣本「討」作「罰」。

猶應固守三關　余曰：「《郡縣志》：申州，古申國，魏文帝分置義陽縣，有三關之塞，故平靖關城在縣南七十六里，武陽、黄峴二關在安州應山縣界。」案《通鑑地理通釋》云〔一〕：「《太平寰宇記》義陽山在軍治東五十步，冥阨塞在軍治東南五十五里〔二〕。後魏元英至義陽，將取三關，先策之曰〔三〕『三關相須如左右手，若克一關，兩關不待攻而破，宜先攻東關』，又恐其并力於東，使李華向西關分其兵勢，自攻東關，六日而拔，進攻黄峴及西關，梁將皆走。」又云：「《吕氏春秋》九塞，冥阨其一也。《左傳》『大隧』即黄峴，直轅、冥阨乃武陽、平靖也。黄峴今名九里關，在軍南百里；武陽在今大塞嶺，軍東南九十里；平靖今名行者坡，在軍南七十五里。義陽與三關勢如首尾，欲復宛、洛，必自此地始也。」

景宗即主。臣謹按　**注**王隱《晉書》庾純自劾曰「醉酒荒迷，昏亂儀度即主。臣謹按河南尹庾純」云云，然以「主」爲句，則「臣」當下讀也　六臣本校云五臣無「景宗即主」四字。《容齋四筆》云：「漢文帝問陳平決獄，平謝曰『主臣』，張晏注『若今人謝曰惶恐』，文穎注『猶今言死罪』，晉灼曰『主，擊也；臣，服也。言其擊服，惶恐之詞』，李舍《漢》《史》所書而引王隱《晉書》以『臣』當下讀，非也。」案此與「主臣」連讀者無涉，安得引《漢》《史》所書？此彈事三篇一例：《彈曹景宗》以「景宗即主」爲句、「臣謹案」屬下讀，《彈劉整》昭明删至「整即主」、「臣謹按」屬下讀，可知《彈王源》亦以「源即主」爲句、「臣謹按」屬下讀，其句讀甚明，所以引王隱《晉書》，李注自不誤，容齋轉失之。趙氏翼曰：「某即主者，乃總結前案，以明罪有所歸，而下復出己意以斷之，主字之義猶言魁首耳。如《魏書·于忠傳》御史尉元匡奏曰『傷禮敗德，臣忠即主。謹案臣忠』云云，又《閹官傳》〔四〕御史中丞王顯奏言『老壽等即主。謹案石榮』云云，此兩篇體例相同，惟『主』字下、『謹案』之上俱不用『臣』字耳。」

注臣謹按河南尹庾純云云　尤本誤删「臣」字。

注《孟子》曰：墨子兼愛，摩頂致於踵。趙岐曰：致，至也　《困學紀聞》八云：今本作「放踵」〔五〕，注無「致，至也」三字。按本書《上建平王書》注引同此，惟「趙岐」作「劉熙」。而劉孝標《廣絶交論》注引《孟子》「摩頂放踵」與今本同，又引趙岐曰「放，至也」，據此則今本「放」字不誤，趙岐注亦應有「放，至也」三字。翟氏灝曰：「《選注》引文兼具趙、劉之注，今劉注本不傳，趙注雖經删割，考其舊本亦但云『摩突其頂，下至於踵』，其『放，至也』三字先見前篇『雪宫』章，而别無『致，至也』之文。《風俗通·十反》篇『墨翟摩頂以放踵，楊朱一毛而不爲』，『放』字與今《孟子》同。《文選·廣絶交論》注引亦作『放』。江《書》、任《彈》兩注同在一書，而『放』與『致』、『趙』與『劉』又互異，何耶？疑當時劉注本獨如是，任《彈》下『趙岐』二字當亦爲『劉熙』，傳寫者譌耳。」

優劣若是 六臣本校云五臣「劣」作「當」。

注**《汧馬督誄》** 「汧馬」二字當互乙，各本皆誤。後《奏王源》注同。

致辱非所 六臣本「致」作「累」。

校記

〔一〕通鑑地理通釋云　此七字據稿本補，係删節引文時誤删。

〔二〕太平寰宇記云云　此轉引自《輿地紀勝》卷八十、《方輿勝覽》卷三一。《太平寰宇記·淮南道·信陽軍》衹有「義陽山在縣東五十步」。

〔三〕先策之曰　《通鑑·梁紀三》同此，《魏書》《北史·中山王英傳》「先」作「英」。

〔四〕魏書閹官傳　「閹」原作「闇」，據《魏書》改。

〔五〕今本作放踵　「放」原作「於」，據稿本及《困學紀聞》卷八、《孟子·盡心上》改。

奏彈劉整

注　**整，宋吴興太守兄子也**　陳曰「守」下有脱字，各本皆同。

是以義士節夫　六臣本無「是以」二字。

常欲傷害　又**教子、當伯**　六臣本「常」作「恒」，「伯」作「百」。

伯又奪寅息逡婢緑草　六臣本無「伯」字。按宋周守忠《姬侍類偶》未載「緑草」之名，近尤侗《宫閨小名録》亦遺之。

范米六可㪷　六臣本「㪷」作「斗」。案此下文仍作「斗」。

忽至户前，隔箔　六臣本校云善無「隔箔」二字。

突至房中　六臣本「房」作「虚」。

范問失物之意　又**整及母**　又**來至范屋中**　六臣本無「物」字、「及」字，「來」下有「共」字。

舉手查范臂　《説文·又部》𣪠字訓叉取也〔一〕，《繫傳》云「舉手查范臂」當用此𣪠字。《手部》抯字注讀樝梨之樝，《繫傳》亦引此文。

求攝檢，如訴狀　范訴詞止此。

輒攝整亡父　六臣本無「亡」字。

分財　又**寅亡後**　六臣本校云「財」善作「賦」，「寅亡」作「亡寅」。

整兄弟未分財之前　六臣本無「整」字，又云善無「未」字。

整規當伯還　六臣本「還」上有「行」字。

又不分逡　海蛤供止此。

今在整處使　范供止此。

進責整婢采音劉　胡公《考異》曰：「劉」當作「列」，下文并云「如采音、苟奴等列狀，粗與范訴相應」，此即采音列也。

整兄寅、弟二息師利　又**整即納受**　又**今年二月九日夜**　六臣本無「整」字、「寅」字，「即」作「則」，「夜」下有「云」字。

范喚問何意打我兒　又**婢采音及奴教子、楚玉、法忠等**　六臣本校云：善無「喚」字、「婢」字，「忠」作「志」。

在整母子左右　六臣本「母子」作「子母」。

實非采音所偷　采音供止此。

進責寅妻范奴苟奴列　六臣本「列」下有「稱」字，校云善無「苟奴」。按此尤本添，依下文當有。

遇見采音　六臣本校云「遇」善作「過」。

苟奴登時欲捉取　六臣本無「時」字。

仍隨逡歸宅，不見度錢　苟奴供止此。何曰此下恐有脱誤。

稱被奪　六臣本校云「稱」善作「嬢」。

輒收付近獄測治　余曰：《隋書·刑法志》梁武帝制「凡繫獄者，不即答款，應加測罰，不得以人士爲隔〔二〕。若人士犯罰，違扞不款〔三〕，宜測罰者，先參議牒啟，然後科行。斷食三日，聽家人進粥二升。女及老少，一百五十刻乃與粥〔四〕，滿千刻而止」，即所云收付測治也。

絓應洗之源　六臣本「絓」作「繼」。

直以前代外戚　翰注：前代外戚，謂是齊朝后妃之親也。按《南齊書》有《明敬劉皇后傳》以爲道弘孫也，父通直郎景猷，整當是其後，故云前代外戚耳。

薛包分財　六臣本校云「包」善作「苞」。案注「皆」當作「苞」。

注**《東觀漢書》曰**　陳校「書」改「記」，各本皆誤。

注**包咸《論語注》：十六鬥爲庾**　今見皇氏《論語義疏》、《左氏·昭二十六年傳》賈注、《國語·周語》韋注并同。

免整所除官，輒勒外收付廷尉　六臣本「所」作「新」，無「收」字。

悉以法制從事　又**偷車龍牽**　又**其宗長**　六臣本「法」作「付」，「車」下有「欄」字，無「其」字。

校記

〔一〕䖍字訓叉取也　「叉」原作「又」，據《説文》改。

〔二〕不得以人士爲隔　「士」原作「事」，襲余蕭客誤，據《隋書·刑法志》改，下同。

〔三〕違扞不欵　「欵」原作「疑」，據稿本及《隋書·刑法志》改。

〔四〕乃與粥　「粥」下原衍「湯」，據《文選音義》卷七、《隋書·刑法志》改。

奏彈王源

沈休文

吴興邑中正〔一〕　趙氏翼曰「六朝最重氏族，蓋自魏以來九品中正之法行，選舉多用世族，下品無高門，上品無寒士」也，然晉、宋、南齊諸書志於中正之官絶不之及，惟《新唐書·儒學·柳沖傳》云「魏氏立九品，置中正，尊世胄，卑寒士，權歸右姓，其州大中正、主簿，郡中正、功曹，皆取著姓士族爲之，以定門胄。晉、宋因之」，休文正攝是官，因王、滿連姻，故列銜舉奏也。

升降窳隆　五臣「窳」作「窊」，銑注可證。毛本亦作窊。按注引《吴都賦》「窳隆異等」，賦本作窊。《説文》：窊，污衺，下也；又洿，窊下也〔二〕。是凡下皆得謂之窊。

姻婭淪雜　何曰：宋大明五年詔，士族雜婚者皆補將吏，當時與工商雜户爲婚蓋有明禁，後所謂黜之流伍也。

臣實儒品　尤本「儒」誤作「懦」。

風聞東海王源　何曰「風聞」言事本此。

預班通徹　陳曰：漢武名徹，因改徹侯爲通侯，連用義未協。

而託姻結好　六臣本無「結」字，别本或無「好」字，皆誤。

注**《左氏傳》曰**〔三〕**：秦與晉出入，秦唯利是視**　今《傳》作「余雖與晉出入，余唯利是視」，蓋述秦人之語，此恐語不晰，故易二「秦」字。

注**《世説》曰**　陳校「説」改「語」，各本皆誤。

判與爲婚　六臣本無「爲」字。

注**《漢書音義》曰：連，親婣也**　六臣本「婣」作「姻」。胡公《考異》曰：《史記集解》引作「婚」，《漢書·南粤傳》〔四〕注引孟康亦作「婚」，皆與善不同。《索隱》云連者連姻也，恐尤本以彼語校改，復錯誤如此耳。

源即主　六臣本「即」下有「罪」字。

注**魯桓、齊穆**　何校「齊」改「楚」，陳同，各本皆誤。

薰蕕不雜　六臣本「蕕不」作「不蕕」。

注**《論語考比讖》曰**　「考比」當作「比考」，各本皆誤。

注《禮記》曰：晉文　何校「文」改「人」，各本皆誤。

注陸雲《答兄書》曰　何校「書」改「詩」，各本皆誤。

校記

〔一〕吴興邑中正　「邑」原作「郡」，據《文選》改。

〔二〕洿窊下也　《説文》二徐本「窳」，段注本改「窊」。

〔三〕左氏傳曰　「氏」據《文選注》補。

〔四〕漢書南粤傳　「粤」原作「越」，據《漢書·兩粤傳》改。

答臨淄侯牋

楊德祖

注《典略》曰　杭氏世駿《諸史然疑》云：「《唐書·志·藝文》稱魚豢《魏略》五十卷，并不言有《典略》，《隋志》則并《魏略》亦無，《太平御覽》直稱《魏典略》焉。《略》有列傳、有純固傳、有清介傳、有儒宗傳、有勇俠傳、有游説傳、有苛吏傳、有佞幸傳、有西戎傳，皆與他史題目不同。姚思廉修《梁書》又稱《魏略·知足傳》。劉勰云：《陽秋》《魏略》之屬，《江表》《吴録》之類。劉知幾云：魚豢、姚察著魏、梁二史，巨細畢載，蕪累甚多，而俱牓之以略，考名責實，奚其爽與？」按此後《與魏太子牋》「吴季重」注又稱《魏略》，皆一書也。

注**秉意投脩**　《三國·魏志·陳思王傳》注引《典略》「秉意」作「來意」。郝經《續後漢書》〔一〕引作「委意」。

脩死罪死罪　六臣本不重「死罪」二字。

豈由愛顧之隆　又**損辱嘉命**　又**不復過此。若仲宣之擅漢表**　又**至於脩者**　《魏志注》「由」作「獨」，「嘉」作「來」，「此」作「也」，「漢」作「江」，「於」作「如」。

自周章於省覽，何遑高視哉　六臣本「自」作「目」。《魏志注》亦作「目」，「遑」作「惶」，下有「駭於」二字。

體發旦之資　又**不復謂能兼覽傳記**　又**度越數子矣**　《魏志注》「發旦」作「旦發」，「資」作「質」，「復謂」作「謂復」，「子」下無「矣」字。

傾首而竦耳　又**其孰能至於此乎**　《魏志注》「竦」作「聳」，「孰」作「誰」。

歸憎其貌者也　尤本「憎」作「增」，誤。

猥受顧錫　又**然而弟子箝口**　又**聖賢卓犖**　六臣本無「然而」二字，「聖賢」作「賢聖」。《魏志注》「錫」作「賜」，「箝」作「鉗」。

脩家子雲　六臣本有善注云：子雲，雄字也，與脩同姓，故云脩家。按沈氏作喆《寓簡》云：脩，弘農華陰人，而揚子雲自序云五世傳一子雄，無他揚於蜀，而雄又無子，蓋子雲爲蜀之揚，非華陰之楊也。林先生曰：《唐楊珣碑》云「叔虞剪珪，自周封晉，伯喬食采〔二〕，受邑君楊」，按雄傳，其先出周伯僑，食采於晉之揚，因氏焉，《珣碑》豈沿德祖而誤耶！然吴仁傑《兩漢刊誤補遺》所辨，則脩與雄實同祖，皆氏木名之楊，雄自序誤耳。桂氏馥《跋漢郎中鄭固碑》云：今考《沛相楊統碑》《高陽令楊著碑》《太尉楊震碑》，皆脩之先，其字亦從木也。

若此仲山周旦之儔，爲皆有諐耶 毛本「此」誤「比」。《魏志注》「儔」作「徒」，「爲」作「則」，「耶」作「乎」。何曰：注言「詩無仲山甫作者，而吉甫美仲山甫之德，未詳德祖何以言之」，按此定是一時誤使。

斯自雅量，素所畜也 又**竊備矇瞍誦詠而已** 《魏志注》「斯」作「此」，「誦詠」作「歌誦」。

敢望惠施 《魏志注》「望」誤作「忘」。

反答造次，不能宣備，修死罪死罪 《魏志注》無此十三字。余曰：吴曾《漫録》云書尾用「不宣」語始此。

校記

〔一〕郝經續後漢書　原脱「後」字。

〔二〕伯喬食采　「喬」原作「高」，據《全唐文》卷四一、《金石萃編》卷八九等改。

與魏文帝牋

繁休伯

繁休伯　《説文》「繁」作「緐」，引《春秋傳》曰「可以稱緐旟乎」，薄波切。《廣韻·八戈》：繁，姓也，《左傳》殷人七族有繁氏，漢有御史大夫繁延壽。《班馬字類》：《史記·張蒼傳》「繁君」音婆，《漢書·陳湯傳》「繁延壽」蒲荷反、《蕭望之傳》作「緐」音婆。休伯姓自從此。

領主簿欽　尤本「欽」上有「繁」字，非也。

車子年始十四　注《左氏傳》曰：**叔孫氏之車子鉏商獲麟**　杜注「車子，微者」，《春秋内傳古注輯存》引服虔曰「車，車士微者也，子姓，鉏商名」，王肅曰「車士，將車者也」。案《家語》亦云「叔孫氏之車士曰子鉏商」，疑非此所云之車子。姜氏皋曰：《魏文帝集·答繁欽書》曰「固非車子喉囀長吟〔一〕所能逮也」，是車子爲當時之歌者；或亦如《搜神記》所載之張車子，生車間，名車子也，事又見本書《思玄賦》注。

哀音外激　六臣本「音」作「聲」。

曲美常均　「均」古「韻」字，見本書《嘯賦》注。

注**亦律調五聲之均也**　何校「亦」改「六」，各本皆誤。

注**宋均曰：長八尺，施弦也**　此有脱誤，於正文無涉。

温胡迭唱迭和　向注「温胡，姓名也」，按此仍未詳。姜氏皋曰：「温胡」疑是「嗢噱」二字，本書《笙賦》「先嗢噦以理氣」〔二〕、《洞簫賦》「瞋啯噭以紆鬱」皆理氣發聲之意也。

注**《漢書》曰：鄭聲尤集黄門集樂之所**　胡公《考異》曰：此有脱誤，所引必《禮樂志》「鄭聲尤甚，黄門名倡丙彊、景武之屬」云云以注黄門也，今誤「甚」爲「集」，「集樂」上又脱「黄門」下字〔三〕耳。

優游轉化　六臣本「轉」作「變」。

注**與左顛等**　胡公《考異》曰：「顛」當作「顛」，觀下注「顛與顛同」可見也，「顛」即「顛」字，今本《魏志》作「願」乃誤字耳。

注**其史妠、謇姐，蓋亦當時之樂人**　《能改齋漫録》云以是知婦人稱姐漢魏已然。張氏雲璈曰似是當日女伎。

校記

〔一〕喉囀長吟　「囀」原作「輔」，據《藝文類聚》卷四三、《魏文帝集·答繁欽書》改。

〔二〕先嗢噦以理氣　「以」原作「而」，據《文選》改。

〔三〕集樂上又脱黄門下字　「下」原作「二」，據上文「黄門集樂」及胡克家《文選考異》卷七「黄門下失去，全非其舊耳」改，謂脱「名倡丙彊景武之屬」八字，非脱「黄門」。

答東阿王牋

陳孔璋

君侯體高世之材　五臣「世」作「俗」，翰注可證。

秉青萍、干將之器　黄氏士珣曰：注引《吕氏春秋》以青萍爲人名，張升《反論》與庖丁對舉，似皆指人言。蓋牋所云者，猶言秉二人所製之器云爾，非指爲器名也。至李太白《上韓荆州書》「庶幾青萍、結緑，長價于薛、卞之門」，則直以青萍爲劍名矣。

注 **張叔《及論》曰**　「叔及」當作「升反」，各本皆誤。説詳前。

答魏太子牋

吴季重

恩哀之隆　又 **歲不我與**　六臣本「隆」作「降」，「我與」作「與我」。

自謂可終始相保　又 **誠如來命**　六臣本「保」作「報」，「誠」作「試」。

注 **《爾雅》曰：尚，庶幾也**　姜氏皋曰：此恐有誤，今本《爾雅》無此文，即《廣雅》《小爾雅》均無此訓，惟《説文》「尚，曾也，庶幾也」，又《易·小過》釋文、《書·大禹謨》傳、《詩·兔爰》《大東》《菀柳》箋、《儀禮·特牲饋食》《少牢饋食》、《禮記·檀弓》、《左·文十八年傳》《昭十三年傳》各注皆同。

伏惟所天　六臣本校云善無「伏惟所天」，蓋傳寫脱耳。

休息篇章之圃　六臣本「圃」作「圃」。

注**項代曰**　陳校「代」改「岱」，各本皆誤。

注**魏文書曰：吾德不及蕭王，年與之齊矣**　案《魏文帝集·又與吴質書》云：光武言「年已三十，在軍十年，所更非一」，吾德雖不及，而年與之齊。

遠近所以同聲　六臣本「聲」下有「也」字，何、陳校添。

今質已四十二矣　又**不復若平日之時也**　六臣本無「已」字，「日」作「生」。

時邁齒載　胡公《考異》曰：疑此「载」當作「耋」，故注引《左傳》「耋老」，六臣本所載良注「载，大也」，蓋「载」、「耋」爲善、五臣不同也；又案《漢書·孔光傳》「犬馬齒载」讀作耋，或季重用彼成文。

注**《尚書》曰：慺慺，謹敬也**　六臣本無「尚」字。胡公《考異》曰：無者疑脱「字」字耳〔一〕，作「尚」非也，《求通親親表》注引亦誤。

校記

〔一〕疑脱字字耳　上「字」據稿本及《文選考異》卷七補。

在元城與魏太子牋

西帶恒山　尤本「恒」作「常」，非也。「恒」漢諱，此牋不當避。

注《漢書》有常山郡　尤本「常」作「恒」，下文「《漢書》常山郡元氏縣」同，皆非，此李引班《志》避作「恒」也。

注背漢之趙　陳校「趙」改「楚」，各本皆誤。

存李齊之流　六臣本校云五臣「存」作「想」。

女工吟詠於機杼　胡公《考異》曰：「女工」當作「工女」，以工女與農夫偶句也，《酈食其傳》「紅女」與《景帝紀》「女紅」迥乎有别，觀善舍《紀》引《傳》較可知矣，各本皆誤倒。

注《爾雅》曰：科，條也　胡公《考異》曰：「爾」當作「廣」，此所引《釋言》文。

注後爲東郡尉　何校「尉」上添「都」字，陳同，各本皆脱。

顯左右之勤也　五臣「顯」作「願」，翰注可證。

注《爾雅》曰：貿，易也　「爾」當作「小」，各本皆誤，此引《廣詁》文。

爲鄭冲勸晉王牋

阮嗣宗

阮嗣宗　余曰：《世説》：魏朝封晉文王爲公，備禮九錫，文王固讓不受，公卿將校當詣府敦喻，司空鄭沖馳遣信就阮籍求文，籍時在袁孝尼家，宿醉扶起，書札爲之，無所點定，乃寫付使，時人以爲神筆。徐氏昂發《畏壘筆記》云：阮籍雖未仕晉，而勸進一牋意存黨篡，百喙無詞，載之晉史，所以誅心也」，乃郭氏倫《晉紀》附籍於阮咸傳中，俾與陶潛爲一例，非至公矣。

注 **魏帝，高貴鄉公也；太祖，晉文帝也** 六臣本無此十三字。案此有誤也。考《晉書·文帝紀》，司空鄭沖率群官勸進爲景元四年十月事，其時魏帝乃常道鄉公矣，無高貴鄉公已久。此尤本所誤添，否則「高貴」當作「常道」也。

注 **《尚書》曰：光宅天下。又曰：魯侯伯禽宅曲阜** 按此《尚書·堯典》序及《費誓》序，「尚書」下當添「序」字。

呂尚磻溪之漁者 《晉書·文帝紀》「者」下有「也」字。

朝無闕政 《晉書》「闕」作「粃」。

榆中以西 《水經·河水注》云：昔蒙恬爲秦北逐戎人，開榆中之地，《地理志》金城郡之屬縣是也，故《史記音義》曰：榆中在金城，即阮嗣宗《勸進文》所謂榆中以西〔一〕也。

禽闔閭之將 林先生曰：《戰國策》蘇子説齊閔王曰：雖有闔閭吳起之將，禽之户内。

斬輕鋭之卒 《晉書》「斬」作「虜」。

注 **上親臨西園** 六臣本「園」作「圍」，是也。

是以殊俗畏威 又 **禮典舊章** 又 **明公宜承聖旨** 《晉書》「威」作「懷」。六臣本「章」作「制」。《晉書》「承」下有「奉」字。

則可朝服濟江　六臣本校云五臣無「朝」字，蓋傳寫脱。

注**迴戈聊指**　「聊」當作「邪」，各本皆誤。

今大魏之德　六臣本脱「今」字。《晉書》「今」作「令」，是也。

登箕山而揖許由　毛本「而」作「以」。

注**吾誰與之爲鄰**　六臣本無「之」字，是也，此引《山木》篇文。

沖等不通大體，敢以陳聞　《晉書》無此十字。

校記

〔一〕勸進文所謂榆中以西　《水經注·河水》各本作「南」，此改「西」以就《文選》耳。按《晉書·文帝紀》引此牋亦作「西」。

謝玄暉　拜中軍記室辭隨王牋

隋王　何校「隋」改「隨」〔二〕，陳同。

謝玄暉　注**謝眺**　何校「眺」改「朓」，陳同。《南史·謝朓傳》云：時荆州信去，倚待朓，執筆便成，文無點易。

或以歍唈　五臣「歍」作「嗚」，銑注可證。

况乃服義徒擁　六臣本「况」作「恐」。《南齊書·謝脁傳》無「况」字。

注**言密服義之情也**　六臣本無此七字，是也。

抽揚小善　《南齊書》《南史》「抽」并作「搜」。按《説文》「抽，引也」，《後漢書·范滂傳》「抽拔幽陋」。

注**《尚書》秦穆公曰：如有一介臣**　《書》釋文「馬曰：一介，耿介一心端慤者」，《書疏》引王曰亦同。《公羊·文十二年傳》何休注「一介猶一槩也」，而釋文云「字又作个，音工佐反」。《大學》作「个」，釋文又曰「古賀反，一讀作介」。《唐石經·禮記》作「介」。《七經孟子考文補遺》云古本作「介」。《後漢書·杜詩傳》及注亦引作「介」。

注**《周書陰符》**　今《逸周書》無《陰符》篇。《隋志》有「《周書陰符》九卷」。

故捨耒場圃　《南齊書》無「故」字。《南史》「故」下有「得」字。

注**好宫室苑圃之樂**　何校「圃」改「囿」，各本皆誤。

東亂三江，西浮七澤　《南齊書》《南史》「亂」作「泛」。六臣本「浮」作「游」。

注**後遷西將軍**　陳校「西」上添「鎮」字。

早誓肌骨　五臣「誓」作「逝」。翰注：逝，往也。

龍門不見　洪氏《楚辭補注》引伍端休《江陵記》：南關三門，其一曰龍門。

効蓬心於秋實　何曰：此用《邢顒傳》〔二〕「庶子春華，家丞秋實」語。

注**《韓詩外傳》：簡王曰**　「王」當作「主」，各本皆誤。

注**楚昭王亡其踦屨**至**無相棄者**　趙氏懷玉曰：此引《韓詩外傳》云云，今《外傳》無此文。按此注前引《韓詩外傳》少原婦人事以釋簪，後引楚昭王事以釋屨，未必後引亦《外傳》文。賈誼《新書·諭誠》篇載此事而加詳，或引賈語而脱載書名耳。

校記

〔一〕隋王云云　尤本、元槧本、毛本、胡本「隋」，目録及六臣本作「隨」，秀州、明州、袁本目録復作「隋」。諸本文目錯出，「隋」字蓋隋代以後追改。

〔二〕邢顒傳　「顒」原作「禺」，據《三國志·魏書·邢顒傳》改。

到大司馬記室牋　任彦昇

伏承以今月　又**含生之倫**　《梁書·任昉傳》無「月」字，「含」作「天」。

昔承嘉宴　又**提挈之旨**　《梁書》「嘉」作「清」。五臣「挈」作「契」，濟注可證。

斯言不淪　六臣本校云「言」善本作「其」。

大厦搆而相賀　五臣「賀」作「歡」，銑注可證。《梁書》作「驩」。

作物何稱 又**俊賢翹首** 《梁書》「作」作「化」，「翹」作「驤」。

注《韓詩外傳》曰：**白骨類象，魚目似珠** 今《外傳》無此文。

且知非報 《梁書》止此。

百辟勸進今上牋

注**并任昉之辭也** 《梁書·丘遲傳》勸進梁王及殊禮皆遲文。

注《史記》曰：**司馬遷** 何校去「曰」字，陳同，各本皆衍。

奉被還命 《梁書》及《南史·高祖紀》「命」并作「令」。

通人之弘致 又**匹夫之小節** 《梁書》無兩「之」字。

增玉璜 《梁書》《南史》「增」并作「贈」。

注《尚書中候》曰：**王即田鷄水畔** 至**報在齊** 《古微書》引《尚書中候》曰：文王遊磻溪之水，呂望釣其涯，王下拜曰「乃今見光景於斯」，尚曰「望釣得玉璜，刻曰：姬受命，呂佐旌」。不若此注之詳。《竹書紀年》引之亦異。

注**破左興衆十萬於鍾山** 陳校「興」下添「盛」字，各本皆脱。

大造王室 《梁書》「王室」作「臺閣」。

雖累繭救宋 又**居今觀古** 《梁書》《南史》「雖」下并有「復」字。六臣本「居」作「以」。

注《説文》曰：**黶，黑皺也，古典切** 袁本無此十字〔一〕，是也。

注**魯班之子** 胡公《考異》曰：「子」當作「号」，各本皆誤，今《宋策》注「號」〔二〕，「号」即「號」别體也。

注**則大鐘不可負** 又**悦然有音** 又**亦由此也** 今《吕氏春秋·自知》篇「大鐘」作「鍾大」，「悦」作「況」，「亦」作「非」，「由」作「猶」。按「非」字恐誤，當據此訂正。

告龍逢之怨 又**明公據鞍輟哭** 《梁書》《南史》「怨」并作「寃」。《南史》「輟」作「號」。

注**蕭穎胄建牙陳伐** 「陳」當作「東」，各本皆誤。

故能使海若登祇 六臣本「祇」作「祗」。祗、祇形近，此誤添一畫。

注《孟子》曰：**湯始征自葛** 今本「葛」下有「載」字。

且明公本自諸生 至**濟必封之俗** 《南史》無此三十七字。

驅盡誅之氓 六臣本校云「氓」善作「萌」。

將使伊周何地 六臣本無「將」字。《梁書》《南史》所載并止此。

注**王暢誄劉表** 陳曰當作「劉表誄王暢」，《魏志·劉表傳》注引謝書甚詳。是也，各本皆誤。

校記

〔一〕袁本無此十字　「袁本」當作「六臣本」，茶陵本同之。

〔二〕今宋策注號　「號」據稿本及《文選考異》卷七、《戰國策·宋策》高誘注「公輸般，魯班之號也」補。

阮嗣宗

詣蔣公

《詣蔣公》一首　六臣本「詣」上有「奏記」二字〔一〕，是也。

注有才儁而辟之　六臣本「而」下有「俶儻爲志高問掾王默然後」十一字。

注濟大怒　六臣本「怒」下有「王默然懼與籍書勸説之」十字。

注《泰階六符經》曰　姜氏皋曰：案是書《隋經籍志》已不載，惟《史記索隱》於「魁下六星，兩兩相比曰三台」下云「應劭引《黄帝泰階六符經》」也，李注或即本此。

群英翹首　又下走爲首　《晉書·阮籍傳》「群英」作「英豪」，「下」上有「而」字。

子夏處西河之上　又鄒子居黍谷之陰　《晉書》作「昔子夏在於西河之上，鄒子處於黍谷之陰」。六臣本「居」下有「於」字。

夫布衣窮居韋帶之士　又所以屈體而下之者　《晉書》無「窮居」二字，「士」下有「孤居特立」

四字，「屈體而」三字作「禮」字。

籍無鄒卜之德　《晉書》「籍」上有「今」字，「德」作「道」。

猥煩大禮，何以當之　尤本作「猥見採擢，無以稱當」，《晉書》亦同，惟「擢」作「擇」。胡公《考異》曰：此尤依《晉書》改。

輸黍稷之税，以避當塗者之路　《晉書》「税」上有「餘」字，無「以避」下七字。

注 **有負薪之憂**　「負」字誤，當由欲引《曲禮》而誤作《孟子》耳。

補吏之召　六臣本「召」作「日」。此亦尤本依《晉書》改也。

校記

〔一〕六臣本詣上有奏記二字　「詣上」原作「公下」，據《文選》改。

文選旁證卷第三十四

文選卷四十一

李少卿　答蘇武書

昔者不遺，遠辱還答　良注：「陵前與蘇武書，武有還答，今陵又答。」按此注是也。《太平御覽》卷四百八十九引此篇謂出《李陵別傳》，而劉子玄、蘇子瞻乃疑爲齊梁人僞作，誤矣。《藝文類聚》卷三十載李陵《與蘇武書》云：「子卿名聲冠於圖籍，分義光於二國，形影表於丹青，爵禄傳於王室，家獲無窮之寵，永明白於千載。夫行志志立，求仁得仁，雖遭困厄，死而後已，將何恨哉！陵前提步卒五千，深入匈奴右地三千餘里，雖身降名辱，下計其功，豈不足以免老母之命耶！嗟乎子卿，世事謬矣！功者福主，今爲禍先；忠者義本，今爲重患。是以彭蠡赴流，屈原沉身，子欲居九夷，此不由感怨之志耶！行矣子卿，恩若一體，分爲二朝，悠悠永絶，何可爲思？人殊俗異，死生斷絶，何由復達？」按此所載恐非全文。《文選》本篇注尚有李陵前《與蘇子卿書》云：「陵前爲子卿死之計，所以然者，冀其驅醜虜，翻然南馳，故且屈而求伸，若將不死，功成事立，則上報厚恩，下顯祖考之明也。」又本書《西征賦》注引李陵《與蘇武書》云：「言爲瑕穢，動增泥滓。」〔一〕又《責躬詩》注及《燕然山銘》注並引李陵《與蘇武書》云：「雷鼓動天，朱旗翳日。」又張茂先詩注、繁休伯牋注並引李陵《與蘇武書》云：「陵自有識以來，士之立操，未有如子卿者也。」又孫子荆書注引李陵《與蘇武書》云：「陵當爲單于畜兵養士〔二〕，循先將軍之令，將飲馬河洛，收珠南海。」此皆《藝文類聚》所未收。惟《郭有道碑文》注引《李陵書》曰「策名於天衢」〔三〕，則「書」字爲「詩」字之誤；此五字見《古文苑》所載李陵《録别詩》第六首之末句，《薦禰衡表》注引作「詩」尚不誤。《藝文類聚》卷三十載蘇武《報李陵書》〔四〕云：「曩以人乏，奉使方外，至使遐夷作逆，封豕造悖，豺狼出爪，摧辱王命，身幽於無人之處，跡戢於胡塞之地，歃朝露以爲飲，茹田鼠以爲糧，窮目極望，不見所識，側耳遠聽，不聞人聲，當此之時，生不足甘，死不足惡，所以忍困強存，徒念忠義，雖誘僕以隆爵厚寵、萬金之利，不以滑其慮也，迫以白刃在頸、鈇鑕在喉〔五〕，不以動其心也。何則？志定於不回，期誓於没命，幸賴聖明，遠垂拯贖，得使入湯之禽復假羽毛，刖斷之足復蒙連續。每念足下才爲世英，器爲時出，語曰『夜行被繡，不足爲榮』，况於家室孤滅，棄在絶域，衣則異制，食味不均，棄捐功名，雖尚視息，與亡無異。向使君服節死難，書功竹帛，傳名千代，茅土之封，永在不朽，不亦休哉！嗟乎李卿，事已去矣！失之毫釐，差之千里，將復何言？所既重遺，義當順承，本爲一體，今爲異俗，余歸漢室，子留彼國，臣無境外之交，故不當受，乖離邈矣。相見未期，國別俗殊，死生隔絶，代馬越鳥，能不依依！謹奉答報，並還所贈。」按本書《答盧諶》詩注、丘希範書注、《三國名臣序贊》注並引蘇武《答李陵書》

云「每念足下才爲世生，器爲時出」云云即此書也。又《海賦》注引蘇武《答李陵書》云：「雖乘雲附景不足以比速，晨鳧失群不足以喻疾。」又《博弈論》注引蘇武《答李陵書》云：「其於學人，皆如鳳如龍。」又《北堂書鈔》卷一百十七引蘇武《答李陵書》云：「當子鋭氣深入之時，朝發夕息，數千萬里，雖乘風附景不足擬其迅也。」又《太平御覽》卷九百十九引蘇武《與李陵書》云：「乘雲附景不足以譬速，晨鳧失群不足以喻疾，豈可因歸雁以運糧、託景風以餉軍哉！」又本書張景陽《雜詩》注引蘇武書云：「越人衣文蛇，代馬依北風，君子於其國也，愴愴傷於心〔六〕。」亦皆《藝文類聚》所未收。林先生曰：唐人省試詩題有《李都尉重陽日得蘇屬國書》，其事他書所不載，未知即所答之書否也。

子卿足下 先太常公曰：《太平御覽》引《異苑》云：介之推逃禄隱跡，抱樹燒死，文公拊木哀嗟，伐而製屐，每懷割股之功，俯視其屐曰「悲乎足下」，足下之稱疑起於此。

注**緑幘傅鞲。注曰** 袁本無「鞲注」二字〔七〕，此尤本校補。胡公《考異》曰：依顔注訂之，當脱「鞲，韋昭」三字，尤所補未是。

邊土慘裂 《西京賦》注引「裂」作「烈」。

注《説文》**作葭** 今《説文》「笳」字下無通「葭」之訓。

注《毛詩》**曰：駉駉牧馬** 《詩·魯頌》「駉駉牧馬」，正義云：駉駉然腹幹肥張者，所牧養之良馬也，定本「牧馬」字作「牡馬」。《顔氏家訓·書證》篇云：江南書皆作牝牡之牡，河北本悉爲牧放之牧。

故每攘臂忍辱　六臣本無「每」字。

出天漢之外　六臣本「天漢」作「大漠」。

注《説文》作戡。戡，勝也。此堪是地名　今《説文》：戡，殺也，引《書》「西伯既戡黎」；又戡，刺也；又《土部》「堪」字訓地突也。

前書倉卒，未盡所懷，故復略而言之　翁先生曰：李陵《答蘇武書》，後人謂非陵作，又云馬遷代作。今按其文，排蕩感慨，與西京風氣迥别，是固不待言。抑又有説者，中間一段叙戰事極詳。按武在匈奴十九年常與陵往來，其敗其降，先後原委，豈有不洞然胸中者？乃必待前書未盡，始復暢所懷乎？陵在匈奴雖痛漢之負己，然觀其與武飲酒，自謂罪通於天，及置酒賀武，惟自痛不能類武，比立政等；至匈奴招陵，陵止以再辱爲懼，未有它語，豈在匈奴時反無一語及漢之過，而於書中必相責望耶！且陵即怨漢，不過及武帝一身，與諸帝何與？而乃稱引韓、彭諸往事，雖當盛怒，然亦曾臣漢，何至絶棄一至於此乎！揣陵之心，其將欲以此速子卿之禍歟？况漢之族陵家，本以陵教單于爲兵備漢故耳，非因其降也。今謂厚誅陵以不死，亦與本事相乖。此時田千秋爲丞相，桑弘羊爲御史，大夫霍子孟、上官少叔用事，霍與上官故善陵，烏睹所謂妨功害能之臣盡爲萬户侯、親戚貪佞之類悉爲廊廟宰者哉！况武與陵稱夙善。楊惲以「南山」詩句貽孫會宗遂至大戮，而會宗亦坐免官。

今連篇怨望，萬里相贈，其誰不知幼主在上，可爲寒心，武獨不一思乎？是此書必不作於西漢。若作於西漢時，吾知子卿得書且投之水火，泯其蹤跡，必不傳至今日矣。第前後布置，於當日情事段段取用，此正作者善以假爲真處。故自昭明《選》後，鮮不以爲陵作，而卒難欺諸千百年後也。至以此爲司馬代之辨白，此又非也。子長於陵事，於任益州一書痛自稱述，不必再爲剖白。況被刑以後，此事亦不復深言，作《李陵傳》艸艸點次便止，今復撰此書，其意何居？將示時人乎？則一之爲甚，不得復自招尤。將示後人乎？取擬筆之書，貽之千百年後，信不信未可知，何益之有？或云六朝高手所爲，想是明眼也。

步卒五千　《史記·李陵傳》云「將丹陽楚人五千人，教射酒泉、張掖以屯衛胡」，又云「使陵將其射士步兵五千人出居延北」，然則此步卒即丹陽楚人。茅氏坤曰：南人之不習乎北固也，而陵以橫挑彊胡，何哉？

五將失道　注《漢書·武紀》曰：天漢二年，將軍李廣利出酒泉，公孫敖出西河，騎都尉李陵將步卒五千出居延。時無五將，未審陵書之誤，而《武紀》略之也　按此自指别軍之將。汪氏師韓曰：步卒五千，即當有五將，未必即指李廣利、公孫敖等人。

徒首奮呼　孫氏志祖曰：「首」當作「手」。按古文以首爲手，見《儀禮·大射儀》《士喪禮》各注，《莊子》釋文亦曰「首本作手」。《爾雅》「暴虎徒搏」疏「無兵空手搏之」即徒手之謂，李注「無復甲胄」云云似不得其解。

而執事者云云　注**謂漢朝執事之人也**　孫氏志祖曰執事謂蘇武也。張氏雲璈曰：此書稱足下、稱子卿，無緣又稱執事，自以原注爲是。

子曰申生虛死　陳校「子」下添「犯」字，各本皆脱。

注**遷處蜀道，著青衣**　陳校去「著」字，各本皆衍。

注**《説文》曰：葅，肉醬也**　段曰「葅」當作「醢」。

注**吏侵之，益怒**　六臣本「怒」作「急」，是也，他本皆誤。

注**《孟子》曰：千年一聖，五百年一賢，賢聖未出，其中有命世者**　姜氏皋曰：《史記集解序》索隱引《孟子》「五百年生一賢，其間必有名世者」與此相似，而此節周氏廣業《孟子四考》、翟氏灝《四書考異》均未採及。

注**二子謂范蠡、曹沫也**　《容齋續筆》云：二子謂上文賈誼、亞夫〔八〕，遐舉猶往事也。

陵雖孤恩，漢亦負德　注**《論語》曰：德不孤**　《學林》二引五臣注云：「力屈而降則孤恩也，漢誅陵母亦負德也」，蓋孤者不報之義，《後漢·馬皇后紀》曰「孤恩不報」注「孤，負也」、《蜀志·先主傳》曰「常恐殞没，孤負國恩」是也，此注引《論語》「德不孤」似未協。凌氏稚隆曰：李陵憤軍降虜，罪固莫逃，然漢亦不能無失焉。惡陵不鄉貳師，而僅與步兵五千人，一也；疑陵悔不欲行，而反止迎軍之路博德，二也；既知博德姦詐，坐令陵敗而釋之不治，三也；誤信公孫敖之言，而遂誅其母弟妻子，四也。然則陵之敗，漢誤之也；陵無還心，漢激之也。疇謂陵獨負漢乎哉！

注 **顯居臣上**　何校「顯」改「顧」，陳同，各本皆誤。

校記

〔一〕本書西征賦注引李陵與蘇武書云言爲瑕穢動增泥滓　「引」上原衍「及責躬詩注並」六字，係稿本以小字增補，而《責躬詩》注并無此語，據删。檢稿本此節鋪排多句「某篇注引李陵與蘇武書云某」，此處原作「本書西征賦注引李陵與蘇武書云言爲瑕穢動增泥滓，又責躬詩注引李陵與蘇武書云言爲瑕穢動增泥滓，又責躬詩注引李陵與蘇武書云雷鼓動天朱旗翳日」，觀中句乃拼合上句謂語與下句主語而成，顯係謄抄者眼花退行致複寫一行，而統稿者不察，誤將前二句删并爲一。

〔二〕陵當爲單于畜兵養士　「爲」原作「謂」，據《文選·與孫皓書》注改。

〔三〕策名於天衢　「天衢」原作「清時」，據《文選·郭有道碑文》注、《薦禰衡表》注、《藝文類聚》卷二九、《古文苑》卷八等改，涉上句「不如及清時」而誤。

〔四〕藝文類聚卷三十載蘇武報李陵書　「十」下原衍「八」，據《藝文類聚》卷三十《人部》改，蓋因「人」誤「八」。

〔五〕鈇鑕在喉　「鈇」原作「鐵」，據《藝文類聚》卷三十改。

〔六〕愴愴傷於心　贛州、建州、毛本「愴愴」，他本均作「悽愴」。

〔七〕袁本無講注二字　「袁本」當作「六臣本」，茶陵本同之。

〔八〕容齋續筆云二子謂上文賈誼亞夫　引自孫志祖《文選李注補正》卷三，《容齋續筆》無；「夫」原作「父」，據《文選》上文改，孫志祖不誤。

報任少卿書

司馬子長

注爲衛將軍　何校「軍」下添「舍人」二字，陳同，見《史記》任安本傳，各本皆脱。

太史公牛馬走司馬遷再拜言　**注太史公，遷父談也**　孫氏志祖曰：《漢書·司馬遷傳》無此十二字，《刊誤補遺》云：蓋得其本文如此。遷被刑後乃有此書，其父談死久矣，知「太史公」自謂也，「牛馬走」當作「先馬走」。《淮南書》曰：越王句踐親執戈爲吴王先馬。《周官·太僕》「王出入則前驅」注「如今導引」。子長自謂先馬走者，以史官中書令在導引之列耳，故又云「幸得奏薄技，出入周衛之中」。《百官表》有太子先馬，蓋亦前驅之稱。

曩者辱賜書　六臣本「賜書」作「書賜」。

教以順於接物　《漢書》「順」作「慎」。

意氣懃懃懇懇　六臣本作「懃懇懃懇」。

若望僕不相師，而用流俗人之言　六臣本校云「而用」善作「用而」，是也，「用」字斷句，「而」字下屬，《漢書》已有明文，李當與之同。

僕非敢如此也。僕雖罷駑，亦嘗側聞長者之遺風矣 《漢書》「此」作「是」，無第二「僕」字，無「之」字。六臣本「罷」作「疲」。

是以獨悒鬱而與誰語 六臣本無「以」字，「與誰」作「誰與」。《漢書》作「是以抑鬱而無誰語」，師古曰：言無知心之人，誰可告語？

士爲知己者用，女爲悅己者容，若僕大質已虧缺矣 《漢書》無兩「者」字、「矣」字。

注 **晉陽之孫** 胡公《考異》曰「晉」下當有「畢」字，各本皆脱。

適足以見笑 《漢書》「見」作「發」。

注 **點，辱也** 《漢書》注：點，汙也。本書《補亡詩》「莫之點辱」注「點與玷古字通」。《廣雅·釋詁三》亦云：點，汙也。

注 **若煩務也** 陳校「若」改「苦」，見《漢書》顏注引，各本皆誤。

得竭志意 《漢書》「志」作「指」。尤本作「至」，誤也。

今少卿抱不測之罪 余曰：《史記》：太子有兵事，任安爲北軍使者護軍，太子立車北軍南門外，召任安，與節令發兵，安拜受節，入閉門不出，武帝聞，下安吏，誅死。

涉旬月，迫季冬 六臣本無「月」字。林先生曰：漢獄踰冬便得減死，迫季冬者恐其當決不得免也。

僕又薄從上雍，恐卒然不可爲諱　《漢書》「上」下重「上」字，無「爲」字。「上雍」《漢書注》亦未詳釋。案《漢書》征和元年巫蠱起，二年七月「御史大夫暴勝之、司直田仁坐失縱，勝之自殺，仁要斬」，則任安之下吏亦是時也；「三年春正月行幸雍，至安定、北地」，故書曰「從上上雍」也，《史記·武紀》「上初至雍，郊見五時，後常三歲一郊」、《封禪書》云「自古以雍州積高，神明之隩，故立時郊上帝，諸神祠皆聚」是也。

闕然久不報，幸勿爲過　《漢書》無「久」字、「爲」字。

智之符也　又**義之表也**　《漢書》「符」作「府」，「表」作「符」。五臣「符」亦作「府」，翰注「府，聚也」與師古説合。

而列於君子之林矣　《漢書》無「而」字。六臣本「矣」作「也」。

詬莫大於宮刑　《漢書》「詬」上有「而」字。

昔衛靈公與雍渠同載，孔子適陳　注**去衛過曹，此言孔子適陳，未詳**　六臣本「昔」下有「者」字。《漢書》無「同」字。汪氏師韓曰：《史記》孔子始至衛即適陳，後又至衛，過宋適陳；《論語》衛靈公問陳，明日遂行，在陳絶糧。孔子三至衛皆適陳，其見南子在畏匡還衛之後，時去適宋，又去適陳，《家語》所云適曹恐是適宋之誤，司馬書固無誤也。

同子驂乘　注**蘇林曰：趙談也，與遷父同諱，故曰同子**　《史記·趙世家》《趙談傳》並改爲

「同」，《高祖功臣表》新陽侯吕談、《王子表》庸侯劉談並作「譚」字，皆避父諱。然亦有不避者，如《晉世家》中再見「惠伯談」、《李期傳》中再見「韓談」、《司馬相如傳》「因斯以談」、《滑稽傳》「談言微中」又各未避，則疑爲後人追改耳。

夫以中才之人，事有關於宦豎莫不傷氣，而况於慷慨之士乎　六臣本及《漢書》無「以」字。《漢書》無「有」字、「而」字，「况」下無「於」字。

如今朝廷雖乏人，奈何令刀鋸之餘薦天下豪俊哉　《漢書》無「廷」字。六臣本「豪」上有「之」字。

注**《史記》：履貂曰**　「履貂」即「勃鞮」。《後漢書·宦者傳》作「勃貂」〔一〕，章懷注：勃貂即寺人披。本書《宦者傳論》注云《史記》以勃鞮爲履貂，與此注合。而今《史記》實不作「履貂」，殆所見本異也，今《史記》作「勃鞮」又作「履鞮」。宋庠《國語補音》「勃鞮，官名」，蓋勃鞮若《周官》鞮屨氏之職，勃貂、履貂、履鞮皆官號之異。鞮即革屨，貂是皮履；勃《説文》訓排，則取排比之義耳。

得待罪輦轂下　《漢書》師古注云：言侍從天子之車輿。

外之又不能備行伍，攻城野戰　六臣本無「又」字。《漢書》亦無「又」字，「野戰」作「戰野」。

下之不能積日累勞　又**可見如此矣**〔二〕　《漢書》「積日累勞」作「累日積勞」，「如」作「於」。

鄉者，僕常廁下大夫之列　《漢書》「僕」下有「亦」字。

陪外廷末議，不以此時引綱維　六臣本「陪」下有「奉」字，「綱維」作「維綱」，《漢書》同。

注**外廷即今僕射外朝也**　姜氏皋曰：以唐制爲比，故曰今。《周禮·朝士》「掌外朝之法」注「今司徒府有〔三〕天子以下大會殿，亦古之外朝哉」，王伯厚《漢制考》云〔四〕疏「舉漢法以況義也」，注例本此。

僕少負不羈之行　《漢書》「行」作「才」。

使得奏薄技　又**亡室家之業**　《漢書》「奏」作「奉」，「亡」作「忘」。

注**《毛詩》曰：藹藹多士，媚於天子**　此節引《詩·卷阿》語。

俱居門下　翰注：謂同爲侍中官。

素非能相善也　又**接慇懃之餘懽**　《漢書》無「能」字、「餘」字。

自守奇士　《漢書》無「守」字。

隨而媒孽其短　五臣「孽」作「蘖」，翰注：蘖，生也。《漢書·李陵傳》作「蘖」，孟康曰：「媒，酒酵也；蘖，麴也。謂釀成其罪也。」

仰億萬之師　《漢書》「仰」作「卬」。

注**《說文》曰：挑，相呼也**　今《說文·手部》「挑，撓也，一曰摷也」，又《言部》「誂，相呼誘也」，疑此注引《言部》文而有脱誤。

十有餘日，所殺過半當 五臣無「半」字，向注可證。《漢書》無「有」字、「半」字。師古曰：率計戰士殺敵數多，故云過當也。

乃悉徵其左右賢王 《漢書》無「其」字。

轉鬭千里 林先生曰：《漢書》「陵將步卒五千出居延，行三十日〔五〕，至浚稽山與單于值，且戰且引南行，循故龍城道行四五日，未至鞮汗山」，所謂轉鬭千里也。

然陵一呼勞，軍士無不起 又**躬自流涕** 六臣本「陵」上有「李」字，「士」下有「卒」字。《漢書》亦有「李」字，無「自」字。

更張空拳 六臣本無「更」字。《漢書》亦無「更」字，「拳」作「弮」。說詳下。

注**《說文》曰：頮，洗面也** 今《說文》沬，洒面也，重文作湏。而此引作頮，所據《說文》本異也。說見前《七發》。

注**顏師古曰：弮讀爲拳者謬矣，拳則屈指，不當言張。陵時矢盡，故張弩之空弓，非手拳也。李奇曰：拳者，弩弓也** 胡公《考異》曰：「正文作『拳』，善注先如字解之，復引顏說乃解爲弮字，所以兼載異讀，下李奇語即顏所引，當作弮，不當作拳，《漢書注》可證。」案宋楊伯喦《臆乘》亦以師古「張空弮」之說爲長。然《左氏·桓六年傳》注「張，自侈大也」，《北史·辛雄傳》云「軍威必張」，《唐書·劉仁軌傳》「戰勝之日開張形勢」，所用張字皆振奮之義，要即振臂一呼之狀。且李陵《與蘇武書》「人無尺鐵，猶復徒首奮呼」，徒首即徒手，既是徒手相搏，則拳不必作弩弓解。考《周官》六弓六弩，弓弩並用；《玉海》載漢制弩則有弩將，射則有樓煩將；《史記》謂陵帥射士五千人；《漢書》謂陵將荆楚勇士奇材劍客，而強弩都尉路博德羞爲後距。則五千人非弩將可知。况是時死傷略盡，所未死者，豈皆習弩而有空拳可張者乎？竊謂《國語》已有「拳勇股肱」之語，《鹽鐵論》亦云「專諸空拳，不免於爲禽」，《後漢書·皇甫嵩傳》「雖兒童可使奮拳以致力」，《北齊書·神武帝紀》「縱無匹馬隻輪，猶欲奮空拳而争」，凡皆言拳非言弮。至《隋書·達奚長儒傳》云「戰鬭三日，五兵咸盡，士卒以拳毆之，手皆見骨」云云，此雖後代事，亦可證軍中未始無用拳者，李前注言「兵已盡，但張空拳以擊」情狀正相同也。

北嚮争死敵者　《漢書》「嚮」作「首」，無「者」字。

見主上慘愴怛悼　《漢書》「愴」作「悽」。

能得人之死力，雖古之名將不能過也　六臣本校云「人」下善無「之」字。《漢書》「古」下無「之」字，「不」下無「能」字。

而報於漢　又**亦足以暴於天下矣**　又**推言陵之功**　又**明主不曉**　又**家貧，貨賂**　《漢書》「報」下無「於」字，無「矣」字、「之」字，「曉」上有「深」字，「貨」作「財」。

塞睚眦之辭　《漢書》師古注云：「睚眦，舉目眥也，猶言顧瞻之頃也。」按此説恐非。陳曰：即上文所謂「媒蘖其短」，《史記·范雎傳》索隱曰「睚眦謂相嗔怒而見齒」是也，塞者乃間執讒慝之意。

注《禮記》：子曰：回得一善，拳拳不失之矣　此與本書《文賦》注所引相同，而彼注「拳拳」下有「服膺」二字。説見前。

交游莫救　六臣本「救」下有「視」字。

此真少卿所親見，僕行事豈不然乎　《漢書》「真」作「正」，「乎」作「耶」。

而僕又佴之蠶室　《漢書》「佴之」作「茸以」。《學林》云：「蘇林注曰『茸，次也，若人相佴次』〔六〕，師古以蘇説爲非，曰『茸音人勇反，推也，推置蠶室之中』。然《文選》作『佴』，如淳亦訓佴爲次。」案《爾雅》「佴，貳也」，郭注：佴次爲副貳。《説文》：佴，佽也。佽、次音義同，然則從「相次」之説爲長。林先生曰：王氏《學林》謂遷坐舉李陵而下蠶室，罪與刑頗不相及，案衛宏《漢官舊儀》所云，實武帝以其作景、武二紀多謗訕，故加以私憤之刑。

注蘇林曰：《景紀》作密室，廣大如蠶室　按《後漢書·光武紀》注云：宫刑獄名，刑者畏風須暖，蓄火如蠶室，因名。

注以爲置蠶宫令承　陳校「令承」改「令丞」，各本皆誤。

重爲天下觀笑　林先生曰：《漢書》：上族陵家，隴西士大夫以李氏爲媿。

僕之先，非有剖符丹書之功　五臣「先」下有「人」字，向注可證。《漢書》有「人」字。六臣本「剖」

上有「所」字。

倡優所畜　又**何以異**　《漢書》「所畜」作「畜之」，無「以」字。

而世又不與能死節者　六臣本「世」下有「俗」字，「與能」作「能與」，「者」下有「次比」二字。《漢書》但有「比」字。王氏念孫曰：「比」字後人所加，據師古注云「與，許也，不許其能死節」則無「比」字明矣，《文選》李善本無「比」字，注云「與，如也，言時人以我之死不如能死節者」皆其明證也。劉良注云「言世人輕我見誅死，不與死王事者相比」，或五臣所見本已有「比」字乎？

素所自樹立使然也　《漢書》無「也」字。

人固有一死，或重於太山　六臣本、《漢書》「死」字重，「或」作「有」。

其次詘體受辱　又**其次剔毛髮**　又**斷肢體**　六臣本「詘」作「屈」。《漢書》「剔」作「鬄」，「肢」作「支」。六臣本亦作「支」。姜氏皋曰：漢文帝除肉刑詔曰「夫刑至斷支體，刻肌膚，終身不息」，當即史公所本。

不可不勉勵也　又**猛虎在深山**　又**及在檻穽之中**　《漢書》無「勉」字，「在」作「處」，「及」下有「其」字，「檻穽」作「穽檻」。

積威約之漸也　五臣「威」作「畏」，翰注可證。

故有畫地爲牢勢不可入，削木爲吏議不可對　《漢書》「故」下有「士」字，無兩「可」字。六臣本有「士」字。

視徒隸則正惕息 又**及以至是** 《漢書》「正」作「心」，「是」作「此」。孫氏志祖曰：「正」是「心」字之誤，呂延濟「正，容」強解也。

拘於羑里 又**具於五刑** 又**南面稱孤** 《漢書》無兩「於」字，「羑」作「牖」，「面」作「鄉」。師古曰鄉讀曰嚮。

注 **西伯積善德** 尤本「善」下有「累」字，是也。

注 **陳兵出入，人有變告信欲反，上聞，患之** 案《漢書·韓信傳》「有變」上無「人」字，「上聞患之」作「書聞上患之」。

繫獄抵罪 又**囚於請室** 《漢書》「抵」作「具」。六臣本「請」作「清」。

衣赭衣 五臣「赭」下無「衣」字，銑注可證。《漢書》亦無。

灌夫受辱於居室 《漢書》無「於」字。

注 **會孺有服** 又**長史曰** 何校「孺」上添「仲」字，「長」上添「召」字。

不能引決自裁 又**夫人不能早自裁繩墨之外，以稍陵遲** 《漢書》「裁」並作「財」，「夫」作「且」，「以」作「已」，「遲」作「夷」。六臣本無「自」字。

古人所以重施刑於大夫者 六臣本無「於」字。

夫人情莫不貪生惡死　又**乃有所不得已也**　又**念父母**　又**早失父母**　六臣本無「情」字。《漢書》無「所」字，上「父母」二字作「親戚」，下「父母」二字作「二親」。

僕雖怯懦欲苟活　又**何至自沉溺縲紲之辱哉**　《漢書》「懦」作「耎」，「沉」作「湛」，「縲」作「累」。六臣本「紲」作「緤」。

注**敗敵所破虜**　又**羌人以婢爲妻**　又**男而歸婢**　又**女而歸奴**　胡公《考異》曰「破」當作「被」、「羌」當作「善」。陳校「歸婢」改作「婿婢」、「歸奴」改作「婦奴」，是也，各本皆誤。

況僕之不得已乎　又**幽於糞土之中**　又**鄙陋没世，而文采不表於後世也**　《漢書》「況」下有「若」字，「幽」作「函」，無「於」字、「陋」字，「後」下無「世」字。六臣本「幽」作「函」，下亦無「於」字。

古者富貴而名摩滅　六臣本無「名」字，「摩」作「磨」。

唯倜儻非常之人稱焉　《漢書》「倜」作「俶」。

蓋文王拘而演《周易》　六臣本及《漢書》「文王」並作「西伯」。

注**爲楚懷王左司徒**　陳校去「司」字，蓋據今本《史記》。

注**莫爲王也**　陳校「爲」上添「能」字、去「王」字，亦據今本《史記》也。胡公《考異》曰：或「王」當作「之」，而各本皆譌。

左丘失明，厥有《國語》 注**失明，未詳** 以《國語》爲左丘明作實始於此。《漢書·藝文志》因之，《司馬遷傳》贊云：孔子因魯史記而作《春秋》，而左丘明論輯其本書以爲之傳，又纂異同爲《國語》。《後漢書·班彪傳》載彪語亦同。惟《左傳·哀十三年》疏引傅玄語、《困學紀聞》六引劉炫語始疑《國語》非丘明作，按傅玄、劉炫之説今本《傅子》及《規過》皆未載。近馬氏驌作《左丘明小傳》亦不詳失明之事。前明《高啟大全集·病目止酒》詩有「恐學左丘盲」之句，當亦本此，無他證也。

不韋遷蜀，世傳《吕覽》；韓非囚秦，《説難》《孤憤》 齊氏召南曰：「《吕覽》爲不韋相秦日著，韓非書亦在游秦之前，此處大意言二人身雖遭難，而著書已傳當世。下文爲自己發憤著書比例，故專引左丘、孫子也。」案《史通》云：吕氏之修撰也，廣招俊客，比跡春、陵，共集異聞，擬書荀、孟，思刊一字購以千金。故孫氏志祖云：〔七〕當時宣布爲日久矣，豈以遷蜀之後方始傳云？

注**爲八覽十二紀三十餘萬言** 胡公《考異》曰：「覽」下當有「六論」二字，「三」當作「二」，各本皆有脱誤。姜氏皋曰：高誘《吕氏春秋序》云「乃集儒書，著其所聞，爲十二紀、八覽、六論，訓解各十餘萬言」，《史記》本傳則云「八覽、六論、十二紀，二十餘萬言」也，司馬《索隱》亦云二十餘萬言，惟云「三十餘卷」則與庾仲容《子鈔》、《直齋書録解題》所云三十六卷者其誤同也。

注**有能增損一字者，與千金** 梁氏玉繩曰：《太平御覽》八百九卷引《史記》同，而百九十一卷引《史》云「吕不韋撰《春秋》成，榜於秦市，曰：有人能改一字者，賜金三十斤」，豈別有所據乎？

大底聖賢發憤之所爲作也　又**此人皆意有鬱結**　《漢書》「底」作「氐」。六臣本及《漢書》「聖賢」並作「賢聖」，「有」下並有「所」字。

乃如左丘無目　又**退而論書策**　六臣本「乃」作「及」。《漢書》亦作「及」，「丘」下有「明」字，無「而」字。王氏念孫曰：上文「左丘失明」即其證，後人不達而增入「明」字，則累於詞矣。

僕竊不遜　張氏雲璈曰：猶言不自謙遜也，注引《論語》恐非。

略考其行事，綜其終始，稽其成敗興壞之紀　六臣本無「行」字。《漢書》作「考之行事，稽其成敗興壞之理」，無「綜其終始」四字。

上計軒轅　至**列傳七十**　《漢書》無此二十六字。案傳因複自序而删之耳，當各依本書。

亦欲以究天人之際　五臣「人」作「地」，向注可證。

會遭此禍　又**已就極刑**　又**僕誠以著此書藏諸名山**　《漢書》「會遭」作「適會」。《漢書》及六臣本「已就」並作「是以就」，「以著」並作「已著」，「諸」並作「之」。

僕以口語　五臣「口」作「此」。翰注：此語，忠義之語，論李陵功也。姜氏臯曰：《公羊·隱四年傳》「吾爲子口隱矣」注「口猶口語，相發動也」，是「口語」口字不當從五臣作「此」。

遇此禍　六臣本、《漢書》「遇」下並有「遭」字。

重爲鄉黨所笑　又**復上父母丘墓乎**　《漢書》「所」下有「戮」字，五臣亦有「戮」字。翰注：戮，辱也。《漢書》及六臣本「母」下並有「之」字。

出則不知其所往　《漢書》「其所」作「所如」。

甯得自引於深藏巖穴耶　又**故且從俗浮沉**　六臣本無「於」字。《漢書》「於」字在「藏」字下，「沉」作「湛」。

注**吾聞之於政也**　何校「政」改「故」，各本皆誤。

無乃與僕私心刺謬乎　《漢書》「私」上有「之」字，「心」作「指」，無「刺」字。六臣本無「與」字，蓋傳寫脱。

今雖欲自雕琢，曼辭以自飾　《漢書》「琢」作「瑑」，「飾」作「解」。

適足取辱耳　又**略陳固陋**　六臣本、《漢書》「適」並作「祇」，「略」上並有「故」字。《漢書》無「足」字。

校記

〔一〕後漢書宦者傳作勃貂　「傳」下原衍「論」，據《後漢書》改。

〔二〕可見如此矣　「矣」原作「乎」，據《文選》改。

〔三〕注今司徒府有　「注」原作「疏」，「有」脱，據《周禮·秋官·朝士》注疏改補。説詳下條。

〔四〕王伯厚漢制考云　此七字衍。《漢制考·周禮》體例，多先摘經文，次列鄭注、賈疏，各冠以

「注」「疏」字，而「外朝之法」條下列有兩對注疏，于第二對「今司徒府」上未着「注」字，引者遂連讀入上條賈疏；既以鄭注當賈疏，復以下句賈「疏：舉漢法況義」當王按「疏舉漢法況義」，一字之差謬以千里。

〔五〕行三十日　「日」原作「里」，據《漢書·李陵傳》改。

〔六〕若人相佴次　此五字《學林》無，蓋引者據《漢書注》補，然「佴」彼作「俾」，此改以就《文選注》耳。

〔七〕故孫氏志祖云　此七字當去或移「案史通云」上，彼下均爲孫志祖《文選李注補正》卷三引《史通》卷十六文。

報孫會宗書

楊子幼

注《漢書》云：楊惲至惲乃作此書報之　胡公《考異》曰：此一節注當有誤，如本傳，惲自以兄忠任爲郎補常侍騎，則云「以才能稱譽」者決非善引《漢書》矣。《漢書》云「家居」，此云「遂即歸家閑居」，殊不成語，必各本皆失其舊也。

惲材朽行穢　六臣本作「材行朽穢」。

幸賴先人餘業得備宿衛　金氏甡曰：惲父敞爲丞相，封安平侯。按本書《報任少卿書》云：僕賴先人緒業，得待罪輦轂下。

不深惟其終始 六臣本無「不」字。

則若逆指而文過 《漢書·楊敞傳》無「則」字。

默而自守 五臣「自守」作「息乎」，翰注可證。《漢書》同。

總領從官 金氏甡曰：《栢梁詩》光禄勳曰「總領從官栢梁臺」，惲前爲光禄勳也。

又不能與群僚同心並力 尤本脱「同心」二字。

注**不素飡兮** 姜氏皋曰：《詩·伐檀》一作「素餐」，一作「素飧」。《班馬字類》云：《漢書·高后紀》「賜餐錢奉邑」，師古曰餐、飡同一字耳；《王莽傳》「設飧粥」，師古曰古飡字；《韓信傳》「令其裨將傳餐」，《史記》「餐」則作「飧」。然則餐、飡、飧三字皆同。惟《釋文》餐、飧音義自别。《説文》飧，餔也；餐，吞也。段氏玉裁云：飧與餐，其音異，其義異，自《鄭風》《釋言》音義誤認「餐」爲「飧」字〔二〕，而《集韻》《類篇》竟謂餐、飧一字矣。

遂遭變故 《漢書》「遂遭」作「遭遇」。

豈得全其首領 六臣本、《漢書》並作「豈意得全首領」。

竊自念過已大矣 六臣本、《漢書》「念」上並有「思」字。

不意當復用此爲譏議也 六臣本「爲」上有「以」字，無「也」字。

聖人弗禁 又**送其終也** 六臣本「弗」作「不」，無「也」字。

注《風俗通》《禮傳》曰　「通」下當有「引」字，或曰字見《風俗通·祀典》引《禮傳》也。

雅善鼓琴　六臣及《漢書》「琴」並作「瑟」，是也。

仰天撫缶而呼嗚嗚　《漢書》「撫」作「拊」，「嗚嗚」作「烏烏」。

誠淫荒無度，不知其不可也　濟注：惲見廢，内懷不服，其後有日食之變，人告惲驕奢不悔過，日食之咎此人所致，下廷尉按驗，又得《與會宗書》，宣帝惡之，遂腰斬之。

注**而遇民亂也**　陳校「民」改「昬」，各本皆誤。

惲幸有餘禄，方糴賤販貴，逐什一之利　六臣本「禄」作「力」，無「方」字。按《漢書》，初，惲受父財五百萬，及身封侯，皆以分宗族；後母無子，財亦數百萬，死皆予惲，惲盡復分後母昆弟；再受訾千餘萬，皆以分施：所謂「有餘禄」也。其輕財好義如彼，而復「逐什一之利」，似前後之不侔。然此但欲用庶人之事以距會宗也，觀下文可知。

注**爲衆惡毁所舉**　何校「舉」改「歸」，陳同，各本皆誤。

卿大夫之意也　六臣本無「卿」字。《漢書》無「之」字。

稟然皆有節概　六臣本「稟」作「凛」。良注：凛然，高遠貌也。《漢書》作「漂」，師古曰「漂然，高遠意，音匹遥反」。此尤本改「稟」非。

昆夷舊壤　六臣本、《漢書》「夷」並作「戎」。

注《毛詩》曰　陳校「詩」下添「序」字，各本皆脱。

校記

〔一〕鄭風釋言音義誤認餐爲飧字　「言」原作「文」，據《説文·餐》段注改，此指《鄭風·緇衣》毛傳「粲，餐也」釋文「飧也」、《爾雅·釋言》「粲，餐也」釋文「餐音孫」。

論盛孝章書

孔文舉

注初，憲與少府孔融善，憂其不免禍，乃與曹公書　胡公《考異》曰：此書當在後，下《與彭寵書》當在前。今乃季漢之文越居建武以上，必非善舊甚明，卷首子目亦然。

注由是徵爲都尉　何校「爲」下添「騎」字，各本皆脱。

注人誰不安　胡公《考異》曰：「不」當作「獲」，各本皆誤。

惟有會稽盛孝章尚存　六臣本無「有」字、「存」作「在」。

注樂爾妻孥　《詩·常棣》《禮·中庸》皆作「帑」。帑，妻子也（《左氏·文六年傳》注）；帑，子也（《襄十四年傳》注）；《湯誓》「孥戮」，《史記·殷本紀》作「帑僇」也；惟《釋文》「帑，本又作孥」。

此子不得永年矣　六臣本「得」下有「復」字。

而身不免於幽縶　又吾祖不當復論損益之友　六臣本「縶」作「執」，「吾」上有「是」字。

友道可弘矣　又**或能譏評孝章**　六臣本「矣」作「也」，「評」作「平」。

注**此其所以伐殷王**　陳校「伐」改「代」，各本皆誤。

注**買死馬之首**　《戰國策·燕策》「首」作「骨」。按此節尚多異文。

正之術　六臣本重「之」字，是也。此但傳寫脱。

注**《韓詩外傳》曰：蓋胥**　至**君不好也**　今《韓詩外傳》六「蓋」作「盍」。下曰：珠出於江海，玉出於崑山，無足而至者，由主君之好也；士有足而不至者，蓋主君無好士之意耳。

故樂毅自魏往　《説苑·君道》篇作「樂毅聞之，從趙歸燕」，餘字句亦較異。《大事記解題》同。《燕策》《鶡冠子·博選》篇亦引作隗言。

臨難而王不拯　五臣「難」作「溺」，濟注可證。毛本據之改「溺」，非。

注**民悦而歸之**　又**而王征之**　今《孟子》作「民之悦之」，又作「王往而征之」。

而復有云者，欲公崇篤斯義　六臣本無「復」字，「義」下有「也」字。

爲幽州牧與彭寵書　朱叔元

注**朱浮，字叔元，沛國蕭人也**　惠氏棟曰：《世系》云：朱氏出自曹姓，周武王封于邾，爲楚所滅，子孫去「邑」爲朱氏，世居沛國相縣〔一〕，前漢大司馬長史翊生浮。

注 漁陽太守　何校「守」下添「彭寵」二字，陳同，各本皆脱。

蓋聞智者順時而謀　六臣本「順」作「慎」。

注 既而太叔令西鄙　又不義不昵　今《左氏·隱元年傳》「令」作「命」，「昵」作「暱」。

注 陳遵劉竦　陳校「劉」改「張」，各本皆誤。

而爲滅族之計乎　六臣本、《後漢書·朱浮傳》「滅族」並作「族滅」。

任以威武　《後漢書》注：光武賜寵號大將軍，故云任以威武。

注 膢母，未詳　《後漢書》注亦曰未詳。

何以施眉目　六臣本、《後漢書》並無「以」字。

舉厝建功　五臣「厝」作「措」，銑注可證。《後漢書》亦作「措」。

捐傳葉之慶祚　《後漢書》「葉」作「世」。

若以子之功高　六臣本、《後漢書》並無「高」字。

注 白頭豕，未詳　《初學記》二十九引《東觀漢記》即此書語。

多歷年所　又自捐盛時　《後漢書》「所」作「世」，「捐」作「損」。

内聽嬌婦之失計　六臣本、《後漢書》「嬌」並作「驕」，是也。

注 或本云「永爲群后惡法」，今檢范氏《後漢書》有此一句　何校「云」改「無」，陳同。胡公

《考異》曰：何、陳所校並非，「一」當作「二」，各本皆誤。「或本云永爲群后惡法」者，謂正文二句本或作如此一句；「今《後漢書》有此二句」者，謂其與「或本云」者不合而與正文合也。正文不云「永爲群后惡法」，不得如何、陳所改甚明。

勿以前事自疑　《後漢書》「疑」作「誤」。

顧老母少弟　六臣本、《後漢書》「少」並作「幼」。

校記

〔一〕世居沛國相縣　「世」原作「出」，據《後漢書補注·朱浮傳》《新唐書·宰相世系表》改。

爲曹洪與魏文帝書

陳孔璋

注**如陳琳所叙爲也**　何校「如」改「知」，陳同，各本皆誤。

情奓意奢　六臣本「奓」作「侈」。

辭多不可一一　六臣本「一一」作「一二」，是也。孫氏志祖曰：《長楊賦》「僕嘗倦談，不能一二具詳」，丘希範《與陳伯之書》「非假僕一二談也」，文法正同。

注**三塗在河南陸渾縣南**　姜氏皋曰〔一〕：《隋書·地理志》河南郡陸渾有三塗山，《逸周書·度邑解》「我南望過于三塗」，《左氏·昭十七年傳》「晉將伐陸渾，以有事於雒與三塗，請於周」，盧氏文弨曰〔二〕：服虔以太行、轘轅、崤澠當之，於「南望」不合，恐非。

一人揮戟，萬夫不得進　六臣本「人」作「夫」，「夫」作「人」。

注**既皆輕細**　六臣本「既皆」作「尤爲」，是也。

注**《爾雅》曰：繒之細者**　胡公《考異》曰：「爾」當作「小」，此引《廣服》文。

不義而強，古人常有　六臣本「人」作「今」，此下有李注「《左氏傳》叔向謂趙孟曰：不義而强，其弊必速」十七字，毛本脱。

崇虎讒凶　六臣本「虎」作「虐」，蓋避唐諱。

注**《尚書》曰：惟十有一年，武王克殷。又曰：一月戊午，師渡孟津**　案此《書序》之文，「尚書」下當有「序」字。陳校「克」改「伐」。

有此武功　六臣本「功」下有「焉」字，蓋涉下句而誤。

焉有星流景集，飇奪霆擊　又**若今者也**　六臣本「焉」作「未」，「奪」作「奮」，「也」作「焉」。胡公《考異》曰「奪」但傳寫誤。

雖有孫田、墨氂　注**氂，未詳**　按氂當即《孟子》之滑釐、《墨子》之禽滑釐，「釐」《漢書·儒林傳》作「氂」，而禽滑釐爲墨子弟子，於備城、備梯、備水、備穴等法能與墨子詳論之，故與孫田並列。

注**東觀兵於孟津**　六臣本「孟」作「盟」，是也。尤本不知《史記》作「盟」而改爲「孟」，非。

季梁猶在　六臣本「梁」作「良」。案《漢書·古今人表》作「隨季良」。梁氏玉繩曰：梁、良古通，《水經·涓水注》亦作「季良」也。今戴氏震校正《水經注》本仍作「隨季梁大夫池」，梁氏所見當是別本。

注**而西河善謳**　「西河」當作「河西」，本書《琴賦》《嘯賦》注並引作「河西」，此誤倒。《宋書·樂志》：「衛人王豹處淇川，善謳，河西之民皆化之。齊人綿駒居高唐，善歌，齊之右地亦傳其業。」

注**而齊女善歌**　六臣本「女」作「右」。案依《吴趨行》注當作「后」。

遊睢、涣者，學藻繢之采　余曰：《述異記》「沮、涣二水，波文皆若五色，彼人多文章，故一名繢水」，沮通睢。〔三〕

仰司馬、楊、王遺風　六臣本「王」下有「之」字。

有子勝斐然之志　注**告子勝仁**　《困學紀聞》八云：勝蓋告子之名，豈即《孟子》所謂告子歟？

注**詣孫菘，菘曰**　二「菘」皆當作「崧」，見《三國志·邴原傳》注。

夫綠驥垂耳於林坰　六臣本「綠」作「騄」，「林坰」作「坰牧」。案李注引《爾雅》注「坰」字，引《周禮注》「牧」字，與良注「坰牧野外」無異。尤本割注中「《周禮》有牧田」五字入下節，遂不可通；六臣本通爲一節，固不誤也。又按《説文》無「騄」字，古書多用「綠」，《穆天子傳》「綠耳」其證也，作「綠」不誤；本書《南都賦》「騄驥齊鑣」，恐彼有誤耳。

及整蘭筋　六臣本「及」下有「其」字。

顧盼千里　六臣本「盼」作「眄」。胡公《考異》曰作「盼」但傳寫誤。

校記

〔一〕**姜氏皋曰**　此下原衍「嚴氏蔚春秋内傳古注輯存」，稿本删其文而誤留其名。

〔二〕**盧氏文弨曰**　此五字據稿本及《逸周書·度邑解》盧氏校語補，係稿本删節引文時誤删。

〔三〕**述異記沮渙二水沮通睢**　「沮」通「睢」，見本書《江賦》「沮與睢同」條，而不通「睢」。明刻《述異記》「沮渙」，《太平御覽》卷五九、《事類賦》卷七、《六帖補》卷二皆引作「濉渙」；杜甫詩「藻繪憶遊睢」，蔡夢弼箋引《述異記》「睢渙」、《陳留風俗傳》《九州要記》「睢渙之間出文章」；《水經注·渠水》有「睢渙二水」；《文選》本句「睢」字注「息惟切」，翰注「睢渙，二水名，其處人能識藻繪錦綺」；《説文》「睢，許惟切，隹聲；沮，子余切，且聲」。則「睢」是「濉」之古，「沮」是「濉」之訛，明刻《述異記》誤，二字不通。

文選旁證卷第三十五

文選卷四十二

阮元瑜　**爲曹公作書與孫權**

亦猶姻媾之義　六臣本無「亦」字。

注**舉茂才**　「舉」下當有「權」字，各本皆脱。

心忿意危　五臣「意」作「氣」，翰注可證。

注**故不屬本州也**　尤本「不」誤作「云」。

實爲佞人所構會也　六臣本無「也」字。

大丈夫雄心，能無憤發　六臣本無「大」字，「憤發」作「發憤」。

羞以牛後　注**從或爲後，非也**　何校「後」改「從」，陳同。按依注當作「從」，向注作「後」耳。《顔氏家訓·書證》篇云：《太史公記》「寧爲雞口，無爲牛後」，此是删《戰國策》耳，按延篤《戰國策音義》曰「尸，雞中之主。從，牛子」，然則「口」當爲「尸」，「後」當爲「從」，俗寫誤也。《史記索隱》及羅願《爾雅翼》、沈括《筆談》並從之。惟何孟春《餘冬序録》謂「口、後韻叶，古語自如此」，吴師道《戰國策校注補》引《正義》云「雞口雖小乃進食，牛後雖大乃出糞」，皆與古訓異，恐不可從。

孤之薄德 又**冀取其餘** 六臣本「之」作「以」，無「取」字。

以至九江，貴欲觀湖灤之形 六臣本「至」作「並」，無「湖」字。案王氏應麟《地理通釋》云：巢湖亦名焦湖，在廬州合肥縣東南六十四里，本居巢縣地，後陷爲湖，今與巢縣、廬江分湖爲界，《後漢記》作「灤」，諸葛武侯曰「曹操四越巢湖不成」是也。

非有深入攻戰之計 六臣本「計」下有「也」字。

注**見於未萌** 胡公《考異》曰：「見」下當有「兆」字，各本皆脱。

注**智果見二君** 今本《戰國策》「智果」作「知過」，下同。

注**張兵迎信** 陳校「張」改「引」，各本皆誤。

更無以威脅重敵人 又**適以增驕** 依注「脅重」二字當互乙。六臣本「無以」作「似爲」，「人」下有「之心」二字，「驕」當作「憍」。

漢隗囂納王元之言 又**願君少留意焉** 又**用復前好** 六臣本無「漢」字，是也；「君」上有「仁」字，「好」下有「者」字。

注**行西河五大郡大將軍事** 何校「西河」改「河西」，下同，「五」下去「大」字，陳同，各本皆誤。

不忍加罪　又**大仁之賊**　六臣本「不忍」作「忍不」，「仁」作「人」。

不肯爲此也　六臣本無「不」字。

更與從事　五臣「與」作「以」，翰注可證。

豫章距命　孫氏志祖曰：劉繇距豫章不久即病卒，孫策西伐江夏還，過豫章收載繇喪，見《吴志·繇傳》。此書之作在孫策薨後孫權據江東之時，則繇死久矣，「距命」云云恐涉虚飾。

以應詩人補衮之歎　六臣本「以」上有「是」字。

與朝歌令吴質書　魏文帝

與朝歌令　六臣本「與」下有「梁」字。

注**質爲朝歌長**　張氏雲璈曰：《漢書·百官表》萬户以上爲令，萬户以下爲長，是令、長以縣之大小爲分，故長遷始得令也。

注**《漢書》曰：魏郡有朝歌縣**　何曰：漢朝歌屬河内郡，建安十年始割以益魏郡，然則注引《漢書》字殆誤。姜氏皋曰：《後漢書》「魏郡」注引《魏志》曰建安十七年割河内之蕩陰、朝歌、林慮等縣以益魏郡，然則云十年者亦誤。

五月十八日　六臣本「月」下有「二」字，毛本從之，恐非。

注《爾雅》曰：局，近也　六臣本「爾」作「小」，是也，此《廣詁》文。

注吾聞有官守者　此節引，去「之也」二字。

彈棊間設　《典論》云：余於他戲弄之事少所喜，惟彈棊略盡其巧。案《世説》：魏文帝於此戲特妙，用手巾角拂之無不中。

終以六博　五臣「六博」作「博弈」，向注可證。《三國·魏志·王粲傳》注亦作「博弈」。

白日既匿　《魏志注》作「皦日既没」。

參從無聲　五臣「參」作「賓」，向注可證。《魏志注》亦作「賓」。

斯樂難常　又方今蕤賓紀時　又天氣和暖　又時駕而遊　《魏志注》「斯」作「茲」，「時」作「辰」，「天」作「風」。六臣本無「駕」字，「而」下有「遨」字。

與吴質書

雖書疏往返，未足解其勞結　又痛可言邪　又行則連輿　六臣本「返」作「反」。《魏志注》亦作「反」，「未」作「不」，「痛」下有「何」字，「連」作「同」。

忽然不自知樂也　又何圖數年之間　又鮮能以名節自立　六臣本無「也」字、「圖」字，「能」下有「皆」字。

恬惔寡欲，有箕山之志　六臣本「惔」作「淡」。何曰：裴松之引《先賢行狀》稱「幹清遠體道，不耽世榮。魏太祖特加旌命，以疾休息。後除上艾長，又以疾不行」，與「箕山」之語合，若《文章志》則幹嘗出而仕矣；且文帝言「著《中論》二十餘篇」，而《文章志》言二十篇，皆不足信。余曰：《魏志》亦言幹爲司空軍謀祭酒掾屬、五官將文學，與《文章志》合。姜氏皋曰：「宋曾子固作《中論序》亦云：《魏志》稱幹著《中論》二十餘篇，於是知館閣及世所有《中論》二十篇者非全書也。按幹之出處自以《魏志》爲準，此云『有箕山之志』者但言其不慕時榮耳，非謂遂終於隱也；至《中論》則晁公武《讀書志》稱李獻民所見別本尚有《復三年》《制役》二篇，今二十篇者非全書是也，《文章志》但據世所傳本耳。何說非。」

常斐然有述作之意，其才學足以著書　又**間者歷覽諸子之文**〔一〕　《魏志注》無上「之」字、「其」字、「者」字。六臣本亦無「者」字。

其五言詩之善者，妙絶時人　又**仲宣續自善於詞賦**　注**續或爲獨**　《魏志注》作「至其五言詩，妙絶當時」，「續」作「獨」。翰注亦作「獨」。

注**弱，謂之體弱也**　何校上「弱」字上添「氣」字，陳同。

古人無以遠過　又**傷門人之莫逮**　《魏志注》句末並有「也」字。

自一時之雋也　五臣「自」作「亦」，銑注可證。《魏志注》同。

恐吾與足下　六臣本無「恐」字。《魏志注》「恐」作「然」。

注**焉知來者之不如今**　《宋書·索虜傳》引、《新序·雜事》篇引均無「也」字，「焉」作「安」。

年行已長大　又**至通夜不瞑，志意何時**　六臣本「至」下有「乃」字。《魏志注》「年行」作「行年」，亦有「乃」字，「夜」作「夕」，無「志意」二字。

光武言年三十餘，在兵中十歲　六臣本「言」上有「有」字，「年」下有「已」字。《魏志注》作「光武言，年已三十，在軍十年」。

古人思炳燭夜遊　五臣「炳」作「秉」，翰注可證。《魏志注》亦作「秉」。按此引《古詩》「秉燭」爲注，又云「秉或作炳」，則正文應作「秉」可知。

頗復有所述造不　六臣本「不」作「否」。

校記

〔一〕問者歷覽諸子之文　「諸子之文」據稿本及《文選》補；「覽」原作「觀」，光緒本據《文選》改。

與鍾大理書

良玉比德君子，珪璋見美詩人　《三國·魏志·鍾繇傳》注作「夫玉以比德君子、見美詩人」。

竊見玉書稱美玉　六臣本無「美」字。

注**王逸《正部論》曰**　何校「正」改「玉」，陳同。按《山海經》郭注引此作「王子靈符應」，《藝文類聚》八十三引亦作「正部論」。胡公《考異》曰：《隋志・子・儒家》梁有王逸《正部論》八卷，亡，則何、陳所改非也。

然四寶邈焉已遠，秦漢未聞有良比也　六臣本及《魏志注》並無「也」字。《魏志注》「已」作「以」，「比」作「匹」。

求之曠年，不遇厥真　《魏志注》「求」上有「是以」二字，「不」作「未」。

笑與抃會　《魏志注》「會」作「俱」。

注**未敢作書**　何曰：此四字當是正文，然《魏志注》亦無。

注**荀宏，字仲茂，爲太子文學**　何校「宏」改「閎」、「學」下添「掾」字，陳同，據《魏志・荀彧傳》注也，各本皆有脱誤。

時從容喻鄙旨　《魏志注》作「轉言鄙旨」。

厚見周稱　注**謂繇書也**　《魏志注》載繇報書曰：「昔忝近任，並得賜玦，尚方耆老，頗識舊物。名其符采，必得處所，以爲執事有珍此者，是以鄙之，用未奉貢。幸而紆意，實以悦懌。在昔和氏，殷勤忠篤，而繇待命，是懷愧恥。」

捧匣跪發，五内震駭，繩窮匣開，爛然滿目　《魏志注》「捧匣跪發」作「捧跪發匣」，無「五内震駭，繩窮匣開」八字。

注　延篤《與李文德書》曰：吾誦伏犧氏之易，焕兮爛兮，其滿目　金氏甡曰：篤書誦《易》《書》《禮》《春秋》《詩》與百家衆氏，故有「焕爛」之句，此摘引未妥，本云「涣爛兮其溢目也」〔一〕文亦小異。

猥以蒙鄙之姿，得覩希世之寶　《魏志注》「蒙」作「矇」，「覩」作「觀」。

敢不欽承　《魏志注》止此。

校記

〔一〕涣爛兮其溢目也　「涣」原作「焕」，「溢」原作「滿」，據《後漢書·延篤傳》改。

與楊德祖書

曹子建

僕少小好爲文章　《三國·魏志·陳思王傳》注引《典略》作「僕少好詞賦」。何曰：言少小者，非謂自少篤好，蓋言故吾非今吾也，是以篇末又引「子雲壯夫不爲」之語。

德璉發跡於此魏　《魏志注》「此」作「大」。

家家自謂抱荆山之玉　又今悉集兹國矣　又猶復不能飛軒絶跡、一舉千里　《魏志注》

「玉」下有「也」字，「悉」作「盡」，無「復」字，「軒」作「翰」，「里」下有「也」字。六臣本亦有「也」字。五臣「軒」作「騫」，銑注可證。

不閑於辭賦，而多自謂能與司馬長卿同風，譬畫虎不成反爲狗也　又**前書嘲之**　《魏志注》「閑」下無「於」字。六臣本及《魏志注》並無「能」字，「狗」下有「者」字，「前」下有「爲」字。六臣本「前」下有「有」字。

吾亦不能忘歎者，畏後世之嗤余也　五臣「忘」作「妄」，翰注可證。案「忘」但傳寫誤耳。《魏志注》「能」作「敢」，無「世」字。

世人之著述　又**有不善者**　六臣本及《魏志注》並無「之」字，六臣本無「者」字。

注 **荀子曰：有人道我善者是吾賊也，道我惡者是吾師也**　今《荀子·修身》篇曰：「非我而當者吾師也，是我而當者吾友也，諂諛我者吾賊也。」文與此異。

昔丁敬禮常作小文　又**僕自以才不過若人**　六臣本及《魏志注》「常」並作「嘗」。《魏志注》「不」下有「能」字。

敬禮謂僕：卿何所疑難，文之佳惡，吾自得之，後世誰相知定吾文者邪　《魏志注》「謂僕」二字作「云」字，「難」下有「乎」字，「惡」作「麗」。六臣本亦作「麗」。案「惡」但傳寫誤耳。何曰：「言吾自得潤飾之益，後世讀者孰知吾文乃賴改定邪！今人多因『相』字誤會失本意矣，改定猶言改正。」按《南史·任昉傳》王儉「出自作文，令昉點正，昉因定數字，儉拊几歎曰：後世誰知子定吾文」，語似本此。

游夏之徒乃不能措一辭　注**《史記》曰：子游、子夏之徒不能贊一辭**　《魏志注》無「乃」字，「辭」作「字」。今《史記·孔子世家》無「子游」二字，本書楊德祖《答臨淄侯牋》注引《史記》亦無「子游」二字，疑此注因正文「游夏」而衍也。

吾未之見也　六臣本校云「未之」善作「之未」，誤也。

乃可以論於淑媛　尤本「於」誤作「其」，《魏志注》可證。

有龍泉之利，乃可以議其斷割　又**劉季緒才不能逮於作者**　六臣本「泉」作「淵」，「其」作「於」。《魏志注》亦作「於」，無「能」字。

注**《說文》曰：訶，大言也**　今《說文》：訶，大言而怒也。

魯連一說，使終身杜口　余曰：《魯連子》引見《史記·魯仲連列傳》正義〔二〕：有徐劫者，其弟子曰魯仲連，年十二，號千里駒，往請田巴曰：「臣聞堂上不奮當作糞，郊草不芸，白刃交前，不救流矢，急不暇緩也。今楚軍南陽，趙伐高唐，燕人十萬，聊城不去，國亡在旦夕，先生奈之何？若不能者，先生之言有似梟鳴，出城當作聲而人惡之，願先生勿復言。」田巴曰：「謹聞命矣。」巴謂徐劫曰：「先生當補「弟子」二字乃飛兔也，豈直千里駒！」巴終身不談。

可無息乎　各本「息」上皆有「歎」字。按注引《詩傳》「息，止也」，則無「歎」字爲是。《魏志注》亦衍「歎」字。

衆人所共樂　六臣本及《魏志注》並無「共」字。

注**《墨子》有《非樂》篇**　按《墨子·非樂》三篇，今中下二篇佚。

吾雖德薄　又**留金石之功**　又**若吾志未果**　又**則將采庶官之實録**　六臣本及《魏志注》「德薄」並作「薄德」，「留」並作「流」。《魏志注》「未」作「不」，「則」作「亦」。六臣本無「則」字。

注**其事該**　陳校「該」改「核」，各本皆誤。

雖未能藏之於名山，將以傳之於同好，非要之皓首　《魏志注》無二「於」字，「非」作「此」，是也。作「非」者或傳寫誤耳。

注**豈今日之論乎**　《魏志注》「豈」下有「可以」二字，無「之」字。

其言之不慙，恃惠子之知我也　《魏志注》「慙」作「怍」。

校記

〔一〕引見史記魯仲連列傳正義　「正義」原作「索隱」，據《史記·魯仲連列傳》改。

與吴季重書

若夫觴酌陵波於前，簫笳發音於後　又**鳳歎虎視**　六臣本「夫」作「使」，「簫笳」作「笳簫」。五臣「歎」作「觀」，濟注可證。

豈非吾子壯志哉 六臣本「吾」作「君」。

注 **雲土夢作乂** 武氏億《經讀考異》云：「此凡兩讀，一讀以『雲夢土』爲句、『作乂』爲句，孔傳『雲夢之澤，其中有平土丘，水去可爲耕作畎畝之治』，《史記·夏本紀》《漢書·地理志》同。一讀以『雲土』爲句、『夢作乂』爲句，蔡傳『雲土者，雲之地土見而已；夢作乂者，夢之地已可耕治也』，今讀從此。沈括《筆談》云：《石經》倒『土夢』字，唐太宗得古本《尚書》乃『雲土夢作乂』，詔改從古本。考《漢書·地理志》江夏郡有雲杜，『杜』與『土』通，蓋以雲土爲義；《水經·沔水》『又東南過江夏雲杜縣東』，酈氏注『《禹貢》所謂雲土夢作乂，故縣取名焉』。是則班氏所見本亦作『雲土』，古本信可據也。」

思欲抑六龍之首 六臣本無「欲」字。

注 **出自陽谷** 「陽」當作「湯」，此所引《天問》文。

良久無緣 六臣本「久無」作「無由」。

可令憙事小吏 五臣「吏」作「史」，翰注可證。

夫文章之難 又 **和氏無貴矣** 六臣本「夫」作「言」，「氏」下有「而」字。

夫君子而知音樂，古之達論，謂之通而蔽 六臣本「知」上有「不」字，又校云五臣無此三句。胡公《考異》曰：詳篇末善注「今本以墨翟不好伎置和氏無貴矣之下」云云，是其本無此三句，恐是後來取善引「《植集》此書別題云」者而添之耳。

值墨翟迴車之縣　六臣本作「而正值墨氏迴車之縣」。

夫求而不得者有之矣，未有不求而得者也　五臣「有」上有「日」字，良注可證。六臣本「而得者也」作「而自得也」。

且改轍易行　六臣本「易」作「而」。

注 **趙告謂趙王曰** 又 **不變俗而勸** 又 **今本以墨翟之好伎**　何校「告」改「造」、「勸」改「動」、「之」改「不」，各本皆誤。

注 **與季重之書相應耳**　尤本「應」誤作「映」。

答東阿王書

吴季重

注 **而知衆山之邐迆也**　六臣本「邐迆」作「峛崺」，是也。

自旋之初　向注：自旋謂前從朝歌至鄴、又從鄴還縣之時。

猗頓之富　六臣本「富」下有「也」字。

伏虛檻於前殿　五臣「虛」作「櫺」，銑注可證。

愧無毛遂燿穎之才 六臣本「燿」作「耀」。

注**所無不有** 何、陳校「所無」改「無所」。胡公《考異》曰或衍「所」字。

傾海爲酒 六臣本「傾」上有「欲」字，毛本從之。

實在所天 注**君，天也** 向注：所天謂所尊敬，言志所尊敬在子建。按《後漢書·趙壹傳》「加於所天」，章懷注：敬壹故謂爲所天。

靈鼓動於座右 又**耳嘈嘈於無聞** 又**作者之師也** 六臣本「右」作「左」，下「於」作「而」，「也」上有「表」字。

注**請皆賦詩以卒君貺** 今《左氏·襄二十七年傳》無「詩」字。

注**叔段賦《蟋蟀》** 六臣本「叔」作「印」，是也。

注**《爾雅》曰：面慙曰赧** 六臣本「爾」作「小」，是也。此所引《廣義》文。今作「戁」，與「赧」通。尤本作「赧」，非。

何但小吏之有乎 五臣「吏」作「史」，翰注可證。

固以久矣 又**不足以騁跡** 又**而望共巧捷之能者也** 六臣本「固」作「因」，「跡」作「巧」，無「者」字。

與滿公琰書

應休璉

是以奔騁御僕　六臣本「御僕」作「僕御」。

陽書喻於詹何　六臣本、尤本「晝」作「書」〔一〕。按今本《説苑·政理》篇作「陽晝」〔二〕，或六臣本用今《説苑》改，未必是也。

楊倩説於范武　注**范武，未詳**　翰注「范武，古之善爲酒者」，此不知所據。林先生曰：酤酒之宋人，想即范武。謹按：注引《韓非子》「宋人有酤酒者」一節，今《外儲説》於此一節後復有「宋之酤酒者有莊氏者」云云，「莊氏」二字與「范武」字體相似，或休璉所見本尚是「范武」，至李注時已傳寫譌作「莊氏」，故不引爲注也。

注**味薄而美**　六臣本「而」下有「不」字，是也。

故使鮮魚出於潛淵　六臣本「於」作「自」。

義渠哀激　注**其樂未聞**　顧氏炎武曰：漢武時張騫入西域，得《摩訶》《兜勒》二曲，故應璩書即有「義渠哀激」之語。

注**伯陽，即老子也**　姜氏皋曰：《吕覽·當染》篇「舜染於許由、伯陽」高誘注「伯陽蓋老子，舜時師之者也」，《重言》篇「詹何、田子方、老耽」高注又云「老耽，周史伯陽，孔子師之」，或爲舜時或爲周時，高已不能定，惟伯陽爲其字則一也。梁氏玉繩曰：《隸釋·老子銘》《神仙傳》《抱朴子》皆謂字伯陽，而《史記索隱》謂「名耳字聃，今作字伯陽非正也」，故疑《史記》「字伯陽」句爲後人竄入。

良增邑邑　五臣「邑邑」作「悒悒」，銑注可證。

校記

〔一〕六臣本尤本書作書　「六臣本」指袁本，下句「六臣本改書」指茶陵本，二本不同，此混之。

〔二〕按説苑政理篇作陽書　「按」當作「胡公《考異》曰」。「書」原作「書」，據稿本及《文選考異》卷七、《説苑·政理》改。

與侍郎曹長思書

注**爲御史、司空**　何校「史」下添「大夫大」三字，各本皆脱。

幸有袁生　良注：袁生，璩友也。按此別無證據。

注**楚宰薳啟疆**　陳校「宰」上添「太」字，各本皆脱。

與廣川長岑文瑜書

注**煎沙爛石**　六臣本「爛」作「鑠」，是也。

土龍矯首於玄寺　余曰：《神農求雨書》土龍致雨之法：甲乙日不雨，命爲青龍，東方小童舞之。丙丁不雨，命爲赤龍，南方壯者舞之。戊己不雨，命爲黄龍，中央壯者舞之。庚辛不雨，命爲白龍，西方老人舞之。壬癸不雨，命爲黑龍，北方老人舞之。

昔夏禹之解陽盱　六臣本「盱」作「旴」。

注 **陽盱河蓋在秦地**　姜氏皋曰：此《淮南子·修務訓》高注也。《墬形訓》「秦之陽紆」注「陽紆，蓋在馮翊池陽，一名具圃」，《吕氏春秋·有始覽》「秦之陽華」高注又以爲「楊華在鳳翔，或曰在華陰西」，《爾雅·釋地》「秦有陽陓」郭注「今在扶風汧縣西」。三書紆、華、陓不同，陽、楊亦異。然其爲秦藪之名則一也。惟《周禮·職方》「冀州，其澤藪曰楊紆」鄭康成注「所在未詳」。《漢地理志》作「揚紆」，師古注：《爾雅》曰「秦有揚紆」，而此以爲冀州，未詳其義。是小顔亦但知陽紆之在秦也。此注「盱」亦當是「紆」字假音同用耳。

今者雲重積而復散　六臣本「重」作「既」。

注 **《吕氏春秋》曰：昔殷湯尅夏，而大旱五年**　上注引《吕氏春秋》及《説苑》均作「七年」，而《論衡·感虚》篇云「傳書言湯七年旱〔一〕，或言五年」，知此作「五年」亦非誤也。

注 **鄜其手**　又**鄜音鄜**　二鄜字皆當作酈。按《吕氏春秋·順民》篇〔二〕亦作酈。本書《辨命論》注引作磨，則是磿字之誤。《吕氏春秋·精通》篇「刃若新酈研」，注「酈，砥也」，但從邑無義。《戰國·燕策》「故鼎反乎磿室」，磿室猶《楚辭·招魂》之砥室也。《三國·蜀志·郤正傳》注引作「攦其手」，《論衡》又作「麗其手」。

注**寧莊曰**　「莊」下脱「子」字。

校記

〔一〕論衡感虚篇云傳書言湯七年旱　「虚」原作「應」，「傳書」原倒，據《論衡》改。

〔二〕按吕氏春秋順民篇云云　此下係《吕氏春秋·順民》畢沅校語，唯顛倒「辨命論」句與「精通篇」句。

與從弟君苗君胄書

君苗君胄　陳曰：唐人謂君苗無姓，豈史失傳？是書昆季粲然，《文選》不可不業也。

曠若發矇　胡公《考異》曰：「矇」當作「蒙」，善注中皆作「蒙」，又所引如淳《漢書注》云云是其明證。《長楊賦》作「矇」，用字不同也。

注**《説文》曰：芒，洛北大阜也**　今《説文》：邙，河南洛陽北亡山上邑。按《説文》「亡」字當作「芒」，《水經·穀水注》「北對芒阜」即此。

涼過大夏　五臣「夏」作「厦」，翰注可證。

注《説文》曰：屋以草蓋曰茨　今《説文》：茨，以茅葦蓋屋。

扶寸肴修　五臣「扶」作「膚」，銑注可證。

發於寤寐　六臣本「發」上有「每」字，無「於」字。

注既而幡然改之曰　今《孟子》無「之」字。

沈鈎緡於丹水　六臣本校云五臣「鈎」作「釣」。按銑注「鈎、緡並取魚物」，則五臣並不作「釣」明甚也。

然山父不貪天地之樂　「地」當作「下」。六臣本校云五臣「地」作「下」。今按李注引「非以貪天下也」爲注，則李本亦作「下」明甚也。

注譙周《古考史》曰：許由夏常居巢，故一號巢父　何校「考史」改「史考」。案本書《演連珠》注亦疑巢父、許由爲一人。然《漢書·古今人表》許由與巢父分見，皇甫謐又各爲之傳，譙説恐非。

欲州郡崇禮，官師授邑　六臣本「欲」下有「令」字，「官師」作「師官」。濟注：欲令州郡崇禮教，取弟爲衆官之師教授鄉邑。

注然後有官師小吏　各本並脱「師」字，「吏」並誤作「文」。

且宦無金張之援，遊無子孟之賢　尤本「賢」作「資」，是也。《漢書·蓋寛饒傳》云：上無許史之援，下無金張之託。

注何其盛也　尤本「也」誤作「矣」。

注鄭朗曰　胡公《考異》曰：「朗」當作「朋」，此引《蕭望之傳》文。

劉杜二生　良注：劉、杜，璩友人也。按此亦别無證據。

相見在近，故不復爲書　六臣本無「故」字，「書」作「言」。

璩白　六臣本「白」作「報」。

文選卷四十三上

與山巨源絶交書

嵇叔夜

注《魏氏春秋》曰：山濤爲選曹郎，舉康自代，康答書拒絶　王氏志堅《古文瀾編》云：此書舊題《與山巨源絶交書》，叔夜簡傲，其言傷於峻則有之，非有惡於山公也，臨終謂子紹曰「巨源在，汝不孤矣」，此豈絶交者乎？書題本出後人，今去之。張氏雲璈曰：篇中並無「絶交」二字，去之良是，《野客叢書》云叔夜有《與呂長悌絶交書》見集中，或因此「絶交」二字而誤歟？今案王楙《野客叢書》云「僕得毘陵賀方回家所藏繕寫《嵇康集》十卷，《文選》惟載康《與山巨源絶交書》一首，不知又有《與呂長悌絶交》一書。《崇文總目》謂《嵇康集》十卷」，今其本具存，王楙所言皆載第二卷，可證《文選》此題出於本集自來如此，無誤明矣。王氏之説恐不足據，張氏附會之益誤也。

昔稱吾於潁川，吾常謂之知言 注**虞預《晉書》曰：山嶔守潁川** 又**《嵇康文集録》注曰：河内山嶔潁川** 銑注：山嶔爲潁川太守。案六臣本「守」作「字」，蓋嶔字潁川，非爲太守，各本並因銑注改「字」爲「守」，尤本並於後注添「守」字，可笑也。六臣本「常」作「嘗」。

知足下故不知之 六臣本無「故」字。

手薦鸞刀 五臣「鸞」作「變」，濟注可證。

而三登令尹 《晉書·嵇康傳》「登」作「爲」。按《晉書》載此文多删節，今就其字句顯異者録之，餘不悉出。

所謂達能兼善而不渝 六臣本「達」下有「人」字，非也。

故堯舜之君世 《晉書》「故」下有「知」字，「君」作「居」。

故有處朝廷而不出，入山林而不反之論 《韓詩外傳》五：朝廷之人爲禄，故入而不出；山林之士爲名，故往而不返。

志氣所託，不可奪也 《晉書》「志」作「意」，注云一作「先」；「不」上有「亦」字。

注**以成曹。君子曰** 何校重「君」字，陳同，各本皆脱。

吾每讀尚子平 注**《英雄記》曰：尚子平** 六臣本無「吾」字。陳曰：王粲《英雄記》皆記漢末英雄事，尚子平乃建武中隱士，不應載入，當是誤也。胡公《考異》曰：此疑《英賢譜》之文，各本皆譌。

注《後漢書》曰向子平　毛本「向」作「尚」，誤也。下注云「尚、向不同，未詳」即指《英雄記》作「尚」、《後漢書》作「向」也。《後漢書》「向長字子平」章懷注云《高士傳》「向」字作「尚」，其明證矣。

少加孤露　《晉書》「少加」作「加少」，是也。此誤倒。

任實之情轉篤　《晉書》「實」作「逸」。

注飲無求辭　胡公《考異》曰：「辭」當作「亂」，各本皆誤。

疾之如讎　《晉書》「如」下有「仇」字。吴氏騏曰：此其與太學風氣相去遠矣，何得臨刑時有太學三千人上疏請以爲師乎？

吾不如嗣宗之賢　又不識人情　六臣本「吾」作「以」，案此恐有誤。《晉書》「吾」下有「以」字，「賢」作「資」，「人」作「物」。何校「賢」改「資」，陳同，李注「資，材量也」不作「賢」，與《晉書》合。

不喜作書　尤本「不」上有「又」字，恐衍。

雖瞿然自責　五臣「瞿」作「懼」，翰注可證。

全其節也　又真相知者也　《晉書》「節」作「長」。六臣本無「者」字。

足下見直木必不可以爲輪，曲者不可以爲桷　六臣本無上「必」字〔一〕，校云五臣有；又校云五臣「者」下有「必」字，善無。

各以得志爲樂 又**此足下度内耳** 又**已嗜臭腐** 六臣本「得」下有「其」字，「此」下有「似」字，「已」作「自以」二字。

不能堪其所不樂 六臣本「不」上有「必」字。

若道盡塗窮 又**況復多病** 《晉書》「窮」作「殫」，「病」作「疾」。

注**王隱《晉書》曰：紹，字延祖，十歲而孤，事母孝謹** 六臣本此上有「晉諸公讚曰康子劭」八字，「紹」作「劭」，無「十歲而孤」兩語。

時與親舊叙濶 六臣本及《晉書》並作「時時與親舊叙離濶」。

可得言耳 六臣本「得」下有「而」字。

豈可見黄門而稱貞哉 翰注：黄門，閹人也。何曰：黄門不男者，《癸辛雜志》引佛書甚詳。案佛書《大般若經》也，何與翰異解，恐不甚確，似翰得之。

自非重怨，不至於此也 《晉書》「怨」作「讐」，無「於」字。

注**常衣濕黂** 胡公《考異》曰：「濕」當作「緼」，此引《楊朱》文。

注**與芹子** 今《列子·楊朱》篇「與芹子」作「芹萍子」。六臣本同。

注**苦於口，躁於腹** 今《列子》「苦」作「蜇」，「躁」作「慘」。六臣本同。

校記

〔一〕六臣本無上必字　「六臣本」當作「茶陵本」，袁本有。按陳八郎、秀州、明州、袁本、毛本上下皆有「必」字，集注、贛州、建州、茶陵本上下皆無。

孫子荆

爲石仲容與孫皓書

蓋聞見機而作　又**榮辱之所由興也**　又**更喪忠告之實**　六臣本「機」作「幾」，「興」作「生」，「實」下有「也」字。

注**無自辱焉**　今《論語》「無」作「毋」。按《義疏》本、宋刻《九經》、《七經孟子考文》及《太平御覽》各本引皆作「無」。

今粗論事勢　《晉書·孫楚傳》「勢」作「要」。

生人陷荼炭之艱　注**荼與塗，古字通用**　五臣「荼」作「塗」，濟注可證。《晉書》「人」作「靈」，「陷」作「罹」，「艱」作「難」。

於是九州絶貫，皇綱解紐　《晉書》「於」作「由」，「皇」作「王」。

注**《春秋緯》曰**　此引《元命苞》文，説詳《王命論》《運命論》注。

注**《周易》曰：古之神武不殺者夫**　今《易·繫辭》「之」字下有「聰明叡知」四字，「武」字下有

「而」字。

注**天禄乃始**　「乃」下當有「茲」字，本書《弔魏武文》引有。

天下之壯觀也　《晉書》「天下」作「帝者」。

公孫淵承籍父兄　《晉書》「公」上有「昔」字；「淵」作「氏」，避唐諱也。

注**逆於遼東**　六臣本「東」作「隧」，是也。

馮陵險遠　各本此下有李注「《左氏傳》子産曰：今陳介恃楚衆馮陵敝邑」十六字，惟毛本脱。

講武盤桓　又**乘桴滄流**　《晉書》「盤桓」作「遊盤」，「流」作「海」。按五臣作「流」。濟注：滄流，海也。

交疇貨賄　六臣本及《晉書》「疇」並作「酬」。此或本作「醻」而誤「疇」。

注**往來贍遺**　何校「贍」改「賂」，陳同，據《魏志》也，各本皆誤。

自以爲控絃十萬，奔走足用　《晉書》無「爲」字，「足用」作「之力」。

陵轢沙漠，南面稱王也　《晉書》「陵」作「輮」。六臣本「王」下無「也」字。

注**景初三年，遣大司馬宣王**　胡公《考異》曰：「三」當作「二」，「大」當作「太」，下脱「尉」字，各本皆誤，此引《明帝紀》文。

桴鼓一震　《晉書》「一震」作「暫鳴」。

注 **獲非其醜** 《易·離·上九》「非」作「匪」。

自茲遂隆 《晉書》「遂隆」作「以降」，孫氏志祖曰《晉書》誤。

想所具聞 六臣本「聞」下有「也」字。

注 **大哉堯之爲君** 今《論語》「君」下有「也」字，《三都賦序》引亦無。

吴之先主，起自荆州 又 **播潛江表** 又 **遂依丘陵** 又 **迄于四紀** 《晉書》「主」作「祖」，「州」作「楚」，「播潛」作「潛播」，「依丘」作「因山」，「于」作「兹」。

注 **權實堅子** 何校「堅」改「豎」，各本皆誤。

注 **《尚書》曰：放勛欽明** 此與今讀不同，然本書《魯靈光殿》張注及《檄蜀文》注引皆如此，《後漢書·馮衍傳》章懷注引亦同，是唐以前固皆以「欽明」斷句也。

稜威奮伐，罙入其阻 《晉書》「稜」作「淩」。五臣「罙」作「彌」。良注：彌，深也。

小戰江介 《晉書》「介」作「由」，注引《魏志》「介」亦當作「由」，在《鄧艾傳》。

而姜維面縛 六臣本「而」作「則」。

注 **勒維等令降於會** 胡公《考異》曰：「勒」當作「勑」，《鍾會傳》可證。

列郡三十 《晉書》「列」作「領」。余曰：「《括地志》：魏少帝平蜀得二十郡。《通典》：蜀全制巴蜀，置梁、益二州，有郡二十二。」姜氏皋曰：《晉書·地理志》梁、益、寧三州列郡凡二十，洪氏亮吉

《補三國疆域志》以武都、陰平二郡屬于蜀，云「武都郡，漢置，本隸梁州，先屬魏，漢建興七年地入蜀，領縣五；陰平郡，漢末以廣漢屬國置，漢建興七年地入蜀，領縣二」，如是則爲二十二郡也。

師不踰時　又**夫虢滅虞亡，韓並魏徙，此皆前鑒之驗、後事之師也**　《晉書》「師」作「兵」，「韓並魏徙」在「虢滅虞亡」前，無「之驗」二字，「師」作「表」，無「也」字。

蟬蛻内向　六臣本「向」作「附」。

却指河山以自強大　《晉書》「河山」作「山河」，「以自」作「自以」，「強大」作「爲強」。

虎臣武將　《晉書》作「武臣猛將」，避唐諱改也。

整治器械，修造舟楫　《晉書》「治」作「修」，避唐諱改也，「修」作「興」。

伐樹北山，則太行木盡。濬决河洛，則百川通流　六臣本「通流」作「流通」。《晉書》無此四語。

千里相望，自刳木以來　又**未有如今日之盛者也**　六臣本「千」上有「則」字，無「日」字。《晉書》無「自」字，「盛」上有「殷」字。

注 **黄帝堯舜，刳木爲舟，剡木爲檝**　今《易·繫辭》「刳木」句上無「黄帝堯舜」四字，「檝」爲「楫」。《古周易訂詁》云古本作「檝」。

今日之謂也　六臣本校云善無「也」字。《晉書》「謂」作「師」。

然主上眷眷 《晉書》「上」作「相」，是也。何校「上」改「相」。胡公《考異》曰：主謂魏帝，相爲晉主。

未便電邁者 又**崇城自卑** 《晉書》「邁」作「發」，「自」作「遂」。六臣本亦作「遂」。

故先開示大信 又**往使所究，若能審識安危** 又**祇承往告** 《晉書》無「示」字，「究」下有「也」字，「識」作「勢」，「告」作「錫」。

永爲藩輔，豐報顯賞 《晉書》「藩輔」作「魏藩」，「報」作「功」，「賞」作「報」。

若侮慢 《晉書》「若」下有「猶」字，是也，各本皆脱。

指麾風從，雍益二州 《晉書》「風從」作「從風」，「益」作「梁」。

爾乃皇輿整駕，六師徐征，羽檄燭日，旌旗流星，遊龍曜路 《晉書》「皇」作「王」，「師」作「戎」，「檄」作「校」，「流星」作「星流」，「遊龍」作「龍遊」。

注 **檄或爲校** 案作「校」亦通。《戰國·中山策》「乃使五校大夫」，注「五校，軍營也」。此言羽檄燭日，羽或謂羽林；檄作校，或虎賁校尉之屬，漢有八校是也；將卒衆多故云燭日。

忽然一旦 六臣本「然」作「焉」。

宗祀屠覆 又**良以寒心** 《晉書》「屠」作「淪」，「以」作「助」。

夫治膏肓者 又**決狐疑者** 又**必告逆耳之言** 《晉書》作「夫療膏肓之疾者」「決狐疑之慮者」，

「必」作「亦」。

注《左氏傳》曰：一曰居肓之上，一曰居膏之下　此爲《成十年傳》文。今作「其一曰居肓之上、膏之下」，無下「一曰居」三字。

如其迷謬，未知所投　《晉書》作「如其猶豫，迷而不返」。

恐俞附見其已困，扁鵲知其無功也　《晉書》「困」作「死」，「也」作「矣」。案「俞附」《史記·扁鵲傳》作「俞跗」，《漢書·藝文志》作「俞拊」，王氏應麟《漢藝文志考證》引《説苑》「上古之爲醫者曰苗父，中古之爲醫者曰俞柎」則作「柎」，惟《抱朴子》云「附、扁、和、緩」同此作「附」。

注醫病不以湯液　陳校「醫」下添「有俞附醫」四字，是也。胡公《考異》曰：此引以注正文，各本皆脱。

與嵇茂齊書

趙景真

趙景真　注故題云景真，而書曰安　《晉書·文苑·趙至傳》云：初至與康兄子蕃友善，及將遠適，乃與蕃書叙離，並陳其志。而本書《思舊賦》注引干寶《晉書》：太祖徙吕安邊郡〔一〕，遺書與康「昔李叟入秦，及關而歎」云云，太祖惡之，追收下獄，康理之，俱死。王氏志堅曰：「紹以父與安同誅，懼時所疾，故移此書於趙景真。考其始末，是安所作。」按此説非也，嵇茂齊有答書載《藝文類聚》卷三十，志堅移名之説乃誤襲翰注耳。又翰此注最誤，且謂「安子紹集云景真與茂齊書」「又父與康同誅」云云，不知紹爲康子，《晉書》自有傳，豈安子耶！志堅改「又父與康同誅」「康」字爲「安」，欲彌縫其失，而不知其餘全爲舛錯也。

梁生適越　顧氏炎武曰：梁鴻適吳，云適越者，吳爲越所滅。

注**《老子》曰：睢睢**　陳校「曰」下添「而」字，各本皆脱。

離群獨遊　又**背榮宴**　又**涉沙漠**　又**鳴雞待旦**　六臣本及《晉書》「遊」並作「逝」，「鳴雞」並作「雞鳴」。《晉書》「宴」作「讌」，「涉」作「造」。

注**陳琳《武庫車賦》曰**　「車」字不當有。尤本「庫」誤作「軍」。

乘高遠眺，則山川幽隔　又**或乃迴飈狂厲**　又**踦𨅋交錯**　《晉書》「乘」作「登」，「幽」作「悠」，「飈」作「風」，「踦𨅋」作「徙倚」。

注**《毛詩》曰：鶴鳴九皋**　此節引，去「于」字。

進無所依　又**牙淺絃急**　又**常恐風波潛駭**　《晉書》「依」作「由」，「牙」上有「而」字，「常」作「每」。

斯所以怵惕於長衢，按轡而歎息也　注**本或有於長衢之下云按轡而歎息者，非也**　《晉書》無「按轡而歎息」五字。陳曰：據注則此五字衍。張氏雲璈曰：「息」字正與上數韻叶，似非衍文。

蔕華藕於修陵　又**奏《韶》舞於聾俗**　《晉書》「蔕」作「榮」，注云一作「帶」。六臣本「舞」作「武」，《晉書》亦作「武」。

注**無交而求，則人不與也**　今《易·繫辭》「無」作「无」，「人」作「民」。

則有前言之艱　《晉書》「艱」作「難」。

則身疲於遄征　又**則情劬於夕惕**　《晉書》兩「於」字並作「而」。

注**《周易》曰：夕惕若厲**　武氏億曰：近讀《易》者「夕惕若」一讀、「厲」一讀、「無咎」一讀，或讀「若」字應絶句，如《豐》「發若」、《巽》「紛若」、《節》「嗟若」、《離》「沱若」者，是「厲」字不屬上，宜另爲句；然《説文》作「夕惕若夤」，又「賜」字引《易》曰「夕惕若厲」，《淮南子·人間訓》《風俗通義·過譽》《漢書·王莽傳》《後漢書·謝夷吾傳》注並云「《易》曰夕惕若厲，言君子終日乾乾，至于夕猶怵惕戒慎若危懼也」，《書·冏命》正義引亦同，蓋漢唐舊讀如此。餘互詳《思玄賦》「夕惕若厲以省諐」句下。

則淹寂而無聞　《晉書》「淹」作「掩」。

然後乃知步驟之士　又**若迺顧景中原**　又**激情風烈**　《晉書》無「乃」字，又無「若迺」二字，「烈」作「厲」。

龍睇大野，虎嘯六合　《晉書》「睇」作「嘯」，「虎嘯」作「獸睇」，避唐諱改。

恢維宇宙，斯亦吾之鄙願也　五臣「維」作「廓」。銑注：廓，空也。《晉書》無「亦」字。六臣本「吾」下有「人」字。

翅翮摧屈　五臣「翅」作「六」，濟注可證。《晉書》亦作「六」。

誰能不憤悒者哉　《晉書》「誰」作「孰」。

布葉華崖，飛藻雲肆，俯據潛龍之淵，仰蔭棲鳳之林　《晉書》「布」作「晞」，「淵」作「渚」，避唐諱改，「棲」作「游」。六臣本亦作「游」。

榮曜眩其前，艷色餌其後，良儔交其左　又弄姿帷房之裏　《晉書》「儔」作「疇」。陳曰：「此等語與叔夜不倫，豈有友善如仲悌而故作此語乎？」案此非吕安與嵇康，説詳前。

豈能與吾同大丈夫之憂樂者哉　《晉書》「吾」下有「曹」字，無「者」字。

永離隔矣　又臨書悢然　《晉書》「永」作「遠」，又作「臨紙意結」。

校記

〔一〕太祖徙吕安邊郡　「邊」原作「遠」，據《文選·思舊賦》注改。

丘希範　**與陳伯之書**

注何之元《梁典》云　《隋書·經籍志》：《梁典》三十卷，陳始興王諮議何之元撰。

注**陳伯之以其衆自壽陽歸降**　余曰：《梁書·陳伯之傳》：天監四年，太尉臨川王宏率衆軍北討，宏命記室丘遲私與伯之書，伯之乃於壽陽擁衆八千歸。《南史·陳伯之傳》：濟陰睢陵人。

棄燕雀之小志　余曰：《梁書》：陳伯之幼有膂力，年十三，好著獺皮冠，帶刺刀，候伺鄰里稻熟，輒偷刈之。及年長，在鍾離數爲刼盜，嘗授面覘人船，船人斫之，獲其左耳。

遭遇明主　《梁書·陳伯之傳》「遇」作「逢」。

開國稱孤　《梁書》「稱孤」作「承家」。余曰：《南史》：梁起兵，伯之與衆軍俱下，建康城平，封豐城縣公。

注**班固《涿邪山祝文》曰**　又**征人伐鼓**　余校删「涿」字，恐非；「征」改「鉦」，是也。涿邪山見《後漢書·竇憲傳》及本書《封燕然山銘》。

直以不能内審諸己，外受流言　林先生曰：伯之本齊臣子，雖屈降，恐梁武不能相容，故奔元魏。梁武待其家屬如故，則以身異叛臣也，書中「以不能内自審己，外受流言」明其細故可略、來歸無害也。

注**沈迷領簿書**　陳校「領簿」二字上下互乙，各本皆倒。

聖朝赦罪責功　又**推赤心於天下**　注**蕭王推赤心**　《梁書》「責」作「論」，「推」作「收」。毛本「蕭」誤作「漢」。

將軍之所知，不假僕一二談也　又**張繡剚刃於愛子**　六臣本句首有「此」字，「不」作「非」。《梁書》無「此」字，「不」亦作「非」，「剚」作「傳」。

注**謝承《後漢書》曰**　六臣本「承」作「沈」。按姚氏之駰《後漢書補逸》二謝書中此條均未收載，無從辨其是沈是承也。

不遠而復，先典攸高　六臣本此下有李注「《周易》曰：不遠復，無祇悔」九字，是也。

亦何可言　又**佩紫懷黃**　《梁書》「亦」作「述」，又作「懷黃佩紫」。

注**建節東出關**　尤本「東」誤作「敕」。

驅馳氈裘之長　《梁書》作「驅馳異域」。

不育異類　六臣本句末有「也」字。

注**改稱魏王**　毛本脱「魏王」二字。

注**故殷陟配天**　陳校「陟」上添「禮」字，各本皆脱。

注**屠各取豪貴**　又**羌胡名大師爲酋**　陳校：「取」改「最」，「師」當作「帥」。

注**袁崧《後漢書》**　「崧」當作「山松」。案姚氏之駰輯《袁山松書》，此則亦採入。

群鸎亂飛　「鸎」即「鶯」字。毛氏奇齡《續詩傳》：鳥名云鸎，字從二目一八，二目者離之二目，一八者艮八之喙；鶯字從二火，離爲目，目本離火，《洪範》伏傳五事之目屬五行之火，鶯首之戴兩火，即鸔之戴兩目也。

注**袁宏《漢獻帝春秋》**　何校「宏」改「曄」，陳同，《隋經籍志》云「十卷，袁曄撰」可證，各本皆誤。

所以廉公之思趙將　汪氏師韓曰：《史記》「楚聞廉頗在魏，陰使人迎之，廉頗一爲楚將，無功，曰：我思用趙人」，此一段正此文所用，而注乃引彼失此，疎矣。

注**望西河，泣數下**　毛本脱「河」字。

想早勵良規　《梁書》「規」作「圖」。《梁書》至下句「自求多福」止。

夜郎滇池，解辮請職。朝鮮昌海，蹶角受化　五臣「滇」作「顛」，良注可證。林先生曰：梁有《職貢圖》及此書皆誇詞，非實事也。

注**使將軍莊縞**　陳校「縞」改「蹻」，下同，各本皆誤。

注**《孟子》曰：武王之伐殷也，百姓若崩厥角。趙岐曰：蹶角，叩頭以額角犀厥地也**　按此引「厥角」以注「蹶角」，尚當有「蹶、厥義通」之訓。今本《孟子注》作「若崩厥角，額角犀厥地，稽首拜命」，無「叩頭」之文。臧氏琳曰：趙注以叩頭釋經之稽首，此必淺人以其近俗而私改，幸《選注》所引足考也。王元長《曲水詩序》「屈膝厥角」注引趙岐曰「厥角，叩頭以額角犀撅地也」，「厥角」下亦有「叩頭」二字，「撅」字與此「厥」字不同，以「撅」釋「厥」當彼是也。

注**武王之伐殷也，百姓若崩厥角**　本書王元長《曲水詩序》注、陸佐公《石闕銘》注引均同。今

《孟子》「武王」句與下不相連屬，「百姓」句當作「非敵百姓也」。

重答劉秣陵沼書

劉孝標

劉侯既重有斯難 余曰：《梁書·劉峻傳》：峻著《辨命論》成，中山劉沼致書以難之，凡再反，峻並爲申析以答之。張氏雲璈曰：「此答死者書也，惟書中止言得書之由，而不言所答之事。何氏以此爲答書之序，蓋昭明節采以存故實耳。」梁氏玉繩曰：今其書載張天如所刻《劉孝標集》中，恐爲僞託。

值余有天倫之戚 余曰：「孝標自序：余禍同伯道，永無血胤。」何曰：當是其兄孝慶云亡。又曰：孝標本名法武，在魏不能自存，與母兄皆爲僧尼，後反服南奔。

注 **芳至今猶未沫** 「芳」當作「芬」，各本皆誤。

而宿草將列 六臣本無「而」字。

注 **遇一哀而出涕曰** 今《禮記》「遇」下有「於」字，「涕」下無「曰」字。

雖隙駟不留 注引《墨子》，然《禮記·三年問》「若駟之過隙」更在前。

注 **必使吾君知之** 毛本「使」誤作「死」。

注 **思王歸國京師** 陳曰「思」字當在「國」字下，是也。

文選旁證卷第三十六

文選卷四十三下

移書讓太常博士　劉子駿

移書　陳校：題前脱「移」字一行。

注**爲羲和、京兆尹，卒**　胡公《考異》曰：「卒」字不當有，各本皆衍，《漢書》云「後事皆在莽傳」可證也。

講論其議〔一〕　《漢書·楚元王傳》「議」作「義」，是也。注同。

諸儒博士或不肯置對　注**言諸博士既不肯立左氏，而又不肯與歆論議相對也**　《漢書》無「儒」字。余曰：《後漢書》賈逵奏曰：建平中，侍中劉歆欲立《左氏》，不先暴論大義，而輕移太常，恃其義長，詆挫諸儒，諸儒内懷不服，相與排之，孝哀皇帝重逆衆心，故出歆爲河内太守。

是故孔子憂道不行　又**以記帝王之道**　《漢書》「道」下有「之」字，「記」作「紀」。

七十子卒　又**理軍旅之陣**　又**焚經書**　又**至於孝惠之世**　五臣「十」下有「二」字，濟注可證。

六臣本、《漢書》「卒」並作「終」。《漢書》「陣」作「陳」，「焚」作「燔」，無「於」字。

注 **然絳灌自一人，非絳侯與灌嬰** 《容齋隨筆》云：《漢書·陳平傳》「絳、灌等讒平」，《賈誼傳》「絳、灌、東陽侯之屬盡害之」，舊注俱以爲勃、嬰，《外戚·竇皇后傳》實書「絳侯、灌將軍」此最的證；而《楚漢春秋》所言多與史不合，師古蓋屢辨之。

始使掌故晁錯 《漢書》「晁」作「朝」。

《詩》始萌芽 毛本「始」誤作「已」。《漢書》「芽」作「牙」。

爲置博士 張氏雲璈曰〔二〕：《漢書·武帝紀》建元五年春置五經博士，而《文紀》無立博士之文，今據此書可補其闕。更證之以《楚元王傳》「文帝時，聞申公爲《詩》最精，以爲博士」、《翟酺傳》「上言孝文皇帝始置五經博士」〔三〕又趙岐《孟子題辭》「孝文皇帝欲廣遊學之路，《論語》《孝經》《孟子》《爾雅》皆置博士，後罷傳記博士，獨立五經而已」〔四〕，是皆可爲文帝置博士之據。

在朝之儒，唯賈生而已 《漢書》「朝」上有「漢」字。何曰：《漢書·儒林傳》「賈誼爲《春秋左氏傳》訓詁，授趙人貫公」，故獨稱之，爲建立古學勸也。

博士集而讚之，故詔書曰 《漢書》「讚」作「讀」，「曰」上有「稱」字。

而得古文 又**有三十九篇** 六臣本無「而」字。《漢書》無「篇」字。

孔安國獻之 孫氏志祖曰：「荀悅《漢紀》作『孔安國家獻之』似得其實。《史記》云安國爲臨淮太守，早卒，固不及與巫蠱之事矣。《漢書·藝文志》亦脱『家』字。若《書序》『會國有巫蠱』云云疑後人之僞撰也。」案孫氏之説全從閻若璩《古文尚書疏證》第二卷來。然《漢書》與《文選》同作「天漢之後孔安國獻之」，似未可皆以爲脱而竟用《漢紀》增一「家」字也。又考《漢紀》非載歆此移，不妨荀悦自云「孔安國家獻之」耳。似當各依其舊。

孝成皇帝愍學殘文缺　六臣本無「皇」字。《漢書》「愍」作「閔」。

經或脱簡，或脱編　六臣本及《漢書》作「經或脱簡，傳或間編」。濟注：間，差也。師古曰：脱簡，遺失之；間編，謂舊編爛絶，就更次之，前後錯亂也。

博問人間，則有魯國桓公　《漢書》「博」作「傳」。六臣本無「有」字。《漢書》「桓」作「栢」，誤，説見下。

注**《七略》曰：禮家，先魯有桓生**　案《漢書·儒林傳》魯徐生孫延、延及徐氏弟子桓生，即此。《楚元王傳》作「栢」者誤。

注**然則庸生亦未詳其姓名也**　顧氏千里曰：案《後漢書·馬融傳》云「都尉朝授膠東庸譚」，《經典釋文·尚書注解傳述人》「都尉朝授膠東庸生」自注名譚，正據《後漢書》言之耳；又《漢書·儒林傳》「毛公趙人也，治《詩》，授同國貫長卿」，《經典釋文》自注「徐整作長公」，亦李所未及。姜氏皋曰：《漢書·儒林傳》云「都尉朝授膠東庸生」，《後漢書·儒林傳》云「孔安國傳《古文尚書》授都尉朝，朝授膠東庸譚」是也，今顧説以爲出于《馬融傳》，未詳。

此乃有識者之所歎愍，士君子之所嗟痛也 《漢書》「歎愍」作「惜閔」。六臣本無「也」字。

往者綴學之士 《困學紀聞》五云：《大戴禮·小辨》篇子曰「綴學之徒安知忠信」，劉歆書「綴學之士」本此。翁氏元圻曰：班固《典引》亦曰「綴學立制」。

學者罷老 又 **或懷疾妒** 六臣本「罷」作「疲」。《漢書》「疾妒」作「妒嫉」。

以《尚書》爲不備 《漢書》無「不」字。按注引臣瓚説，則無「不」字爲是。胡公《考異》曰：《孔叢子》云「唯聞《尚書》二十八篇，取象二十八宿」云云，蓋《今文尚書》家有爲此説者也。

謂左氏不傳《春秋》 《漢書》「不」上有「爲」字。姜氏皋曰：左氏往往有經無傳、有傳無經，或不相比附，《釋文》云「舊夫子之經與丘明之傳各異，自杜氏《集解》始合而釋之」〔五〕、《春秋釋例》以「經之條貫必出於傳、傳之義例總歸於凡」是也。緣經傳不盡相符，遂多異議，如何休之膏肓廢疾、劉炫之攻昧規過是已。其後陸淳《春秋集傳纂例》本趙匡之説，竟謂「左氏序周、晉、齊、宋、楚、鄭之事獨詳，乃後代學者因師授衍而通之，編次年月以爲傳記，又雜採各國諸卿家傳及卜書、夢書、占書、縱横小説，故序事雖多，釋經殊少」〔六〕；宋之孫復《春秋尊王發微》倡廢傳求經之論，葉夢得《春秋讞》、胡安國《春秋傳》、趙鵬飛《春秋經筌》皆推波助瀾，猖狂其説；元程端學《春秋三傳辨疑》且以左氏爲僞撰矣，變本加厲，罔顧其安。其皆根於「不傳春秋」四字而起，而不知《史通》謂左氏「躬爲國史」之言〔七〕最爲確論也。

亦愍此文教錯亂　《漢書》「愍」作「閔」，無「此」字。

雖深照其情　《漢書》無「深」字，「照」作「昭」。

試《左氏》可立不　六臣本「不」作「否」，《漢書》作「不」。

遣近臣奉旨銜命　《漢書》「旨」作「指」。

非所望於士君子也　六臣本無「於」字。

今上所考視，其爲古文舊書　六臣本「視」作「試」，《漢書》作「視」。六臣本、《漢書》並無「爲」字。

内外相應　《漢書》「内外」作「外内」。何曰：内謂陳發秘藏，外謂桓公、貫公、庸生之屬。

然孝宣帝　六臣本「宣」作「皇」。《漢書》「宣」下有「皇」字。

注**梁丘，字長翁**　六臣本「丘」下有「賀」字，是也。

與其過而廢之，寧過而立之　六臣本「寧」下有「與」字。《漢書》上句末有「也」字，下句亦無「與」字。

校記

〔一〕講論其議　「議」原作「義」，據稿本及《文選》改。

〔二〕張氏雲璈云云　《選學膠言》卷十八此節全摘自臧琳《經義雜記》卷六。

〔三〕孝文皇帝始置五經博士　《後漢書·翟酺傳》汲本、庫本「五經」，百衲宋本、殿本及《册府元龜·學校部》《玉海·官制》《東漢會要·文學上》《通志·翟酺傳》等引均作「一經」。

〔四〕後罷傳記博士獨立五經而已　「立」據《孟子注疏·題辭解》補，臧琳不誤，張雲璈脱。

〔五〕釋文云云　此引自《四庫全書提要·春秋左傳正義》，《經典釋文》卷十五「各異」作「各卷」。

〔六〕陸淳春秋集傳纂例云云　此引自《四庫全書提要》，《春秋集傳纂例》卷一文不同。

〔七〕史通謂左氏躬爲國史之言　此引自《四庫全書提要·春秋左傳正義》「劉知幾躬爲國史之言」，然《史通》無此語，或指杜預《左傳序》「身爲國史，躬覽載籍」。本書《春秋左氏傳序》引《提要》同誤。

孔德璋

北山移文

北山　向注：鍾山，在都北，其先周彦倫隱於此山，後應詔出爲海鹽縣令，欲却過此山，孔生乃假山靈之意移之，使不許得至。張氏雲璈曰：按《南齊書·周彦倫傳》解褐海陵國侍郎、出爲剡令，草堂乃在官國子博士著作郎時，「於鍾山築隱舍，休沐則歸之」，未嘗有隱而復出之事。

度白雪以方絜，干青雲而直上　六臣本「雪」作「雲」，「雲」作「霄」。

值薪歌於延瀨　注**薪歌延瀨，未聞**　向注：「蘇門先生遊於延瀨，見一人採薪，謂之曰：子以終此乎？採薪人曰：吾聞聖人無懷，以道德爲心，何怪乎而爲哀也？遂爲歌二章而去。」何曰延瀨似指延陵季子值被裘公事，按此見《高士傳》，至向注所引蘇門先生事不詳出何書。

注 **周宣王太子晉也**　何校「宣」改「靈」，各本皆誤。

豈期終始參差　六臣本「期」作「有」。

慟朱公之哭　注 **楊子見歧路而哭之**　今《淮南子·說林訓》「歧路」作「逵」。按《呂氏春秋·疑似》篇、賈誼《新書·審微》篇並以哭歧路爲墨子事，亦緣墨子泣絲而轉誤耳。

偶吹草堂　五臣「偶」作「竊」，向注可證。

將欲排巢父　《高士傳》：以樹爲巢，而寢其上，故號巢父，許由之友也。今本《古史考》謂許由夏常居巢，故一號巢父。然《漢書·古今人表》自爲二人，即此文亦是分用。

拉許由　《漢書·古今人表》「由」作「繇」。《高士傳》：字武仲，陽城槐里人。《史記正義》《後漢書注》同。《莊子》釋文作「字仲武」。《金樓子》：由又字道開，長八尺九寸。《宋史》：袁韶知臨安府，請於朝，建許由以下三十九人祠〔二〕。事見《錢塘先賢傳》，是爲浙人矣，恐不足據也。

或歎幽人長往　五臣「歎」作「歌」，良注可證。

注 **隱於宕山，能風**　「能」下當有「致雨」二字，各本皆脫。

注 **俱詔板所用**　毛本「詔」誤「招」。

注**字書曰：江水東至會稽山陰爲浙右** 陳曰：似不當言爲浙右。胡公《考異》曰：「右」當作「江」，考《說文·水部》「浙」字下與善所引字書文同可證，「右」字必涉正文而誤改也。

道帙長殯 何校「殯」作「擯」，五臣同，向注「擯，棄也」。胡公《考異》曰：「長殯」與下「久埋」偶句，則「殯」字是矣，何改非。

磵石摧絶無與歸 六臣本「磵石」作「磵户」。按此與下「石徑」爲偶句，用字必相避，作「户」爲是，作「石」但傳寫誤耳。

蕙帳空兮夜鵠怨 六臣本「鵠」作「鶴」。

秋桂遺風 尤本「遺」作「遣」。何校依六臣本改「遺」，是也。

注**船舷也** 陳校「舷」上添「扣」字，各本皆脱。

汙淥池以洗耳 六臣本「以」作「於」。

校記

〔一〕宋史云云 「宋史」當作「四庫全書提要·錢塘先賢傳」，提要云作者袁韶「事蹟具《宋史》本傳。韶嘗知臨安府」云云，引者誤讀「宋史本傳」入下句，《宋史》無此語。

文選卷四十四

檄 翰注：「檄，皎也，喻彼使皎然知我情。周穆王令祭公〔一〕爲威猛之辭以責狄人，此檄之始。」按翰注不知出何書。姜氏臯曰：《釋文》：檄，激也。《文心雕龍》云：檄者皦也，宣露於外，皦然明白也。《國語·周語》：周穆王將征犬戎，祭公謀父諫曰「先王耀德不觀兵，有威讓之令，有文告之辭」〔二〕。《雕龍》所云即檄之本源也，翰注以「皦」作「皎」、以「威讓」作「威猛」、以「犬戎」作「狄人」，變换其詞，若欲不本於劉彦和之所云耳。又案《辭學指南》云：「檄，軍書也。東萊先生謂晉侯使吕相絶秦，檄書始於此。然春秋之世未有檄之名，戰國時張儀爲檄告楚相，其名始見於此。」

校記

〔一〕穆王令祭公　「祭」原作「蔡」，據《文選注》改。

〔二〕國語周語云云　此乃引者據《國語》補，《文心雕龍·檄移》作「周穆西征，祭公謀父稱古有威讓之令、令有文告之辭」，并無「國語周語」「犬戎」字及「先王」句，下譏翰注本于《雕龍》恐非。

喻巴蜀檄

司馬長卿

安集中國　《史記·司馬相如傳》「安集」作「輯安」。《漢書·司馬相如傳》作「集安」。

重譯納貢，稽顙來享　《史記》「納貢」作「請朝」。《史記》《漢書》「顙」並作「首」，六臣本亦作「首」。

注**拜之而後稽顙**　又**莫不來享**　「之」字衍，「不」上當有「敢」字。

注**番禺，南海郡縣治也**　胡公《考異》曰「縣」字不當有。

注**太子即嬰齊也**　胡公《考異》曰：依他篇如韋孟《諷諫》之例，當有「善曰」在「太」字上以分別顏注，此篇乃合並六家體例之不畫一者；又每節首非舊注皆當有，各本皆删去〔一〕，亦與他篇例歧，後《難蜀父老》《答客難》等皆放此。

西僰之長　五臣「僰」下有「犍」字。良注：僰犍，謂蠻夷名。胡公《考異》曰：此五臣妄添也，《史記》《漢書》俱無，此注引「文穎曰犍爲縣」者謂《地理志》犍爲郡之僰道縣也。《説文》「僰」下亦云「犍爲蠻夷也」。以犍爲縣注「僰」非，正文別有「犍」字。

不敢墮怠　《史記》「墮怠」作「怠墮」。

皆嚮風慕義　《史記》作「皆爭歸義」。《漢書》「嚮」作「鄉」。

夫不順者已誅，而爲善者未賞　楊氏慎曰：不順，謂北征匈奴、移師東指之類；爲善，謂南夷西僰效貢職、爭歸義。

發巴蜀之士　又**以奉幣帛**　《史記》「之士」作「士民」。《漢書》無「帛」字。

憂患長老　六臣本「患」作「恚」，非也。

聞烽舉燧燔　《漢書》「烽」作「湰」。孟康曰：湰如覆米䉛，縣著契皋頭，有寇則舉之；燧，積薪，有寇則燔然之也。

荷兵而走　毛本「兵」作「戈」。《史記》《漢書》「處」並作「居」。

又**處列東第**

行事甚忠敬，居位甚安逸　《漢書》「行事」作「事行」，「逸」作「佚」。

功烈著而不滅　六臣本「烈」作「列」，非也。

膏液潤野草　《漢書》「野草」作「埜中」。顏注：埜，古野字；中，古草字。

今奉幣役至南夷　《漢書》「役」作「使」。

子弟之率不謹　《史記》句末有「也」字。

注**《漢書》曰：縣有蠻夷曰道**　《漢書·百官表》無「縣」字，《史記》注有。

使咸喻陛下之意，無忽　《史記》「喻」作「知」，「意」下有「唯」字，「無」作「毋」，末有「也」字。《漢書》無「使」字，「喻」作「諭」，「無」亦作「毋」。

校記

〔一〕各本皆刪去　《文選考異》卷八原作「尤本皆刪去」。六臣本于每節首非舊注者皆有「善曰」二字，尤本皆刪去，胡克家數言其非；而此處元槧本、毛本皆襲尤本刪去，章鉅遂改「尤本」作「各本」，不免以偏概全。

陳孔璋　爲袁紹檄豫州

注《魏志》曰　至而不責之　顧氏千里曰：此一節注，尤本承六臣別本之誤，以五臣爲李也，六臣本作「《魏志》曰：琳避難冀州，袁紹使典文章，袁氏敗，琳歸太祖，太祖曰：卿昔爲本初移書，但可罪狀孤而已〔一〕，惡惡止其身，何乃上及祖父邪！琳謝罪，太祖愛其才而不咎」六十一字，當改正。

郡國相守　五臣作「郡相國守」，銑注可證。案李作「郡國相守」者是也，以上十二字當在《陳琳集》，五臣改之非矣。

是以有非常之人　至所擬也　《後漢書·袁紹傳》《三國·魏志·袁紹傳》注引《魏氏春秋》並無此三十七字。

專制朝權　《後漢書》《魏志注》「權」並作「命」。

時人迫脅，莫敢正言，終有望夷之敗　《後漢書》《魏志注》並無「時人迫脅，莫敢正言」八字，「敗」並作「禍」。

祖宗焚滅　又永爲世鑒　《後漢書》《魏志注》並無此八字。

及臻呂后季年　《後漢書》《魏志注》並無「季年」二字。

内兼二軍，外統梁趙　《後漢書》《魏志注》並無此八字。

決事省禁　《後漢書》「省禁」作「禁省」。

注**閔子騫曰**　六臣本「騫」作「馬」，是也。

興兵奮怒　又**誅夷逆暴**　《後漢書》《魏志注》「兵」並作「威」。《魏志注》「暴」作「亂」。

故能王道興隆，光明顯融　《後漢書》《魏志注》「王道」並作「道化」。六臣本、《後漢書》「顯融」並作「融顯」。

祖父中常侍騰　《後漢書》《魏志注》並作「祖父騰，故中常侍」。

因贓假位　《後漢書》「假」作「買」。何曰：范書《宦者傳》：嵩靈帝時貨賂中官及輸西園錢一億萬，故位至太尉。

輿金輦璧　《後漢書》「璧」作「寶」。

操贅閹遺醜，本無懿德　《後漢書》「贅」作「姦」。五臣「懿」作「令」，翰注可證。《後漢書》《魏志注》亦並作「令」。張氏雲璈曰：《漢書·嚴助傳》注「淮南俗賣子與人作奴婢名贅子」，操父嵩夏侯氏爲中常侍曹騰養子，故云贅也。

㹮狡鋒協　何校「協」改「俠」。《後漢書》《魏志注》並「㹮」作「僄」，「協」作「俠」。章懷注：鋒俠，言其如鋒之利也〔二〕，僄或作剽。

幕府董統鷹揚　《魏志注》「董」作「昔」。

掃除凶逆　《後漢書》《魏志注》「除」並作「夷」。

收羅英雄，棄瑕取用　《後漢書》「收」作「廣」，「取」作「録」。《魏志注》「收」上有「方」字，「取」亦作「録」。

同諮合謀，授以裨師　《後漢書》《魏志注》並作「參咨策略」，無「授以裨師」四字。五臣「師」作「帥」，翰注可證。

至乃愚佻短略　《後漢書》《魏志注》「略」並作「慮」。

傷夷折衄，數喪師徒　章懷注：《魏志》曰：操引兵西，將據成皋，到滎陽汴水，遇卓將徐榮，戰不利，士卒死傷多，操爲流矢所中，所乘馬被創，曹洪以馬與操，得夜遁，又爲吕布所敗。

表行東郡，領兖州刺史　五臣「郡」下有「太守」二字，濟注可證。《後漢書》《魏志注》亦並有「太守」二字，無「領」字。

被以虎文　《後漢書》《魏志注》此下並有「授以偏師」四字。章懷注「虎賁將冠鶡冠，虎文單衣」，與李注義異。

奬蹴威柄　注《**魏志**》**作奬蹴。蹴，成也**　《後漢書》「蹴」作「就」。陳曰：《魏志》既與《文選》同，似不必贅引，當云「《後漢書》作奬就。就，成也」。按所校是也，此文乃裴注引《魏氏春秋》，此僅言《魏志》亦非。朱氏珔曰：當本作「就」，而誤加足旁作「蹵」，又傳誤爲「蹴」耳。

而操遂承資跋扈，肆行凶忒　《後漢書》無「操」字，「凶忒」作「酷烈」。《魏志注》亦作「酷烈」。

注**氣厲流行**　陳校「氣」改「氛」，各本皆誤。

英才俊偉，天下知名　《後漢書》《魏志注》「偉」並作「逸」。《後漢書》無「天下知名」四字。

直言正色　《後漢書》《魏志注》句首並有「以」字。

身首被梟懸之誅　《後漢書》《魏志注》並無「首」字，「誅」作「戮」。

注**《魏志》曰：太祖在兖州**　六臣本「志」作「書」。胡公《考異》曰：此尤本校改作「志」，但未必非引王沈《魏書》也。

民怨彌重　《後漢書》作「人怨天怒」。

幕府惟強幹弱枝之義　六臣本「惟」作「推」。

故復援旌擐甲，席卷起征，金鼓響振，布衆奔沮　《後漢書》「旌」作「旍」，「起」作「赴」，「振」作「震」，「奔」作「破」。《魏志注》亦作「赴」作「震」作「破」。

復其方伯之位　《後漢書》《魏志注》「位」並作「任」。

則幕府無德於兖土之民　《後漢書》《魏志注》句首並有「是」字。《後漢書》無「之民」二字。

後會鑾駕反旆，群虜寇攻　《後漢書》作「會後鑾駕東反，群虜亂政」。《魏志注》同，惟「會後」仍作「後會」。

操便放志專行，脅遷當御省禁，卑侮王室　《後漢書》《魏志注》「操」作「而」，無「當御」二字。《後漢書》「脅遷」作「威刼」，「室」作「僚」。《魏志注》「室」作「宫」。銑注：當御，謂萬事自當理之不令上知。

坐領三臺　《後漢書》《魏志注》「領」並作「召」。

所愛光五宗，所惡滅三族　《後漢書》「惡」作「怨」。章懷注：五宗謂上至高祖下及孫，三族謂父族、母族、妻族。

群談者受顯誅　《魏志注》「受」作「蒙」。

百寮鉗口，道路以目　《後漢書》《魏志注》作「道路以目，百闢鉗口」。

尚書記朝會　《後漢書》「朝」作「期」。章懷注：賈誼曰：大臣特以簿書不報，期會之間，以爲大故。

典歷二司，享國極位　《後漢書》作「歷典二司，元綱極位」。《魏志注》亦作「歷典」；「二」作「三」，誤。

操因緣眦睚，被以非罪，榜楚參並，五毒備至，觸情任忒，不顧憲綱　《後漢書》《魏志注》無「緣」字，「參並」作「並兼」，「備」作「俱」，「任」作「放」，「綱」作「章」。惟《後漢書》「榜」作「搒」，《魏志注》「忒」作「慝」，則字異義同。五臣「榜楚」作「楚榜」，向注可證。

義有可納　《後漢書》《魏志注》「義」並作「議」。

是以聖朝含聽，改容加飾　又**先帝母昆**　《後漢書》《魏志注》並「是以」作「故」，「飾」作「錫」，「昆」作「弟」。按「母昆」二字甚新。

桑梓松栢，猶宜肅恭　《後漢書》《魏志注》作「松栢桑梓，猶宜恭肅」。

而操帥將吏士〔三〕　《後漢書》無「而」字。《魏志》「將」下有「校」字。

操又特置　又**所過隳突**　《後漢書》《魏志注》並無操、特二字。《後漢書》「隳」作「毀」。六臣本「隳」作「墮」，非也。

身處三公之位　《後漢書》《魏志注》「位」並作「官」。

汙國虐民，毒施人鬼　《魏志注》「汙」作「殄」，「施」作「流」。

加其細政苛慘　六臣本「苛」誤作「荷」。

動足觸機陷　《後漢書》《魏志注》「觸」並作「蹈」。

帝都有吁嗟之怨　《後漢書》「吁」作「呼」。《魏志注》作「嗟吁」。

歷觀載籍，無道之臣，貪殘酷烈　《後漢書》《魏志注》並作「歷觀古今書籍所載貪殘虐烈無道之臣」。

加緒含容　《後漢書》《魏志注》「緒」作「意」，「容」作「覆」。六臣本亦作「覆」。

乃欲摧橈棟梁　《後漢書》《魏志注》「摧橈」並作「橈折」。

除滅忠正　《魏志注》「忠」誤作「中」。《後漢書》作「除忠害善」。

往者伐鼓北征公孫瓚　又强寇桀逆　《後漢書》《魏志注》「者」並作「歲」，「征」下有「討」字，「寇」並作「禦」。

外助王師，内相掩襲　《後漢書》《魏志注》並作「欲託助王師，以相掩襲」。

會其行人發露，瓚亦梟夷　《後漢書》無「其」字。章懷注：《獻帝春秋》曰：操引軍造河，託言助紹，實圖襲鄴，以爲瓚援。會瓚破滅，紹亦覺之，以軍退屯於敖倉。

故使鋒芒挫縮　六臣本「芒」作「鋩」。

爾乃大軍　至晨夜逋遁　《後漢書》《魏志注》並無此三十九字。六臣本校云「爾」善作「耳」，按作「耳」則當屬上讀。《後漢書》及《魏志注》既無此文，無可證也。

欲以螗蜋之斧　《後漢書》《魏志注》「欲」上有「乃」字。《後漢書》「以」作「運」。

奮中黄育獲之士　六臣本、《魏志注》「士」並作「材」。

注　外甥高翰　六臣本「翰」作「幹」，是也。

而角其前　《後漢書》《魏志注》「而」作「以」。五臣「角」作「捔」，翰注可證。

雷霆虎步　毛本「霆」作「雹」。

若舉炎火以焫飛蓬，覆滄海以沃熛炭，有何不滅者哉　《後漢書》「焫」作「焚」，「以沃」作「而注」。《魏志注》作「而沃」。六臣本、《後漢書》《魏志注》「滅」上並有「消」字。

又操軍吏士　至**不俟血刃**　《後漢書》《魏志注》無此八十六字。

皆出自幽冀　尤本「出自」作「自出」，誤。

注**召敵讎弗怠**　今《書》「弗」作「不」。又案蔡注云〔四〕「上以讎而斂下，則下必爲敵以讎上」，是「敵讎」與「讎敵」解較異。

方今漢室陵遲，綱維弛絶　《後漢書》作「當今漢道陵遲，綱弛網絶」。《魏志注》同，惟「網」作「紀」。

聖朝無一介之輔　至**焉能展其節**　《後漢書》《魏志注》無此四十八字。

注**《尚書》：秦穆公曰：如有一介臣**　釋文云「介又作个，工佐反」，又云「个一讀作介」。《唐石經·禮記》作「介」。《公羊·文十二年傳》亦云：惟一介斷斷焉，無他技。

又操持部曲精兵七百　《後漢書》《魏志注》並作「操以精兵七百」。六臣本「持」作「特」，「百」下有「人」字，皆非。

外託宿衛，内實拘執　《後漢書》作「外稱陪衛，内以拘質」。《魏志注》同，惟「實」作「肆」、「質」仍作「執」。

懼其篡逆之萌　《後漢書》無「其」字，「萌」作「禍」。《魏志注》同。

此乃忠臣肝腦塗地之秋，烈士立功之會　《後漢書》《魏志注》無「此」字，「會」下有「也」字。

可不勗哉　《後漢書》《魏志注》所載並止此。

違衆旅叛　注**《漢書》：以旅爲助**　《後漢書》《魏志注》此文在所節中無可爲證，亦不知李所稱《漢書》何指也。

如律令　《漢聞憲長韓仁碑》末亦有此三字，蓋漢人公移中語。《前漢書·朱博傳》博口占檄文、《東觀餘論》載漢破羌檄皆有之。武氏億《授堂金石跋》云：今道流符咒襲用此語，世多昧其效漢制官府文書。

校記

〔一〕但可罪狀孤而已　「狀」據《文選考異》卷八及《文選注》《三國志·魏書·陳琳傳》、《後漢書·袁紹傳》注等補。

〔二〕言其如鋒之利也　《後漢書》殿本「其如」，百衲宋本、汲本作「如其」。

〔三〕而操帥將吏士　「帥」原作「率」，光緒版據《文選》改。

〔四〕又案蔡注云　「蔡」據《書集傳·商書·微子》補，此既非《文選注》亦非《尚書注疏》。

檄吴將校部曲文

年月朔日子，尚書令彧　翰注：子者，發檄時也。顧氏炎武曰：日者初一初二之類，子者甲子乙丑之類也，漢人未有稱夜半爲子時者，翰注誤矣。何曰：「子」字疑「守」字之誤。張氏雲璈曰：荀彧之卒在建安十七年，夏侯淵討馬超在十八年，討宋建在十九年，韓遂之斬、張魯之降在二十年，考《魏志》皆在彧卒之後，檄首列彧名未詳。姜氏皋曰：「彧」當是「攸」之謁。《魏書·太祖紀》建安十八年「十一月初置尚書、侍中、六卿」，裴注引《魏氏春秋》曰以荀攸爲尚書令；《荀攸傳》云「魏國初建，爲尚書令」「從征孫權，道薨」，注云「建安十九年攸年五十八」是也。然文中言張魯之降則年又不符，此或是二十一年將征權先有此檄，而攸亦薨於是年。按攸於十八年爲尚書令，至二十一年以大理鍾繇爲相國。《通典》云尚書令「魏晉以下任總機衡」，然則即相國也。攸若卒於十九年，中間不聞替者，何以至二十一年始以鍾繇爲相國？《魏公九錫勸進文》攸次即繇，則攸卒繇代亦其序也。因疑攸卒於二十一年，則於檄中情事皆合耳。

注**閔子騫之辭**　何校「騫」改「馬」，各本皆誤。

夫見機而作　又**下愚之蔽也**　六臣本「機」作「幾」，無「下」字。

於安思危　孫氏志祖曰：《左傳》魏絳引《書》曰「居安思危」，又「於安思危」見《逸周書·程典解》，此注不當引《漢書》。

不亦殊乎　六臣本「殊」作「異」。

注**《易》曰「喪其齊斧」，未聞其説。張晏曰：斧，鉞也，以整齊天下。應劭曰：齊，利也**

《易·旅》卦「得其資斧」，釋文云子夏及衆家並作「齊斧」、張軌曰「黄鉞斧也」。朱氏珔曰：「齊斧」之「齊」作本音讀，虞仲翔曰「巽爲齊」，釋文於《説卦傳》「齊乎巽」不出音，則如字可知。《志林》謂因齋戒受斧即稱齋斧，頗爲不辭，荀爽雖曰還斧，並未以齋戒爲齋斧也。似宜仍從張、應二説。

則洞庭無三苗之墟　注**三苗之國，左洞庭，右彭蠡**　《戰國·魏策》：吴起曰：昔者三苗之居〔二〕，左有彭蠡之波，右有洞庭之水。

南越之旍不拔　六臣本「拔」下有「也」字。

身磬越軍　六臣本「越」作「六」。案《禮記·文王世子》云公族有罪則磬于甸人，鄭注「縣縊殺之曰磬」，「磬與罄通。《左氏·哀二十二年傳》：越滅吴，請吴王居甬東，辭曰「孤老矣，焉能事君」，乃縊，越人以歸。是夫差實自縊於越之軍中，故云身磬越軍也。注引《史記》陸賈語既有參差，於「身磬」字亦未晰。

注**吴與地故曰申胥**　「與」下當有「之申」二字。《吴語》注云：吴子與之申地故曰申胥。《楚辭·七諫》曰申子，《説苑·奉使》曰申氏，皆謂子胥也。

注又曰：吴王夫差北會諸侯於黄池　至引兵歸國　又又曰：吴與晉人相遇黄池之上　至遂圍王宫而殺夫差　姜氏皋曰：此兩節，上文《史記》陸賈曰「以區區之越與天子抗衡爲敵國」是《陸賈傳》中語，則此兩節之各冠以「又曰」二字者當亦是《史記》陸賈所云也，而賈傳中無之；且兩節之文與《吴太伯世家》《晉世家》《越世家》所載多不合，頗似《新語》中文，而今《新語》亦無之。

而悖逆之罪重也　六臣本無「而」字。

跨州連郡，有威有名，十有餘輩　六臣本「名」下有「者」字。林先生曰：袁紹領冀州牧，出長子譚爲青州，中子熙爲幽州，甥高幹爲并州，所據共四州；術自陳留敗奔九江，殺揚州刺史陳温，領其州，所據者一州耳；吕布初爲陳宫所迎，領兖州牧，後襲下邳，自稱徐州刺史，所跨者二州；其餘韓遂、馬騰據關中，劉表據荆州，公孫瓚據漁陽，劉虞據幽州，張燕據常山、河内諸郡，張魯據巴漢，張繡據宛，劉璋據蜀：所謂「十有餘輩」也。

注遂與楊秋李湛　何、陳校「湛」改「堪」，下同，據《三國志》也。

注丁斐曰：放馬　陳校「曰」改「因」，據《三國志》也。

伏尸千萬　六臣本「千」作「十」。

注漢寧　何、陳校「漢」上添「領」字、「寧」下添「太守」二字，據《三國志》也。

致天下誅　郝經《續後漢書》〔二〕引作「致天之誅」，是也。

偏將涉隴　又**旍首萬里**　六臣本「旍」作「旌」。毛本「將」作「帥」。

則陽平不守　銑注「陽平」作「平陽」，恐非。余曰：《周地圖記》〔三〕：褒谷西北有古陽平關〔四〕。《通典》：在興元府褒城縣西北〔五〕。

注**奈何？魚爛而亡**　「奈何」上據《公羊傳》文當有「其自亡」三字。

而建約之屬　五臣「之」作「支」。良注：支屬謂親黨也。

非國家鍾禍於彼，降福於此也　五臣「禍」「福」二字上下互易。良注「彼謂魯等，此謂建約等」恐非。

夫鷙鳥之擊先高　六臣本「鷙」作「擊」，無「之擊」二字，是也。

今者枳棘翦扞　五臣「扞」作「刊」。良注：刊，削也。

南臨汶江　《禹貢》岷山，《史記》作汶山。《漢書·地理志》蜀郡有汶江縣，即岷江也。

注**建安二十一年留夏侯淵**　六臣本無「一」字，是也。此所引《武帝紀》文。

五道並入　何曰：使征西將軍至搤據庸蜀，本是一道，所以斷蜀之援吴也；樓船、橫海乃是二道，吴郡、會稽地皆濱海，故分命舟師從海道入耳。注誤。

張遼侯成　李注未及侯成。案侯成見《魏志·呂布傳》裴松之注引《九州春秋》「初布騎將侯成」云云，良注「侯成，小吏」非也。

官渡之役　六臣本「渡」作「度」。林先生曰：按《後漢書》注：官渡即古之鴻溝也。

則都督將軍馬延　六臣本「則」下有「尚」字。

則將軍蘇游　注引《魏志》「游」作「由」，又云「由」與「游」同。然三國時人名宜無借字假音。

舉縣來服　尤本「縣」誤作「事」。

懷寶小惠　注《**論語**》**曰：好行小惠**　釋文云魯讀慧爲惠，鄭氏注亦作小惠。然此文當引《左傳》「小惠未徧」，不當引《論語》也。

與熛俱滅者　五臣「熛」作「煙」，良注可證。

注《**尚書**》**曰：伊尹去亳**　陳校「書」下添「序」字，各本皆脱。

魏叔英　何曰：《後漢書·黨錮傳》魏朗字少英，上虞人〔六〕，當即叔英。

虞文繡　又**耽學好古**　又**周泰明**　何曰：文繡，虞仲翔父，名歆，爲日南太守；泰明是周昕字。

六臣本「耽」作「博」。

而周盛門户無辜被戮　六臣本「被」作「受」。銑注：周泰明、盛孝章，此兩家皆爲權所誅戮。

聞魏周榮　何曰：周榮，《會稽典録》作「周林」，《吴夫人傳》注中引《典録》「名騰」，《吴範傳》及注中作「滕」。余曰：《吴志注》「《典録》曰：滕字周林，祖父河内太守朗」，則魏騰乃魏朗孫，與本篇

「堂構」「析薪」不合，又周榮、周林不同，故李注從缺。

能負析薪 又**又諸將校** 六臣本「能」作「克」。尤本「又」誤作「及」。

賢聖之德也 六臣本「賢聖」作「聖賢」。

以應顯録 五臣「應」作「膺」，良注可證。

注**跌蹯而去** 胡公《考異》曰：「跌」當作「決」，此引《趙策》文。

以其所棄者輕 又**如詔律令** 六臣本無「以」字，「如詔」作「詔如」。

校記

〔一〕戰國魏策三苗之居 「戰」原誤作「三」，「三苗」據稿本及《戰國策・魏策一》補。

〔二〕郝經續後漢書 「後」原誤作「季」，引自《續後漢書・曹操傳》。

〔三〕余曰周地圖記通典云云 余蕭客引自王應麟《通鑑地理通釋》卷十一「陽平關」條。

〔四〕褒谷西北有古陽平關 引自《後漢書・劉焉傳》注，《文選・爲曹洪與魏文帝書》注引無「北」字。

〔五〕通典在興元府褒城縣西北 興元府，《通典》一七五作「漢中郡，今之梁州」。

〔六〕魏朗上虞人 「虞」原作「黨」，據《義門讀書記》卷四九、《後漢書・黨錮傳》改。

檄蜀文　鍾士季

注**後爲司徒**　六臣本無「後」字，有「伐蜀平之」四字，是也。

我太祖武皇帝　六臣本及《魏志·鍾會傳》並無「我」字。

注**有太武皇帝**　陳校「太」字改「司奏」二字，各本皆誤脱。

注**君子曷爲《春秋》**　胡公《考異》曰「爲」字當重，各本皆脱。

未蒙王化　又**此三祖所以顧懷遺志也**　又**攝統戎車**　《魏志》「王」作「皇」，「志」作「恨」，「車」作「重」。

以濟元元之命　又**以快一朝之志**　《魏志》「命」作「美」，「志」作「政」。

興兵新野　又**興隆大好**　六臣本、《魏志》「新」並作「朔」，是也，此但傳寫誤。《魏志》下「興」作「與」〔一〕。

諸葛孔明仍規秦川　案《蜀志》：諸葛亮答先主曰「將軍身率益州之衆以出秦川」〔二〕。先主殂，亮於建興五年上《出師表》。六年春，亮出攻祁山，不克，冬復出散關，圍陳倉，糧盡退軍。九年，亮復出軍圍祁山，夏糧盡退軍。十二年春亮由斜谷出，秋亮卒於渭濱。此檄所謂「仍規秦川」也，《蜀後主傳》與《亮傳》正同。或以此爲六出祁山，非也。

併兵一向 六臣本、《魏志》「併」並作「并」。

注 **姜維寇圯陽** 何校「圯」改「洮」，是也。此所引《三少帝紀》文。

此皆諸賢所共親見 《魏志》無「共」字，「見」下有「也」字。

蜀侯見禽於秦 《魏志》「侯」作「相壯」二字。案《史記·秦本紀》「相壯殺蜀侯來降」，李注未引，是其本自作「蜀侯」也。姜氏皋曰：《秦策》云「起兵伐蜀，十月取之，遂定蜀，蜀主更號爲侯，而使陳莊相蜀」，是莊之相，秦所使，而蜀侯更號，未嘗見禽也。《華陽國志》：「陳壯反，殺蜀侯通國，秦遣甘茂、張儀、司馬錯伐蜀誅壯。」是壯未嘗來，蜀侯且先見殺也。壯、莊古通，而皆與《史記》異。

智者規福於未萌 《魏志》「規福」作「窺禍」。

注 **明者見危於未萌** 六臣本無「危」字。陳校「危」改「兆」。

豈晏安鴆毒 《魏志》「鴆」作「酖」。

豫聞國事 又 **猶加上寵** 《魏志》「豫」作「與」，「上」作「盛」。

見機而作者哉 六臣本「機」作「幾」，「作」作「往」。

安堵樂業 又 **就永安之計** 《魏志》「樂」作「舊」，「計」作「福」。

大兵一放，玉石俱碎 《魏志》「放」作「發」，「俱」作「皆」。

各具宣布，咸使知聞 《魏志》此上有「其詳擇利害，自求多福」九字，何據校添；「知聞」作「聞知」，何據校改。

校記

〔一〕下興作與　引文有二「興」字，「下」字據《三國志·鍾會傳》補。

〔二〕以出秦川　「出」原作「向」，據《三國志·諸葛亮傳》殿本改，涉上句「以向宛洛」而誤。百衲宋本、《後漢紀》卷三十、《華陽國志》卷六均作「出於秦川」。

難蜀父老

司馬長卿

《難蜀父老》　陳校：題前脱「難」字一行。

威武紛紜　《漢書·司馬相如傳》「紜」作「云」。

群生霑濡　又**舉苞蒲**　《史記》「霑」作「澍」，「蒲」作「滿」。六臣本無此句。

注**鄭玄曰**　陳校「玄」改「德」，胡公《考異》曰當作「氏」，各本皆誤。

結軌還轅　《史記索隱》「軌」作「軼」，音轍。

注**蓋聞天子之牧夷狄也**　六臣本無「聞」字。《史記》《漢書》「牧」並作「於」。孫氏志祖曰：宋祁校《漢書》云「於」疑作「牧」，景文熟精《選》理，故其校《漢書》多從《選》本，然此處則「於」字義長。

且夫邛窄西夷之與中國並也　《史記》《漢書》「夷」並作「僰」。

不可記已 六臣本「已」作「也」。

注**歷年兹多** 今《孟子》無「兹」字，此因正文而誤增。

意者其殆不可乎 《漢書》無「其」字。

僕嘗惡聞若説 《史記》《漢書》「嘗」並作「尚」。師古曰：尚，猶也，言僕猶惡聞如此之説，況乎遠識之人也。

夫非常者，固常人之所異也 《史記》《漢書》無「夫」字。《史記》無「人」字。

昔者洪水沸出 《史記》「洪」作「鴻」，「沸」作「浡」。

氾濫衍溢 案「衍」當作「溢」，注有明文。注又云「古《漢書》『溢』今爲『衍』，非也」，今本反依之改去「溢」字，則正文與注不符矣。

夏后氏慼之，乃堙洪塞源 六臣本無「氏」字。《史記》《漢書》「慼」並作「戚」。《史記》作「乃堙鴻水」。《漢書》無「塞」字。然《書》言鯀堙洪水，非禹也，《山海經·大荒北經》《漢書·溝洫志》並言「禹堙洪水」皆同此誤。

灑沈澹災 注**灑或作澌** 《史記》「灑」作「漉」，徐廣曰「漉一作灑」。五臣「灑」作「澌」，濟注：澌，盡也。

躬腠胝無胈 《史記》作「躬胝無胈」。《漢書》作「躬傶骿胝無胈」，張揖曰「傶，湊理也」，臣佖：

「檢字書無僾字，又戚字《説文》云戉也。按李注引孟康曰『湊，湊理也』，疑《漢書》傳寫誤以湊字作僾字耳。」顧氏千里曰：案《史記》「躬胝無胈」，《集解》徐廣曰「胈，腫也，一作腠，音湊」，《索隱》張揖曰「腠一作戚，戚，湊理也」，其言一作腠、一作戚皆指「胈」字之異，不得在「躬」字下，《史記》無之是也，《漢書》「躬僾骿胝無胈」恐亦有衍誤。

注 **郭璞《三蒼解詁》曰：胝，⿰足繭也**　《山海經·南山經》「可以爲底」，郭注：底，躪也。顧氏千里曰：躪即⿰足繭之譌，底當爲胝字之借，胝無躪義，⿰足繭與繭通。《戰國策·宋策》「百舍重繭」，高誘注：重繭，累胝也。本書《幽通賦》「申重繭以存荆」，《漢書》顏注：繭，足下傷起如繭也。後人「繭」加足旁，故今本《山海經》注譌作「躪」。良注正作「胝，繭也」。

豈特委瑣喔齪　六臣本「喔」作「齪」。《史記》《漢書》「喔齪」並作「握齱」。

修誦習傳　《史記》《漢書》「修」並作「循」，是也。

必將崇論吰議　注 **鄧展子曰：《字詁》曰：吰，今宏字**　《史記》「吰」作「閎」。《漢書》作「紘」，顏注：紘，深也，音宏。陳校去「子」字。

則時犯義侵禮於邊境　六臣本及《史記》《漢書》無「時」字。

父老不辜，幼孤爲奴虜，係縲號泣　《史記》《漢書》「老」並作「兄」。《史記》無「虜」字。《漢書》「縲」作「絫」，《史記》作「累」。

又焉能已　《史記》「焉」作「惡」。《漢書》作「烏」，顔注：烏猶焉也。

故乃關沫、若　齊氏召南曰：沫水即大渡河，《地理志》大渡水出青衣縣東南，至南安入渽；若水今名打沖河。何曰：若水即金沙江，别流爲孫水，即下所云孫原也。

注出蜀西徼外　又出廣平徼外，出旄牛　陳曰：前注當作「出蜀廣平徼外」，後注當作「出旄牛徼外」，顔注及《索隱》引可證。

徼牂牁，鏤靈山　《漢書》「牁」作「柯」。《史記》「靈」作「零」。

注鑿通山道　「山」上各本脱「靈」字，《漢書注》可證。

注出登縣　陳校「登」上添「臺」字，據《漢書注》也，各本皆脱。

曶爽闇昧，得耀乎光明　《史記》「曶爽」作「阻深」。六臣本「耀」作「輝」。

中外禔福　注《説文》曰：禔，安也　《史記》「禔」作「提」，徐廣曰提一作禔。今《説文》「禔，安福也」，錢氏坫曰當作「禔，安也，福也」，則與此所引正合。《顔氏家訓·書證》篇：《漢書》「中外禔福」字當從示，禔，安也，義見《蒼雅》《方言》，河北學士皆云如此，而江南書本多誤從手。

天子之亟務也　六臣本及《史記》《漢書》「亟」作「急」。

又惡可以已乎哉！且夫王者固未有不始於憂勤，而終於逸樂者也　《史記》《漢書》並無「乎」字，「逸」並作「佚」。《史記》「王者」作「王事」。

鳴和鸞　五臣「鸞」作「鑾」，銑注可證。

上減五　《史記》《漢書》「減」並作「咸」，徐廣曰咸一作函，《索隱》：今本或作咸。梁氏玉繩曰：咸亦爲古文減，《群經音辨》曰「減，洽斬切」，《集韻》云「古斬切」與「咸」同，《左傳·昭二十六年》疏「諸本咸作減」，《呂子·仲冬紀》「水泉咸竭」一本作「減竭」，《史記·酷吏傳》「減宣」《漢書》作「咸宣」、師古曰咸音減省之減。

觀者未覩旨　《史記》《漢書》「旨」並作「指」。

猶鷦鵬已翔乎寥廓之宇，而羅者猶視乎藪澤　《史記》「鵬」作「明」。六臣本、《漢書》並無「之宇」二字，「視」下並有「乎」字，《史記》亦有。

注**《爾雅》曰：寥，深也，空廓寥寥也**　陳校「爾」改「廣」、「空廓」改「廓空」、删「寥寥」二字，是也，各本皆誤。

諸大夫芒然　六臣本及《漢書》「芒」作「茫」。

百姓雖勞　《史記》「勞」作「怠」。

遷延而辭退　六臣本及《史記》《漢書》「退」作「避」。

文選旁證卷第三十七

文選卷四十五上

宋玉

對楚王問

對問　紀文達公曰：《卜居》《漁父》已先是對問，但未標對問之名耳；宋玉此文載於《新序》，其標曰「對問」，似亦昭明所題也。

客有歌於郢中者　姜氏皋曰：《左氏·桓十一年傳》「君次於郊郢」杜注「楚地」，《僖十二年傳》「自郢及我九百里」杜注「郢，楚都」，是楚有二郢也。《説文》：「郢，故楚都，在南郡江陵北十里。」班書《志》南郡江陵縣「故楚郢都。楚文王自丹陽徙此，後九世平王城之，後十世秦拔我郢，徙陳」；又南郡郢縣下「楚別邑，故郢」，錢氏坫、段氏玉裁皆疑此即郊郢。按「秦拔我郢」事以《史記·六國年表》《楚世家》證之即襄王二十一年，宋玉對問時大約尚都于郢也。又《楚世家》「烈王都壽春，命曰郢楚」，可稱三郢矣。

《下里》《巴人》　方氏以智曰：《漢田延年傳》「陰積貯葦炭諸下里物」，孟康曰「死者歸蒿里，葬地下，故曰下里」，其《下里巴人》之歌即《蒿里》《薤露》之類也。張氏雲璈曰：下文復有《陽阿》《薤露》，此不得以《下里》爲《蒿里》，《下里》《巴人》自是鄙俗之曲有此二種，故《文賦》云「綴《下里》於《白雪》」、《長笛賦》云「下采制於《延露》《巴人》」，下里、巴人可以分用，而方氏概以爲《薤露》之挽歌，誤矣。

其爲《陽春》《白雪》，國中屬而和者不過數十人　本書《琴賦》注「宋玉《對問》曰『既而曰《陵陽》《白雪》，國中唱而和之者彌寡』」，然集所載與《文選》不同，各隨所用而引之」云云，蓋《琴賦》本云「紹陵陽」，故引彼作注此，以「陵陽」作「陽春」爲異耳。六臣本無「不過」二字，「人」下有「而已」二字。《夢溪筆談》云：「世稱善歌者皆曰郢人，郢州至今有白雪樓，此乃引宋玉《對問》，遂謂郢人善歌，殊未深考。以楚之故都人物猥盛，而和者不過數人，則不知歌甚矣，《陽春》《白雪》郢人所不能也，以不能者名其俗，豈不大謬！」

引商刻羽，雜以流徵　本書《演連珠》注引《宋玉集》作「含商吐角，絶節赴曲」，亦與《文選》不同。蓋《演連珠》本云「絶節高唱」，故亦「各隨所用而引之」也。

是其曲彌高　六臣本「是」下有「以」字。

負蒼天　六臣本此下有「足亂浮雲」四字，非也。

而魚有鯤也　六臣本「鯤」作「鱗」。此傳寫誤。

世俗之民　六臣本「世」上有「夫」字。

答客難

東方曼倩

注《漢書》曰：推意放蕩　《漢書·東方朔傳》「推」作「指」，是也。

注以自慰諭　《文心雕龍·雜文》篇云：自《對問》以後，東方朔效而廣之，名曰《客難》，託古慰志，疎而有辨。

而身都卿相之位　又不可勝記　又服膺而不可釋　六臣本及《漢書》並皆無「身」字，「記」作「數」，《漢書》無「可」字。

好學樂道之效　又自以爲智能　又積數十年　五臣「效」上有「無」字，翰注可證。《漢書》無「爲」字，又無「積數十年」四字。

意者尚有遺行邪　六臣本「邪」作「也」。

是故非子之所能備　六臣本、《漢書》「備」下並有「也」字。

注彼一時也　今《孟子》無「也」字。本書《五等諸侯論》注引亦有。

相擒以兵　何校「擒」改「禽」，從《漢書》也。

并謂十二國　注謂魯、衛、齊、宋、楚、鄭、燕、趙、韓、魏、秦、中山　姜氏皋曰：《史記·六國年表》鄭之滅在周烈王元年，三家分晉時也，去儀、秦已遠，不若引《國策》之東周、西周、齊、秦、楚、燕、趙、韓、魏、中山、宋、衛也，否或如《史記·十二諸侯年表》之數。

故說得行焉　《漢書》作「故談說行焉」。

外有倉廩　六臣本、《漢書》「倉廩」並作「廩倉」。

聖帝德流　又**天下震慴，諸侯賓服**　六臣本「德流」作「流德」。《漢書》「慴」作「懾」。六臣本此下有「威震四夷」四字。

天下平均，合爲一家　六臣本「平均」作「均平」。《漢書》無此八字。

動發舉事，猶運之掌，賢與不肖　《漢書》無「發舉事」及「與」字。

夫天地之大　又**竭精馳說**　六臣本「夫」作「方」。今《漢書》「馳」作「談」。

悉力慕之　何校「慕」作「募」。《說文》：募，求也。按宋祁校云當作「募」。

曾不得掌故　「故」當作「固」。本書《兩都賦序》注「射策爲掌固」，又衛宏《古文尚書序》「濟南伏生，老不能行，遣太常掌固晁錯往讀之」，皆是也，後則改「固」爲「故」耳。

安敢望侍郎乎　《漢書》「侍」上有「常」字。

傳曰：天下無害，雖有聖人，無所施才；上下和同，雖有賢者，無所立功　《漢書》無此二十六字。六臣本「害」下有「菑」字。按「菑」字與下「才」字爲韻，不當無，當去「害」字添「菑」字。

故曰時異事異 六臣本下「異」字作「殊」。

鶴鳴九皋 《漢書》「鳴」下有「于」字。

太公體仁行義，七十有二，乃設用于文武 注《**説苑**》**曰：太公年七十而相周** 案此出《説苑·尊賢》篇，《後漢書·文苑·高彪傳》「吕尚七十，氣冠三軍」與《説苑》同。而《荀子·君道》篇「太公行年七十有二，文王舉而用之」，《韓詩外傳》四「太公年七十二，而用之者文王」，桓譚《新論》亦云太公「年七十餘乃升爲師」，皆與東方言合。他若《孔叢子·記問》篇、《列女傳》齊管妾婧語並以爲八十始遇文王，《楚辭·九辨》、《韓詩外傳》七、《説苑·雜言》篇、《淮南子·説林訓》注又以爲九十始顯榮爲天子師，則歧説錯出矣。〔二〕

此士所以日夜孳孳，修學敏行 《漢書》無「修學」二字。

譬若鶺鴒，飛且鳴矣 《漢書》「鶺」作「鴨」。師古曰：鴨鴒，雍渠，小青雀也，飛則鳴，行則摇，言其勤苦也。

注**題彼鶺鴒** 今《詩·小宛》〔三〕作「脊令」，釋文「令本又作鴒」。按《常棣》之「脊令」，《左氏·昭七年傳》引作「鴨鴒」，《爾雅》亦云：鴨鴒，雝渠。

君子不爲小人之匈匈 六臣本「爲」作「以」，顏注「匈匈，讙議聲」。

注**皆孫卿子文** 案在《天論》篇。

水至清則無魚　《漢書》句首有「故曰」二字。

黈纊充耳　六臣本「充」作「蔽」。

注 **皆《大戴禮》孔子之辭也，《家語》亦同**　孫氏志祖《家語疏證》此節未見採。

蓋聖人之教化如此，欲其自得之　《漢書》無「之」字、「其」字。

時雖不用，塊然無徒　六臣本、《漢書》無上四字。《漢書》「塊」作「魁」。

子何疑于予哉　又 **酈食其之下齊**　《漢書》「予」作「我」。六臣本「酈」上有「漢用」二字。

注 **燕時以禮待之，遂委質爲臣下**　陳校「時」改「王」、「禮」上添「客」字、删「下」字，是也，此所引《樂毅傳》文。

是遇其時者也　六臣本、《漢書》並無「者」字。

以筳撞鐘　《漢書》「筳」作「莛」，文穎曰謂藁莛。按《説文》「莛，莖也」，言短枝細莖不足鳴鐘耳。《莊子·齊物論》「舉莛與楹，厲與西施」，亦言大小美惡之不侔，而釋文引司馬注云「莛，屋梁也」恐非。

發其音聲哉　六臣本「哉」上有「者」字。

譬由鼱鼩之襲狗　《漢書注》如淳曰：鼱鼩，小鼠也，音精劬。

注 **《説文》曰：靡爛也**　「靡」當作「糜」，各本皆誤。

而終惑於大道也 《漢書》「惑」作「或」，毛本誤脱。

校記

〔一〕案此出説苑尊賢云云　本段摘自梁玉繩《史記志疑·齊世家》，唯改「其將何從」作「歧説錯出」。

〔二〕詩小宛　「宛」原作「苑」，據《詩·小雅》改。

解　嘲

揚子雲

《解嘲》 《漢書·揚雄傳》「嘲」皆作「謿」。

起家至二千石 《漢書》句首有「或」字。

時雄方草創《太玄》 《漢書》無「創」字。案此五臣有之，濟注可證。

人有嘲雄以玄之尚白，雄解之 六臣本無上「之」字，「雄」上有「而」字。《漢書》作「或嘲雄以玄尚白，而雄解之」。

生必上尊人君 又**今吾子** 又**一從一横** 又**顧默而作《太玄》五千文** 《漢書》「必」作「則」，無「吾」字，「横」作「衡」，無「默」字。師古曰：顧，反也。

獨説數十餘萬言 《漢書》無「數」字。王氏鳴盛曰：此當指《法言》，然今《法言》正文不及萬言，而此云云則非指《法言》。

注**《說文》曰：扶疎，四布也**　朱氏珔曰：「疎」當作「疏」，今《說文》「扶，佐也。疏，通也」，無「四布」之訓，此注不知何據，疑注本云以樹喻文扶疏四布也，乃自解之辭，而後人誤加「說文曰」三字。

細者入無間　六臣本、《漢書》並「細」作「纖」，「間」作「倫」。

客徒朱丹吾轂　何校「徒」下添「欲」字。案六臣本及《漢書》並有「欲」字，此傳寫偶脱耳。

往昔周網解結　六臣本、《漢書》「昔」並作「者」。

鄒衍以頡頏而取世資　《漢書》「鄒」作「騶」，「頏」作「亢」。

孟軻雖連蹇　許氏慶宗曰：《易林》「胡言連蹇」。

注**在金城河間之西**　何校「間」改「關」，陳同，各本皆誤。

後椒塗　六臣本、《漢書》「椒」並作「陶」。師古曰：「騊駼馬出北海上，今此云後陶塗，則是北方國名也。本國出馬，因以爲名。今書本陶字有作椒者，流俗所改。」胡公《考異》曰：善注引應劭曰在漁陽之北界，與顔義別，蓋應氏作「椒」，顔所不取，而善或從之。

東南一尉　注**如淳曰：在會稽郡**　張氏雲璈曰：「《文獻通考》『秦置南海、桂林、象郡，復置南海尉以典之，所謂東南一尉也』，據此則不在會稽明矣。」按此不過言聲教之廣，謂東南一尉屬西北一候舍耳，王元長《曲水詩序》「一尉候於西東」即用此。

制以鑕鈇 五臣「制」作「製」，良注可證。《漢書》「鑕」作「質」。

注**《說文》曰：糾三合繩也** 今《說文·丩部》糾，繩三合也；《系部》徽，一曰三糾繩也。「墨」當作「纆」。《系部》纆，索也。纆與纆通。 又**墨，索也**

曠以歲月，結以倚廬 又**應劭曰：漢律不爲親行三年服不得選舉** 按此律不知定於何時。考漢制，自文帝遺詔以日易月，後遂爲常。故翟方進後母喪，以三十六日除服，謂不敢踰國家之制也。至後漢元初三年初聽大臣、二千石、刺史行三年喪，至建光元年而斷，永興二年復行，至延熹二年又斷之。應劭所言蓋爲未仕者立法歟？

天下之士 六臣本句首有「是以」二字。

戴縰垂纓，而談者 注**「縰」與「纚」同** 五臣「縰」作「纚」，銑注可證。

當塗者升青雲 《漢書》「升」作「入」。

譬若江湖之崖，渤澥之島 《漢書》作「江湖之雀，勃解之鳥」，師古曰「雀字或作崖，鳥字或作島。島，海中山也，其義兩通」。本書沈休文《和謝宣城詩》「將隨渤澥去」李注引亦從《漢書》，本書謝玄暉《拜中軍記室牋》〔一〕注引則作「江湖之魚，渤海之鳥」。今案《文選》正與顏注《解嘲》「或作」本同，作崖字、島字者是也，沈休文詩、謝玄暉牋兩注所引與本書此篇不合，皆後人所改。臧氏琳曰：此言江湖之崖、勃解之島，其地廣濶，故雁鳧飛集不足形其多少，或改崖作雀，師古不能定，因謂其義兩通也；若此文先言雀鳥，則下文爲贅語矣。

三仁去而殷墟　《漢書》「墟」作「虚」。師古曰：虚，空也，一曰虚讀曰墟，言其亡國爲丘墟。

二老歸而周熾　林先生曰：善注「二老」只引伯夷而遺太公，蓋有脱文，而五臣注乃云「只太公一老，不聞二老歸周」，可笑。

種蠡存而越霸　六臣本「存」作「在」。《漢書》「越霸」作「粤伯」。

注　**秦穆公聞百里奚**　陳校「奚」下添「賢」字，各本皆脱。

范雎以折摺而危穰侯　注　**摺，古拉字也**　五臣「摺」作「拉」，良注可證。下同。

蔡澤以噤吟而笑唐舉　《漢書》「以」作「雖」。

或釋褐而傅　《漢書注》孟康曰甯戚也。許氏宗彦曰：此似以傅爲太傅之傅，蓋説稱傅説，猶召公稱保奭也，孟注恐非。

或七十説而不遇　案孔子歷聘七十二君，其説見《莊子·天運》篇，而《淮南·泰族》《説苑·善説》《史記·十二諸侯年表》《漢書·儒林傳序》仍之，《吕氏春秋·遇合》篇更謂孔子周流海内所見八十餘君，皆不足信。《論衡·儒增》篇謂孔子所至不能十國也。

或立談而封侯　六臣本、《漢書》「談」下有「間」字。服虔曰：薛公也。

或擁篲而先驅　《漢書》「篲」作「彗」，上有「帚」字。

而無所詘也　五臣「詘」作「屈」，向注可證。

注**則可抵而取之**　六臣本下有「善曰《爾雅》曰：窒，塞也」八字。

欲談者卷舌而同聲　《漢書》「卷」作「宛」，「同」作「固」。師古曰：宛，屈也；固，閉也。案《方言》作「含聲而寃舌」，《一切經音義》又云寃、惌二形，《説文》「宛，屈草自覆也。惌，或從心」，是寃、宛本一字，而義皆爲屈，屈亦近卷義矣。

欲行者擬足　又**處乎今世**　《漢書》「行」作「步」，無「世」字。

且吾聞之，炎炎者滅，隆隆者絶，觀雷觀火，爲盈爲實，天收其聲，地藏其熱，高明之家，鬼瞰其室　六臣本「之」下有「也」字。師古曰：「炎炎，火光也；隆隆，雷聲也。人之觀火聽雷，謂其盈實，終以天收雷聲、地藏火熱，則爲虚無。言極盛者亦滅亡也。」李氏光地曰：此段全釋豐卦義。炎炎者火也，隆隆者雷也，當其炎炎隆隆以爲盈且實矣；然豐卦雷居上則是天收其聲、火居下則是地藏其熱，此其盛不可久而滅且絶之徵也。豐之義如此，卦爻俱發日中之戒，至窮極則曰「豐其屋，蔀其家，闚其户，闃其無人」，即揚子所謂「高明之家，鬼瞰其室」也。揚子是變《易》辭象以成文，自王輔嗣以來未有能知之者。

位極者高危　何校「高」改「宗」。六臣本、《漢書》並作「宗」。

子之笑我　又**吾亦笑子病甚，不遇俞跗與扁鵲也**　《漢書》「之」作「徒」，「子」下有「之」字，「遇」作「遭」，「俞」作「臾」，無「與」字、「也」字。

范雎，魏之亡命也　六臣本無「魏」字，「也」上有「者」字，皆非。

翕肩蹈背　注**《孟子》曰：脅肩諂笑**　案《毛詩·抑》篇箋云「脅肩諂笑」，音義曰「脅本又作脇」。趙岐注《孟子》「脇肩，竦體也」，脅、脇已異；而《後漢·張衡傳》「我不忍以歙肩」注引《孟子》「脅肩」爲證，云歙亦脅也，是又以歙作脅，當是古者假聲通轉。朱氏珔曰：翕與脅通，本書《高唐賦》「股戰脅息」注「脅息猶翕息也」、《淮南·墬形訓》「其人翕」注「翕讀脅幹之脅」是也；歙亦通翕，《淮南·本經訓》《精神訓》兩注歙皆讀脅，《漢書·辛慶忌傳》「與歙侯戰」注歙即翕字。

介涇陽，抵穰侯而代之當也　《漢書》「介」作「界」。胡公《考異》曰：「抵」當作「抵」，《漢書》及上文引李奇注同，師古曰言當其際。

顩頤折頞　《漢書》「顩」作「顉」，師古曰「顉，曲頤也，音欽」。《後漢書·周燮傳》亦作「顉頤」〔二〕，章懷注「顉或作顩」。《韓詩》曰「有美一人，實大且嬸」，薛君曰重頤也，《集韻》嬸、顩同。吴氏仁傑曰：自《韓詩》《集韻》言之則重頤美好也，自蔡澤、周燮言之則曲頤醜狀也。

搤其咽而亢其氣　《漢書》無「而」字，「亢」作「炕」。師古曰：炕，絶也。

注**三年之喪卒**　「卒」下當有「哭」字，各本皆脱。

適也　又**得也**　師古曰：中其適。又曰：得其所。

吕刑靡敝　《漢書》「吕」作「甫」。

故有造蕭何之律於唐虞之世，則悖矣　六臣本、《漢書》「律」上無「之」字。五臣「悖」作「誖」，良注可證。《漢書》亦作「誖」。

則乖矣　六臣本、《漢書》「乖」並作「繆」。

注**《左氏傳》曰：召公**　何校「召」下添「穆」字，各本皆脱。

夫蕭規曹隨　《漢書》無「夫」字。《法言·淵騫》篇：蕭也規，曹也隨。

響若坻隤　又**韋昭：坻，音若是理之是**　《説文》「氏」字引揚雄賦曰「響若氏隤」，徐鉉曰《解嘲》之文古通謂之賦。胡公《考異》曰：「坻」當作「坘」，注引字書與《説文》合。顔注《漢書》作阺，云：「阺音氏，巴蜀人名山旁堆欲墮落曰阺〔三〕。應劭以爲天水隴氏，失之矣。」

雖其人之膽智哉　《漢書》「雖」作「唯」，「膽」作「贍」。何曰：夏侯湛《東方朔贊》有「贍智宏才」之語，李引《解嘲》作注，則「膽」字刊本誤也。按本書潘岳《馬汧督誄》「才博智贍」注亦引《解嘲》語可證。

若夫藺生　《漢書》作「夫藺先生」。六臣本亦有「先」字。

四皓采榮於南山　師古曰：「榮者謂聲名也。一曰榮謂草木之英，采取以充食。」顧氏起元《説略》

云：《説文》「榮，桐木也」，《山海經》「鼓鐙之山有草名榮，其葉如柳，其實如鷄卵，食之已風」，所云四皓采榮當是伯夷采薇、鮑焦采蔬之類。

驃騎發跡於祁連，司馬長卿竊貲於卓氏，東方朔割炙於細君　注**割炙，割損其炙也**　《漢書》「驃」作「票」，「貲」作「訾」，「炙」作「名」。師古曰：是割損其名也。按作「名」是，此正文及注並誤。

僕誠不能與此數子並　《漢書》「數子」作「數公者」。

校記

〔一〕本書謝玄暉拜中軍記室牋　原脱「書」字。

〔二〕後漢書周燮傳亦作欽頤　鈫，百衲宋本、汲本、殿本皆作「欽」。

〔三〕巴蜀人名山旁堆欲墮落曰阺　「欲墮落」三字，光緒版據《漢書·揚雄傳》顔注補。

答賓戲

班孟堅

專篤志於儒學　《漢書·叙傳》「儒」作「博」。按此引項岱注亦當作「博」。

烈士有不易之分　《漢書》「烈」作「列」。

前列之餘事耳　五臣「列」作「烈」，向注可證。

躬帶紱冕之服 注**師古曰：帶，大帶** 《漢書》無「紱」字。何曰：此注恐是後人誤加，《漢書》作「躬帶冕之服」故師古曰「帶，大帶。冕，冠也」，此作「躬帶紱冕之服」則帶字當作被字解，何得引師古注乎？案何説非也。此正文與《漢書》同，「紱」爲衍字。六臣本注作「項岱曰：帶，大帶也」七字，無「師古曰：帶，大帶。冕，冠也。項岱曰」十二字，是也。李不引師古注，帶字亦不作被字解。胡公《考異》曰：凡引顔注，以《長楊賦》注證之，善自稱顔監；今他篇作顔師古者，經後人改之，此作師古益誤中之誤矣。

矕龍虎之文，舊矣 《説文》：矕，目矕矕也。按《廣雅》「矕，視也」，《馬融傳》「右矕三塗」者即用此義。《漢書注》孟康、蘇林皆曰「矕，被也」，此又一義也。

使見之者影駭，聞之者嚮震 《漢書》「影」作「景」，古「影」字皆作「景」也；「嚮」作「響」，師古曰「嚮讀曰響」，則二字古亦通。

徒樂枕經籍書 《漢書》「籍」作「藉」，是也。

絙以年歲 注**晉灼曰：以亘爲絙** 五臣「絙」作「亘」，良注可證。《漢書》作「恒」。陳校云「曰」字各本皆衍。

然而器不賈於當己 師古曰：當己謂及己身尚在，猶言當年。

猶無益於殿最也 《漢書》無「也」字。

使存有顯號，亡有美謚　毛本兩「有」字並誤作「者」。

所謂見世利之華　六臣本、《漢書》「世」並作「勢」。

守窔奥之熒燭　六臣本、《漢書》「窔」並作「突」。

龍戰虎争　又**風飑電激**　又**雷煜其間者**　《漢書》「虎」上有「而」字，「飑」作「飆」，「雷煜」作「煜雷」。

虞卿以顧眄而捐相印　《漢書》「印」下有「也」字。

遇時之容　注**本遇多爲偶，容多爲會**　六臣本、《漢書》並作「偶時之會」。

風移俗易　五臣作「移風易俗」，銑注可證。

非君子之法也　六臣本無「之」字。

商鞅挾三術　又**服虔曰：王霸、富國、强兵爲三術**　《漢書》應劭注同。翰注：三術謂帝道、王道、霸道，商公説秦孝公用此三術，孝公用其霸術也。《野客叢書》云：三術謂帝、王、霸，事見商君本傳，雖繼之以富强之説，即霸者之用耳。

彼皆躡風塵之會　又**夕爲顛頓**　又**禍溢於世**　《漢書》「塵」作「雲」，「爲」作「而」，「顛頓」作「焦瘁」，「溢」作「益」。六臣本「爲」亦作「而」。

韓設辨以激君　《漢書》「激」作「徼」。

《説難》既遒　注應劭曰：遒，好也　《漢書》「遒」作「酋」，應劭曰「音酋豪之酋。酋，雄也」。按李注引應説與《漢書注》引應説互異，未知孰是，但遒从酋聲，可通用，《漢書》中類此者甚多，若即以爲酋豪之義，似不辭。《漢書》蕭該《音義》引韋昭曰「酋，終也」，是仍以酋爲遒，《詩·卷阿》毛傳亦曰「酋，終也」，故向注同之。

注上書既終，而爲李斯所疾　六臣本無「上書既終」四字，「而」作「然」〔一〕。胡公《考異》曰：無者是也，四字本向注語，向解「遒」作「終」故云爾；善引應劭解作「好」，不得有也。

秦貨既貴，厥宗亦墜　六臣本「既」作「其」，「亦」作「乃」。

是以仲尼抗浮雲之志　《漢書》「以」作「故」。

孟軻養浩然之氣　注項岱曰：皓，白也。如天之氣皓然也　「浩」當作「皓」，方與引項注相應。《雪賦》「縱心皓然」亦引此注。《後漢書·傅燮傳》引《孟子》趙岐注曰「浩然，天氣也」，此即項岱之説。臧氏琳曰：《春秋繁露·循天之道》云「陽者天之寬也，陰者天之急也，中者天之用也，和者天之功也。舉天地之道而美於和，是故物生皆貴氣而迎養之，孟子曰我善養吾皓然之氣者也」，則董子以養浩然之氣爲養天之和氣。班孟堅以浩然與浮雲相對，是亦以浩然爲天氣。趙、項之釋有所本矣。今本趙注作「浩然之大氣」，當是俗人所改。師古曰「浩然，純一之氣也」，良注「浩然，自放逸也」，此與朱子《集注》「浩然，盛大流行之貌」皆與古義異矣。

夷險芟荒　注**晉灼曰：發，開也。今諸本皆作「芟」字**　許氏慶宗曰：《説文》「芟」作「癹」，「發」乃「癹」之譌，與「芟」一字耳。

注**紘，張也**　陳校「紘」改「恢」，各本皆誤。

注**朝錯《新書》**　朝、鼂古字通，見本書《羽獵賦》「天子乃以陽鼂」注。《左氏傳》王子朝、衛史朝，《漢書·古今人表》皆作鼂。此朝錯即鼂錯。《漢書·藝文志》法家有鼂錯三十一篇，未知即《新書》否也。

注**《史記》：太公曰**　陳校「公」上添「史」字，各本皆脱。

枝附葉著　六臣本「著」誤作「者」。

失時者零落　《漢書》「零」作「苓」，師古曰「零」與「苓」同。

參天地而施化　《漢書》「地」作「墬」，下「天地之方」句同。

今吾子處皇代而論戰國　《漢書》無「吾」字，「代」作「世」。

欲從堥敦　《漢書》「堥」作「旄」，注引《爾雅》亦作旄。案《爾雅》「前高旄丘」，釋文云：旄，《字林》作嵍，又作堥。

注**《尚書》曰：咎繇矢厥謀**　又**《尚書》曰：高宗夢得説**　二文皆《書序》，今並脱「序」字。謀，本作謨，謨、謀義同可通用。

謀合神聖　《漢書》「神聖」作「聖神」，是也，此與下「濱垠」爲韻。
漢良受書於邳垠　《漢書》「垠」作「沂」。江氏永曰：沂，魚斤切。
注 鄭玄曰：優遊　「玄」當作「氏」，各本皆誤，《漢書注》正作「氏」。
注 陸生乃祖述存亡之徵　陳校「祖」改「粗」，各本皆誤。
辯章舊聞　朱氏珔曰：辯章即《堯典》之平章，古文作平，今文作辯，班氏多用《今文尚書》，故《典引》篇亦作辯章。《說文》：辯，治也。《詩》「平平左右」毛傳亦云「平平，辯治」也，辯、平二字通〔二〕。
揚雄譚思　《漢書》「揚」作「楊」，「譚」作「覃」。師古曰「覃，大也，深也」。毛本「譚」作「談」。此注引《漢書》揚雄「譚思渾天」，今《漢書·揚雄傳》作「潭」。
婆娑乎術藝之場　六臣本句首有「真」字。
用納乎聖德　《漢書》「德」作「聽」。
烈炳乎後人，斯非亞歟　《漢書》「乎」作「於」，「非」下有「其」字。
若乃伯夷抗行於首陽，柳惠降志於辱仕，顏潛樂於簞瓢，孔終篇於西狩　六臣本、《漢書》並無「伯」字、「柳」字。六臣本「潛」作「淵」，恐誤，《漢書》作「耽」。
委命供已　又 神之聽之　《漢書》「供」作「共」。六臣本「聽」作「聖」。

名其舍諸　毛本「名」作「神」。師古曰：言修志委命，則明神聽之，祐以福禄，自然有名，永不廢也。

按作「名」於理固通，然作「神」字似與所引項注合。

注**式穀與汝**　六臣本「與」作「以」，是也。

曠千載而流光也　《漢書》「光」上有「夜」字，恐衍。

應龍潛於潢汙　五臣「應」作「膺」，濟注可證。下同。

注**服虔曰**　陳校「虔」下去「曰」字，各本皆衍。

超忽荒而躆昊蒼也　五臣「昊」作「皓」，翰注可證。《漢書》作「顥」。

注**謂之足戟持之**　陳校上「之」字改「以」，各本皆誤。

班輸摧巧於斧斤　注**項岱曰：公輸若之族名班**　此本《禮·檀弓》注，詳《七啟》。《漢書》「摧」作「榷」。

注**陳章曰**　胡公《考異》曰：「章」當作「音」，各本皆誤。

研桑心計於無垠　《漢書注》孟康曰「研，古之善計也」，師古曰「研，計研也，一號計倪，亦曰計然」。

按馬總《意林》、《史記·貨殖傳》集解及本書《求通親親表》注並引《范子》謂計研姓辛字文子，葵丘濮上人，其先晉國亡公子，范蠡師事之，不肯自顯，天下莫知，故稱計然，時遨遊海澤，號漁父。而《漢書·貨殖傳》注以爲姓計，殊誤。至高似孫《子略》謂計然姓章，《通志略》又謂姓宰，並因辛字而謌；《吴越春秋》作計硯；《越絶書》作計倪，則因硯而誤；唐徐靈府《文子注》作「鈃」，又因「研」而誤，亦並以聲相亂耳。

走亦不任 《漢書》「走」作「僕」。

校記

〔一〕六臣本無上書既終四字而作然 「六臣本」指袁本，秀州本同；明州、贛州、建州、茶陵本向注有「上書既終而」，尤本、元槧本、毛本、胡本采入善注。

〔二〕平平辯治也辯平二字通 「辯治也」據稿本及《詩·小雅·采菽》毛傳補，刻本增「辯平」二字却誤删此三字。

秋風辭

漢武帝

秋風起兮白雲飛，草木黄落兮雁南歸 此辭《史記》及《漢書·藝文志》皆不載。何曰：《湛淵静語》云：武帝祠后土者六，五幸河東，一幸高里。幸河東皆在三月，獨始立祠脽上乃元鼎四年十一月。以辭中物色考之，曰木落雁南，蓋其時尚循秦舊，以亥爲正，十一月即夏正八月也。辭作於此時無疑。時方有事於五嶽四瀆〔一〕，而文中子以爲樂極哀來，乃悔心之萌，何也？

注

鴻雁來賓 《禮記》鄭注「來賓」言其客止未去也，讀從賓字絶句。《淮南子·時則訓》讀同。《吕氏春秋·季秋紀》以「候雁來」斷句，「賓」字屬下句，高誘注云：賓爵，老爵也，棲宿于人堂宇之間，有似賓客也。《説文》引亦「來」字斷句，與高注同。

校記

〔一〕時方有事於五嶽四瀆　四瀆，所引《義門讀書記》卷四九、《湛淵靜語》卷二均作「四夷」。

歸去來辭　陶淵明

注**序曰**至**歸去來**　此序節略，非全文。《容齋五筆》云：「《陶集》載此辭自有序曰：『余家貧，耕植不足以自給，彭澤去家百里，故便求之，及少日，眷然有歸與之情，何則？質性自然，非矯勵所得，飢凍雖切，違己交病。悵然慷慨，深媿平生之志，猶望一稔，當斂裳宵逝。尋程氏妹喪於武昌，情在駿奔，自免去職，在官八十餘日。』觀其語意乃以妹喪去，不緣督郵，矯勵違己之説疑必有所屬〔一〕，不欲盡言之耳。辭中正喜還家之樂，略不及武昌，自可見也。」按全文在今集第五卷，此洪所引仍多删節也。

田園將蕪　《宋書·陶潛傳》「田園」作「園田」，「將」作「荒」。

既自以心爲形役　《南史·陶潛傳》注云：一作「以自爲形役」。

舟遥遥以輕颺　《宋書》上「遥」作「超」，恐誤。

恨晨光之熹微 《晉書·陶潛傳》及《宋書》「熹」並作「希」。

僮僕歡迎，稚子候門 《晉書》「歡」作「來」。《南史》「稚」作「弱」。

有酒盈尊 《宋書》「盈」作「停」。

眄庭柯以怡顔 何曰：《朱子語録》載張以道曰「眄庭柯以怡顔」眄讀如俛，讀如盼者非，毛本作「盻」誤。

園日涉以成趣 《晉書》《宋書》《南史》「以」並作「而」。胡公《考異》曰：善注「趣」作「趨」，良注乃作「趣」，言田園之中日日游涉，自成佳趣也。

策扶老以流憩，時矯首而遐觀 《晉書》「以」作「而」，「矯」作「翹」。《晉書》及《宋書》「憩」作「愒」。六臣本「遐」作「游」。林先生曰：《困學紀聞》：扶老謂扶老籐也，見《後漢書·蔡順傳》注。

雲無心以出岫 《晉書》「以」作「而」。

景翳翳以將入 《晉書》《宋書》《南史》「以」作「其」。

撫孤松而盤桓 《宋書》「而」作「以」。《容齋三筆》云：淵明詩文率皆紀實，雖寓興花竹間亦然，《歸去來辭》云「撫孤松而盤桓」，《飲酒》詩云「青松在東園，衆草没其姿，凝霜殄異類，卓然見高枝，連林人不覺，獨樹衆乃奇」，所謂孤松者是已，此意蓋以自况也。

請息交以絶遊 《宋書》《南史》「以」並作「而」。

世與我而相遺　《宋書》「而」作「以」。《南史》「遺」作「違」。

農人告余以春及，將有事乎西疇　六臣本無「及」字，尤本「及」作「兮」。《晉書》「春及」作「暮春」，《宋書》「春及」作「上春」。《宋書》「乎」作「於」，《南史》「乎」作「兮」。何曰：西疇即「農服先疇之畎畝」也，西、先古通用。

或命巾車　本書江文通《擬陶徵君田居詩》「日暮巾柴車」注引此作「或巾柴車」。段曰：「《周禮》『巾車』鄭注『巾猶衣也』，此謂未用之先以衣籠之。又巾，飾也，飾即拂拭字，以巾拂拭而用之也，故劉昌宗音居覲反，左思《吴都賦》『乃巾玉輅』正謂巾之而出獵也，《左傳》『巾車脂轄』正同。」此作「命巾車」恐有誤。

或棹孤舟　《宋書》《南史》「孤」並作「扁」。

既窈窕以尋壑　《宋書》《南史》「尋」並作「窮」。

曷不委心任去留　《宋書》「曷」作「奚」。

注**則遑遑如也**　今《孟子》「遑遑」作「皇皇」。按「遑」字本宜作「皇」，其从辵部，在《説文·新附》中，蓋俗體也。《詩·谷風》「遑恤我後」，《禮記·表記》及《左氏·襄二十五年傳》引俱作「皇」。

或植杖而耘耔　《晉書》《南史》「耘」並作「芸」。

注**《論語》曰：植其杖而耘**　《漢石經》作「置其杖而耘」。《釋文》云「芸」多作「耘」字。本書應休璉《與從弟書》注亦引作「耘」。

校記

〔一〕必有所屬　四部叢刊景宋本《容齋五筆》卷一「必」作「心」。

毛詩序

卜子夏

《毛詩序》《四庫全書提要》云：「《漢書·藝文志》『《毛詩》二十九卷，《毛詩故訓傳》三十卷』，但稱毛公，不著其名。《後漢書·儒林傳》始云『趙人毛長傳詩，是爲《毛詩》』，長字不從草。《隋志》載『《毛詩》二十卷，漢河間太守毛萇傳，鄭氏箋』，於是《詩傳》始稱毛萇。然鄭玄《詩譜》曰：『魯人大毛公爲訓詁傳於其家，河間獻王得而獻之，以小毛公爲博士。』陸璣《毛詩草木蟲魚疏》亦云：『孔子删詩，授卜商，商爲之序，以授魯人曾申，申授魏人李克，克授魯人孟仲子，仲子授根牟子，根牟子授趙人荀卿，荀卿授魯國毛亨，毛亨作訓詁傳，以授趙國毛萇。時人謂亨爲大毛公，萇爲小毛公。』據是二書，則作傳者乃毛亨，非毛萇。故孔氏《正義》亦云『大毛公爲其傳，由小毛公而題毛也』。《隋志》所云，殊爲舛誤。朱彝尊《經義考》乃以《毛詩》二十九卷題毛亨撰、注曰佚，《毛詩訓故傳》三十卷題毛萇撰、注曰存，意主調停，尤爲於古無據。今定作傳者爲毛亨，以鄭氏後漢人、陸氏三國吴人，併傳授《毛詩》，淵源有自，所言必不誣也。」《柳南隨筆》云：《漢書》「河間王好學，博士毛公善説詩，號曰《毛詩》」〔二〕；《文選》於《詩序》既定爲卜子夏作，而文目仍稱《毛詩序》，此與宋書生解大明律何異？

卜子夏　鄭康成《詩譜》云大序是子夏作，小序是子夏、毛公合作。《後漢書·儒林傳》以爲衛宏受學謝曼卿，作《詩序》。《隋志》以爲子夏所創，毛公及衛宏又潤益之。韓愈以爲子夏不序《詩》。成伯璵以爲子夏惟「裁初」句、以下出於毛公。王安石以爲詩人所自製。明道程子以小序爲國史之舊文，大序爲孔子作。王得臣以爲首句即孔子所題。曹粹中以爲《毛傳》初行尚未有序，其後門人互相傳授，各記其師說。鄭樵、王質則以爲村野妄作，昌言排擊而不顧，朱子和之。然同時如吕祖謙、陳傅良、葉適皆以同志之交，各持異議。黄震篤信朱學者，而《日抄》中亦申序說。馬端臨《經籍考》於《詩序》一事尤反覆辨論，攻詰鄭樵諸子之言。自元明以至今日，固説經者第一聚訟之端也。惟《唐書·藝文志》直云卜商《詩序》二卷。《四庫全書提要》云：〔二〕「考鄭玄之釋《南陔》曰：子夏序詩，篇義合編，〔三〕，遭戰國至秦而《南陔》六詩亡；毛公作傳，各引其序冠之篇首，故詩雖亡而義猶在也。程大昌《考古編》亦曰：今六序兩語之下明言有義無辭，知其爲秦火之後見序而不見詩者所爲。朱鶴齡《毛詩通義序》又舉《宛丘》篇序首句與《毛傳》異辭。其説皆足爲小序首句原在毛前之明證。丘光庭《兼明書》舉《鄭風·出其東門》篇謂《毛傳》與序不符，曹粹中《放齋詩說》亦舉《召南·羔羊》《曹風·鳲鳩》《鄘風·君子偕老》〔四〕三篇謂傳意序意不相應，序若出於毛，安得自相違戾？其說尤足爲續申之語出於毛後之明證。觀蔡邕本治《魯詩》，而所作《獨斷》載《周頌》三十一篇之序皆祇有首二句，與毛序文有詳略而大旨略同。蓋子夏五傳至孫卿，孫卿授毛亨，毛亨授毛萇，是《毛詩》距孫卿再傳；申培師浮丘伯，浮丘伯師孫卿，是《魯詩》距孫卿〔五〕亦再傳。故二家之序大同小異，其爲孫卿以來遞相授受者可知，其所授受衹首二句，而以下出於各家之演説亦可知也。」

鄭氏箋 尤本有此三字，他本無之。《四庫全書提要》云：「鄭氏發明毛義，自命曰箋。《博物志》曰『毛公嘗爲北海郡守，康成是此郡人，故以爲敬』，推張華所言蓋以爲公府用記、郡將用箋之意，然康成生於漢末，乃修敬於四百年前之太守，殊無所取。按《説文》曰『箋，表識書也』，鄭氏《六藝論》云『注《詩》宗毛爲主，毛義若隱略則更表明，如有不同即下己意，使可識别』，然則康成特因《毛傳》而表識其旁，如今人之簽記，積而成帙，故謂之箋，無庸别爲曲説也。」

風之始也 陳氏啟源曰：詩有六義，其首曰風，《大序》語最詳複，約之止三意，風教之風也、風刺之風也、風俗之風也，合此三者，《國風》之義始備；惟風刺之義，其風自下及上，故《大序》十七風字獨「以風刺上」「以風其上」陸氏讀爲諷焉。

所以風天下 正義云：俗本「風」下有「化」字，誤。按今六臣本有。

故用之鄉人焉，用之邦國焉 正義云「用之鄉人，令鄉大夫以之教其民；用之邦國，令天下諸侯以之教其臣也」，此風化之本義；又云「《儀禮》鄉飲酒禮者，鄉大夫三年賓賢能之禮，其經云『乃合樂《周南·關雎》』，是用之鄉人也；燕禮者，諸侯飲燕其臣子及賓客之禮，其經云『遂歌鄉樂《周南·關雎》』」，是用之邦國」，此則詩通于樂之説。

風，風也　釋文云：「並如字。徐：上如字，下福鳳反。崔靈恩《集注》本下即作諷字。劉氏曰動物曰風，託音曰諷。崔云用風感物則謂之諷。沈云上風是《國風》，即詩之六義也；下風即是風伯鼓動之風，君上風教，能鼓動萬物，如風之偃草也。今從沈説。」按六臣本注云上平下去，是五臣從徐、崔説也。

風以動之　釋文云：「風如字。沈福鳳反，云：謂自下刺上，感動之名，變風也。今不用。」

情發於聲，聲成文謂之音　注**發，猶見也。聲，謂宫、商、角、徵、羽也**　鄭箋「徵」作「祉」。《漢書·藝文志》云：「故哀樂之心感，故歌詠之聲發。誦其言謂之詩，詠其聲謂之歌。」孔疏亦云：「雖言哀樂之事，未有宫商之調，唯是聲耳。至次序清濁，節奏高下，據其成文之響，即是爲音。」余曰：「盡本條皆鄭氏《毛詩箋》，下四條同。」按六臣本逐節加「善曰」二字，誤矣。

治世之音安以樂，其政和。亂世之音怨以怒，其政乖。亡國之音哀以思，其民困　釋文云：「之音」絶句，「樂」絶句，一讀「安」字上屬，「以樂其政和」爲一句，下倣此。

故正得失　釋文云「正，本又作政」，正義云此與「雅者正也」「正始之道」本或作「政」皆誤耳。

厚人倫　六臣本「厚」作「序」。釋文云：厚，本或作序，非。

一曰風，二曰賦，三曰比，四曰興，五曰雅，六曰頌　惠氏周惕曰：「《周禮》大師教六詩，曰風、曰賦、曰比、曰興、曰雅、曰頌。《大序》引以爲説。蓋風雅頌者《詩》之名也，興比賦者《詩》之體也。毛公傳《詩》獨言興不言比、賦，以興兼比、賦也。人之心思必觸于物而後興，即所興以爲比而賦之，故言興而比、賦在其中，毛公之意未始不然也。然《三百篇》惟《狡童》《褰裳》《株林》《清廟》之類直指其事，不假比興，其餘篇篇有之，《傳》獨於《詩》之山川草木鳥獸起句者始謂之興，則幾於偏矣。」

主文而譎諫 鄭箋云：「主文，主與樂之宮商相應也；譎諫，詠歌依違不直諫也。」姜氏皋曰：「馬端臨《經籍考》所云『比興之辭多於叙述，諷諭之意浮于指斥，蓋有反覆詠嘆、聯章累句而無一言叙作之之意者〔六〕』，此『主文譎諫』之説乎？

聞之者足以戒 六臣本「以」下有「自」字。正義云：俗本「戒」上有「自」字，誤。殆即謂六臣歟？〔七〕

而變風變雅作矣 正義云：「《詩》之風、雅有正有變，由王澤未竭，民尚知禮，以禮救世，作此變詩。變詩，王道衰乃作也。《詩譜》云『夷身失禮，懿始受譖』，則周道之衰自夷、懿始矣。變雅始於厲王，無夷、懿之雅者，蓋孔子録而不得，或有而不足録也。」惠氏周惕曰：「正、變猶美、刺也，詩有美不能無刺，故有正不能無變。以其略言之，如美衛武、美鄭武、美周公、美宣王，刺衛宣、刺鄭莊、刺時、刺亂、刺宣王、刺幽厲，此顯言美刺者也；如莊姜傷己、閔無臣、思周道、大夫閔時〔八〕、衛女思歸、思君子、南征、復古，此隱言美刺者也。美者可以爲勸，刺者可以爲懲，故正變俱録之；編詩先後因乎時代，故正變錯陳之。若謂詩無正變，則作詩無美刺之分，不可也；謂《周》《召》爲正、十三國爲變，《鹿鳴》以下爲正、《六月》以下爲變，《文王》以下爲正、《民勞》以下爲變，則序所謂美與刺者俱無以處之，亦不可也。」

國史明乎得失之迹　六臣本「得失」作「失得」。

言王政之所由廢興也　正義云：定本「王政所由廢興」，俗本「王政」下有「之」字，誤也。

詩之志也　六臣本「志」作「至」。正義云：詩理至極，盡於此也。

故繫之周公　又**故繫之召公**　《容齋隨筆》云兩「公」字皆當爲「南」。按鄭《詩譜》云：「文王受命，作邑於豐，乃分岐邦周、召之地爲周公旦、召公奭之采地，施先公之教於己所職之國。武王伐紂定天下，巡守述職，陳誦諸國之詩以觀民風俗。六州者得二公之德教尤純，故獨録之，屬之太師，分而國之。」正義云：「言分采地，當是中半，不知孰爲東西。或以爲東謂之周、西謂之召，事無所出，未可明也。」惠氏周惕曰：「《史記·魯燕世家》載封國始末不言文王，惟《江漢》四章有『文王受命，召公維翰』之語，鄭或據是以爲文王。然以《召南》言之，《甘棠》三章三詠召伯，當是時文王已爲西伯，而復命召伯，是一國二伯也，且不知命之者爲商紂耶、爲文王耶？揆之二者俱未安。然則二《南》何以言文王？曰此追詠其事而歸美也。蓋二公之封在克殷後，《樂記》所云『三成而南，四成而南國是疆，五成而分周公左、召公右』是也。」按《公羊·隱五年傳》云「自陝而東周公主之，自陝而西召公主之，一相處乎內」，此既爲天子明矣〔九〕。

注　**先王，斥太王、王季、文王也**　今鄭箋無「文王也」三字，按此與孔氏《正義》本不同。考《鄉射禮》鄭注云「昔太王、王季、文王始居岐山之陽，躬行召南之教，以成王業」亦有文王，賈公彦所謂兼言是也，故《鄉飲酒禮》疏引鄭注《鄉射》曰「彼兼言文王者，欲見文王未受命以前亦得召南之化；此不兼言文王者，據文王徙豐受命之後專行周南之教」云云最爲明晰。李注所見箋有「文王也」三字，合《禮》鄭注、賈疏觀之，其爲兼言曉然。

《周南》《召南》 姜氏皋曰：程大昌《詩論》第十五論「南」爲樂名，所謂「以雅以南」是也。然箋謂南爲南夷之樂，《文王世子》「胥鼓南」注義同。至《詩譜》云「紂命文王典治南國江漢汝旁之諸侯」，則南是南方矣，《水經注》引韓嬰《周南叙》曰「其地在南郡南陽之間」是已。且序云「南言化自北而南也」，是南有其地也。謂二南爲樂名近非。

哀窈窕 注 **哀，蓋字之誤也。哀當爲衷，謂中心念恕之也** 今鄭箋「恕」上脱「念」字，正義云「鄭以哀爲衷，言后妃衷心念恕在窈窕幽閒之善女」，又云「衷與忠字異而義同，於文中心爲忠、如心爲恕，故云恕之」，釋文云「恕，本又作念」。陳校「按釋文，念下不當有恕字」，則亦未審讀箋疏耳。

校記

〔一〕漢書河間王好學云云 「漢書」當作「六藝論」，係《詩·國風》孔疏引鄭玄語，王應麟《漢藝文志考證》卷一引之，轉引者蓋誤以爲王氏引自《漢藝文志》。

〔二〕四庫全書提要云　此七字當移段首，本段全摘自《四庫全書提要·詩序》；下文「程大昌考古編亦曰」當移此處，《提要》本句轉自程氏，非鄭箋原文。

〔三〕子夏序詩篇義合編　「合」原作「各」，據《詩·小雅·南陔》鄭箋、《考古編》卷二改，《提要》誤。

〔四〕鄘風君子偕老　「鄘」原作「衛」，據《詩·國風》改，《提要》誤。

〔五〕是魯詩距孫卿　此六字據稿本及《四庫全書提要·詩序》補。

〔六〕而無一言叙作之之意者　上「之」據《文獻通考》一七八補。

〔七〕正義謂六臣云云　《五經正義》頒行早于李善上《文選注》，下篇《尚書序》開宗明義，五臣六臣更在李善後，此誤。

〔八〕大夫閔時　「夫」原作「王」，據稿本及惠周惕《詩説》卷上改。

〔九〕此既爲天子明矣　稿本曾删上句「分陝當在武王既得天下之後」云云，則此句當指「武王既爲天子」，然《史記·燕世家》分陝在成王時。

文選旁證卷第三十八

文選卷四十五下

孔安國 尚書序

《尚書序》 是時《正義》已頒，故李於此篇及後《春秋左氏傳序》〔一〕兩篇皆不復注。

孔安國 此東晉梅賾所上僞孔安國序也。宋元以來諸儒所辨詳於各書，而閻氏若璩《古文尚書疏證》、惠氏棟《古文尚書考論》尤審。雖毛氏奇齡作《古文尚書寃詞》其第七曰「書序之寃」，終不能以强詞奪也。若蕭《選》時則固以爲真矣。《四庫全書提要》云：「《孔傳》之依託，自朱子以來遞有論辯，至國朝閻若璩作《尚書古文疏證》其事愈明。其灼然可據者，梅鷟《尚書考異》攻其注《禹貢》『瀍水出河南北山』一條、『積石山在金城西南羌中』一條，地名皆在安國後；朱彝尊《經義考》攻其注《書》序『東海駒驪扶餘馯貊之屬』一條，謂駒驪王朱蒙至漢元帝建昭二年始建國，安國武帝時人亦不及見；若璩則攻其注《泰誓》『雖有周親，不如仁人』與所注《論語》相反，又安國《傳》有《湯誓》而注《論語》『予小子履』一節乃以爲《墨子》所引《湯誓》之文。皆證佐分明，更無疑義。至若璩謂定從《孔傳》以孔穎達之故，則不盡然。考《漢書·藝文志》叙《古文尚書》但稱『安國獻之，遭巫蠱事，未立於學官』，不云作傳；而《經典釋文·叙録》乃稱《藝文志》云『安國獻《尚書傳》，遭巫蠱事，未立於學官』，始增入一『傳』字以證實其事，又稱『今以孔氏爲正』，則定從《孔傳》者乃陸德明，非自穎達。惟德明於《舜典》下注云：孔氏傳亡《舜典》一篇，時以王肅注頗類孔氏，故取王注從『慎徽五典』以下爲《舜典》以續《孔傳》。又云：『曰若稽古，帝舜曰重華，協于帝』十二字是姚方興所上，孔氏傳本無，阮孝緒《七録》亦云〔二〕方興本或此下更有『濬哲文明，温恭允塞，玄德升聞，乃命以位』，凡二十八字異，聊出之，於王注無施也。則開皇中雖增入此文，尚未增入《孔傳》中，故德明云爾。今本二十八字當爲穎達增入耳。梅頤之時去古未遠，其傳實據王肅之注而附益以舊訓，故《釋文》稱『王肅亦注今文，所解大與古文相類，或肅私見《孔傳》而秘之乎』，此雖以末爲本，未免倒置，亦足見其根據古義，非盡無稽矣。」

《三墳》《五典》《八索》《九丘》　《左傳正義》引賈逵曰：「三墳，三皇之書。五典，五帝之典。八索，素王之法。九丘，亡國之戒。墳，大也，言三皇之大道。孔子作《春秋》，素王之文也。」〔三〕又延篤引張平子説：「三墳，三禮，禮爲人防。《爾雅》曰：墳，大防也。三禮，天地人之禮也。五典，五帝之常道。八索，《周禮》八議之刑。九丘，周禮之九刑。」又馬融云：「三墳，三氣，陰陽始生，天地人之氣也。五典，五行也。八索，八卦。九丘，九州之數也。」案三氏之説不同，而劉熙《釋名》又以爲：「墳，分也，論三才分天地人之始，其體有三也。典，鎮也，制教法所以鎮定上下，差等有五也。

索，素也，著素王之法若孔子者，聖而不王，制此法者，有八也。丘，區也，區别九州之土氣，教化所宜施者也。」説亦異，而要皆在僞《孔傳》之前。

懼覽之者不一　《匡謬正俗》云：「孔安國《古文尚書序》云：『先君孔子生於周末，覩史籍之煩文，懼覽者之不一，遂乃定禮樂，明舊章。』覽者，謂習讀之人，猶言學者爾。蓋思後之讀史籍者以其煩文，不能專一，將生異説，故删定之。凡此數句，文對旨明，甚爲易曉。然後之學者輒改『之』字居『者』字上，云『覽之者不一』，雖大意不失，而顛倒本文，語更凡淺，又不屬對，亦爲妄矣。今有晉宋時書不被改者往往而在，皆云『覽者之不一』。」

足以垂世立教　**又示人主以軌範也**　毛本脱「立」字、「主」字。

坑儒　敖氏英《緑雪亭雜言》云：秦始皇坑儒，只是掩其不知而加害，非真掘土而爲坑也。不然白起坑降卒四十萬於長平，項羽坑降卒二十萬於新安，設使掘土爲坑，若是其廣大，彼降卒豈不知之，又豈肯帖然束手而就死乎？

我先人用藏其家書于屋壁　《漢書·藝文志》注：「《家語》云子襄畏秦法峻急，藏《尚書》于屋壁中；而《漢記·尹敏傳》云孔鮒所藏。二説不同，未知孰是。」王肅曰子襄名騰。陳氏櫟《書集傳纂疏》云：鮒、騰兄弟爾，藏書必同謀，謂鮒藏可也，謂騰藏可也。案《隋志》及《釋文》稱爲孔子末孫孔惠所藏，然《史記·孔子世家》《漢書·孔光傳》及《家語·後序》孔子末孫無孔惠之名。毛氏奇齡以爲子襄子孔忠之譌，亦無所據。

百篇之義，世莫得聞　朱氏彝尊曰：《今文尚書》伏生所授止二十八篇，故漢儒以擬二十八宿。然《史記》《漢書》俱稱伏生以二十九篇教于齊魯之間，馬、班古之良史，不應以非生所授之《泰誓》雜之其中也。竊疑生所教二十九篇，其一篇乃百篇序也。然百篇之説，歷考今古文，終不符合。至於百兩篇者，張霸僞書，與鄭注三十四篇、逸書二十四篇毫無干涉。

至魯共王好治宮室　至　**乃不壞宅，悉以書還孔氏**　案魯共王壞宅之説，歷見《漢書·藝文志》、荀悦《漢紀》、袁宏《後漢紀》諸書。而王肅《家語》後序云子國少受《尚書》于伏生；又云天漢後魯共王壞孔子宅，得壁中詩書，悉以歸于子國；又云子國年六十卒於家。子國，安國字也。《史記·儒林傳》伏生於孝文帝時年已九十餘矣。自文帝元年至天漢元年凡七十九年，而安國年止六十。若上見伏生，則不能及天漢；下及天漢後共王壞宅事，則上溯伏生之受《尚書》年益不符。閻氏若璩云：「魯恭王以孝景前三年丁亥徙王魯，徙二十七年薨，則當在武帝元朔元年癸丑，是時武帝即位甫及一十三年。」班書《志》謂武帝末魯恭王壞孔子宅者，已屬舛誤；魯恭已薨于元朔元年，下距天漢尚有二十八年，今云天漢後壞壁，不已悖哉！

爲隸古定，更以竹簡寫之　《匡謬正俗》云：言以孔氏壁中科斗文字，依傍伏生口傳授者，考校改定之，易科斗以隸古字，定訖更別以竹簡寫之，非復本文也，近代淺學乃改「隸古定」爲「隸古字」，非也。

增多伏生二十五篇　又　**并序凡五十九篇，爲四十六卷**　又　**承詔爲五十九篇作傳**　又　**定五**

十八篇　郝氏敬《尚書辨解》云：「班固、劉向第云安國獻書，未言詔安國爲傳也；云多伏生十六篇，無二十五篇也。」閻氏若璩曰：「一則曰得多十六篇，再則曰逸書十六篇，是《古文尚書》篇數之見于兩漢者如此。東晉元帝時，豫章内史梅賾忽上《古文尚書》，增多二十五篇。無論其文辭格制迥然不類，而只此篇數之不合，僞可知矣。」

其餘錯亂摩滅，不可復知　《七經孟子考文》云異本「摩」作「磨」。案《説文》無「磨」字。正義本「不」作「弗」。

傳之子孫，以貽後世　正義本作「傳子孫孫，以貽後代」。

校記

〔一〕春秋左氏傳序　「序」原作「注」，據《文選》改。

〔二〕阮孝緒七録亦云　《經典釋文·舜典》此下有「然」字，則「云然」屬上句，所云乃十二字异；而《四庫提要》脱「然」字，則「云」啟下句，所云乃十六字异。

〔三〕左傳正義云云　此乃《文選·閒居賦》善注，《左傳正義·昭公十二年》「三皇」作「三王」、「素王」作「八王」、「亡國」上有「九州」、無「之戒」下十九字。「之典」原作「之書」，據《文選注》《左傳正義》改。

春秋左氏傳序

杜元凱

《春秋左氏傳》　《四庫全書提要》云：「自劉向、劉歆、桓譚、班固皆以《春秋傳》出左丘明、左丘明受經于孔子，魏晉以來儒者更無異議。至唐趙匡始謂左氏非丘明。蓋欲攻傳之不合經，必先攻作傳之人非受經於孔子，與王柏欲攻《毛詩》先攻《毛詩》不傳於子夏，其智一也。宋元諸儒相繼并起。王安石有《春秋解》一卷證左氏非丘明者十一事，陳振孫《書録解題》謂出依託，今未見其書，不知十一事者何據。惟朱子謂『虞不臘矣』爲秦人之語，葉夢得謂紀事終於智伯、當爲六國時人〔一〕，似爲近理。然考《史記·秦本紀》稱惠文君十二年始臘，張守節《正義》稱秦惠文王始效中國爲之，明古有臘祭，秦至是始用，非至是始創。閻若璩亦駁此説曰：『史稱秦文公始有史以記事、秦宣公初志閏月，豈亦中國所無、待秦獨創哉！』則臘爲秦禮之説未可據也。《左傳》載預斷禍福無不徵驗，蓋不免從後傳合之；惟哀公九年稱趙氏其世有亂，後竟不然，是未見後事之證也。經止獲麟，而弟子續至孔子卒；傳載智伯之亡，殆亦後人所續。《史記·司馬相如傳》中有揚雄之語，不能執是一事指司馬遷爲後漢人。則載及智伯之説不足疑也。今仍定爲左丘明作，以祛衆惑。至其作傳之由，則劉知幾『躬爲國史』之言最爲確論。疏稱『大事書於策者』經之所書、『小事書於簡者』傳之所載，觀晉史之書趙盾、齊史之書崔杼及甯殖，所謂載在諸侯之籍者，其文體皆與經合；《墨子》稱《周春秋》載杜伯、《燕春秋》載莊子儀、《宋春秋》載祐觀辜、《齊春秋》載王里國中里徼

〔二〕，其文體皆與傳合。經傳同因國史而修，斯爲顯證矣。《漢志》載《春秋》古經十二篇、經十一卷，注曰公羊、穀梁二家，則左氏經文不著於録。然杜預《集解序》稱『分經之年與傳之年相附，比其義類，各隨而解之』，陸德明《釋文》曰『舊夫子之經與丘明之傳各異，杜氏合而釋之』，則《左傳》又自有經。考《漢志》之文，既曰古經十二篇矣，不應復云經十一卷。觀《公》《穀》二傳皆十一卷，與經十一卷相配，知十一卷爲二傳之經，故有是注。徐彦《公羊傳疏》曰『左氏先著竹帛，故漢儒謂之古學』，則所謂古經十二篇即左傳之經，故謂之古，刻《漢書》者誤連二條爲一耳。今以《左傳》經文與二傳校勘，皆左氏義長，知手録之本確於口授之本也。言《左傳》者，孔奇、孔嘉之説久佚不傳，賈逵、服虔之説亦僅偶見他書，今世所傳惟杜注孔疏爲最古。杜注多强經以就傳，孔疏亦多左杜而右劉，篤信專門之過，不能不謂之一失。然有注疏而後左氏之義明，左氏之義明而後二百四十二年内善惡之跡一一有徵，後儒以私臆談褒貶者猶得據傳文以知其謬。則漢晉以來藉左氏以知經義，宋元以後更藉左氏以杜臆説，傳與注疏均謂有大功於《春秋》可也。」

杜預　六臣本作「杜元凱」，是也。

春秋者，魯史記之名也　姜氏皋曰：《左·昭二年傳》「見《易象》與《魯春秋》」，《公羊·成十五年傳》「春秋内其國而外諸夏」，《禮·坊記》「故《魯春秋》記晉喪」又「《魯春秋》猶去夫人之姓」，是皆以《春秋》屬之魯矣。然《晉語》「羊舌肸習於《春秋》」，《楚語》「申叔時論傳太子之法，云教之以《春秋》」，晉、楚當以「乘」與「檮杌」名，而亦曰「春秋」。《墨子·明鬼》篇〔三〕又有周之春秋、燕之春秋、宋之春秋、齊之春秋，豈列國之史皆曰春秋乎？或曰：春秋者史記大共之名，故《釋名》云「《春秋》書人事，卒歲而究備；春秋温涼中，象政和也」，亦不專指一國。惟孔疏云：晉楚皆私立別號，魯則守其本名。

與周之所以王也　六臣本、正義本皆無「也」字。

韓子所見　正義本「所見」下增「魯春秋」三字。按此作注之辭，盧氏文弨據以補正文恐非。

諸所記注　釋文云「注字或作註」。阮先生曰：記註字當從言，《通俗文》曰記物曰註，《方言》《廣雅》皆有註字，乃俗字之最古者。

其餘皆即用舊史　六臣本、正義本「皆」上並有「則」字。

左丘明受經於仲尼　正義據沈氏云《嚴氏春秋》引《觀周》篇曰：孔子將修《春秋》，與左丘明乘如周，觀書於周史，歸而修《春秋》之經〔四〕，丘明爲之傳。

優而柔之，使自求之，饜而飫之，使自趨之　正義云：「優而柔之，使自求之」，《大戴禮·子張問入官學》之篇〔五〕有此文也；其「饜而飫之」則未知所出。

而義起在彼　六臣本作「而義起於彼」。

諸所諱避　六臣本「諱避」作「避諱」。正義本「避」作「辟」。

若此所論　六臣本、正義本「此」並作「如」。

今其遺文可見者十數家　《隋書·經籍志》：《春秋經》十一卷，吴士燮注；《春秋左氏長經》二十卷，漢賈逵章句；《春秋左氏解詁》三十卷，賈逵撰；《春秋左氏傳解誼》三十一卷，漢服虔注；《春秋左氏傳》十二卷，魏王朗撰；又《春秋左氏經傳朱墨列》一卷，賈逵撰；《春秋左氏傳條例》九卷，漢鄭衆撰；《春秋左氏膏肓釋痾》十卷，服虔撰；《春秋左氏達義》一卷，漢王玢撰；《春秋左氏釋駁》一卷，王朗撰。《釋文·叙録·注解傳述人》在杜氏前者僅載士燮、賈逵、服虔、王肅、董遇五家之書。而考兩漢《儒林傳》又云：賈逵作《左氏長義》《左氏訓詁》、陳元作《左氏同異》、鄭衆作《左氏條例章句》，馬融爲三家同異之説，延篤、彭汪均作注，許淑、服虔、孔嘉、王朗、王基、董遇、周生烈並注解《左氏傳》，李仲欽作《左氏指歸》，潁容作《春秋條例》，又何休作《膏肓》，鄭康成作《鍼膏肓》，凡一十九家。正義云：比至杜時或在或滅，不知杜之所見十數家定是何人也。

有所不通　六臣本「有」作「其」。

然劉子駿創通大義，賈景伯父子、許惠卿皆先儒之美者也。末有潁子嚴者，雖淺近，亦復名家　《漢書·楚元王傳》：劉歆字子駿，向少子，治《左氏》，引傳文以解經，經傳相發明，由是章句義理備焉。《後漢書》：賈逵字景伯，扶風人。父徽字元伯，受業於歆，作《春秋條例》。逵傳父業，作《左氏傳訓詁》。許惠卿名淑，魏郡人也。潁子嚴名容，陳郡人也。《釋文·叙録》：元伯作《春秋條例》二十一卷，逵作《訓詁》外别有《左氏長義》。《隋志》作「長經」，是也。

説者以爲仲尼自衛反魯　正義本脱「爲」字。

麟鳳五靈　正義云：「麟、鳳與龜、龍、白虎五者，神靈之鳥獸，王者之嘉瑞。《禮記·禮運》言四靈，而杜欲遍舉諸瑞，故備言五靈也。五靈之文出《尚書緯》。」

絶筆於獲麟之一句者　六臣本無「者」字、「則」字。**又然則《春秋》**

即魯隱也　六臣本「即」作「則」。

子路使門人爲臣　六臣本、正義本「使」上並有「欲」字。

校記

〔一〕六國時人　原作「六朝時人」，據稿本及《四庫全書提要·春秋左傳正義》改。

〔二〕王里國中里徼　「徼」原作「覈」，據《墨子·明鬼下》改。《太平御覽》九〇二引作「檄」，或作「撽」。

〔三〕墨子明鬼篇　「明」原作「非」，據《墨子》改。

〔四〕歸而修春秋之經　「經」原作「法」，據《春秋左傳正義·序》改。

〔五〕大戴禮子張問入官學之篇　今《大戴禮記》無「學」字，該篇講從政爲官而非官學，盧文弨校曰孔疏「學」字衍。

三都賦序

皇甫士安

左思作《三都賦》，世人未重。皇甫謐有高名於世，思乃造而示之　何曰：「《世説注》：

此序及劉注即太冲所自爲，蓋託之勝流以重其價也〔一〕。按太冲賦序，其卒章曰『聊舉一隅，攝其體統，歸之訓詁』，則注明是太冲所爲。又《魏都賦》注或云張載，今《文選》中仍題劉逵，參差不合。孝標之言未爲無據。」

將以紐之王教 又**子夏序《詩》曰** 六臣本「紐」作「貫」，無「曰」字。

是以孫卿、屈原之屬 《荀子》有《禮》《智》《雲》《蠶》《箴》五賦。《漢書·藝文志》：屈原賦二十五篇。

注**《西都賦序》曰** 「西」當作「兩」，各本皆誤。

其文博誕空類 姜氏皋曰：類字，群籍所釋與此文義均不相符，疑當作纇字解。《左·昭二十八年傳》「忿纇無期」、《老子》河上「夷道若纇」釋文均曰「纇，疵也」，又曰「纇本作類」。

注**孔安國《尚書大傳》曰** 「大」字不當有，各本皆衍。

廣夏接榱 五臣「夏」作「厦」，翰注可證。

注**焕乎其有文章也** 今《論語》無「也」字。《漢書·儒林傳》《叙傳》、《陳書·文學傳》、《論衡·齊世》篇、《唐文粹》柳冕書引均有「也」字。

而魏以交禪比唐虞，既已著逆順 又**甚誘逆之理** 六臣本「魏」下有「氏」字，「已」作「以」。陳校注中「誘」改「詩」，「逆」下添「順」字。

又因客主之辭　六臣本無「主」字。

校記

〔一〕蓋託之勝流以重其價也　《世説新語·文學》注原作「欲重其文，故假時人名姓也」。

思歸引序

石季倫

《思歸引》　《通志·樂略》云：「《思歸引》亦曰《離拘操》，舊説衛賢女之所作也，邵王聞其賢而聘之，未至而王死，太子留之不聽，拘于深宮，思歸不得，援琴而歌，曲終乃縊。初但有聲，至石崇始作辭，但述其思歸河陽故居而已。」

篤好林藪，遂肥遯於河陽別業　《世説新語》載石季倫《金谷詩序》曰：有別廬在河南縣界金谷澗中，去城十里，有田十頃〔一〕，或高或下，有清泉、茂林、衆果、竹栢、藥草，又有水碓、魚池、土窟，其爲娱目歡心之物備矣。

百木幾於萬株　又**多養魚鳥**　六臣本「百」作「栢」，「魚鳥」作「鳥魚」。

家素習技　余曰：《續文章志》：崇後房百數，皆曳紈繡，珥金翠，絲竹之藝盡一世之選。

今爲作歌辭　又**而播於絲竹也**　六臣本「歌」作「樂」，無「於」字。

校記

〔一〕去城十里有田十頃　《世説新語·品藻》注無此八字，《藝文類聚》卷九、《太平寰宇記》卷三等引亦無，蓋采自《太平御覽》九一九「吾有廬在河南金谷中，去城十里，有田十頃，羊二百口，雞猪鵝鴨之屬莫不畢備」。

文選卷四十六

陸士衡

豪士賦序

注**及齊亡，作《豪士賦》**　此臧榮緒《晉書》語也。翰注：機惡見齊王冏自矜其功有簒位之心，因此賦以諷之，終不寤矣。按《晉書·陸機傳》云「冏既矜功自伐，受爵不讓，機惡之，作《豪士賦》以刺焉。冏不之悟，而竟以敗」，是作此賦時齊猶未亡也，篇末「借使伊人頗覽天道」云云語意顯然，臧榮緒所云殊誤。

循心以爲量者　又**落葉俟微風以隕**　又**孟嘗遭雍門而泣**　六臣本、《晉書》「循」並作「修」，「風」並作「飈」。《晉書》「而」作「以」。

不足繁哀響也　何校「繁」改「煩」，陳同，據《晉書》也。

斗筲可以定烈士之業　六臣本下有「言遇時也」四字。

蓋得之於時勢也　又**任出才表者哉**　又**有生之所大期**　六臣本無「也」字、「者」字。《晉書》脱「所」字。

况乎代主制命，自下財物者哉　《晉書》「代」作「世」，誤。五臣「財」作「裁」，向注可證。毛本「財」作「裁」、「哉」作「乎」，據《晉書》改。

忠臣所爲慷慨　《晉書》「爲」作「以」。

是以君奭鞅鞅，不悦公旦之舉　五臣「鞅鞅」作「怏怏」，濟注可證。《晉書》亦作「怏怏」，毛本據改。何曰：時王豹致箋於冏，亦引周公流言爲戒。

非其然者與　六臣本無「者」字。

登帝天位　尤本及六臣本校語皆改「天」作「大」，誤也。

注**《尚書》曰：太甲**　「書」下當有「序」字，各本皆脱。

懼萬民之不服　《晉書》「民」作「方」，避唐諱改。

衆心日陊　注**直氏**（一）　《説文》陊，落也，从𨸏，多聲。《玉篇》陊，徒可切，落也，壞也，山崩也。《廣韻·三十三哿》陊，下坂皃，又落也；《四紙》陊，山崩也，《説文》大可切。皆無作直氏切者。按《廣韻》以陊入紙韻，則直氏切正其音也。

而方偃仰瞪眄　六臣本無「方」字。《晉書》「眄」作「盱」。

忘己事之已拙　尤本及六臣本「忘」作「亡」，誤也。

夫蓋世之業，名莫大焉；震主之勢，位莫盛焉　又俯冠來籍　《晉書》無「大焉震主之勢位莫」八字，當是誤脱；「冠」作「觀」亦誤。

注《爾雅》注曰：劭，美也　六臣本作「小雅曰」，是也。此引《廣詁》語。

彼之必昧　又故聊賦焉　《晉書》「彼」上有「而」字，「聊」下有「爲」字。

校記

〔一〕直氏　胡本誤作「亘氏」。

三月三日曲水詩序

顏延年

注三月上巳　至祓除不祥也　《後漢書·禮儀志》「是月上巳，官民皆絜於東流水上，曰洗濯祓除去宿垢疢爲大絜」，注引蔡邕曰：《論語》「暮春者，春服既成，冠者五六人，童子六七人，浴乎沂，風乎舞雩」，自上及下，古有此禮，今三月上巳祓禊於水濱蓋出於此。張氏雲璈曰：是猶用巳日，後乃但以三月三日爲上巳，沈約《宋書·禮志》以爲自魏始也。

注晉武帝問尚書摯虞曰　陳校「書」下添「郎」字。

注三月曲水　胡公《考異》曰：「月」當作「日」，各本皆誤，《藝文類聚》《初學記》引作「日」，《晉書·

束晳傳》亦然。

注**平原徐肇**　何曰：《續漢書·禮儀志》注「徐肇」作「郭虞」。

注**立爲曲水**　何校「水」下添「祠」字。

固萬葉而爲量者也　六臣本無「也」字，非也。

注**景，光景連屬也**　「光」上當有「屬」字，各本皆脱。

宗漢之兆在焉　良注：宋爲漢後，故云宗漢。

注**《周易》曰：蠱，君子以振民毓德**　今《易》「毓」作「育」，釋文引王肅本作「毓」，云「毓，古育字」。《説文》育从云、肉聲，重文爲毓。

注**四隩既澤**　六臣本「澤」作「宅」，是也。

則擇之於茂典　尤本「擇」誤作「宅」，何校改。

注**《尚書》：武王曰**　六臣本「武」作「穆」，是也。

注**楚穆仲謂宣王曰**　「楚」當作「樊」，各本皆誤。

注**謝承《後漢書》曰：魏朗爲河内太守，明密法令**　案此一則姚氏之駰輯謝書未録，别引一則作「河南太守」。考《後漢書·志》，河南當稱尹，不曰太守；范書魏朗本傳亦作「河内」也。

烈燧千城　胡公《考異》曰：「烈」當作「列」，各本皆誤。

增類帝之宫　六臣本「宫」作「壇」。

注　**王仲宣《思征賦》曰**　胡公《考異》曰：「思征」當作「征思」。

以惠庶萌之願　五臣「萌」作「氓」，良注可證。

具上巳之儀　余曰：《拾遺記》：周昭王溺於江漢，二女延娟、延娛夾擁王身同没焉，故江漢之人到今思之，至春上巳之日禊集祠間。何曰：顧亭林云「季春之月，辰爲建，巳爲除，故用三月上巳祓除不祥，古人謂病愈爲巳亦此意也。周公謹以爲戊己之己者非」，按古人上丁、上辛皆取十幹，亭林之説疑非。

注　**閲水以成川**　胡公《考異》曰：「閲」上當有「川」字，各本皆脱。

淵旋雲被　六臣本「旋」作「放」。

注　**鰋鼈及魚**　今《詩·韓奕》「及」作「鮮」。

注　**《説文》曰：縟，繁彩色也**　段校「色」改「飾」。

焕衍都内者矣　又**展詩發志**　六臣本「内」作「會」，「發」作「登」。

三月三日曲水詩序

王元長

注　**文藻富麗，當代稱之**　《南齊書·王融傳》：上幸芳林園禊宴朝臣，使融爲《曲水詩序》，文藻富麗，當世稱之。後日，宋弁於瑶池堂謂融曰：昔觀相如《封禪》以知漢武之德，今覽王生《詩序》用見齊王之盛。

時乘既位　案下句「御氣」引《莊子》，則此當引《易》「時乘六龍」。

我大齊之握機創歷　何曰：「握機」二字本建武《泰山石刻文》：昔在帝堯，聰明密微，讓與舜庶，後裔握機。

注**維十月五祀**　六臣本「月」作「有」，是也。

注**《尚書璇璣玉鈐》曰**　胡公《考異》曰：「玉」字衍，各本皆衍。

注**充天之對**　今本《逸周書》作「兑天之對」。

注**制作六經洪業**　陳校「業」下添「也」字，各本皆脱。

牢籠天地，彈壓山川　《續古文苑》載北周万紐于瑾《華嶽頌》〔一〕云：叡智之所牢籠，英威之所彈壓。

注**世祖立皇太子長楙**　何校「楙」改「懋」，陳同。按「楙」當作「楙」，各本皆以形近而譌耳。

跨掩昌姬，韜軼炎漢　六臣本「掩」作「蹑」。林先生曰「韜」字當是「蹈」字之誤〔二〕。謹案此五臣作「韜」，銑注「藏也」可證。

注**帝王子弟**　胡公《考異》曰：「帝」上當有「高」字，各本皆脱。

注**秦后太子來仕**　又**王仕於晉也**　何校去「太」字，「王」改「來」，陳同，各本皆有衍誤。

注**譙周《考史》曰**　陳校「考史」改「古史考」，各本皆誤。

歲時於外府　五臣「時」作「貢」，翰注可證。

辨氣朔於靈臺　注**《左氏傳》曰：公既視朔，遂登觀臺以望，而書雲物**　趙氏曦明曰：《續漢志》曰候氣之法「殿中用玉律十二，惟二至乃候靈臺，用竹律六十，候日如其曆〔三〕」，注引《左傳》不合。

彯搖武猛　注**爲嫖姚校尉**　「嫖」當作「票」。案《史記》作「剽姚」，《漢書》作「票姚」，荀《紀》作「票鷂」，師古音頻妙、羊召反，以讀平聲爲不當其義，惟服虔音飄搖〔四〕。此作「彯搖」蓋從服說。

注**丁白爲武猛校尉**　何校「白」改「原」，陳同，據《後漢書·何進傳》也，各本皆誤。

繳大風於長隧　注**許慎曰：大風，風伯也**　林先生曰：按《淮南》高誘注以大風爲鷙鳥，或謂飛廉爲風伯，而《漢書》注謂飛廉鹿頭鳥身，豈風伯本近鳥形而飛廉實即風伯歟？謹案今《淮南子·本經訓》高注「大風，風伯也，能壞人屋舍」，無以大風爲鷙鳥之說。考《廣弘明集》十一「風」作「鳳」，疑鷙鳥之說或出於彼耳。

注**王謂晉文侯曰**　段校「侯」改「公」。

注**《尚書》曰：無或攘敚**　按今《書》無此語，當即《費誓》「毋敢寇攘」之訛，若「攘敚」字則見《呂刑》「奪攘矯虔」，《説文·攴部》引《書》「奪」作「敓」。

注《説文》曰：桴，鼓柄也　今《説文》：桴，擊鼓杖也。〔五〕

侮食來王　注古本作晦食。《周書》曰：東越侮食　《困學紀聞》十九云：《周書·王會解》「東越海蛤」或誤爲「侮食」，元長用之，其「别風淮雨」之類乎？盧氏文弨曰：蛤即蛤字，《選注》以形近而訛。

注高誘《淮南子注》曰：反踵，國名，其人南行，跡北向也　今《淮南子》無此注，《墬形訓》「有歧踵民」高注：踵不至地，以五指行也。

注《山海經》曰：有貫胸國，其人胸有竅。《括地圖》曰：禹平天下，會于會稽之野　又《南經》：防風之神，弩射之，有迅雷，二神恐，以刃自貫其心。禹哀之，乃拔刃療以不死之草，皆生，是爲貫胸之民　按所引《山海經》今在《海外南經》，所引《括地圖》與《藝文類聚》九十六所引略同。今按《海外南經》郭注引《尸子》曰「四夷之民有貫胸者，有深目者，有長肱者，黄帝之德常致之」，《竹書》亦云黄帝五十九年貫胸氏來賓。是黄帝時即有貫胸國，防風以刃自貫之説殆未可信矣。

注文鉞，未詳。一曰鉞當爲越　按注此下又引杜篤論「文越」云云，則似從「越」爲優，且與「奇幹」句相配也。

奇幹善芳之賦　六臣本「幹」作「翰」。

紈牛露犬之玩　孫氏志祖曰：「紈」當作「紈」，《逸周書·王會解》「卜盧以紈牛」，王應麟補注云「紈」與「綠」同。

注 **肅慎氏貢楛矢石砮**　馮氏景曰：肅慎氏地，今甯古塔，東去一千里曰混同江，江邊榆樹、松樹枝既枯，墮入爲波浪所激盪，不知幾何年化爲石，可以爲箭鏃，榆爲上、松次之；西南去六百里爲長白山，山顛之陰及黑松林遍生楛木，可取爲矢，質堅而直。〔六〕

注 **渠搜獻鼩犬。鼩犬，露犬也**　姜氏皋曰：《周書·王會解》「鼩」作「䶂」。《説文》：䶂，胡地風犬。《廣韻》「䶂，比教反，能飛，食虎豹之屬」即此。〔七〕

匭牘相尋　五臣「匭牘」作「軌躅」，銑注可證。陳曰據注「牘」當作「櫝」。

歷草孳　又 **封山紀石**　六臣本「孳」作「滋」，「石」作「號」。

注 **《禮記·逸禮》曰**　又 **孔子丘**　六臣本無下「禮」字。胡公《考異》曰：「禮記逸禮」似當作「逸禮記」，「子」字應去，各本皆有誤衍。

注 **譽，猶豫，古字通**　「猶」當作「與」，各本皆誤。

禊飲之日在兹　林先生曰：禊有春禊秋禊，此及《蘭亭序》所云春禊也。《丹鉛録》云：〔八〕馬融《西第頌》「西北戌亥，玄石成輸，蝦蟆吐瀉，庚辛之域」，劉楨《魯都賦》「素秋二七，天漢指隅〔九〕」，民胥祓禊」，國子水嬉」，此秋禊也。《野客叢書》云：觀《漢書》「八月祓於灞上」，知漢人祓除亦有在秋間者，不必春暮也。

乃睠芳林　余曰：《南朝宮苑記》：芳林園一名桃花園，本齊高帝舊宅，在秦淮大路上。

注 **《十洲記》曰**　又 **齊有天子**　又 **名曰風涼**　胡公《考異》曰：「洲」當作「州」，「子」當作「下」，「風涼」當作「涼風」。涼風見《淮南子·墬形訓》，即《離騷》之「閬風」。《史記》「惠王閬」《索隱》云系本名毋涼，是涼、閬通用也。

注 **陳陳殷殷，無不戴悅**　又 **輒輒啟啟，莫不戴悅**　張氏雲璈曰：「按《呂覽·慎人》篇『振振殷殷，無不戴悅』，李氏兩引此書而皆不同，未詳所本，字書亦無啟字。」按《廣韻·十九臻》引《呂氏春秋》注「殷殷，動而喜皃」〔十〕，《一先》引《呂氏春秋》「天子輷輷啟啟，莫不載悅」，《十六軫》「輷輷啟啟，喜悅皃」，皆與《呂覽》今本不同，亦與李注異。畢氏沅云：〔十一〕此所云或《呂覽》別本也，《說文·欠部》有「𣢾」字云「指而笑也」，然則从文从殳皆非。

亂嚶聲於緜羽　五臣「緜」作「錦」，銑注可證。

式道執殳　五臣「式」作「戒」，銑注可證。案注引《漢書》，則五臣誤。

揚葭振木　林先生曰：「葭」當與「笳」同，樂部笳似觱栗無竅，以銅爲之，《通雅》云唐之銅角是其遺也〔十二〕。朱氏珔曰：「葭」已見前李陵《答蘇武書》，此云用銅爲異，意者笳本捲蘆葉而吹之，爲塞上之物，後人以之入樂部，乃仿其製而以銅爲之歟？

貝胄星羅 五臣「羅」作「離」，向注可證。

絶景遺風之騎 五臣「遺」作「追」，銑注可證。

注**《説文》：轟轟，群車聲也** 今《説文》「轟」字不重。

金爬在席 又**正歌有闋** 六臣本「爬」作「匏」，「正」作「清」。

校記

〔一〕續古文苑載北周万紐于瑾華嶽頌 「續」據《續古文苑》卷十三補，《古文苑》未載。

〔二〕謟字當是蹈字之誤 「是」原作「作」，據稿本改。

〔三〕候日如其曆 「曆」原作「律」，據《後漢書·律曆志》改。

〔四〕案史記作剽姚云云 此段摘自梁玉繩《史記志疑·建元以來侯者年表》。

〔五〕今説文桴擊鼓杖也 此誤，當作「今《説文》：桴，屋棟也；枹，擊鼓杖也」。

〔六〕馮氏景曰云云 出自閻若璩《尚書古文疏證》卷五下，馮景《解舂集》文鈔卷八盧文弨校語引作「先生謂」。

〔七〕姜氏皋云云 姜皋引自《逸周書·王會解》盧文弨校語。但《説文》作「胡地風鼠」，《廣韻》作「鼠屬，能飛，食虎豹，出胡地」，王念孫《讀書雜志·逸周書三》云「鼩」不誤，「盧删去鼠屬二字，又改《説文》之風鼠爲風犬以牽合鼩犬，其失也誣矣」。

〔八〕丹鉛録云　此四字當移「林先生曰」下，彼下至《野客叢書》前均引《丹鉛總録》卷三。

〔九〕天漢指隅　「天」原作「元」，據《丹鉛總録》卷三及《宋書·禮志》、《北堂書鈔》一五五、《藝文類聚》卷六一、《初學記》卷四、《通典》卷五五等改。

〔十〕動而喜皃　「喜」下原衍「悦」，據《廣韻·十九臻》、《吕氏春秋·孝行覽》畢沅校語改。

〔十一〕畢氏沅云　此四字當移至「按廣韻十九臻」上，彼下均爲《吕氏春秋·孝行覽》畢沅校語。

〔十二〕唐之銅角是其遺也　「角」原作「筩」，據《通雅》卷三十改。

王文憲集序

任彦昇

公諱儉，字仲寶　樂史《廣卓異記》云：《晉書》王導以下至王褒九世皆有史傳，如儉子仲寶、仲寶子規云云。案仲寶爲儉字，此可證；儉子騫，騫子規，規子褒，史可證。樂史誤也。

海内冠冕　六臣本句首有「爲」字。

注**《晉中興書》曰：王祥弟覽生導**　本書《爲蕭揚州作薦士表》注引同，與《晉書》覽生裁、裁生導不合。

注**潁陽人也**　陳校「潁」改「頻」，各本皆誤。

體三才之茂，踐得二之機　六臣本「茂」下有「典」字，「機」作「幾」、上有「庶」字。

注**垂芒，謂發秀也。精，星也**　此九字係銑注，尤本錯入，六臣本無，而有「生於豐通於制度」七字，是也。

注**觀海有術**　今《孟子》「海」作「水」。

注**《吕氏春秋》曰：相劍者曰：白所以爲紉也，黄所以爲堅也，黄白雜則堅且紉**　今《吕氏春秋·别類》篇「白所以爲堅也，黄所以爲牣也」，按「牣」與「紉」古字可通，而以堅屬白、以牣屬黄與此顯異。今本《吕氏春秋》下又「難者曰：白所以爲不牣也，黄所以爲不堅也」又與此同。

注**無不制在情衷**　「情」當作「清」。

人倫以表　又**匠者何工**　六臣本「以」作「異」。尤本、毛本脱「工」字。

自咸洛不守　五臣「咸」作「函」。濟注：函，函關，謂長安；洛，洛陽也。

賀生達禮之宗　林先生曰：按《南齊書》，儉長於禮學，諳究朝儀，每博議證引先儒，罕有其例〔一〕。

注**潁川荀顗**　陳校「顗」改「闓」，據《晉書·諸葛恢傳》也。

齒危髮秀之老　注**髮秀猶秀眉也**　朱氏珔曰：《方言》云「眉，老也，東齊曰眉」，郭璞注「言秀眉也」，此李注所本。然髮與眉異。《詩》「以介眉壽」，鄭箋云「毫眉也」「人年老者必有毫眉秀出」，如髮則既老不應有秀出者。此「秀」字當本「秃」字，以形似致訛。《風俗通》曰「五月忌翻蓋屋瓦，令人髮秃」，是「髮秃」二字固有成語也。

注**董安于之心緩**　何校「心」改「性」，陳同，各本皆誤。

與公母武康公主　王氏志堅曰：《南史·王僧綽傳》尚「東陽公主」，而《儉傳》及此文皆作「武康」，巫蠱事中絶無武康名，不知何故。楊氏鳳苞曰：初封武康，進封東陽。林先生曰：武康即東陽也。褚彦回所尚之主，《南史》以爲南獻，《王儉碑》以爲餘姚，亦緣公主之號不一耳。

有詔廢毁舊塋　六臣本「廢毁」作「毁發」。

以選尚公主　六臣本校云「選」善作「遷」，誤也。

注**删除煩重**　陳校「煩」改「煩」，各本皆誤。

更撰《七志》　余曰：「《隋志》：《七志》七十卷。封演《聞見記》：儉撰《七志》有《經典志》《諸子志》《文翰志》《軍書志》《陰陽志》《術藝志》《圖譜志》。」

脱落塵俗　六臣本「塵俗」作「風塵」。

衣冠禮樂在是矣　六臣本「樂」下有「盡」字。

出爲義興太守　林先生曰：按《南齊書》：蒼梧暴虐，儉憂懼，哀粲求出，引晉新安主壻王獻之〔二〕爲吴興例，補義興太守。

昔毛玠之公清　又**齊臺初建**　六臣本「公清」作「清公」，「初」作「既」。

以佐命之功　林先生曰：按《南齊書》：時大典將行，儉爲佐命，禮儀詔策皆出於儉。

自營部分司 又**今以策劭爲營部，誤也** 陳曰據此注則正文「營部」當作「策劭」，又曰注中「策劭」當作「縈邵」，《後漢書·百官志》及《魏志·賈詡傳》皆可證。胡公《考異》曰：注中所云「營，役瓊切。部，烏合切」者，爲《漢官儀》作音，以明其不得作「策劭」也。

注**獻帝建始四年** 陳校「始」改「安」，各本皆誤。

鎮國將軍 六臣本「國」作「軍」。

注**《左氏傳》：今譬於草木，寡君之臭味也** 朱氏珔曰：今《傳》文作「寡君在君，君之臭味也」，即節引亦當重一「君」字方晰。

領國子祭酒 林先生曰：按《南齊書》：儉十日一還學，監試諸生，巾卷在庭。

挂服捐駒 注**挂服，未詳** 翰注：魏裴潛爲兖州刺史，嘗作一胡床，及去，留挂於官第，凡所用物必皆呼爲服也。按此事見《魏志·裴潛傳》，然以床爲服終有未安耳，惟《後漢書》逢萌解冠挂東都城門事較近。

師友之義 林先生曰：《南齊書》：舊太子敬二傳同，至是，朝議接少傅以賓友之禮。

注**諸葛亮《與杜徽書》曰：朝廷年十八** 何校「徽」改「微」，陳同，各本皆誤。尤本「朝廷年」作「今年始」，亦誤。

注**或發怨於見奪** 尤本「怨」作「志」。案當作「恚」。

公提衡惟允，一紀於兹　林先生曰：儉年二十八領吏部，至卒年三十八，故云一紀。

注**孫綽《王蒙誄》曰**　陳校「蒙」改「濛」，各本皆誤。

注**燕丹太子曰**　胡公《考異》曰：「太」字不當有，各本皆衍。

春秋三十有八　《南史·王儉傳》：永明七年儉薨，年四十八。而《南齊書·王儉傳》與此合。林先生曰：儉襲豫寧侯，《南史》《齊書》並云「數歲」；其爲秘書郎，《南史》云年十八；其領右僕射、吏部，《南史》《齊書》並云年二十八；其卒在永平六年，二史並同，則正年三十八也，《南史》偶誤耳。

工女寢機　又**故以痛深衣冠**　六臣本「工」作「功」，無「以」字。

增班劍六十人　六臣本「六」上有「爲」字。姜氏皋曰：《大唐開元禮》云「漢制帶劍，晉代以來謂之班劍，宋齊謂之象劍」〔三〕，今觀此序，則齊亦謂之班劍，與注引《漢官儀》者不同。

居身以約　林先生曰：按《南齊書》：儉寡嗜慾，惟以經國爲務，車服塵素，家無遺財。

注**《齊春秋》曰**　何校「齊」上添「吴均」二字，各本皆脱。

注**太尉范滂**　陳校「尉」下添「掾」字，各本皆誤脱。

注**檀道鸞《晉陽秋》曰**　陳校「晉」上添「續」字。

注**夫子善誘人**　此節引，去「循循然」三字。

功成作樂　六臣本「作」作「改」。

注　**謝安石上疏曰**　陳校去「安」字，各本皆衍。

一昞之榮，鄭璞踰於周寶　六臣本「昞」作「面」。按「璞」當作「樸」，注同。胡公《考異》曰：物之質謂之曰樸，玉樸亦然，故《説文·玉部》並無璞字，而「鼠樸」得與之同名異實也。

又曹植《祭橋玄文》曰　陳曰：《祭橋玄文》乃魏武事，在建安七年，子建時方十歲。胡公《考異》曰：蓋本作「魏太祖」，不知者誤改。

注《**十州記》曰：崇禮闈**　毛本「州」誤作「洲」。「闈」當作「門」。

注　**吾入廟**　陳校「吾」改「君」，各本皆誤。

注《**説文》曰：縟，繁也。彩色也**　上「也」字衍。此與今《説文》合。

昉嘗以筆札見知　《南史·任昉傳》：王儉每見其文，必三復曰：自傳季友以來，始復見於任子。于是令昉作一文，及見曰：正得吾腹中之欲。乃出自作文，令昉點正，昉因定數字，儉撫几歎曰：後世誰知子定吾文！其見知如此。

思以薄技効德　六臣本無「思」字。

爲如干秩，如干卷　六臣本無「如干秩」三字。案「秩」當作「袟」。

所撰《古今集記》　余曰：《隋經籍志》：《喪服古今集記》三卷，齊太尉王儉撰。

爲一家言　六臣本「言」上有「之」字。

校記

〔一〕證引先儒罕有其例　「其例」據《南齊書·王儉傳》補，原誤讀作「先儒罕有」。

〔二〕晉新安主壻王獻之　「主」原作「王」，據《晉書·王儉傳》改。

〔三〕大唐開元禮云云　姜臯引自張雲璈《選學膠言》卷十八，《大唐開元禮》無此語，當作《開元禮義纂》，高承《事物紀原》卷三引之。

文選旁證卷第三十九

文選卷四十七

聖主得賢臣頌

王子淵

注 詔爲《聖主得賢臣頌》 汪氏師韓《詩學纂聞》云：頌者詩之一體，而此頌及韓文公《伯夷頌》皆不用韻，因思《周頌》之文多有求其韻而不得者，後儒强爲叶之，恐是本無韻也。

敢不略陳愚心，而杼情素 六臣本「陳」下有「其」字。《漢書·王褒傳》脱「心」字，「杼」作「抒」。按作「抒」是也，各本作「杼」皆筆誤。

鑄干將之璞 六臣本、《漢書》「璞」並作「樸」，是也。

清水淬其鋒 《漢書》「淬」作「焠」。按注引《三蒼解詁》「焠，作刀鑒也」，則正文亦當作「焠」。《説文》焠，堅刀刃也，從火，卒聲，《繫傳》引此語。

越砥斂其鍔 注《説文》云：鍔，劍刃也 《漢書》「鍔」作「咢」，師古曰「咢，刃旁也」。今《説文》無「鍔」字，《刀部》：㓵，刀劍刃也。段校「鍔」作「㓵」。

忽若篲氾畫塗　注**塗，路也**　《漢書》「篲」作「彗」。師古曰：塗，泥也，如以帚掃氾灑之地、以刀畫泥中，言易也。

雖崇臺五層　《漢書》「層」作「增」。

及至駕齧膝　孟康曰：良馬低頭口至膝，故曰齧膝。

韓哀附輿　注**《世本》云：韓哀侯作御也**　何曰：《世本》韓哀無「侯」字，宋衷曰「韓哀，韓文侯也」。

注**此復言之**　胡公《考異》曰：「之」當依《漢書注》改「作」，即宋衷注。

縱騁馳騖　《漢書》及《蜀志·郤正傳》引「縱馳騁騖」。

逐遺風　林先生曰：《呂氏春秋》有「遺風之乘」，《上林賦》「乘遺風」，王氏念孫曰：「師古曰〔一〕『言馬行尤疾，每在風前，故遺風於後。今此言逐遺風，則是風之遺逸在後者，馬能逐及也』，案此說甚迂。追奔電、逐遺風，奔、遺皆疾意也，鄭注《考工記·弓人》曰『奔猶疾也』。『遺』讀曰隧，隧風，疾風也：《大雅·桑柔》篇曰『大風有隧』，有隧者狀其疾也；《楚辭·九歌》『衝風起兮橫波』，王注曰『衝，隧也，遇隧風大波涌起』：是古謂疾風爲隧風也。『隧』與『遺』古同聲而通用〔二〕，《小雅·角弓》篇『莫肯下遺』，《荀子·非相》篇『遺』作『隧』，《南山經》『旄山之尾，其南有谷曰育遺』『遺』或作『隧』皆其證，《揚雄傳》『輕先疾雷以馭遺風』、《楚辭·九章》『悲江介之遺風』義並與此同。《呂氏春秋·本味》篇『馬之美者，遺風之乘』亦以其疾如隧風而名之，非謂行在風前也。李注曰『遺風，風之疾者』於義爲長。」

當暑袗絺綌　注　《論語》釋文「袗本又作袗」，《唐石經》亦作袗。今《論語集注》本自作袗，與《曲禮》鄭注引同。《義疏》本别作縝，足利本同。按《廣韻》「袗，單衣，或作縝」同，又云「縝，單也」。若今本袗字，《説文》解爲玄服，《玉篇》訓爲緣，蓋本《儀禮》鄭注也。《孟子》「被袗衣」，趙注云畫衣。是古無訓袗爲單者。《釋常談》引作「當暑縝絺綌」。然則袗、縝同，作袗亦得。

襲狐貉之煖者，不憂至寒之凄滄　《漢書》「狐貉」作「貂狐」。六臣本及《漢書》「滄」作「愴」。姜氏皋曰：《説文》滄，寒也；《仌部》滄，寒也。《周書·周祝解》「天地之間有滄熱」、《列子·湯問》「日之初出，滄滄涼涼」從「滄」，枚乘《上書》曰「欲湯之滄，絶薪止火」則從「滄」。段氏玉裁曰與《水部》之「滄」音義皆同，然「滄」自有初亮切也。

亦聖王之所以易海内也　《漢書》「王」作「主」。六臣本無「也」字。

躬吐握之勞，故有圄空之隆　又**甯戚飯牛**　又**諫諍則見聽**　《漢書》「握」作「捉」。六臣本及《漢書》「圄」作「圉」、「戚」作「子」。《漢書》「則」作「即」。

虎嘯而谷風冽，龍興而致雲氣　六臣本「虎」上有「故」字，無「谷」字、「氣」字。本書《嘯賦》注引同。《漢書》亦然，惟「風冽」作「冽風」。

蟋蟀俟秋吟，蜉蝣出以陰　六臣本「俟」作「候」。《漢書》「蝣」作「蝤」，師古曰：字亦作「蝣」，其音同。

俊乂將自至　**又伊尹呂望之臣**　《漢書》「乂」作「艾」，無「之臣」二字。

穆穆列布　毛本「列布」作「布列」。

雖伯牙操箎鐘　注**晉灼曰：箎音遞迭之遞**　六臣本「箎」作「號」，《漢書》作「遞」。師古曰：琴名是也，字既作「遞」則與《楚辭》不同，不得即讀爲號，當從晉灼音。王氏念孫曰：琴無箎鐘之名，遞即號之譌耳，《淮南·修務》篇亦云「鼓琴者期於鳴廉修營，而不期於濫脅、號鐘」。方氏以智曰：遞鐘即編鐘十六枚而在一簴也。

蓬門子彎烏號　六臣本及《漢書》「蓬」作「逢」。逢門子即《孟子》之逢蒙，《荀子·王霸》《正論》、《呂覽·聽言》《史記·龜策傳》俱作「蠭門」，《龜策傳》集解作「逢蒙門子」，《淮南·原道訓》又作「逄蒙子」，皆一人也。〔三〕

注**聲之不常**　何校「聲」改「擊」，據《漢書注》也，各本皆誤。

千載一會　《漢書》「一」作「壹」，「會」作「合」。

沛乎若巨魚縱大壑，其得意如此　《漢書》「若」作「如」，「如」作「若」。

萬祥必臻　《漢書》「必臻」作「畢溱」，師古曰「溱」與「臻」同。

不殫傾耳 《漢書》「殫」作「單」，「傾」作「頃」。師古曰：單，盡極也；頃讀曰傾。

注**《史記》：泄公曰** 胡公《考異》曰：陳校「泄公當作貫高」，所校未是，此「泄」上有脱文耳。

何必偃仰詘信如彭祖 六臣本「詘信」作「屈申」。彭祖彭姓〔四〕，封於大彭，名籛字鏗，故《楚辭·天問》亦稱彭鏗，以其爲彭姓之祖，後人遂稱彭祖。《史記·楚世家》集解引吴虞翻云名翦，蓋聲之轉。乃《莊子·逍遥遊》釋文以爲姓籛名鏗，非也。彭祖之壽，亦言人人殊：《神仙傳》以爲七百六十七歲。《荀子·修身》篇〔五〕注、《吕覽·情欲》《執一》諸篇注皆云七百歲。《莊子》釋文引晉崔譔、李頤注作七百歲，又引《世本》作八百歲。《楚辭注》亦云事堯至八百歲。

呴噓呼吸若喬松 《漢書》「喬」作「僑」。

校記

〔一〕王氏念孫曰師古曰 此七字當移段首「林先生曰」下，上文乃師古引《吕覽》比況《漢書》，與下文釋義本自銜接，不應抽離。

〔二〕古同聲而通用 「同」原作「通」，據《讀書雜志·漢書十一》改。

〔三〕逢門子云云 此段摘自梁玉繩《人表考》卷八下。

〔四〕彭祖彭姓云云 此段摘自梁玉繩《人表考》卷二。

〔五〕荀子修身篇 「修」原作「終」，據《人表考》卷二及《荀子》改。

趙充國頌

揚子雲

是討是震　姜氏皋曰：「震」與上「臣」「軍」爲韻，是作平聲，《漢書·叙傳》「聞之者嚮震」注「震，之人反」。

注**言充國屯田非便**　尤本「非」誤作「之」。

鬼方賓服　又《世本注》曰：**鬼方於漢，則先零戎是也**　張氏雲璈曰：商之鬼方，周荆楚地。《大戴禮·帝繫》篇云陸終氏娶於鬼方氏，《史記·楚世家》陸終生子六人〔一〕，六曰季連，季連芈姓，楚爲芈姓後。則鬼方自當在荆楚之地，頌乃借以爲喻，如下文「有方有虎」亦以贊充國耳，不得以鬼方即先零也。

亦紹厥後　六臣本「後」作「緒」。按作「緒」者與上「武」爲韻耳。顧氏炎武曰古人讀「後」爲「户」，正與「武」叶。

校記

〔一〕陸終生子六人　「終」下原衍「子」，據《史記·楚世家》改。

出師頌

史孝山

注**征西校尉任尚**　余校「征」上添「使」字。

史孝山　注王莽末，沛國史岑，字孝山　又蓋有二史岑　陳曰：注中「孝山」當作「子孝」。按《後漢書·王隆傳》云「初王莽末，沛國史岑字子孝亦以文章顯，莽以爲謁者，著頌、誄、《復神》《説疾》凡四篇」，章懷注云「岑一字孝山，著《出師頌》」。然傳明有字可考，又明列所著四篇，並無《出師頌》，則明爲莽末之史子孝，而非和熹時之史孝山。此章懷注之誤，不如李注得之。翰注亦云：《文章志》及《今書七志》並云史岑字子孝，《出師頌》史籍無傳。惠氏棟云：孝山爲和帝時人，《出師頌》爲鄧氏所作，則非子孝矣。

五曜霄映　五臣「霄」作「宵」，濟注可證。

昔在孟津　五臣「孟」作「盟」，向注可證。

朔風變楚　六臣本校云「楚」善作「律」，誤也。

況我將軍，窮城極邊。鼓無停響，旗不蹔褰　六臣本「城」作「域」。何曰：羌之初叛，揭木負柴，非勍敵也。故但言其遠，且不過「鼓無停響，旗不蹔褰」，則勞而無功更在言外。

注《禮記》曰：夫鼎者有銘，銘者，論譔其先祖之德，美功烈勳勞而酌之祭器，自成其名焉　今《禮記·祭統》「鼎」下無「者」字，上「之」下有「有」字〔二〕，「美」作「善」，「勞」下有「慶賞聲名列於天下」八字。

言念伯舅，恩深渭陽　又傳子傳孫，顯顯令問　何曰：文雖曰頌，其實刺也。隲先敗冀西，再敗平襄，辱國數奔，議棄涼州。稱引古烈，所以愧之。太后臨朝不加之罪，反迎拜爲大將軍，失政刑矣。篇末云云，使自知其非據，而思所以善其後也。

校記

〔一〕上之下有有字　引文有二「之」字，「上」字據《禮記・祭統》補。

酒德頌　劉伯倫

劉伯倫　《晉書・劉伶傳》：未嘗厝意文翰，惟著《酒德頌》一篇。

注 **臧榮緒《晉書》曰：劉伶**　六臣本「伶」作「靈」，是也。

萬期爲須臾　《晉書》注云「期」一作「朝」。

搢紳處士　注 **因雜搢紳先生之略術**　胡公《考異》曰：此有誤也，下引如淳曰「縉，赤白色」，不得此作「搢」與之不相應，疑正文自爲「縉」，故不取搢插爲義，否則當有搢、縉異同之注。

是非鋒起　《晉書》「鋒」作「蜂」，注云一作「鋒」。

方捧罌承槽　六臣本「槽」作「糟」，非也。

注 **劉熙《孟子注》曰：槽者**　胡公《考異》曰：「槽」當作「螬」，此所引乃「螬食實者」之注，但取下文之「酒槽」與此螬字不相涉，不知者並改爲槽也。謹案周氏廣業云：「《說文》：蠤，蠐蠤也。以背行駛，於足狀如酒槽，以齊俗所名，故謂之螬蠐。羅願《爾雅翼》云：螬蠐説者以爲齊人曹氏之子所化也。」益可證「槽」之爲「螬」字矣。

奮髯踑踞 《晉書》「踑」作「箕」。

豁爾而醒 六臣本、《晉書》「豁」並作「怳」。

熟視不覩泰山之形 又**利欲之感情** 又**如江漢之載浮萍** 六臣本「覩」作「見」，「利」作「嗜」，脱「浮」字。

陸士衡

漢高祖功臣頌

相國酇文終侯沛蕭何 梁氏玉繩曰：高帝封蕭何在沛之䣜縣，吕后封何夫人、文帝封蕭延、武帝封蕭慶、宣帝封蕭建世、成帝封蕭喜是南陽酇縣，《通典·州郡七》注及《索隱》並言之。古借「酇」爲「䣜」字，遂致混亂。《漢志》於南陽之酇注侯國二字，據後來改封書之；沛郡酇下不書侯國者，國已除也。《周禮·酒正》注「酇白」疏云「蕭何封於南陽地名」、臣瓚引《茂陵書》「何封國在南陽酇」、《水經注》二十八〔二〕酇「縣治故城南臨沔水，謂之酇頭，漢高帝封蕭何爲侯國」，俱誤以蕭何封南陽酇。《説文》沛之「䣜」從邑、虘聲，南陽之「酇」從邑、贊聲。班固《十八侯銘》「文昌四友，漢有蕭何。序功第一，受封於酇」以酇協何，唐人楊巨源詩「麒麟閣上識酇侯」、賈島詩「往歲酇侯鎮」、姚合詩「酇侯宅過謙」，皆沛酇音嵯之證。故以蕭之封在沛者，自《續郡國志》始，《索隱》因之，劉肅《大唐新語》因之；以蕭初封沛、續封南陽者，自《通典》所引戴規始，《索隱》因之，熊忠《古今韻會》因之，郎瑛《七修類稿》因之。以南陽酇音贊者，自《説文》始，孟康、師古因之，張守節《正義》稱孫檢因之，董衡《新唐書釋音》因之；以沛郡酇音嵯者，亦自《説文》始，應劭、師古、孫檢因之。若夫以南陽酇音嵯者，《周禮·酒正》疏及釋文；以沛酇音贊者，文穎《何傳注》；以沛酇兼二音者，《左傳·襄元年》「犬丘」注「譙國酇縣」釋文及師古《高紀》《地志》注。皆不足信。唐李匡乂《資暇録》，宋宋祁《筆記》、陸游《老學菴續筆記》、王楙《野客叢書》、王觀國《學林》，明人如楊慎《丹鉛録》、焦竑《筆乘》、方以智《通雅》、陸容《菽園雜記》，近如王士禛《池北偶談》《居易録》之類，大抵仍襲前説，而辨之不甚明也。

曲逆獻侯陽武陳平　六臣本：曲，區句反；逆，音遇。按「曲逆」《史》《漢》皆無音，《漢志》曲逆縣屬中山，莽曰順平，張晏注：濡水於城北曲而西流，故曰曲逆。《郡國志》云：章帝醜其名，改蒲陰。據此則當如字讀矣。六臣本音蓋誤認爲「曲遇」，《曹參傳》「曲遇」師古音曲爲丘羽反、遇音禺，與此無涉。

梁王昌彭越　「昌」下當有「邑」字。尤本不誤。

太傅安國懿侯王陵　金氏甡曰：王陵沛人，此缺「沛」字。

相國舞陽侯沛樊噲　金氏甡曰：樊噲謚武侯，不宜獨略。

曲周景侯高陽酈商　此高陽乃陳留郡雍丘縣高陽鄉，酈氏所居，故商與食其皆高陽人，非涿郡之高陽縣也。又按：商以破臧荼功，賜爵列侯，食邑涿郡，後以破黥布，更封曲周。《漢志》曲周屬廣平國，武帝建元四年始置爲縣，則前此必是鄉名，而涿固縣也，必無先封縣侯、繼封鄉侯之事。《水經·濁漳水注》云曲周舊縣非始孝武，蓋以《漢志》爲誤耳。

代丞相陽陵景侯魏傅寬　《史記索隱》謂陽陵屬馮翊，《楚漢春秋》作陰陵。考《漢志》馮翊之陽陵，景帝陵也，是故弋陽〔二〕，景帝四年更名，安得高祖時先有兹稱？且陵縣亦不以爲侯國也。梁氏玉繩曰：〔三〕《左傳·襄十年》「陽陵」注云鄭地，《釋例·土地名》云在潁北，今在河南許州西北。但景帝六年封岑邁爲陽陵侯，見《史記·將相表》，若此侯封陽陵，則至元狩初失國，安得景帝又封岑邁？可以驗非傅侯之封矣，當作「陰陵」爲確，《史》《漢》表、傳並誤。

中郎建信侯齊劉敬　《水經·河水注》云：建信縣，漢高帝七年封婁敬爲侯國，應劭曰臨濟縣西北五十里有建信城。而《史記·劉敬傳》云：乃封敬二千户，爲關内侯，號爲建信侯云云。又《功臣侯者表》缺焉，是與「稷嗣君」例也，恐非。

太子太傅稷嗣君薛叔孫通　《漢書》晉灼注引《楚漢春秋》曰名何，當是初名。漢拜通爲博士，號稷嗣君，張晏曰「后稷佐堯，欲令復如之」，孟康曰「稷嗣，邑名」，未知孰是。

魏無知　《唐書·宰相世系表》「京兆王氏」下云：魏無知封高梁侯。

新成三老董公　何校「成」改「城」，各本皆誤。《史記正義》引《楚漢春秋》云董公八十二〔四〕封爲成侯，或云成侯董渫即董公之子。林先生曰：董公説高祖爲義帝發喪，此漢興以來第一大事，《史》《漢》不爲立傳，令人浩歎；士衡列爲功臣，信特識也。

頌曰　六臣本校云五臣無此序。

芒芒宇宙　六臣本「芒芒」作「茫茫」。

駿民效足　胡公《考異》曰：「駿當作俊，善引『俊民用章』爲注可證。翰注乃云『群賢如駿馬足』也。考士衡《長安有狹邪行》云『憑軾皆俊民』，左太沖《擬士衡詩》『長纓皆俊人』，可見陸自用『俊』字，與此同。彼二注善皆引《尚書》亦與此同，決不得作『駿』甚明。或言『駿』字與『足』生義，則上偶句云『萬邦宅心』，『萬』字亦不與『心』生義。五臣雖緣『足』字改『駿』，而殊非陸旨也。」朱氏珔曰：「俊與駿同音可通。《詩·長發》鄭箋『駿之言俊也』。本書《求通親親表》注引《書》『克明俊德』，六臣本校云：俊，善作駿。」

注**何常與關中卒**　何校「與」改「興」，陳同，各本皆誤。

平陽樂道　銑注：曹參好黄老之術，故云樂道。

注**《論語》曰：貧而樂**　案「樂」下當有「道」字。今皇侃本、高麗本俱有「道」字，《唐石經》「道」字旁添，本書《幽憤詩》注及《史記·仲尼弟子列傳》引並有「道」字。觀《幽憤詩》云「樂道閑居」，此頌亦云「樂道」，若引《論語》，僅一樂字不足爲證矣。

注**即欲捐之此三人**　陳曰「捐」之下當重有「捐之」二字，是也。

銷印甚廢　余曰：《左傳》「楚人甚之」，注「甚，教也」。

五侯允集　注**漢部五諸侯兵伐楚**　五侯之説，言人人殊。應劭以爲雍、翟、塞、殷、韓，韋昭以爲塞、翟、殷、韓、魏，如淳、徐廣、司馬貞並以爲塞、翟、魏、殷、河南，師古、張守節並以爲常山、河南、韓、魏、殷，劉攽《刊誤》以爲河南、韓、魏、殷、趙，吴仁傑《補遺》以爲塞、翟、魏、韓、趙。梁氏玉繩曰〔五〕：是時雍方被圍，自不與其列；塞、翟、殷、河南俱已亡國；常山間關入漢，安得有兵？各家所數惟韓、魏、趙、齊爲可信，蓋魏、趙從軍皆見於其傳，韓王之從軍見於《月表》，合齊擊楚見於《淮陰傳》，是得四諸侯兵。而其一必衡山也，衡山王吴芮之將梅鋗，自高祖入武關時即以兵從，故令甲稱芮至忠，封長沙王，則彭城之役有不屬在行間者乎？

嘉慮四迴　又**規主於足**　六臣本「慮」作「聲」，「於」作「以」。

注**鍾離沬**　何校「沬」改「眛」，陳同，各本皆誤。

注**以好遊出**　陳校「遊出」二字互乙，各本皆倒。

注**此特萬世之事也**　胡公《考異》曰：「萬世」當作「一力士」三字，《漢書》《史記》可證，各本皆譌。

哭高以哀　又**摧剛則脆**　六臣本「哭」作「送」，「剛」作「堅」。

京索既扼　張氏雲璈曰：《漢書·高帝紀》應劭注「京，縣名，今有大索、小索亭」，晉灼云索音柵

〔六〕。《蕭何傳》「與項羽距京索間」，師古注「索，山客反」。今讀蘇各切者非，其字亦應從索。

威亮火烈　六臣本「烈」誤作「列」。

注**魏、趙屬冀州，齊、代屬青州**　陳曰：代非青境，亦當屬冀乃合，張耳贊曰「報辱北冀」即指平趙代事，尤易曉也。胡公《考異》曰：「代」字當在「魏」字下，各本皆譌，下文「四邦，魏代趙齊也」可證。

念功惟德　五臣「惟」作「推」，銑注可證。

彭越覯時，弢迹匿光。人具爾瞻，翼爾鷹揚　濟注：陳涉初起，或謂越曰「豪傑叛秦，公可效之〔七〕」，越曰「兩龍方鬬，且待之」，此謂弢匿；後高祖擊昌邑，越乃助之，此謂鷹揚。

覯幾蟬蛻　趙氏曦明曰：覯幾，當引《易》「君子見幾而作」；蟬蛻，當引《史記·屈原傳》「蟬蛻於濁穢」。

保大全祚，非德孰可？謀之不臧，舍福取禍　《漢書》班固述《韓彭英盧吴傳》曰：德薄位尊，非祚惟殃。

王信韓孽　注《**漢書**》**曰：故韓襄王孽孫**　《史記·韓信盧綰列傳》同，而《唐書·世系表》以信爲公子蟣蝨子。林先生曰：《正韻》謂韓王信與淮陰侯同名，嫌誤，故改讀新，此不知何據。徐廣引《楚漢春秋》謂韓王信一云信都，《史通·雜説》篇從之而譏馬、班誤删一字，《索隱》曰「《楚漢春秋》

謬，韓王信初爲韓司徒，誤爲韓王名」，是也。梁氏玉繩曰：〔八〕司徒之轉爲信都，猶司徒之轉爲申徒、勝屠、申屠也，《潛夫論·氏姓》篇及《路史·發揮》言之尤詳。

人之貪禍，寧爲亂亡　林先生曰：《漢書》韓王信「與匈奴約共攻漢，以馬邑降胡」，盧綰亦亡入匈奴，「貪禍亂亡」通結二人也。

庸親作勞　五臣「作」作「祚」，銑注可證。按李注「作」字用《崧高》詩「以作爾庸」，鄭箋「以起汝之功勞」，五臣改爲「祚」恐非。

注 **高祖子弟弱**　胡公《考異》曰：「弟」字不當有，各本皆衍。

注 **鋪敦淮墳**　今《詩·常武》「墳」作「濆」。

雲騖靈丘　《史記·高祖紀》云：樊噲別將兵定代，斬陳豨。《陳豨傳》亦云：樊噲軍卒追斬豨於靈丘。而《樊噲傳》轉無之，則非噲明甚。《史記·絳侯世家》及《漢書》傳是也。又《世家》及《傳》並云靈丘，而《紀》言當城。《水經·㶟水注》亦言「周勃定代，斬陳豨於當城」。蓋靈丘、當城皆代郡縣名，因互見耳。〔九〕

景逸上蘭　注 **定上谷、右北平、遼西、遼東**　今《漢書》作「定上谷十二縣，右北平十六縣，遼東二十九縣，漁陽二十二縣」，而無遼西。此應從《史記·絳侯世家》作「遼西、遼東二十九縣」爲是，遼東止十八縣也。

奄有燕韓　《漢書·周勃傳》：以將軍從高帝擊韓王信於代，降下霍人。以前至武泉，擊胡騎，破之武泉北。轉攻韓信軍銅鞮，破之。還，降太原六城。擊韓信胡騎晉陽下，破之，下晉陽。

滌穢紫宮，徵帝太原　注**《漢書》：勃曰「臣無功，請得除宫」，乃與太僕滕公入宫，載少帝出**　何曰：案《周勃傳》「臣無功」二句乃東牟侯興居語，勃無此言，自「乃與太僕」以下云云皆叙興居事，與勃無涉，注誤引。胡公《考異》曰「勃」字疑「又」字之誤。金氏甡曰：勃遣朱虚侯入宫擊殺吕産，即所謂滌穢也。

挾功震主，自古所難　《漢書·周勃傳》：人或説勃曰：君既誅諸吕，立代王，威震天下，而君受厚賞，處尊位以厭之，則禍及身矣。勃懼，亦自危，乃謝請歸相印。

掩涙寤主　六臣本「寤」作「悟」。

振威龍蜕　注**或曰龍脱**　六臣本「蜕」作「脱」。

攄武庸城　五臣「庸」作「墉」，濟注可證。

注**蹶兩兒棄之**　六臣本「蹶」作「蹳」，是也。尤本作「取」亦非。〔十〕

注**晉灼曰：今京師謂抱小兒爲擁樹**〔十一〕　《漢書注》引蘇林曰：南方人謂抱小兒爲擁樹。

陽陵之勳，元帥是承　注**屬丞相參，殘博**　毛本「丞相」作「相國」，誤也。梁氏玉繩曰：參時以右丞相屬韓信，非相國也。

信武薄伐，揚節江陵 注《漢書》曰 至 **致雒陽** 陳氏兆崙曰：「江陵」當作「臨江」，因臨江王都江陵而上文有「别定江陵」之語而誤耳。按「陵」字於韻爲叶，疑當仍舊。

退守名都 六臣本「守」作「宫」。

東規白馬，北距飛狐。即倉敖庾，據險三塗 尤本「規」作「窺」。何曰：「時漢已虜魏豹，禽趙歇，河東、河南、河北皆歸漢，何庸復杜太行之道，以示諸侯形勢？燕趙已定，即代郡、蜚狐亦非楚人所能北窺，無事距守壺關近太行之道，何庸杜此兼據彼乎？與當時事實濶遠，似後人依託之語。」梁氏玉繩曰：「此數語乃秦人規取韓趙舊談，酈生仍戰國説士餘習，滕口言之，其説高帝、説齊王皆用此語。而胡三省則曰此酈生形格勢禁之説也。蓋據敖倉、塞成皋則項羽不能西，守白馬、杜太行、距蜚狐則河北燕趙之地盡爲漢有，楚將安歸乎？」

注 **據敖倉之粟** 六臣本「倉」作「庾」，是也。師古曰「敖庾」即「敖倉」也，今坊本改「庾」爲「倉」非。

輶軒東踐，漢風載徂 《通鑑考異》云：《史》《漢》皆以食其勸取敖倉及請説齊爲一事，獨《新序·善謀下》分爲二，分爲二者是。

言祚爾孤 注 **封其子爲高梁侯** 《漢書》食其子名疥。《水經·睢水注》云《陳留風俗傳》曰「酈氏居于高陽。沛公攻陳留縣，食其有功封高陽侯」，是言食其及身爲侯也，恐不足據。

建信委輅 注 **《漢書》：婁敬脱輅** 《漢書》傳及贊並作「脱輓輅」。惟《西京賦》云：婁敬委輅，幹非其議。《解嘲》云：婁敬委輅脱輓。

知言之貫　又**附會平勃**　《漢書·陸賈傳》云「名有口辯」。又傳贊云：陸賈位止大夫，致仕諸吕，不受憂責，從容平、勃之間，附會將相以彊社稷，身名俱榮，其最優乎！

無知叡敏，獨昭奇跡　六臣本「昭」作「照」。《新唐書·宰相世系表》曰魏無知封高梁侯，今《史記·功臣侯者表》無之。且十二年酈疥封高梁，豈無知先已奪侯乎？此當闕疑。

紓漢披楚　六臣本「紓」作「舒」。

袁生秀朗　胡公《考異》曰：「袁」當作「轅」，注同，序中作「轅」，注引《漢書》必與今《漢書》作「轅」者合。

周苛慷慨　六臣本校云「慨」善作「愾」。

貞軌偕没，亮節雙升。帝疇爾庸，後嗣是膺　注《漢書》曰：苛子成至與晏同誤也　按此四語通結紀信、周苛兩人，故注並引周成、紀通事，而復辨紀通之誤也。梁氏玉繩曰：「紀成以戰好畤死，通乃成之子，何得並爲一人？明徐昌祚《燕山叢録》言定州城東三十里有固城，父老相傳是高祖築以封紀信後者，然無確據，恐不足信。」張氏雲璈曰：「頌文紀信、周苛合爲一贊，一燒一烹，其死相似故也。『貞軌』四句承上總言之，特未明言信之無後耳。李氏以士衡爲誤，其實士衡未嘗誤也。」林先生曰：班史輕節義，故紀信、周苛俱不立傳。

天地雖順　六臣本「地」作「命」。

皇媼來歸　顧氏炎武曰：「『皇媼』句失考。《漢儀注》『高祖母兵起時死小黄〔十二〕，作陵廟』，《本紀》五年『即皇帝位於氾水之陽〔十三〕，追尊先媼爲昭靈夫人』，蓋先亡久矣。而十年『太上皇后崩』則爲『太上皇崩』之誤，重書而未删也。侯公説羽，羽乃與漢約中分天下，九月歸太公、吕氏，並無皇媼。」林先生曰：此論實本晉灼、如淳，獨李奇以爲高祖後母，蓋當時衆説原不一耳。謹案《史記·項紀》云歸漢王父母妻子，《高紀》云取漢王父母妻子於沛，又云項王歸漢王父母妻子，考是時不特母媼已死，即孝惠亦未嘗爲楚虜也，《史記》信筆書之，遂誤後人。然《月表》及《王陵傳》但云太后吕后，又何嘗不分明乎？梁氏玉繩謂：「馬班以漢人紀《漢書》，豈有不知高祖姓名之理？乃太公不書名，母媼不書姓，豈諱而不書，如諸帝之不書名耶？然諱名不諱姓，母媼無姓又何説？皇甫謐謂太上皇名執嘉，媼王氏名含始，王符謂名燸，並見《史》注。《後漢書·章帝紀》注云名煓，一名執嘉，《唐書·世系表》云豐公名仁，太公名煓字執嘉，《索隱》又引班固《泗水亭長碑》云母温氏。諸説不同，真疑莫能明也。」張氏雲璈謂：「《漢書·楚元王傳》『交，高祖同父之弟也』師古注『同父明其異母』，既言異母則太公實有繼娶之子；如太公之妾所生，則於高祖當曰庶弟，不當云同父弟也。李奇後母之説不爲無因。」

是謂平國　《金石録》載《金鄉守長侯君碑》云侯公謚安國君，趙曰：《高祖紀》侯公封平國，此碑有安國既不同，而平國君乃當時稱號如奉春君之類，碑以爲謚恐非。

同濟天網　六臣本「網」作「綱」，非也。

校　記

〔一〕水經注二十八　「八」原作「九」，據《史記志疑·高祖功臣侯者年表》《水經注·沔水》改。

〔二〕是故弋陽　「弋」原作「易」，據百衲宋本、殿本《史記·景帝紀》四年「九月更以弋陽爲陽陵」改，梁玉繩所見局本誤。

〔三〕梁氏玉繩曰　此五字當移段首，本段全摘自《史記志疑·高祖功臣侯者年表》。

〔四〕董公八十二　「二」原襲梁玉繩作「三」，據《史記·高祖本紀》正義改。

〔五〕梁氏玉繩曰　此五字當移段首，本段全摘自《史記志疑·項羽本紀》。

〔六〕漢書晉灼云索音栅　《漢書注·高帝紀》引晉灼曰音「冊」，乃《史記集解·項羽本紀》《晉書音義·載記》引作「栅」。

〔七〕豪傑叛秦公可效之　「效」原作「救」，據《文選注》改，此是節引。

〔八〕梁氏玉繩曰　此五字當移「徐廣」上，彼下均摘自《史記志疑·韓信盧綰列傳》。

〔九〕史記高祖紀云云　本段摘自梁玉繩《史記志疑·高帝紀》。

〔十〕尤本作取亦非　今國圖藏尤本不誤，乃胡翻尤本作「取」。

〔十一〕謂抱小兒爲擁樹　「爲」原作「謂」，據稿本及《文選注》改。

〔十二〕高祖母兵起時死小黄　「兵起」原倒，據《日知録》卷二一、《漢書注·高帝紀》改。

〔十三〕即皇帝位於氾水之陽　「氾」原作「汜」，據《漢書》汲本、殿本改，宋本誤。師古音「敷劍反」。張晏曰「取其氾愛弘大而潤下也」。《水經注·濟水》「即帝位於定陶氾水之陽」、《河水》「余按高皇帝受天命於定陶，氾水不在此也」俱可證。

東方朔畫贊

夏侯孝若

平原厭次人　注《漢書·地理志》無厭次縣，而《功臣表》有厭次侯爰類，疑《地理》誤也

按《漢志》平原郡富平縣注云侯國，應劭云明帝更名厭次。《水經·河水注》云：「《漢書》：昭帝封張安世爲富平侯，薨，子延壽嗣，國在陳留，别邑在魏都陳留。《風俗傳》曰：陳留尉氏縣安陵鄉，故富平縣也。是乃安世所食，延壽自以爲無功德，上書請減户，徙封平原。《十三州志》云：明帝永平五年改曰厭次。按《史記》高帝封元頃爲侯國，《史表》之元頃即《漢表》之爰類。是知厭次舊名非始明帝，蓋復故耳。」道元所辨如此，知厭次國除之後仍爲厭次縣，宣帝移富平侯國於此始去厭次之名，至明帝時復舊，《地理志》不載厭次實誤。故《漢書·東方朔傳》師古注云：《高祖功臣表》有厭次侯爰類，是則厭次之名其來久矣，而説者乃云後漢始爲縣，於此致疑，斯未通也。

魏建安中　注**今云魏，誤也**　林先生曰：以漢紀元而蒙魏號，蓋當時政自魏出久矣，當塗之威福歷典午而猶眩人如此。

不可以富貴也　六臣本「貴」作「樂」。顔魯公書石亦作「樂」。

故頡頏以傲世　顔魯公書石「頡頏」作「⿰亻頡抗」。

乃研精而究其理　六臣本「乃」下有「不」字。

謿哂豪傑，籠罩靡前，跆籍貴勢，出不休顯，賤不憂戚　顔魯公書石「哂」作「唅」，無「籠罩」以下十六字。

注**天下大悦而將歸己，視之如草芥**　又**拔於其萃**　今《孟子》作「視天下悦而歸己，猶草芥也」，「於」作「乎」。

棄俗登仙，神交造化　顔魯公書石作「棄世登仙，神友造化」。六臣本「交」作「變」。

此又奇怪惚恍，不可備論者也　《漢書·東方朔傳》贊云：「後世好事者因取奇言怪語附著之朔，故詳録焉。」師古注：「言此傳所以詳録朔之辭語者，爲俗人多以奇異妄附於朔故耳，欲明傳所不記皆非其實也。而今之爲《漢書》學者猶更取他書雜説，假合東方朔之事以博異聞，良可歎也。」

大人來守此國　注**此國，謂樂陵也。其父爲樂陵郡守，史傳不載，難得而知也**　本書《夏侯常侍誄》云「父守淮、岱，治亦有聲」，注引王隱《晉書》云：「夏侯威字季權，歷荆、兖二州刺史。威次子莊，淮南太守。」莊蓋即孝若父，淮謂淮南，岱即樂陵。是夏侯莊更爲樂陵守，王隱書失載耳。

注**馮翼遺像，何以譏之**　今《楚辭·天問》「遺」作「惟」，「譏」作「識」。

進亦避榮　六臣本「亦」作「不」。

涅而無滓 注《論語》子曰：涅而不緇 臧氏琳曰：《古論》作「涅而不緇」，《魯論》作「泥而不滓」，《史記·屈賈傳》《後漢書·隗囂傳》皆引之。翟氏灝曰：《論衡》《新語》、《筆解》本、《文選·座右銘》注〔一〕「緇」俱引作「淄」。《隸釋》：《州輔碑》「涅而不緇」涅即涅、緇即緇，《費鳳碑》作「湼而不滓」蓋用「涅而不緇」，其字有不同，若非假借則是傳授異也。

樂在必行，處淪罔憂 六臣本作「在樂必行」，「淪」作「倫」。按顔魯公書石「淪」亦作「倫」。

注 不可得而治也 今《孟子》「不」上有「民」字。

周旋祠宇 又 悠悠我情 六臣本「旋」作「游」，「情」作「精」。顔魯公書石亦作「游」。

校記

〔一〕筆解本文選座右銘注 「本」「注」據《四書考異·條考十九》及《文選注》補。筆解本，指韓愈《論語筆解》。

袁彦伯 三國名臣序贊

袁彦伯 注 檀道鸞《晉陽春秋》 「晉」上應添「續」字，去「春」字。

注 爲東郡守 此四字當依尤本改作「爲大司馬府記室參軍，稍遷吏部郎，出爲東陽郡守，卒」二十一字。

注**三國魏蜀吴也**　至**言并序也**　此二十九字爲濟注錯入，尤本無之是也。

夫百姓不能自治　《晉書·文苑·袁宏傳》「治」作「牧」。

遭離不同，跡有優劣　六臣本「遭」上有「雖」字，「跡」上有「且」字。《晉書》亦有「雖」字。

風美所扇　五臣「美」作「靡」，翰注可證。

故二八升而唐朝盛　六臣本「朝」作「堯」。

注**三黜之**　陳校去「之」字，各本皆衍。

保持名節　又**古之流也**　又**漢之得材**　六臣本「名」作「明」。《晉書》「也」作「矣」，「材」作「賢」。

注**盍遠續禹功**　胡公《考異》曰「續」當作「績」。謹按本書《五等論》注引「績」字不誤。

注**抑亦可以爲次也**　今《論語》「也」作「矣」。

遭時匪難　六臣本「匪」作「不」，毛本亦作「不」，《晉書》作「匪」。

注**齊人有言**　又**雖有鎡基，不如待時**　今《孟子》「言」下有「曰」字。《漢書·樊酈滕灌等傳贊》引「鎡基」作「兹基」，「待」作「逢」。《禮記·月令》正義、《齊民要術》《説文解字》《廣雅》、《唐書·隱太子傳贊》「基」均作「錤」。

亦異世一時也　六臣本無「也」字。

文若懷獨見之明　又故委面霸朝，豫議世事　又源流趣舍，其亦文若之謂　又將以文若既明　《晉書》「獨見之明」作「獨見之照」，「面」作「圖」，「議」作「謀」，「其」作「抑」。六臣本「趣」作「取」，「既明」下有「且哲」二字。何曰：《晉書》有「且哲」，是妄人謬加。

夫仁義不可不明　又生理不可不全　又則崔子所不與，魏武所不容　六臣本兩「可」字下並有「以」字，兩「所」字下並有「以」字。《晉書》「子」作「生」。

而名教束物者乎　六臣本「物」作「拘」。

雖古之遺愛，何以加茲　《三國·蜀志》陳壽《上諸葛亮集表》云：亮病卒，黎庶追思以爲口實，雖甘棠之詠召公、鄭人之歌子産，無以遠譬也。

臨絡顧託　又武侯處之無懼色　六臣本「託」作「命」，「處」作「受」。

注《尚書》曰：成王將崩　陳校「書」下添「序」字，各本皆脱。

豈徒蹇愕而已哉　五臣「蹇」作「謇」，銑注可證。毛本「愕」作「諤」，誤也，注中數「愕」字尚不誤。《晉書》作「謇諤」。

所照未異　六臣本「照」作「昭」。

注《漢書高祖功臣頌》曰　「書」字不當有，各本皆衍。

或以述德顯功　又以爲之讚云　《晉書》「述」作「紀」。六臣本「爲」上無「以」字。

魏志九人至**字玄伯**　此一百五十字，六臣本校云五臣本無，《晉書》亦無。何曰：不及幼安，當以其不得而臣也。

袁涣字曜卿　六臣本「涣」作「焕」。張氏雲璈曰：按《蜀志·許靖傳》〔一〕「與陳郡袁焕親善」，字亦作焕〔二〕，詳其字曰曜卿，自當從火，且焕父名滂，不應焕名亦從水也。

注**杞，良材也**　「杞」下當有「梓」字，各本皆脱。

嶺無亭菊又**探賾賞要**　《晉書》「亭」作「停」。按亭、停古今字。下文「跡不蹔停」疑李亦作「亭」，與《晉書》同。五臣「探賾」作「賾奇」，翰注：賾，求也。《晉書》亦作「賾奇」。

注**太公往弔之**　胡公《考異》曰：「往」當作「任」，此引《山木》篇文。

滄海横流，玉石同碎　《晉書》「同」作「俱」。《晉書·王尼傳》云：滄海横流，處處不安。《抱朴子·正郭》篇云：猶恐滄海横流，吾其魚也。

始救生人　《晉書》「人」作「靈」。下文「器同生民」《晉書》「民」作「靈」。疑此李亦作「民」。

注**樗里之智也，使知國若葬吾以疾爲蓍蔡也**　今《法言·淵騫》篇「里」下有「子」字，「若」作「如知」，「吾」上有「則」字，「蔡」作「龜」，無「也」字。

注**右尹革曰**　陳校「尹」下添「子」字，各本皆脱。

知能拯物，愚足全生　五臣「拯」作「極」。向注：言其内智筭能極於物，而外貌似愚。按「極」非

「拯」是，言拯物救世也，序言公達「其亦文若之謂」者也，向注失其本意。今《晉書》作「極」亦誤。

注**涣爲郎中令**　前作袁焕，此後注中又焕、涣錯出。按作涣是也，應畫一從《魏志》改。

仁者必勇　《魏志·袁涣傳》：帝問涣從弟敏涣勇怯何如，敏對曰：涣貌似和柔，然其臨大節，處危難，雖賁、育不過也。

牆宇高嶷　《晉書》「宇」作「岸」。

思樹芳蘭，剪除荆棘　《魏志·崔琰傳》注引《先賢行狀》曰：魏氏初載，委授銓衡，總齊清議十有餘年，文武群才多所明拔。

和而不同，通而不雜　《魏志·徐邈傳》：盧欽曰：往者毛孝先、崔季珪等用事，貴清素之士，于時皆變易車服以求名高，而徐公不改其常，故人以爲通；比來天下奢靡，轉相倣效，而徐公雅尚自若，不與俗同，故前日之通乃今日之介也。

嘉謀肆庭，讜言盈耳　《魏志·陳群傳》注引《魏書》曰：群前後數密陳得失，每上封事輒削其草，時人及其子弟莫能知也，論者或譏群居位拱默；正始中詔撰群臣上書以爲名臣奏議，朝士乃見群諫事，皆歎息焉。

全身由直　《晉書》「由」作「曲」。

敬授既同　六臣本「授」作「愛」，是也。此傳寫偶誤耳。何校「授」改「愛」，云從《晉書》。按《晉書》

作「愛敬」。

注 **散騎常侍王素**　何校「素」改「業」，陳同，各本皆誤。

臨危致命，盡其心禮　《魏志·陳泰傳》注引《魏氏春秋》曰：帝之崩也，陳泰枕帝尸於股，號哭盡哀，遂嘔血薨。

苟非命世　注 **其間必有名世者。《廣雅》曰：命，名也**　案本書《西征賦》「杖命世之英藺」注引《孟子》作「命世」。《漢書·劉向傳》贊引傳曰、《三國志·荀攸傳》注引《傅子》曰皆作「其間必有名世者」。《説文》名，自命也。命、名古義蓋通。

注 **孔安國《尚書傳》曰：雺，陰氣也**　太常公曰：今《尚書》無「雺」字，當是《尚書大傳·洪範五行傳》「厥咎雺」注也，然《大傳》是鄭注，未聞安國亦有傳。謹按《尚書·洪範》「曰蒙」孔疏引鄭、王義俱作「雺」，是《古文尚書》原是「雺」字，今本作「蒙」者蓋衛、包所改歟？

注 **爲軍中郎將卒**　何校「軍」下添「師」字，陳同，各本皆脱。

不忘中正，豈曰摸擬　六臣本「中」作「忠」，「摸」作「謨」。毛本「摸」作「模」，《晉書》亦作「模」。

注 **子曰：君子其行己也恭**　此是節引。

公衡仲達　六臣本及《晉書》「仲」作「冲」。此傳寫誤。

注 **命昭爲良史**　何校「良」改「長」，陳同，各本皆誤。

吴魏同寶　濟注：吴魏先同起兵以平天下，故云同寶。按子布後勸吴迎魏，故謂之同寶耳，序言「登壇受讖」是也，濟注非。

注弟權託昭　六臣本「弟」上有「以」字。

才爲世出　六臣本「出」作「生」，《晉書》亦作「生」。

荷檐吐奇　六臣本「檐」作「擔」，校云善從木。按從木是也，古「擔負」多用此字。《群經音辨·木部》「檐，荷也，都濫切，《詩》箋：檐負天之多禄〔三〕」，其明文也。銑注改從扌。《晉書》亦從木〔四〕。

子瑜都長　注謂體貌都閒而雅性長厚也〔五〕　張氏雲璈曰：下云體性純懿〔六〕，不當先言長厚，蓋言貌都閒、身長大耳。

伯言謇謇　又入能獻替　五臣「謇謇」作「謇謇」，向注可證。《晉書》作「謇謇」。六臣本「能」作「亦」。《晉書》作「入亦贊替」。

質無塵玷　《晉書》「玷」作「點」。

立上以恒，匡上以漸　何校作「立行以恒，匡主以漸」，據《晉書》改也。六臣本亦作「立行」。

清不增潔，濁不加染　此《後漢書·郭泰傳》所云「澄之不清，擾之不濁」也。

仲翔高亮　又詵詵衆賢　六臣本「高」作「貞」，「詵詵」作「莘莘」。

尚想重暉　六臣本、《晉書》「重暉」並作「遐風」。

校記

〔一〕蜀志許靖傳　「靖」原作「清」，據《選學膠言》卷十九、《三國志·蜀書八》改。

〔二〕與陳郡袁煥親善字亦作煥　「陳郡」原作「東萊」，據《三國志·蜀書八·許靖傳》改。其殿本「煥」字宋本作「渙」，《魏書十一》有袁渙傳，尤本蓋據此改，毛本、胡本因之。

〔三〕詩箋檐負天之多禄　「禄」當作「福」。《詩·小雅·天保》「受天百禄」鄭箋「受天之多禄」，《商頌·玄鳥》「百禄是何」鄭箋「檐負天之多福」。

〔四〕晉書亦從木　「從」原作「作」，據稿本及《晉書·袁宏傳》改。

〔五〕雅性長厚也　「雅性」原作「性情」，據《文選注》改，《文選·辨亡論》注引同。

〔六〕體性純懿　原作「體情純慤」，據《選學膠言》卷十九及《文選》改，《文選·辨亡論》注、《晉書·袁宏傳》、《藝文類聚》卷四五等引皆同。

文選旁證卷第四十

文選卷四十八

司馬長卿

封禪文

《封禪文》　孫氏志祖曰：李善注中凡引此文並作《封禪書》，考《史記》相如作《封禪書》，非「文」也，豈後人因與《太史公書》名相同遂改作「文」耶？案本書《劇秦美新》序云往時司馬相如作《封禪》一篇，是本無「文」字，此李本亦當無「文」字，或五臣本有耳。

伊上古之初肇，自昊穹生民　注**張揖曰：昊穹，春夏天名**　六臣本「穹」下有「之」字。《史記·司馬相如傳》「穹」下有「兮」字，尤本從之。《漢書·司馬相如傳》「昊」作「顥」，師古曰「顥、穹皆謂天也，顥言氣顥汗也，穹言形穹隆也」，似勝張揖注。朱氏珔曰：《詩·桑柔》「以念穹蒼」，《爾雅》「穹蒼，蒼天也，春爲蒼天」，此言「昊穹」猶《詩》之「穹蒼」也。《釋名》云「夏曰昊天，其氣布散顥顥也」，郭注《爾雅》「昊言氣皓汗」〔一〕，《一切經音義》引《三蒼》「皓，古文顥同」，是皓汗即顥汗。而《爾雅》釋文「皓本亦作昊」，昊、顥、皓皆同音通用，張釋其名，顏釋其義耳。至張云春夏天者，今

《爾雅》「春爲蒼天，夏爲昊天」，而《詩·黍離》疏引《尚書歐陽説》「春曰昊天，夏曰蒼天」，《書·堯典》疏引鄭注《爾雅》并《説文》皆本歐陽，與郭注本《爾雅》異。蓋《爾雅》古有二本也。張揖於《廣雅》云東方昊天，則亦屬春。而此注兼言之，廣異聞耳。

歷選列辟，以迄於秦　《史記》「選」作「撰」。《漢書》「於」作「乎」。

遜聽者風聲　《漢書》「遜聽」作「聽遜」。

紛綸威蕤，湮滅而不稱者，不可勝數　注**紛綸，亂貌**　《史記》「威」作「葳」。《史記》《漢書》並「湮」作「堙」，「數」下有「也」字。《漢書注》作「紛綸威蕤，亂貌」，此誤脱二字。

繼韶夏　《史記》作「續韶夏」。六臣本及《漢書》「韶」並作「昭」，文穎曰「昭，明也。夏，大也」，然此引文穎注仍作「韶」，似誤。《史記集解》引《漢書音義》「昭，明也」云云，則《史記》之作「韶」亦誤也。姜氏皋曰：《史記·李斯傳》「昭虞武象」，《索隱》云「昭當作韶」，且《春秋繁露·楚莊王》篇云「舜時，民樂其昭堯之業也，故《韶》，韶者昭也；禹之時，民樂其三聖相繼，故《夏》，夏，大也」，是「韶」之作「昭」，與「夏」並稱，漢時習用。

其詳不可聞已　六臣本作「其詳不得而聞已」。《史記》「已」作「也」。

維風可觀也　六臣本、《史記》《漢書》「風」並作「見」。

注**《尚書·益稷》之文也**　案《益稷》篇原合于《皋陶謨》，此梅賾分篇之謬。蓋唐貞觀中詔諸臣撰五經義訓，而一時諸臣未能詳考，猥以晚晉梅氏之書爲正，故李注因之。

君莫盛於唐堯 六臣本、《漢書》並無「唐」字。

后稷創業於唐堯 《史記》《漢書》並無「堯」字。

注**《漢書音義》曰：公劉，后稷曾孫** 公劉爲后稷曾孫，《書·武成》《詩·大雅》注疏並同，《史記》亦云棄子不窋生鞠陶、鞠陶生公劉也。梁氏玉繩曰：「不窋之非稷親子，先儒歷辨之。《國語》祭公謀父云『昔我先王世后稷，以服事虞、夏，及夏之衰，不窋失官』，言世爲稷官則非一代可知，不窋身當夏衰則非弃所生可知，此譙周說也。《劉敬傳》云『周自后稷積德累善十有餘世，公劉避桀遷豳』，言公劉去后稷十餘世，則《本紀》《世表》『四世』之誤可知，此羅泌說也。戴氏震曰：《史》不曰『弃卒』而曰『后稷卒』，且上承『皆有令德』之文，則是繼弃爲后稷之官不一人，及最後爲后稷者卒而其子不窋立。」徐氏文靖亦曰：「后稷長於堯，堯在位百年，舜五十年，夏歷四百四十一年，共五百九十一年，而謂公劉爲后稷曾孫，止四五代可乎？」按《詩》《書》所言，對宗祖皆曰曾孫，《詩》「曾孫篤之」鄭箋「曾猶重也」。自孫之子而下，事先祖皆稱曾孫」，《書·武成》「惟有道曾孫周王發」亦是。若必執孫之子爲曾孫，復以四世爲次，而說不可通矣。

而後陵遲衰微，千載亡聲 《史記》「遲」作「夷」，「亡」作「無」。六臣本亦作「無」，下同。

湛恩厖鴻 《史記》「厖鴻」作「濛湧」。《漢書》「鴻」作「洪」。

是以業隆於繦緥，而崇冠於二后　五臣「繦緥」作「襁褓」，翰注可證。《史記》「緥」作「褓」。《漢書》作「保」，「於」作「乎」。方氏苞曰：二后謂夏、商，自堯以後所述惟周事，故以爲崇冠於夏、商也。

注**孟康曰：繦緥，謂成王也**　《史記·魯世家》云成王少在強葆之中，《路史·發揮》因謂武王崩成王纔一二歲，羅苹注更引《真源賦》謂武王之崩成王始生，皆誤也。鄭康成謂武王崩成王年十歲，王肅以爲武王崩成王年十三，見《書·洛誥》《詩·豳風》《禮·明堂位》《穀梁·文十三年》各正義，詞雖不同，要非繦緥明矣。

揆厥所元，終都攸卒　師古曰：言度其所始、究其所終。

然猶躡梁父　《漢書》「父」作「甫」。按下「意泰山梁甫」又「而梁甫罔幾也」皆有校語「善作甫」，不應此字歧互，當是五臣作「父」耳。

逢湧原泉，沕潏曼羨　《史記》「逢」作「㷭」，「曼羨」作「漫衍」。師古曰：「逢」讀曰㷭，言如㷭火之升，原泉之流也。五臣亦作「㷭」，向注可證。朱氏珔曰：「顔説非是，特因《史記》作『㷭』而望文解之，不知『㷭』乃『逢』之借字，若以爲㷭火則與『湧』字不貫，且下句『沕潏曼羨』文義亦隔絶矣。李注引張揖曰：『逢，遇也，喻其德盛，若遇原泉之湧。』按：逢，大也，《書·洪範》『子孫其逢』馬注、《禮記》『衣逢掖之衣』鄭注並訓大。此言漢之德盛若原泉大湧而出、沕潏曼羨也。凡言德澤多以水爲喻，如『湛恩汪濊，群生澍濡』等皆是，似不應正言原泉而忽夾入爨火耳。」

雲布霧散 又**武節猋逝** 《史記》「布」作「專」，「猋」作「飄」。

邇陜游原，迥闊泳沫 《漢書》「邇」作「爾」，「迥」作「迥」，「沫」作「末」。《史記》亦作「迥」。五臣本「陜」作「狹」，向注可證。王氏念孫曰：「《史記》「沫」本作「末」，「泳末」與「游原」相對，今作「沫」者因「泳」字而誤加水旁耳。」

首惡鬱没 又**晻昧昭晰** 《史記》「鬱」作「堙」。五臣「晻」作「闇」，翰注可證。《史記》《漢書》亦並作「闇」。

昆蟲闓澤 六臣本「澤」作「懌」，《漢書》同。朱氏珔曰：「懌爲俗字，在《説文·新附》中，本字當爲「釋」，《書·顧命》「王不懌」釋文「馬本作不釋」、《詩·静女》「説懌女美」鄭箋「當作説釋」是也；「澤」乃「釋」之借字，《考工記》「有時以澤」釋文「澤，李音釋」，《史記·孝武紀》「先振兵澤旅」《集解》引徐廣曰「古釋字作澤」。此處《史記》既作「澤」，《漢書》當亦同，而水旁與立心篆體相似，遂或作「懌」耳。」

導一莖六穗於庖 《史記》「導」作「䆃」，《説文》䆃字注引此。按《史記·張湯傳》《後漢書·殤帝和帝紀》皆有䆃官，《漢百官表》屬少府、主擇米。而《唐百官志》作䆃官令，掌䆃擇米麥。蓋䆃、導兩字古本通用，董彦遠《謝除正字啟》云「定文于六穗之禾，訓同于導」是也。〔二〕《顔氏家訓·書證》

篇云：「『導一莖六穗於庖』，此導訓擇。而《説文》云䆃是禾名，引《封禪書》爲證，無妨自有禾名䆃〔三〕，非相如所用也，『禾一莖六穗於庖』豈成文乎？縱使相如天才鄙拙，强爲此語，則下句當云『麟雙觡共抵之獸』，不得云犧也。」按顏氏此辨似是而實疎，亦未審古字之通耳。

注**鄭玄曰：導**　陳校「玄」改「氏」，據《漢書注》。

犧雙觡共柢之獸　注**柢，本也**　六臣本、《史記》《漢書》「柢」皆作「抵」。

注**角共一本**　「角」上當有「兩」字。《漢書注》《史記集解》可證。

獲周餘珍，放龜于岐　注**文穎曰：周放畜餘龜於沼池之中，至漢得之於岐山之旁**　《史記》「放」作「收」，《水經·渭水注》引亦作「收」。六臣本及《漢書》並無「珍」字。《史記集解》以餘珍爲周鼎，恐非。

招翠黄　注**乘黄也**　張氏雲璈曰：揚雄《河東賦》「乘翠龍而趨河兮」，顏注：穆天子所乘馬也。據此則翠黄謂翠龍與乘黄也。

鬼神接靈圉　《史記》注：郭璞曰：靈圉，古仙人也。

猶以爲德薄　《史記》《漢書》並無「德」字。

蓋周躍魚隕航，休之以燎　《史記》《漢書》「航」並作「杭」。

注**《尚書旋機鈴》**　當作「尚書璇璣鈐」。

微夫此之爲符也 六臣本、《史記》《漢書》「此」並作「斯」。

注 **介，大丘也** 胡公《考異》曰：「丘」下當有「山」字，各本皆脱，《漢書注》引《史記集解》引《漢書音義》亦有。

進讓之道，何其爽與 《漢書》「讓」作「攘」，師古曰「攘，古讓字」。《史記》「何其」作「其何」。

義征不譓 又 **休列浹洽** 《史記》「譓」作「憓」。按本書《魏都賦》「荆南懷憓」劉注「順也」。《史記》《漢書》「列」並作「烈」，是也。

期應紹至 五臣「期應」作「應期」，良注可證。

意泰山梁甫 又 **蓋號以况榮** 六臣本、《史記》《漢書》「意」下並有「者」字。《史記》「甫」作「父」，下同。錢氏大昕曰：「蓋讀如盇，文潁訓爲合，合號猶言合符。小顏以爲語辭，似迂。」六臣本及《史記》《漢書》此下並有「上帝垂恩儲祉將以慶成」十字，《史記》「慶」作「薦」。

陛下謙讓而弗發 《漢書》「謙」作「嗛」。《史記》《漢書》「發」下並有「也」字，師古曰「嗛，古謙字」。案「讓」亦當作「攘」，見上。

挈三神之驩 注 **韋昭曰：三神，上帝、泰山、梁父也** 《索隱》曰「三神，如淳謂地祇、天神、山嶽也」，與韋説不同。

或曰且天爲質闇，示珍符固不可辭 又 **而梁甫罔幾也** 六臣本、《史記》《漢書》「曰」並作

「謂」。《史記》無「示」字，「罔」作「靡」。

咸濟厥世而屈，説者尚何稱於後，而云七十二君哉　《史記》無「厥」字，「哉」作「乎」。六臣本「何」作「可」。按李注以「屈」字斷句，翰注「皆度其世，則屈指而説者」云云則以「世」字斷句也。

注**則説無從顯稱於後世也**　何校「説」下添「者」字，據《漢書注》。

奉命以行事，不爲進越也　又**故聖王不替**　六臣本、《史記》《漢書》「命」並作「符」。《史記》無「也」字。毛本無「王」字。

以浸黎元　《史記》《漢書》「元」並作「民」。《史記》句末有「也」字。

皇皇哉，此天下之壯觀，王者之卒業　六臣本、《史記》《漢書》「此」並作「斯」，下有「事」字。六臣本、《史記》「卒」並作「丕」，師古曰「卒字或作本，或作丕」。王氏念孫曰：案《爾雅》「壯，大也」，「壯觀」「丕業」皆承上「皇皇哉斯事」言之，則作「丕」者是也，作「卒」作「本」非其旨矣。

而後因雜搢紳先生之略術，使獲燿日月之末光絶炎　《史記》「搢」作「薦」。段校云：炎讀去聲，師古曰「炎，弋贍反」是也。

以展寀錯事　又**祓飾厥文**　又**攄之無窮**　《史記》《漢書》「寀」作「采」。《史記》「祓飾」作「校飭」，《集解》徐廣曰「攄一作臚」。王氏念孫曰：《方言》「攎，張也」〔四〕，《廣雅》「攄，張也」，攄、攎、臚音義並相近。

蜚英聲 又**悉奏其儀而覽焉** 六臣本「蜚」作「飛」。《史記》「儀」作「義」。

注**太史官屬** 陳校「史」改「常」，據《漢書注》，各本皆誤。

於是天子俙然改容，曰 注**俙或爲沛** 《史記》《漢書》「俙」並作「沛」。按《説文》云「俙，訟面相是」，段氏以爲内争外順，如《皋陶謨》所謂面從者是也。然則張揖注「俙，感動之意」疑非矣。

俞乎，朕其試哉 《史記》「俞」作「愉」。六臣本「試」誤作「誠」。

注**言符應廣大之富饒也** 陳校去「之」字，據《史記集解》《漢書注》，各本皆衍。

遂作頌曰 又**非惟雨之** 又**非惟徧之我** 《史記》「遂」作「乃」，「徧」作「濡」。《漢書》兩「非」字並作「匪」，「徧」作「偏」。《史記》《漢書》並無「之」字。胡公《考異》曰：「偏」當作「徧」，「之」字不當有，《史記索隱》引胡廣曰「言雨澤非偏於我」最爲明晰，是《史記》亦作「偏我」，與《漢書》同；惟五臣作「徧我」，向注可證，仍未有「之」字。

氾布護之 《史記》作「氾尃濩之」，徐廣曰：古「布」字作「尃」。

懷而慕思 又**君乎君乎** 六臣本及《漢書》「思」作「之」。《漢書》兩「乎」字並作「兮」。

般般之獸 注**謂騶虞也** 《刊誤補遺》云：「長卿言符瑞不過三事：服虔謂『麟』指武帝獲白麟事，在元狩元年；孟康謂『乘龍』指余吾水中神馬事；獨『騶虞』無所考見。余按《史記》『建章後閣重櫟中有物出焉，其狀若麋，武帝詔東方朔視之，朔曰所謂騶牙也』，長卿文當即指此。《山海經》騶吾爲珍獸，故有『珍群』之稱；以其出于建章宮，後莫知其所由來，故曰『厥塗靡從』也。」

樂我君圃　六臣本及《史記》《漢書》「圃」並作「囿」，何、陳據以校改，謂與獸爲韻也。按獸字本非韻，古麻韻字多入虞部，則「圃」與「嘉」平上通叶，何妨別爲韻？《文選》與《史》《漢》傳本不同，亦無庸改也。惟《史記》上作「囿」、下仍作「嘉」，當有一誤耳。

其儀可嘉　《漢書》「嘉」作「喜」，何、陳據以校改，謂與囿爲韻。戚氏學標《漢學諧聲》云：囿、又與洧、鮪爲一類之音，《封禪書》「般般之獸，樂我君囿。白質黑章〔五〕，其儀可喜」是也。

旼旼穆穆，君子之態　又**今親其來，厥塗靡從**　《史記》「穆穆」作「睦睦」、「態」作「能」，《集解》「親」作「觀」、「從」作「蹤」。

茲亦於舜　六臣本、《漢書》「亦」並作「爾」。按「爾」字於義無取。

注**武帝祠五時**　毛本「時」譌作「疇」。

馳我君輿，帝用享祉　六臣本「輿」作「與」，誤也。《史記》「用」作「以」。

蓋未嘗有　六臣本「嘗」作「曾」。

采色炫燿，煥炳輝煌　又**依類託寓**　又**故曰於**　《漢書》「炫」作「玄」，師古曰玄讀曰炫。《史記》「煥」作「熿」，「煌」作「湟」，「託」作「記」，無「於」字。

兢兢翼翼〔六〕　《史記》句末有「也」字。

顧省闕遺 《史記》《漢書》「闕」並作「厥」。胡公《考異》曰：善注「謂能顧省其遺失」以「其」解「厥」，是作「厥」無疑，按之濟注乃五臣作「闕」耳。

校記

〔一〕昊言氣皓汗 《爾雅·釋天》各本「皓」或作「晧」，然「汗」均作「旰」。

〔二〕按史記張湯傳云云 本段摘自梁玉繩《史記志疑·司馬相如傳》，唯增「後漢書殤帝和帝紀」并補全《顔氏家訓》引文。

〔三〕禾是禾名有禾名禾 「禾」原作「導」，據《説文》及抱經堂本《顔氏家訓·書證》改。

〔四〕方言攎張也 「攎」原作「攄」，據稿本及《廣雅疏證》卷一上、《方言》卷十二改。

〔五〕白質黑章 「黑」原作「異」，據《文選》、《史記》《漢書·司馬相如傳》改。

〔六〕兢兢翼翼 「兢兢」原作「競競」，據稿本及《文選》改，《史記》《漢書》同。

揚子雲 劇秦美新

揚子雲 顧氏起元《説略》云：簡公紹芳以《劇秦美新》或出於谷子雲，按《百官表》谷永以成帝元延四年由北地太守爲大司農，一年免，數月卒於家，其死去莽篡位時十有七年，千載之下可以美新事懸坐之乎？

注**王莽潛移龜鼎**　至**斯爲過矣**　汪氏琬《堯峯文鈔》云：「吾吴楊莊簡公嘗引吉人胡氏之説，辨子雲未嘗仕莽，大略謂：『《傳》言雄作符命、投閣、年七十一、天鳳五年卒，考雄至西京年四十餘，自成帝建始改元至天鳳五年計五十年，以五十合四十餘，不將百年乎？則《傳》言七十一者恐誤。據桓譚《新論》，雄作《甘泉賦》夢腸出，收而納之，明日遂卒。成帝祠甘泉在永和四年，謂雄卒是時恐亦非。然就《法言》考之，莽之號安漢公也在平帝元始間，《法言》稱漢公且云漢興二百一十載，自高帝至平帝正值其數，則雄年七十一卒當在平帝末。雄仕歷成、哀、平，故稱三世不徙官，若復仕莽，又詎止三世哉！由是知雄决無投閣美新之事。』其説誠辨。但班孟堅去子雲時已遠，其傳訛固宜；桓譚親見子雲，何以差謬乃爾？殆不可解也。」

數蒙渥恩　又**與群賢並**　六臣本「恩」作「惠」，「並」下有「位」字。

以至聖之德　又**執粹清之道**　六臣本無「以」字，「清」作「精」。

作《封禪》一篇　又**臣嘗有顛眴病**　六臣本「禪」下有「文」字。

在乎混混茫茫之時　又**而不昭察**　又**厥有云者**　六臣本作「在乎混茫混茫之時」，「昭」作「照」，無「厥有云者」四字。

《春秋》因斯發　尤本「因」誤作「困」。〔一〕

注**爲附庸之邑秦**　陳校「之邑」二字互乙，各本皆倒。

立基孝公 又**遂稱乎始皇** 六臣本無「立」字，「始皇」作「皇帝」。

奮昭莊 注《**史記**》**曰：文王卒，子莊襄王立** 案正文「昭莊」當指秦武王異母弟昭襄王及莊襄王也。上注云「襄王並已見李斯上書」者，「襄」上當有「昭」字，各本皆脱。

自勒功業 六臣本「功」作「公」。

注《**説文**》**曰：狙，犬暫齧人** 又**又曰：獷，犬不可親附也** 六臣本「暫齧人」作「齧人也」。今《説文》：狙，玃也，一曰「狙，犬也，暫齧人者」；又獷，犬獷獷不可附也。

甘露嘉醴 注**嘉醴，醴泉也** 案《禮運》「天降膏露，地出醴泉」，正義自是二物。《論衡・是應》篇云《爾雅》言「甘露時降，萬物以嘉，謂之醴泉」，然今《爾雅》作「甘雨時降」，郭注云「所以出醴泉」，亦以醴泉爲甘雨之應，則亦明分爲二也。

神歆靈繹 注**繹，或爲液** 五臣「繹」作「液」。良注：天地神祇以秦無道之盛，故歆其靈潤滋液，不降福祥。案《詩・頍弁》「庶幾説懌」釋文「懌本作繹」，《板》「辭之懌矣」《説苑・善説》篇引作「繹」，是「繹」與「懌」通，或取神不悦懌之義也。

海水群飛 《太玄經・劇・上九》：海水群飛，弊于天杭。

自武關與項羽 五臣無「羽」字，銑注可證。

如儒林、刑辟 五臣「如」作「始」，向注可證。六臣本「刑」作「形」。

誕彌八圻　又**天祭地事**　六臣本「圻」作「垠」，「祭」作「際」。

四十有八章　林先生曰：《漢書》符命二十五、福應十二、德祥五事，凡四十二篇，云四十八者筆誤耳。

非新家其疇離之　又**真天子之表也**　五臣「家」作「室」，良注可證。六臣本無「也」字。

白鳩　案注云「殷湯有白鳩之祥，然古者此事未詳其本〔二〕」，孫氏志祖取《宋書・符瑞志》「白鳩成湯時來至」以補李注，然沈約之書後于張紘之説，則仍未詳其本也。

注**孫策使張紘與袁紹書曰**　何校「紹」改「術」，陳同，是也，此所引在《吴志・孫策傳》注。

注**古者此事**　何校「者」改「有」，各本皆誤。

注**《尚書帝驗》曰**　何校「帝」下添「命」字，陳同，各本皆脱。

昔帝纘皇，王纘帝　六臣本「王」下無「纘帝」二字。

或損益而亡　六臣本「亡」作「已」。按向注作「亡」耳。

豈知新室　六臣本「知」作「如」。按「室」當作「家」，與上文「非新家」合。

明旦不寐　又**焕炳照耀**　六臣本「旦」作「亦」，「焕炳」作「炳焕」。

明堂雍臺　五臣「雍臺」作「辟雍」，向注可證。

注**以爲文母簒食堂**　胡公《考異》曰：茶陵本「簒」作「簺」，注末有「簺，士卷切，與饌同」七字，有者是也，今《元后傳》亦作「篹」，然善引不與顏同也，校者依《漢書》改且删之耳，尤、袁二本皆脱誤。

注**《尚書》曰：穆王作呂刑**　陳校「書」下添「序」字，各本皆脱。

注**鼓誦詩**　「鼓」當作「瞽」，各本皆誤。

注**喻賢也。《毛詩》**　六臣本「賢」下有「人」字，「詩」下有「曰」字，是也。

而不韞韣　注**櫝與韣，古字通**　五臣「韣」作「櫝」，翰注可證。

帝典闕者已補，王綱弛者已張　六臣本上「已」字作「以」，下「已」字作「既」。

炳炳麟麟　五臣「麟麟」作「煒煒」，翰注可證。

而術前典　六臣本「術」作「述」。案翰注「術，法也」，是五臣亦不作「述」〔三〕。

禪梁父　六臣本「禪」上有「廣」字，「父」作「甫」。案「甫」字是也，説見前。

望受命之臻焉　又**帝者雖勤**　六臣本無「受」字，「勤」下有「讓」字。

注**晏子《景公春秋》曰**　六臣本作「《晏子》齊景公曰」，是也。

作《帝典》一篇，舊三爲一襲，以示來人　六臣本無「帝」字，「舊」作「奮」字。良注「襲行於時」云云以「襲」字屬下句。按《封禪文》「襲舊六爲七」，此倒用其句，置「襲」字于下耳，仍讀作「一襲」爲是。

庶績咸喜　五臣「咸喜」作「越熙」。銑注：越熙，廣也。

注 **喜與古熙字通**　「古熙」二字當互乙，「喜」爲「熹」之省，本書《歸去來辭》注引《聲類》曰「熹亦熙字也」。

校記

〔一〕尤本因誤作困　今國圖藏尤本不誤，乃胡翻尤本作「困」。
〔二〕然古者此事未詳其本　「者」原作「有」，據《文選注》改，乃何校改「有」，見下文。
〔三〕是五臣亦不作述　「不」據稿本及上文補，蓋欲删「亦」而誤删「不」。

典引

班孟堅

郗萌等　六臣本「郗」作「郤」。

注 **尚書郎中北海展隆**　六臣本無「中」字，是也。

臣對　六臣本「臣」下有「等」字，「對」下有「曰」字。

云向使子嬰 至 **此言非是**　六臣本「云」作「言」。今《史記·始皇紀》附班固文云：秦之積衰，天下土崩瓦解，雖有周旦之材，無所復陳其巧，而以責一日之孤，誤哉！

將見問意開寤耶　六臣本無此七字。

成一家之言　六臣本無「之」字，是也，此尤本誤添。

至以身陷刑之故，反微文刺譏，貶損當世　按今《史記》惟《封禪》《平準》二書頗有譏切，而世之論史遷多過其實。如《史記集解》引衛宏《漢舊儀》注謂：太史公作《景紀》極言其短及武帝過，武帝怒而削之，後坐舉李陵下蠶室，有怨言，下獄死。《三國・魏志・王肅傳》謂：武帝聞遷《史記》，取景及己《紀》覽之，大怒，削而投之，今兩《紀》有録無書。《西京雜記》謂：武帝怒削景及己《紀》，後遷以怨望下獄死。《大事記》謂：《景紀》所以復出者，武帝特能毁其副在京師者爾，藏之名山固自有他本也，《武紀》終不見者，豈非指切尤甚，雖民間亦畏禍而不敢藏乎？梁氏玉繩曰：〔一〕「衛宏等言史公之死竟似北魏崔浩，然《漢書・遷傳》〔二〕但云遷死，未聞有下獄之事。況被刑後尚爲中書令，其《報任安書》稱著《史》未就會陵禍，甘隱忍成一家言以償前辱，則死獄之説固虚，而以爲書成於救李陵之前亦謬。且遷《史》死後稍出，至宣帝時始宣布，明載本傳，武帝安得見之？史公《自序》曰：天下翕然，大安殷富，作《孝景本紀》；漢興五世，隆在建元，作《今上本紀》。可知《紀》中必不作毁謗語，衹殘缺失傳爾，豈削之哉！」

司馬相如洿行無節，但有浮華之辭，不周於用　按「洿行無節」指取文君及分田宅事，然《巴蜀》之諭、《父老》之難、《長楊》之疏、《宜春》之賦不得並斥爲浮華。《蜀志》秦宓云：文翁遣相如東受七經，還教吏民。《漢書・地理志》亦云：文翁倡其教，相如爲之師。此明經化俗之大節，而《史》《漢》俱遺之，何哉？

不遺微細　六臣本「微細」作「細微」。

臣固頓首頓首　六臣本「頓首」二字不重。

才朽不及前人，蓋詠《雲門》者難爲音，觀隨和者難爲珍　六臣本校云五臣無此二十一字。

猶啟發憤滿　六臣本「猶」下有「樂」字，「滿」作「懣」。

太極之元　《後漢書·班固傳》「元」作「原」。

注**《易》曰：太極**　六臣本「易」上有「蔡邕曰」三字，下無「曰」字。胡公《考異》曰：「易」下「曰」字當作「有」。

烟烟煴煴　注**烟烟煴煴，陰陽和一相扶貌也**　按《後漢書》注引「《易》：天地絪緼，萬物化醇。蔡邕曰：絪緼，陰陽和一相扶之貌也」，不作「烟煴」，與今《選注》異，知昭明與李賢當日所見蔡注本異〔三〕也。唐時注疏本及《開成石經》均從王弼本作「絪緼」。李氏《集解》〔四〕則從《說文》作「壹壺」。《復古編》云：吉凶在壺中不得渫也，別作「氤氳」、又作「絪緼」並非。近盧氏文弨《周易音義考證》作「烟煴」，云注疏本作「絪緼」、官本改從《釋文》作「烟煴」也。竊以爲二字之異而同當始於中郎耳，本書《思玄賦》舊注「烟煴，和貌」、《魯靈光殿賦》張注「烟煴，天地之蒸氣」皆與此注義同。

有沈而奧，有浮而清　《後漢書》章懷注：《易乾鑿度》曰：清輕者爲天，濁沉者爲地。

五德初始 五臣「始」作「起」，銑注可證。按尤本及《後漢書》並作「始」，章懷注：「初始，謂伏犧始以木德王也。木生火，故神農以火德。五行相生，週而復始。」毛本改「起」恐非。

同于草昧 《後漢書》「于」作「乎」。

系不得而綴也 林先生曰：「系」當指《史記·五帝贊》所云帝繫姓，李注及章懷注並指《易·繫辭》恐非。

紹天闡繹 《後漢書》句末有「者」字。姜氏皋曰：「闡繹」注作開道人事，按「繹」字古無事義之訓，或爲「繹」字之譌。《廣韻》引《字林》：繹，事也。《漢書·揚雄傳》「上天之繹」，師古曰：繹，事也，讀與「載」同。

其書猶得而修也 六臣本及《後漢書》「得」上並有「可」字。

上稽乾則，降承龍翼 注**翼，法也。言陶唐上能考天之則，下能承龍之法也。龍法，龍圖也** 章懷注：「孔子曰『惟天爲大，惟堯則之』，龍翼謂稷、契等爲堯之羽翼。」似勝李注。

以冠德卓絕者 五臣「絕」作「綽」，銑注：綽，寬也。《後漢書》「絕」作「蹤」，章懷注：爲道德之冠首，蹤跡之卓異。

有虞亦命夏后 六臣本及《後漢書》無「有」字。

股肱既周，天乃歸功元首 林先生曰：二語寫三千年帝系瞭如指掌。

注 **弗俾《洪範》九疇**　今《書》「俾」作「畀」。王氏鳴盛曰：鄭以「畀」訓「與」者，《説文·丌部》「相付與之約在閣上也」〔五〕，其「俾」字《説文》「益也」，義異。

故先命玄聖　章懷注：《春秋演孔圖》曰：孔子母徵在夢感黑帝而生，故曰玄聖。

注 **《春秋孔演圖》**　「孔演」當作「演孔」。

直神明之式也　又 **雖皋夔衡旦**　又 **比茲褊矣**　六臣本「神」作「聖」，無「也」字，又校云善本無「茲」字。《後漢書》「雖」下有「前聖」二字。

宸居其域　五臣「宸」作「辰」，翰注可證。

拊翼而未舉　章懷注：拊翼，以鷄爲喻，言知將旦則鼓其翼而鳴，《前書》曰「張、陳之交，拊翼俱起」，以喻高祖、光武也。

胡縊莽分　《史記》但云自殺，未言縊也。《法言》云「秦縊霸上」。

尚不莅其誅　五臣「尚」作「上」，向注可證。《後漢書》無「尚」字。

注 **地黃四年**　又 **私燒其室門**　又 **虜王莽**　陳校「黃」改「皇」。六臣本「其」作「作」。何校「虜」上添「反」字，陳同，各本皆有脱誤。

恭揖群后　五臣「揖」作「輯」，向注可證。案「輯」與「揖」通。《尚書》「輯五瑞」，《史記》《漢書》「輯」皆作「揖」。蓋作「揖」者《今文尚書》也，作「輯」者《古文尚書》也。此文正用《書》義，班氏多從《今文尚書》，則「揖」雖通「輯」，而字當作「揖」，五臣本改之耳。

正位度宗 章懷注引《尚書》曰「延入翼室，恤度宗」，案今《書》作「恤宅宗」，與《堯典》「宅西」蔡邕《石經》作「度西」正同，亦古、今文之别。

有于德不台 注**古文台爲嗣** 六臣本「台」作「怠」，兼有「嗣」字。按依翰注當是五臣作「嗣」，即取李注爲之耳。「怠」字不當有。朱氏珔曰：《史記索隱》云「古文作不嗣，今文作不怡」，台即怡之省，作「怠」者乃本「台」字而誤加「心」，有「嗣」字者據今《書》改之而誤衍也。

靡號師矢敦奮撝之容 章懷注：「敦猶迫逼也。《尚書》曰『王秉白旄以麾』，撝亦麾也。言漢取天下無號令陳師，敦迫奮武撝旄之容，言並天人所推，不尚威力也。」似勝李注。

並開迹於一匱 注**雖覆一簣** 五臣「簣」作「匱」，翰注可證。按注中「簣」亦當作「匱」，與正文相應。今六臣本李注作「匱」，章懷注引《論語》亦作「匱」，案《漢書·禮樂志》引亦作「雖覆一匱」。

同受侯甸之服 六臣本及《後漢書》「服」上並有「所」字。

以方伯統牧 《後漢書》「方伯」作「伯方」，章懷注：伯方猶方伯也。

黄鉞之威 《後漢書》「威」作「戚」，章懷注：黄戚，黄金飾斧也。

用討韋顧黎崇之不恪 《後漢書》「恪」作「格」，注云：格，來也。

注**西伯既戡黎** 胡公《考異》曰：六臣本「戡」作「龕」，是也。姜氏臯曰：《説文·戈部》云「𢦏，殺也，從戈，今聲，《商書》曰：西伯既𢦟黎」，《書大傳》亦作「𢦟」，《說文·邑部》「黿」下又引「西伯𢦟黿」，《爾雅·釋詁》「堪，勝也」郭注又引《書》「西伯堪黎」，惟本書謝玄暉《和伏武昌登孫權故城》詩注云「黿與戡音義同」，然則𢦟、堪、黿皆以同音假用也。

參五華夏　《後漢書》「參」作「三」，章懷注云三五未詳。林先生曰：善注亦不分曉，蓋即《尚書》「列爵惟五，分土惟三」。

注 **《論語》曰：參分天下**　釋文：參，七南反，一音三，本又作三。今《義疏》本亦作「參分」，《後漢書》伏湛諫親征疏引亦作「參分」。

虎螭其師　《後漢書》「螭」作「離」，《史記》本作「離」也。朱氏珔曰：「螭」本字當作「离」，見《說文》，离離古通用，故《史記》作「離」，此作「螭」者同音假借字，亦見《西都賦》注引《歐陽尚書說》。

誼士華而不敦　《後漢書》「誼」作「義」，「華」作「偉」，注：偉猶異也。

注 **義士猶或非之**　章懷注引作「義士猶曰薄德」。

《護》有慙德　注 **延陵季子聘魯，觀樂，見舞《大護》者**　此本《左氏·襄二十九年傳》文，今《傳》「大護」作「韶護」。按湯樂或作「頀」，《春秋繁露·楚莊王》篇「湯之時，民樂其救之於患害也，故曰護」，《白虎通》云「湯曰大護者，言湯承衰，能護民之急也」，故《廣雅·釋詁》有「頀，護也」之訓。然《說文·音部》無「頀」字，其《言部》「護」字云救視也。湯樂既取救義，正宜作「護」字矣，

《玉篇》「大護，湯樂名」是也，《周禮》及《左傳》皆作「護」。《風俗通·聲音》篇「濩言救民也」，亦仍救義耳。

注 **孔子曰：《韶》盡美矣** 此以「曰」代「謂」字，與《禮記·樂記》注、《漢書》董仲舒策引同。本書《晉紀總論》注亦引「孔子曰：《武》盡美矣」。

亦猶於穆猗那 又 **殷薦宗配帝** 又 **光藻朗而不渝耳** 《後漢書》「亦」作「然」，「宗」下有「祀」字，「耳」作「爾」。六臣本無「耳」字。

神靈日照 又 **仁風翔乎海表，威靈行乎鬼區** 《後漢書》「照」作「燭」。六臣本上「乎」字作「于」。《後漢書》下「乎」字作「於」。

匿亡回而不泯，微胡瑣而不頤 六臣本及《後漢書》「匿」並作「慝」，是也。《後漢書》「回」作「迴」。「微」字當是「孅」字誤，「孅」與「慝」互舉成文也。六臣本「瑣」作「璅」，古字通，或誤作「隙」。

注 **《尚書》曰：昭登于上** 今《書》「登」作「升」。《史記》亦作「登」，皆今文也。

鋪聞遺策在下之訓，匪漢不弘厥道 《後漢書》以「匪漢不弘」斷句，章懷注：「遺策謂《堯典》也，言《堯典》爲子孫之訓，非漢不能弘大也。」又案「鋪聞在下」蓋亦用《尚書》「敷聞在下」語也，鋪、敷義同。《史記·晉世家》作「布聞」，布亦敷也。蔡邕注上文既引《書》，而李氏於此句但引

《詩》「明明在下」，失之。

至乎經緯乾坤　《後漢書》以上文「厥道」二字屬此節首。

外運渾元，内沾豪芒　《後漢書》「渾」作「混」，「沾」作「浸」。

性類循理　六臣本「循」作「修」。章懷注：循，順也。

乃始虔鞏勞謙　注**鞏，亦勞也**　案字書「鞏」字不訓勞，此不知何本。疑「虔鞏」即《詩》「虔共爾位」之義，鞏、共音同。虔，固也，《爾雅·釋詁》「虔」與「鞏」皆訓爲固。豈鞏既通共、共即古恭字、恭者近勞，故蔡氏以「勞」解之歟？又《楚辭·離世》篇云「心鞏鞏而不夷」，王逸注「鞏鞏，拘攣貌也」，拘攣，不夷義，亦與「勞」近矣。

至令遷正黜色賓監之事　六臣本「令」作「於」。

注**以十二月爲年首**　「二」當作「三」，説見前《上林賦》。

而禮官儒林屯用篤誨之士　《後漢書》「禮」作「理」恐誤，「屯用」作「屯朋」，「誨」作「論」。章懷注：屯，衆也；朋，群也。案「用」字不可通，作「朋」是。

僉爾而進曰　六臣本「爾」作「人」。

注**《尚書》曰：惇叙九族，九族既睦，辯章百姓**　章懷注引《尚書》曰「惇叙九族」又曰「九族既睦，辯章百姓」，此注連引爲一，殊非。

是以來儀集羽族於觀魏 《後漢書》「來儀」上有「鳳皇」二字，恐誤。若有「鳳皇」二字，則章懷注不必引《尚書》語矣。

肉角 余曰：《伏侯古今注》：建初二年，北海得一角獸，大如麕，有角在耳間，端有肉。

注 **聽德知正則黄龍見** 陳曰「德」當作「聰」，段校同，各本皆誤。

卓犖乎方州，洋溢乎要荒 六臣本無上「乎」字。《後漢書》「洋」作「羡」。

昔姬有素雉 六臣本「姬」上有「周」字。

注 **《韓詩外傳》** 段校「外」改「内」，各本皆誤。

左右相趣 六臣本及《後漢書》「趣」作「趨」。

貽燕後昆 五臣「燕」作「宴」，良注可證。

豈其爲身而有顓辭也 又 **亦宜勤恁旅力** 六臣本無「而有」二字。五臣「顓」作「專」，向注可證。《後漢書》「亦宜」作「宜亦」。

注 **《尚書》曰：顓頊《河圖》《洛書》在東序** 「曰顓頊」三字疑爲「顧命曰」之訛，然不若章懷注直引《尚書》曰「天球河圖在東序」也，段校云此《今文尚書》與《古文尚書》不同。朱氏珔曰：天、顓同韻，球、頊雙聲，《河圖》與《洛書》本一類也。蔡邕刻《石經》用今文，則此當亦《今文尚書》本如是。觀注下云「《雒書》皆存亡之事，尚覽之以演禍福之驗也」特釋此語，知《洛書》非衍字矣。

姜氏皋曰：疏引王肅曰「天球，玉磬也」、鄭云「天球，雍州所貢之玉，色如天者」，然觀此注所引疑是顓頊所用之天球。《隋天文志》引劉智云顓頊造渾儀，《晉志》蔡邕蓋天説「圓者爲璣，其徑八尺，以美玉爲之」〔六〕，是古天球用玉，《唐天文志》李淳風言「暨於周末，此器乃亡」是也。《顓頊曆》見《漢藝文志》，兩漢張蒼、揚雄、蔡邕皆言用之，《晉律曆志》云顓頊聖人爲曆宗也。是必古有一説此天球爲顓頊造曆所用者，因注於旁，後有譌脱，今不可考耳。

孔猷先命　六臣「猷」作「繇」。

因定以和神　又**答三靈之蕃祉**　《後漢書》「因定」作「定性」，「蕃」作「繁」。

而允寤寐次於心，瞻前顧後　六臣本及《後漢書》「於」下並有「聖」字，此尤本脱。六臣本於「瞻前顧後」四字校云善無，恐未是。

注 **茲事體大式弘大**　陳校「體」下去「大」字，各本皆衍。

憚勑天命也。伊考自遂古　六臣本及《後漢書》並無「命」字，「也」作「乎」。《後漢書》「遂」作「邃」。

作者七十有四人　章懷注引《史記》管仲曰自古封禪七十有二君，並武帝、光武七十有四。

罔光度而遺章　五臣「度」作「慶」。銑注：無大慶之瑞，亦妄遺跡於書傳〔七〕。

注 **有天下使之**　陳校「下」改「不」，各本皆誤。

今其如台　六臣本「其」作「有」。

注**《尚書》曰：夏罪其如台。孔安國傳曰：台，我也**　此條乃李氏增注，非蔡氏舊注也，「尚書」上亦有「善曰」字，已見余校。否則晚出孔安國傳，豈蔡氏所得見耶？今《孔傳》云「其如我所聞之言」，蓋以「我」代「台」，故李氏遂據爲「台，我也」，然《今文尚書》説「台」不訓「我」。孔氏廣森曰：《商書》言「其如台」者，而《史記》有其三，皆改爲「其奈何」，可見梅氏所上《書傳》誤也。

固以垂精游神　《後漢書》「以」作「已」。

諭咨故老，與之斟酌道德之淵源，肴覈仁誼之林藪　六臣本「諭」作「俞」，「肴」作「餚」，「誼」作「義」。《後漢書》「與」之下有「乎」字。

既感群后之讜辭，又悉經五繇之碩慮矣　《後漢書》「感」作「成」。六臣本無「經」字。

將絣萬嗣，揚洪輝　六臣本「絣」作「伻」。《後漢書》作「煬洪暉」。

注**絣與栟，古字通**　段校「栟」改「拼」。

汪汪乎丕天之大律　章懷注引：《今文尚書·泰誓》篇曰「立功立事，可以永年，丕天之大律」，鄭玄注云「丕，大也。律，法也」。

校記

〔一〕梁氏玉繩曰　此五字當移段首，本段全摘自《史記志疑·今上本紀》。

〔二〕然漢書遷傳　「然」原作「後」，據稿本及《史記志疑·今上本紀》改。

〔三〕昭明與李賢異　「李」原作「集」，據上文「《後漢書注》與《選注》異」改。

〔四〕李氏集解　「解」原作「傳」，此指李鼎祚《周易集解》，本書《爲賈謐作贈陸機》引尚不誤。

〔五〕相付與之約在閣上也　《説文·畀》段注謂「約」當作「物」。

〔六〕圓者爲璣其徑八尺以美玉爲之　語見宋章如愚《山堂考索·曆門·渾象疏》，《晉書》無。

〔七〕亦妄遺跡於書傳　贛州本、袁本、毛本「書」，陳八郎、秀州、明州、建州本作「舊」。

文選旁證卷第四十一

文選卷四十九

公孫弘傳贊

注弘等言皆以大材　六臣本無「言」字，是也。

海内乂安　《漢書》「乂」作「艾」，師古曰艾讀如乂。

注青姊子入宫，幸　胡公《考異》曰「子」下當有「夫」字。

斯亦曩時版築飯牛之明已　《漢書》「明」作「朋」，是也。此傳寫誤。

注至此皆天下名士　六臣本「此」作「他」，是也。

落下閎　又邴吉　《漢書》「落」作「洛」，「邴」作「丙」。案本書正文及注皆作「落」，《廣韻·十九鐸》「落」字下《益部耆舊傳》有閬中落下閎善歷〔一〕，毛本改「洛」恐未是，《元和姓纂》亦作「洛」。

校記

〔一〕廣韻十九鐸云云　「鐸」原作「譯」，據古逸叢書本《廣韻》卷五及《原本廣韻》《五音集韻》

《姓解》等改，四庫本、四部叢刊景宋本《廣韻》無此語。

干令升

晉紀論晉武帝革命

于令升　余曰：王應麟《姓氏急就篇》注干氏「《吴越春秋》干將吴人，晉有干寶」，則「于」當作「干」。段校亦作「干」。

漢魏外禪，順大名也　王氏鳴盛曰：漢絶而復續，則黜新莽；魏滅蜀後禪晉前尚有二年，予晉則已早，不予晉則無所繫，此《通鑑》不奪魏之意也。

而天下隨時　又**古者敬其事則命以始**　六臣本無「時」字、「則」字。

晉紀總論

應運而仕　《晉書·愍帝紀》「運」作「時」。按《晉書》於此篇多所刪節，今詳著於後。

性深阻有如城府　又**小大畢力**　《晉書》「如」作「若」，「小大」作「大小」。

取鄧艾於農隙　《晉書》「隙」作「瑣」，是也，濟注「卑細」正解瑣字。

東舉公孫淵　至**外襄王陵**　《晉書》無「淵」字，避唐韓；「陵」作「淩」。

屢拒諸葛亮　至**輔車之勢**　此十八字《晉書》無。

世宗承基，太祖繼業　此八字六臣本在「大象始構矣」下，《晉書》亦然。六臣本校云善本序「世宗承基，太祖繼業」在「軍旅屢動」文上，今尤本正如此。

軍旅屢動，邊鄙無虧，於是百姓與能，大象始構矣　《晉書》無「軍旅屢動，邊鄙無虧」八字，「構」下無「矣」字。

注　世宗景皇　又太祖文皇帝母弟也　「景皇」下當有「帝」字，「文皇帝」下當有「景皇帝」三字，各本皆脱。

注　上古王者遺將也　段校「者」下添「之」字，各本皆脱。

劉禪入臣，天符人事　《晉書》「劉」上有「而」字。六臣本「符」誤作「府」。

名器崇於周公，權制嚴於伊尹　此十二字《晉書》無。

正位居體，重言慎法　此八字《晉書》無。

而獨納羊祜之策，以從善爲衆。故至於咸寧之末，遂排群議而杖王杜之決，汎舟三峽，介馬桂陽　六臣本無「而獨」二字，又無「從」字，「排」作「非」。《晉書》此三十七字作「而獨納羊祜之策，杖王杜之決」十二字。

注　吴王荒淫　「王」當作「主」，各本皆誤。

江湘來同　五臣「湘」作「湖」，向注可證。

夷吴蜀之壘垣，通二方之險塞　此十二字《晉書》無。

太康之中　又餘糧棲畝　《晉書》無上四字，「棲」作「委」。

行旅草舍　至取資於道路　此二十三字《晉書》無。

民樂其生，百代之一時矣　《晉書》無「百代之一時」五字。六臣本「代」作「世」。

楊駿被誅　《晉書》句首有「而」字。

朝士舊臣，夷滅者數十族　又而閼伯實沈之郤歲構　又而顛墜戮辱之禍日有　此二十八字《晉書》皆無。

注居曠壄，不相能　陳校「壄」改「林」，各本皆誤。胡公《考異》曰：「居」下本有「于」字，「能」下本有「也」字，蓋不備引也。

注惠帝永寧二年　六臣本「寧」作「康」，是也。胡公《考異》曰：《晉書·惠帝紀》永康以元年正月朔改元，次年正月趙王倫簒，四月乘輿反正，於是改元乃始爲永寧。然則事在未改永寧以前，正永康二年之正月。臧榮緒書據當日所稱，校者誤改之耳。

夕爲桀跖　《晉書》「爲」作「成」。

於是輕薄　至如夜蟲之赴火　此二十字《晉書》無。

天網解紐　六臣本及《晉書》「網」並作「綱」。

劉淵王彌　《晉書》「劉淵」作「元海」，下「彼劉淵者」句同，皆避唐諱。

二十餘年而河洛爲墟　又**山陵無所**　此十三字《晉書》無。

故于時天下非暫弱也，軍旅非無素也　此十五字《晉書》無。

凡庸之材　此四字《晉書》無。

然而成敗異效，擾天下如驅群羊　《晉書》無「成敗異效」四字。

舉二都如拾遺　六臣本「遺」下有「芥」字。《晉書》亦有「芥」字。

將相侯王，連頭受戮，乞爲奴僕而猶不獲　《晉書》「頭」作「頸」，下有「以」字，無「乞爲奴僕而猶不獲」八字。

夫天下，大器也　《晉書》無「夫」字。

注　**鄭玄曰：偃瀦，畜流水之陂**　案《周禮·稻人》正義鄭氏衆曰「瀦、防〔一〕」，《春秋傳》曰町原防、規偃豬」也，是引《左·襄二十五年傳》文，然「豬」不作「瀦」，瀦字經典所無，僅見《周官》，而《説文·新附》因之。

勢動者不可以争競擾　《晉書》「動」作「重」。

而不有其功　又**而不尸其利**　此十字《晉書》無。

龍魚之趣淵澤也　《晉書》「淵」作「藪」。避唐諱。

順乎天而享其運，應乎人而和其義　此十四字《晉書》無。

然後設禮文以治之　又**篤慈愛以固之**　《晉書》「治」作「理」，避唐諱；「篤」作「尊」。

君子勤禮，小人盡力　何曰：二句乃《左氏傳》中劉康公之言。

聚之以干紀作亂之事乎　《晉書》無「之事」二字。

故延陵季子　至**安危之本也**　此三十二字《晉書》無。

而天命昭顯　六臣本「命」作「下」。

故其《詩》曰：思文后稷　至**即有邰家室**　此三十二字《晉書》無。

遭狄人之亂　《晉書》「狄」作「夏」。

故其《詩》曰：乃裹餱糧　至**以處其民**　此二十四字《晉書》無。六臣本「餱」作「糇」。今《孟子》釋文「餱」作「糇」。《毛詩》釋文云「餱字或作糇」。本書左太冲《招隱詩》注亦引作「糇」。

以至于太王　《晉書》無「以」字。下「以至于王季」句同。

故其《詩》曰：來朝走馬，帥西水滸　至**不可失也**　此二十九字《晉書》無。今《詩》「帥」作「率」。

居之一年成邑　《晉書》無「居之」二字。

每勞來而安集之　至**乃宣乃畝**　此二十七字《晉書》無。

故其《詩》曰：克明克類　至載錫之光　此十六字《晉書》無。

備修舊德　此四字《晉書》無。

故其《詩》曰：惟此文王　至聿懷多福　此二十字《晉書》無。

養老乞言　又以成其福禄者也　又而其妃后　《晉書》無「養老乞言」四字。六臣本無「者」字，「妃后」作「后妃」。

化天下以婦道　《晉書》「以」下有「成」字。

故其《詩》曰：刑于　至以御於家邦　此十七字《晉書》無。

故曰文武　至以下治外　此十七字《晉書》無。

於是天下　至天命未至　此二十八字《晉書》無。六臣本無「是」字。

保大定功　至未盡善也　此十九字《晉書》無。

注長子發，中子旦，皆聖　本書《西征賦》注引同。今本《琴操》「聖」下有「人也」二字。

注靈王十二年　「十」上當有「二」字，韋昭有注可證。

如此之纏綿也　六臣本無「也」字。

爰及上代　至其揆一也　此二十四字《晉書》無。

蓋有爲以爲之矣　此七字《晉書》無。

務伐英雄，誅庶桀以便事　《晉書》無「務伐英雄」四字，「桀」作「孽」。

注**《左氏傳》司馬侯曰：或乃多難。《尸子》曰：便事以立官也，以固其國**　何校「以固其國」四字改在「或乃多難」之下，陳同，是也，各本皆誤。按《群書治要》所引《尸子》「官」字下無「也以固其國」五字。

注**《尚書》曰：太甲既立**　「書」下當有「序」字。

不暇待參分八百之會也　六臣本「參」作「三」，說詳《典引》注。

又加之以朝寡純德之士，鄉乏不二之老　《晉書》無「又」字、「以」字，「士」作「人」，「二」作「貳」。

注**太康以來**　何校「太」改「元」，各本皆誤。

學者以莊老爲宗　《晉書》「莊老」作「老莊」。

談者以虛薄爲辨，而賤名儉　《晉書》「薄」作「蕩」，「儉」作「檢」。五臣亦作「檢」，銑注可證。胡公《考異》曰：作「檢」是也，作「儉」但傳寫誤〔二〕，注應詹表「儉」字〔三〕亦「檢」之譌，其表以「清檢」對「容放」言之，義無取於「儉」，今《晉書·應傳》作「儉」字恐非，又善引劉謙之《紀》〔四〕自不必與彼同。

注**以宏放爲夷達**　六臣本「宏」作「容」。胡公《考異》曰：作「容」者是，今《晉書·應傳》作「宏」，尤依之改，但善自不必與彼同。

是以目三公以蕭杌之稱，標上議以虚談之名 注**蕭杌，未詳** 《晉書》無「目三公」以下十六字。良注解「蕭杌」爲「蕭然自放，杌爾無爲」。按《宛委餘編》及《表異録》皆以爲疎散不勤事之意，亦皆望文生義耳。

日昃不暇食 《晉書》「昃」作「旰」。

注**《尚書》曰：文王自朝至于日中側，弗遑暇食** 今《書》「側」作「昃」，「弗」作「不」。案《周禮·司市》疏云「昃者，傾側之義」，是昃、側通也。

蓋共嗤點以爲灰塵，而相詬病矣 五臣「點」作「黜」，向注可證。《晉書》亦作「黜」，無「而相詬病」四字。

而秉鈞當軸之士 《晉書》「秉」作「執」。

注**《漢書解故》曰** 「書」當作「官」。本書《宦者傳論》注引亦作「官」。

皆奔競之士 六臣本無「士」字。

注**孔安國《論語注》曰：悠悠者，周流之貌** 《論語》「滔滔者」釋文曰「滔滔，鄭本作悠悠」，《史記》亦作「悠悠」。翟氏灝曰：《史·世家》注引孔安國云「悠悠者，周流之貌也」，今《集解》本已改「滔滔」。

長虞數直筆而不能糾　此九字《晉書》無。

有逆于舅姑　至**有黷亂上下**　此二十字《晉書》無。

父兄弗之異也　六臣本及《晉書》「弗」並作「不」。

注**《列女傳》：宋鮑女宗曰：貞順，婦人之至行也**　今本《列女傳》無此句，按此當繫於「以善從爲順」句下，今本脱耳。

如室斯構而去其鑿契　此九字《晉書》無。姜氏臯曰：「契」當是「楔」字，《説文》「楔，櫼也，从木，契聲」，《淮南子》木「小者以爲櫼楔」〔五〕，《考工記》「牙得則無槷而固」注「鄭司農云：槷，椴也，蜀人言椴曰槷」〔六〕，蓋椴即楔之假借也，契本有從先結切者，此假契作楔耳。

而覺禮教崩弛之所由　六臣本及《晉書》句末有「也」字。下「而見師尹之多僻」句末《晉書》亦有「也」字。

察庾純賈充之事　六臣本及《晉書》「事」並作「争」。

知將帥之不讓　六臣本及《晉書》句首並有「而」字，此脱。

以蕩蕩之德臨之哉　六臣本及《晉書》「蕩蕩」並作「放蕩」。

故賈后肆虐　至**婦人之惡乎**　此三十一字《晉書》無。

懷帝承亂之後得位　六臣本及《晉書》並無「之後」二字。

既已去矣，非命世之雄 《晉書》無「已」字、「矣」字，「雄」下有「才」字。

然懷帝初載 至 **非道弘人者乎** 此一百八十二字《晉書》無。

長沙之權 注 **乂字士度** 至 **遂誅之** 孫氏志祖曰：長沙之死，由東海王越收送別省，爲張方所殺，並非敗死，注誤。

劉向之讖云 又 **有少如水名者** 又 **乃得其朋** 又 **蓋秦王之子** 又 **得位於長安，長安固秦地也** 六臣本「之讖」作「文讖」，「如」作「而」，無「其」字，「子」下有「也」字，「長安」二字不重。

非道弘人者乎 六臣本「乎」作「也」。

故大命重集于中宗元皇帝 《晉書》無「元」字。

注**《晉中興》曰** 何校「興」下添「書」字，陳同，各本皆脱。

校記

〔一〕稻人正義鄭氏衆曰瀦防 《周禮正義·地官·稻人》各本注疏作「豬」，唯阮刻本正文作「瀦」。此當引正文「以瀦畜水」而誤引正義。

〔二〕作儉但傳寫誤 唐寫本殘卷《文選集注》正文及善注正作「檢」。

〔三〕注應詹表儉字 「詹」原作「瞻」，據《晉書·應詹傳》及唐寫本殘卷《文選集注》改，今《文選注》各本皆誤。又《晉書》載詹疏曰元康以來「以儒術清儉爲鄙俗」，《文選注》各本「鄙」誤

「群」。

〔四〕善引劉謙之紀　「之」據《宋書·劉康祖傳》「簡之弟謙之好學，撰《晉紀》二十卷」、《隋書·經籍志》「《晉紀》二十三卷，宋中散大夫劉謙之撰」、《世説新語》注引六條「劉謙之《晉紀》曰」等補，《文選注》各本皆脱。

〔五〕小者以爲櫼楔　「櫼」誤，《淮南子》各本作「楫」。

〔六〕蜀人言㮰曰槷　㮰、槷原倒，據《周禮·考工記·輪人》鄭注改。

後漢書皇后紀論

范蔚宗

《皇后紀論》　余曰：案《後漢書》此是卷首序，體非論，下《宦者、逸民傳論》、沈約《宋書·恩倖傳論》並同，此誤。

八十一女御　六臣本「女御」作「御女」。

夫人坐論婦禮　張氏雲璈曰：《周禮序》「官九嬪」注：夫人之於后，猶三公之於王，坐而論婦禮，無官職。

世婦主知喪、祭、賓客　《後漢書》無「知」字。

注立正九妃，又三九二十七　胡公《考異》曰：「正」下、「三」下兩「九」字俱不當有，讀以「立正妃」爲一句又「三二十七」爲一句也。

注 **婦也，嬪也**　胡公《考異》曰：當作「嬪也，世婦也」，各本皆誤。

注 **女御，書叙于王之燕寢**　「書」字當作「掌御」二字，各本皆脱。〔一〕

女史彤管　余曰：《周禮·女史》：掌王后之禮，書内令，凡后之事以禮從。鄭注：亦如太史之從於王也〔二〕。

哀窈窕而不淫其色　五臣「哀」作「衷」，翰注：衷，念也。《後漢書》亦作「衷」。按本書《毛詩序》「哀窈窕」注「哀當作衷」。

險謁不行者也　五臣「謁」作「詖」，向注可證。《後漢書》無「者」字。

故康王晚朝，《關雎》作諷　《史記·十二諸侯年表》云「周道缺，詩人本之衽席，《關雎》作」，《儒林傳》序云「周室衰而《關雎》作」；《漢書·杜欽傳》云「佩玉晏鳴，《關雎》嘆之」；《後漢書》顯宗永平八年詔云「應門失守，《關雎》刺世」，《楊賜傳》云「康王一朝晏起，《關雎》見幾而作」，《馮衍傳》云「美《關雎》之識微，愍王道之將崩」；《法言·孝至》篇云「周康之時，《關雎》作乎上，傷始亂也」：並以《關雎》爲刺詩。〔三〕《困學紀聞》三云：「説《詩》者以《關雎》爲畢公作，謂得之張超，或謂得之蔡邕，未詳所出。」案《藝文類聚》三十五載張超《誚青衣賦》〔四〕云「周漸將衰，康王晏起，畢公喟然，深思古道，感彼《關雎》，德不雙侶，但願周公〔五〕，妃以窈窕，防微消漸〔六〕，諷諭君父，孔氏大之，列冠篇首」也。超漢季人，范書有傳。《古文苑》云蔡伯喈作《青衣賦》「志蕩詞淫」，故張子作此以規之。今考邕集有此賦，而無畢公語，且云「《關雎》之潔，不蹈邪非」，則得之蔡邕之説亦不可信。惟《困學紀聞》又云薛士龍曰「《關雎》作刺之説是賦其詩者」，此説最長。

注 **齊侯好内多寵** 又**與貂因寵**　何校「多」下、「因」下並添「内」字，陳同，是也，各本皆脱。

官備七國　《後漢書》「官」作「宮」，是也。章懷注引《史記》曰：「始皇破六國，寫放其宮室，作之咸陽北坂上，南臨渭水，殿屋複道、周閣相屬，所得諸侯美人以充入之」，并秦爲七也。

注 **又有美人、良人、八子**　何校「八子」下添「七子」二字，據《外戚傳》文，是也，《後漢書》注亦可證，各本皆脱。

飾玩華少　六臣本及《後漢書》「華少」並作「少華」。何據校改。

六宮稱號，唯皇后、貴人金印紫綬　章懷注引《周禮注》曰「皇后正寢一，燕寢五，是爲六宮」。《後漢書》重出「貴人」二字。胡公《考異》曰：重出者是也，皇后自同乘輿耳，又考《輿服志》「天子貴人赤綬，同諸侯王」與此不合，或光武時紫綬，以後乃赤綬也。

注 **以歲八月，雒陽民**　陳校「月」下添「算」字，各本皆脱。

注 **長壯妖絜**　胡公《考異》曰：「妖」當作「姣」，各本皆誤。

遂忘「濇」　何云：「濇」即「淄」字，今《後漢書》本作「淄」。張銑注云穢也。按《隸釋》載《州輔碑》

「涅而不緇」即「淄」字也。

自古雖主幼時艱 又**委成冢宰** 六臣本及《後漢書》「艱」作「難」。《後漢書》「委」上有「必」字。

臨朝者六后 何曰：東京皇后臨朝者六，其間殤帝、北鄉侯、冲帝、質帝並未親政。鄧后既立安帝，復臨朝者十六年，遂終身稱制，作《皇后紀》爲得其實。雖後人所不必效，然范氏自合史家之變，不必議也。

注**解瀆亭侯** 毛本「瀆」作「涉」，誤。

注**家屬徙北景** 「北」當作「比」，《後漢書》章懷注不誤，《前書·地理》《續漢·郡國》〔七〕二志注俱可證。

貪孩童以久其政 《後漢書·閻皇后紀》云：太后欲久專國政，貪立幼年。

抑明賢以專其威 何曰：「抑明賢以專其威」，如梁冀忌清河王蒜嚴明〔八〕，徵至京師復舍之，而立質、桓二帝也。

並列于篇 又**其以恩私追尊** 又**則係之此紀** 《後漢書》「恩私」作「私恩」。六臣本「于」作「乎」，無「則」字。

校記

〔一〕書字當作掌御云云　此上當補「胡公《考異》曰」。

〔二〕亦如太史之從於王也　「從」據《周禮·天官·女史》鄭注補。

〔三〕史記十二諸侯年表云云　此段摘自梁玉繩《史記志疑·十二諸侯年表》。

〔四〕案藝文類聚三十五載張超誚青衣賦云云　此下至「且云」上摘自惠棟《九經古義》卷五，錢大昕《困學紀聞校》、翁元圻《困學紀聞注》均引之。但《藝文類聚》卷三五衹有張安超《譏青衣賦》且與此迥异，張超《誚青衣賦》載于《初學記》卷十九、《古文苑》卷六。

〔五〕德不雙侶但願周公　《初學記》卷十九同，《古文苑》卷六「德」作「性」、四庫本「但願」宋本作「願得」。

〔六〕防微消漸　「消」原作「杜」，據《九經古義》卷五、宋本《古文苑》卷六及《初學記》卷十九嚴可均、陸心源校勘記改。

〔七〕續漢郡國　「續」下原衍「後」。《後漢書·郡國志》交州日南郡有比景城，而《續後漢書》無郡國志。

〔八〕梁冀忌清河王蒜嚴明　「明」據《義門讀書記》卷一、《後漢書·李固傳》補。

文選卷五十

後漢書二十八將傳論

《二十八將傳論》 六臣本無「傳」字。

中興二十八將 至**士也** 《後漢書》注云：已上皆華嶠之辭。

固將有以焉爾 六臣本「將」作「皆」，《後漢書》亦作「皆」。

可謂兼通矣 又**至於翼扶王室** 又**亦有鬻繒盜狗** 六臣本無「兼」字，非也。《後漢書》「室」作「運」。毛本「盜」作「屠」。

信越終見葅戮 五臣「戮」作「醢」，良注可證。

遂使縉紳道塞 注**縉，赤色** 六臣本「縉」作「搢」。胡公《考異》曰：「赤」下當有「白」字，各本皆脱，惟本書《酒德頌》注引有，是也。姜氏皋曰：「縉紳」注引司馬相如《封禪文》也，本書「縉」作「搢」，《史記》「縉」作「薦」，薦古假借字。搢，《詩·行葦》箋、《禮·月令》疏皆云插也，惟《漢書·郊祀志》「縉紳者勿道」注引臣瓚云「縉，赤白色。紳，大帶也」，本書《南都賦》注亦引之，《玉篇》同。然《説文》「縉，帛赤色也」，《左·文十八年傳》注、《史記·五帝紀》正義作「縉，赤繒也」。段氏玉裁云「赤白」誤，緣《說文》「紅」是「帛赤白色」，不得以「縉」當之；又《禮·玉藻》「紳長制三尺」，《說文》云「紳，大帶也」，大帶用素用練，未聞以赤白色者。然則「縉紳」當從「搢」，《南都賦》注周奇曰「搢，插笏於大帶」也，而「縉」之云「赤白色」者亦當是「帛赤色」之譌矣。

所加特進朝請而已　六臣本「所加」下有「不過」二字。

將所謂導之以法　《後漢書》「法」作「政」。

撓情則違廢禁典　又**舉勞則人或未賢**　六臣本「撓」作「橈」，「未」作「非」。

即事相權　六臣本及《後漢書》「即」下並有「以」字，毛本從之。

注**衡，平也**　胡公《考異》曰：「衡」上當有「權」字，各本皆脫。

侯者百數　《後漢書》「數」作「餘」。

若夫數公者，則與參國議，分均休咎　章懷注：《賈復傳》曰：「帝方以吏事責三公，故功臣遂不用。是時列侯唯高密、固始、膠東三侯與公卿參議國家大事，恩遇甚厚也。」

其餘並優以寬科，完其封祿　《後漢書·馬武傳》云：帝雖制御功臣，而每能回容，宥其小失，有功輒增邑賞，不任以吏職，故皆保其福祿，終無誅譴者。

郭伋亦議南陽多顯　又**易啟私溺之失**　六臣本及《後漢書》句首並有「而」字，「議」並作「譏」。《後漢書》「啟」作「起」。

乃圖畫二十八將於南宫雲臺，其外又有王常、李通、竇融、卓茂，合三十二人。故依本第，録之篇末，以志功次云爾　六臣本及《後漢書》「依」下有「其」字。六臣本「功」下有「臣」字，《後漢書》作「臣之」二字。按《後漢書》作兩重排列，上一重十六人：以太傅、高密侯鄧禹爲首，次則大司馬、廣平侯吴漢，左將軍、膠東侯賈復，建威大將軍、好畤侯耿弇，執金吾、雍奴侯寇恂，征南大將軍、舞陽侯岑彭，征西大將軍、陽夏侯馮異，建義大將軍、鬲侯朱祐〔一〕，征虜將軍、潁陽侯祭遵，驃騎大將軍、櫟陽侯景丹，虎牙大將軍、安平侯蓋延，衛尉、安成侯銚期，東郡太守、東光侯耿純，城門校尉、朗陵侯臧宫，捕虜將軍、楊虚侯馬武，驃騎將軍、慎侯劉隆。下一重十六人：中山太守、全椒侯馬成，河南尹、阜成侯王梁，琅邪太守、祝阿侯陳俊，驃騎大將軍、參蘧侯杜茂，積弩將軍、昆陽侯傅俊，左曹、合肥侯堅鐔，上谷太守、淮陽侯王霸〔二〕，信都太守、阿陵侯任光，豫章太守、中水侯李忠，右將軍、槐里侯萬脩〔三〕，太常、靈壽侯邳彤，驍騎將軍、昌成侯劉植；凡二十八，而復以横野大將軍、山桑侯王常，大司空、固始侯李通，大司空、安豐侯竇融，太傅、宣德侯卓茂四人附其末云。《通鑑》所叙永平三年二月圖繪功臣之次與范書同，惟《聖賢群輔録》不載常、通、融、茂四人也。

校記

〔一〕鬲侯朱祐　「鬲」原作「高」，據《後漢書·朱祐傳》《馬武傳》、《後漢紀·光武紀》改。

〔二〕淮陽侯王霸　《後漢書·馬武傳》「淮陽」，《王霸傳》作「淮陵」。

〔三〕槐里侯萬脩　「脩」原作「修」，據《後漢書·萬脩傳》《馬武傳》改。

宦者傳論

《宦者傳論》　六臣本無「傳」字。

閹者　惠氏棟云：《周禮》天官屬曰：閹者，王宮每門四人。

注　**掌守王宮中之門禁**　六臣本及《後漢書》注「之門」並作「門之」。

王之正内者五人　何校去「者」字，陳同，蓋據《周禮·序官》也。《後漢書》亦衍。或自爲文，不同所引耳。

閹尹審門閭　六臣本及《後漢書》「閹」上並有「命」字。

注　**焚公宮而殺晉侯**　《左傳》「焚」上有「將」字，不當删。

注　**《史記》：以勃鞮爲履貂上**　胡公《考異》曰：「上」字衍；《史記》「履貂」已見《答任少卿書》注，《後漢書》亦作「貂」，何、陳並校「貂」改「鞮」非也。謹按：寺人披字伯楚，見《晉語》四。一曰寺人勃鞮，見《左·僖二十五年傳》。又稱宦者履鞮，見《史記·晉世家》。其本書《答任少卿書》注所引《史記》「履貂曰」云云，今《史記》是「宦者曰」，上下並無「履貂」之文。然則「履貂」二字僅見此注，何、陳之校改「履鞮」者亦依《史記》耳。惠氏棟以「勃鞮」爲「披」之反切。梁氏玉繩以勃鞮、勃貂爲官號之異，蓋主履者，若周官之鞮鞻氏，「勃」乃排比之義云。

注 **杜預曰：寺人，内閹官豎刁也** 「刁」當作「貂」，各本皆誤。此引《僖二年》「齊寺人貂」之注也。

注 **《史記》曰豎貂爲豎刁** 「曰」當作「以」，各本皆誤。姜氏皋曰：「刁」當作「刀」，《管子·戒》《小稱》、《大戴禮·保傅》《公羊·僖十八年傳》《墨子·所染》均作「豎刀」，《玉篇》云「刀，丁幺切，亦姓，俗作刁」是也。

注 **公徐聞其罪** 陳校「其」下添「無」字，各本皆脱。

注 **今《漢書》或爲釋卿，誤也** 案《史記·吕后本紀》「封中大謁者張釋爲建陵侯」徐廣曰「一云張釋卿，而《紀》下文又有宦者令張澤，《惠景侯表》及《漢書·匈奴傳》同，《燕王世家》作「張子卿」又作「張卿」，《漢書·恩澤侯表》及《周勃傳》則同於《吕后紀》。蓋張名釋字子卿，人或并呼或單稱之，故各不同，而「澤」與「釋」古通也。〔一〕

元帝之世 《後漢書》句首有「至」字。

注 **以爲宜罷中書宦官** 章懷注「書宦」作「常侍」，是也。

惟閹宦而已 六臣本、尤本「宦」並作「官」，誤也。《後漢書》可證。

注 **安帝年號延平** 何校「安」改「殤」，各本皆誤。

而其資稍增　《後漢書》「資」作「員」。六臣本亦作「員」，下有「數」字。

朝臣圖議　六臣本「圖」作「國」。《後漢書》亦作「國」。

非復掖庭永巷之職，閨牖房闈之任也　六臣本「職」作「役」，「闈」作「闥」。《後漢書》「闈」作「闥」。

注**瑗，東武侯**　毛本「瑗東」作「媛東」，誤。

雖時有忠公，而競見排斥　《後漢書》「競」作「竟」，章懷注「謂皇甫嵩、蔡雍等並被排也」。惠氏棟曰：忠公謂丁肅、徐衍、郭耽、李巡輩，皆屏處里巷也，史注譌。

則寵光三族　又**則參夷五宗**　六臣本及《後漢書》「寵光」作「光寵」。《白虎通》曰：小宗有四，大宗有一，凡有五宗。

布滿宮闈　《後漢書》「闈」作「闥」。

苴茅分虎、南面臣民者，蓋以十數　何曰「苴茅分虎」〔二〕謂中官子弟。惠氏棟曰：按《孫程傳》永建元年遣十九侯就國，此「南面臣人」之證也，下云「子弟支附過半於州國」乃指中官子弟耳。

注《尚書緯》曰　至**以爲社**　案此條不見於《古微書》。而鄭玄《周禮注》、孔安國《尚書注》皆有之，亦詳略各異。

基列於都鄙　六臣本及《後漢書》「基」並作「棊」，是也，何、陳據改。

盈牣珍藏 六臣本及《後漢書》「牣」並作「仞」。

皆剥割萌黎 五臣「萌」作「氓」，銑注可證。

競恣奢欲 六臣本「競恣」作「恣極」。

注 **班固《漢書》曰** 陳校去「曰」字，各本皆衍。

注 **薰骨以行刑** 何校「骨」改「胥」，陳同，又去「行」字，各本皆誤。

不可殫書 《後漢書》「殫」作「單」。

注 **《與李子竪書》曰** 六臣本「竪」作「堅」，是也。

注 **《尚書》曰：下本州考治** 陳校「曰」改「白」，各本皆誤。

注 **張驤、趙忠等** 何校「驤」改「讓」，陳同，下注同，據《後漢書》也。

注 **今予恭行天之罰** 「予」下當有「惟」字。

所謂「君以此始，必以此終」 向注：言始以閹官得位，亦以閹官而失國，謂曹操即騰之孫。

信乎其然矣 六臣本無「其」字、「矣」字。

注 **屈蕩尸之曰** 六臣本「尸」作「户」。胡公《考異》曰《唐石經》是「户」字。案《左傳》本「户」字，注「户，止也」，顧氏炎武曰：守户之人謂之户者，取其能止人也，《漢書·樊噲傳》「詔户者無得入群臣」、《王嘉傳》「坐户殿門失闌，免」，《唐書·李紳傳》「擊大球，户官道，車馬不得前」。

校記

〔一〕案史記呂后本紀云云　本段摘自梁玉繩《史記志疑·呂后本紀》。

〔二〕苴茅分虎　「虎」原作「土」，據上文及《後漢書補注·宦者列傳》改。

逸民傳論

《逸民傳論》　六臣本無「傳」字。

注**《易》曰：艮下乾上，遯**　又**孔子曰：遯，逃也**　朱氏珔曰：「艮下乾上」非《易》之辭，「曰」字不當有；「遯，逃」之訓屬之孔子疑有誤，意當作「《序卦傳》曰：遯者退也」。

而不屈潁陽之高　《後漢書》無「而」字。

或隱居以求其志，或迴避以全其道　章懷注：求志謂長沮、桀溺，全道若薛方詭對王莽也。《後漢書》「迴避」作「曲避」，而《太平御覽》引范書正作「回」，回猶曲也。

或靜己以鎮其躁　章懷注：謂逢萌之類也。

或去危以圖其安　章懷注：四皓之類也。

或垢俗以動其概　章懷注：謂申徒狄、鮑焦之流也。

或疵物以激其清　章懷注：梁鴻、嚴光之流。

然觀其甘心畎畝之中 六臣本無「觀」字。

注**而遊堯舜之門** 又**避世之人也** 章懷注引無「舜」字、「也」字。

亦云介性所至而已 《後漢書》「介性」作「性分」。

注**桓榮温恭有蘊藉** 金氏甡曰：「蘊藉」二字始見《史記·酷吏傳》「治敢行少蘊藉」、《漢書·薛廣德傳》「温雅有蘊藉」〔一〕，皆在桓榮前。

弋者何篡焉 注**今「篡」或爲「慕」，誤也** 毛本「篡」誤作「慕」。章懷注「篡字諸本或作慕，《法言》作篡」。尤本「者」作「人」，乃依所見《法言》改。

光武側席幽人 惠氏棟曰：漢儒以幽人爲幽繫之人，故虞仲翔注《易·履》之九二云「履自訟來，訟時二在坎獄中，故稱幽人之正」，《荀子》曰「公侯失禮則幽」，後世輒目高士爲幽人，失之。

旌帛蒲車之所徵賁 《古周易訂詁》引「京房云：五色不成謂之賁。王肅、鄭玄皆云：賁，黄白色也。《太玄經》『礥，黄不純』注同」，而史徵《口訣義》「王廙《易注》云：如以雕飾而見文章，賁之象也」，則有同於《説文》「賁，飾」之義矣。此「徵賁」字亦謂受賁飾於丘園也。

嚴光 余曰：「俞成《螢雪叢説》：嚴子陵本姓莊，避顯宗諱，遂稱嚴氏。」按《廣韻·二十八嚴》云：亦姓，本姓莊，避漢明帝諱改姓嚴。《元和姓纂》云：「嚴，芈姓，楚莊王支孫，以謚爲姓。楚有莊周。漢武強侯莊不識孫青翟爲丞相，會稽莊忌夫子生助。後漢莊光避明帝諱，並改爲嚴氏。」是舊有改姓之説，不始於俞成也。班氏《古今人表》如《左傳》之國莊子作國嚴子、楚莊王作嚴王，《論語》之卞莊子作嚴子，莊周亦曰嚴周，已出於史臣之追改；而《左傳》之鍼莊子，鄭氏注《周禮》亦引作鍼嚴子，則釋經且然。

則天下歸心者乎　《後漢書》無「則」字。

注 **轂皮綃頭巾**　胡公《考異》曰：「轂」當作「穀」，「巾」字不當有，各本皆誤。章懷注：以穀樹皮爲綃頭也。

與卿相等列　六臣本「與」上有「羞」字，《後漢書》亦有，毛本據添。

注 **獨耿介而不隨俗**　「俗」字不當有，各本皆衍。此引《九辨》文。

至乃抗憤而不顧，多失其中行焉　何曰：言王氏二姓篡竊，義憤遠引，斯爲得中；若亂世暗君，遽同作者，則已過也。

蓋録其絶塵不及　注 **司馬彪曰：言不可及也**　六臣本及《後漢書》「及」並作「反」，章懷注引《韓詩外傳》「山林之士往而不能反」是也。孫氏志祖曰：何校「及」改「反」，據注則不當改。

校記

〔一〕温雅有藴藉　《北堂書鈔》卷五三、《白氏六帖》卷五九引同，《漢書·薛廣德傳》「藴」作「醖」。

宋書謝靈運傳論

理或無異　六臣本「或無」作「無或」，《宋書》亦作「無或」。

注**《法言》曰：或問屈原、相如之賦孰愈**　至**長卿亮不可及**　此五十二字今《法言》無之，《法言》書無亡脱，或李見别本歟？

三祖陳王　《宋書》「三」作「二」。

甫乃以情緯文　六臣本「緯」下有「物」字，誤也。

相如工爲形似之言，二班長於情理之説　《宋書》「工」作「巧」，「二班」作「班固」。

源其飈流所始　孫氏志祖曰：五臣本作「原」，作「源」者誤也。

注**《詩》總百家之言**　陳校「詩總」改「傍綜」，見《世説·文學》篇注。

注**潘、陸之徒，有文質**　陳曰「有文質」當作「雖時有質文」，亦據《世説注》也，各本皆誤。

在晉中興玄風獨扇　《宋書》「在」作「有」，「扇」作「振」。

注**好《莊子》玄勝之談**　陳校「子」改「老」，據《世説注》，各本皆誤。

義殫乎此　又**雖比響聯辭**　六臣本「乎」作「於」。《宋書》「殫」作「單」，「比」作「綴」。

注**老子《德經》曰**　晉府本「德」上添「道」字，毛本因之，皆誤也。《老子》本分標《道經》《德經》，見陸氏釋文。《漢書》及注亦屢分引之。

注**謝混始改之**　胡公《考異》曰「之」字應去，據《世説注》也。

商搉前藻　六臣本「搉」作「榷」，《宋書》亦作「榷」。按《説文》榷，水上橫木，所以渡者；搉，敲擊也。本書《吴都賦》「商搉萬俗」劉注云「搉，粗略也」，《魏都賦》注引《淮南子》許注「揚搉，粗略也」，从手爲是。

注**太元，晉武帝年號**　何校「武」上添「孝」字。

低昂舛節　又**仲宣「灞岸」之篇**　《宋書》「舛」作「互」，「灞」作「霸」。

自靈均以來，多歷年代，雖文體稍精，而此祕未覩　《宋書》作「自騷人以來，此祕未覩」。

潘陸顔謝　《宋書》作「謝顔」，誤倒也，上文「顔謝騰聲」不誤。

此言非謬　《宋書》作「知此言之非謬」。

恩倖傳論

類物之通稱　六臣本及《宋書》並無「通」字。

注**以漁釣奸周西伯**　正義云「奸」作「干」。

明敭幽仄　五臣「敭」作「揚」，良注可證。《宋書》亦作「揚」。

注《尚書》曰：明明揚仄陋　今《書》作「揚側陋」。案《説文·手部》「揚」古文爲「敭」，《爾雅·釋水》「仄出也」釋文「仄本作側」，是古文本通。

逮于二漢　六臣本「于」作「乎」。

胡廣累世農夫，伯始致位公相　何曰「胡廣」當作「匡衡」，「伯始」當作「稚圭」。按《漢書·匡衡傳》「父世農夫，至衡好學，家貧，傭作以供資用」，《後漢書·胡廣傳》不言「累世農夫」也。

叔度名動京師　《宋書》「動」作「重」。

且士子居朝　六臣本「士」作「仕」亦誤，《宋書》作「任」是也。

注中有郎　胡公《考異》曰：「中有」當作「有中」，各本皆倒。

郡縣掾吏　六臣本「郡」作「都」，非。《宋書》「吏」作「史」，是也，何、陳據改。

權立九品　《文獻通考·職官門》云：周官九命，秦制爵二十等，漢以石禄别高卑，魏以後始有九品。又《選舉門》云：魏九品中正法，州郡皆置大小中正，各取本地爲之，以别人物高下，晉劉毅已極論九品之弊，所謂「上品無寒門，下品無世族」也。

既而恩以狎生　又空置百司　《宋書》「狎」作「倖」，「空」作「官」。

未之或悟　六臣本「悟」作「寤」。

構於牀笫之曲　又出於言笑之下　《宋書》「牀」作「筵」，下「於」作「乎」。

素縑丹魄　銑注「魄」作「珀」，非也，《宋書》亦作「魄」。

晉朝王石　又**相繼屠剿**　《宋書》「石」作「庾」，「剿」作「劋」。

述高紀第一　班孟堅

述《高紀》第一　六臣本校云五臣在後。案李亦不得在前，蓋傳寫誤移之耳，下二首同。

斷蛇奮旅，神母告符　梁氏玉繩曰：《賈子·春秋》篇、《新序·雜事二》謂晉文公之興也，蛇當道，夢天殺蛇，曰「何故當聖君道？」而蛇死；漢高之興也，亦蛇當徑，斬蛇而嫗夜哭；宋武帝之興也，大蛇見洲裏，射之，而青衣擣藥〔二〕。何前後事之同乎？《朱子語録》以高祖赤帝子之事爲誣；《續古今考》言斬蛇事是僞爲神奇，史公好奇載之；凌稚隆《漢書評林》引明敖英曰：「適然遘蛇而斬之，無足怪者；若神母夜哭，神其事以鼓西行之氣耳。田單守即墨而天神下降、陳勝首禍而魚腹獻書，皆此類也。」

嬰來稽首　「首」與「紀」協韻，與宋玉《笛賦》讀手如洗同。

三章是紀　梁氏玉繩曰：《漢書·刑法志》曰「漢興，約法三章，網漏吞舟之魚，然其大辟尚有夷三族之令」，又考惠帝四年始除挾書律，呂后元年始除三族罪、妖言令，文帝元年始除收孥諸相坐律令、二年始除誹謗律、十三年除肉刑。然則秦法未嘗悉除，三章徒爲虚語，《續古今考》所謂「姑爲大言以慰民」也。蓋三章不足禁姦，蕭何爲相，采摭秦法，作律九章。疑此等皆在九章之内，此語衹爲入關初約耳。

五星同晷 六臣本「同」作「合」。説詳《西都賦》。

戰士憤怨 林先生曰：憤怨，謂怨項氏及秦將也，韓信説高祖曰「項王詐坑秦卒二十餘萬人，獨邯、欣、翳脱，秦父兄怨此三人痛於骨髓」。

注 **各爭恣志** 六臣本「志」作「忘」。按當從《過秦論》注引作「妄」。

股肱蕭曹 《法言·淵騫》篇云：道德顏閔，股肱蕭曹。

校記

〔一〕宋武帝之興也云云 「宋」下原衍「書」字，梁玉繩誤，事見《南史·宋本紀》，《宋書》無。

述成紀第十

孝成皇皇 又 **光允不陽** 《漢書》「皇皇」作「煌煌」，「光」作「亦」。六臣本亦作「亦」。

注 **不亦熾乎** 《漢書注》作「不炎熾矣」，是也。

述韓英彭盧吴傳第四

越亦狗盜 五臣「狗」作「苟」。濟注：苟且爲盜。

雲起龍驤，化爲侯王　《漢書》「驤」作「襄」，師古曰「襄，舉也」。《梁書·劉之遴傳》云：鄱陽嗣王範得班固所上《漢書》真本，獻之東宫，令之遴校對，今本《韓英彭盧吴》述云云，古本云「淮陰毅毅，杖劍周章〔一〕，邦之傑兮，實惟彭英，化爲侯王，雲起龍驤」。齊氏召南曰：以理推之，「邦」字爲高祖諱，又信、越、布後並誅滅，安得盛稱其美？必好事者爲之也。

綰自同閈　應劭曰：盧綰與高祖同里。

校記

〔一〕淮陰毅毅杖劍周章　上「毅」原作「英」，據稿本及《漢書·叙傳》殿本齊召南按語、《梁書·劉之遴傳》改；「杖」原襲齊召南作「伏」，據《梁書》改，《南史·劉之遴傳》作「伏」者「仗」之訛。

後漢書光武紀贊

范蔚宗

炎政中微　《後漢書》「政」作「正」。章懷注：漢以火德王，故曰炎正。

九縣　《説略》云：《左傳》「夷于九縣」，注云「楚滅九國」，非也，九爲陽數之極，故凡言九者皆指其極，范書「九縣飆回」正用此語。

世祖誕命　六臣本「世」作「大」，《後漢書》「世祖」作「光武」，蓋避唐諱。

沈機先物 六臣本「先」作「生」，蓋傳寫誤，《後漢書》亦作「先」。

深略緯文 六臣本「文」作「天」。何曰《兩漢刊誤補遺》云：《文選》作「緯天」，恐當從《文選》。惠氏棟曰：「文」與下「群」「雲」爲韻，似不應改。

高旗彗雲 《後漢書》「旗」作「鋒」。

注 **旌旗輜車** 陳校「車」改「重」，各本皆誤。

注 **城中少年子弟自燒室門** 胡公《考異》曰：「子」當作「朱」，「自燒」當作「燒作」，各本皆誤。

明明廟謀 又 **系我皇漢** 《後漢書》「謀」作「謨」，「我皇」作「隆我」。六臣本「皇」亦作「隆」。

文選旁證卷第四十二

文選卷五十一

過秦論　賈誼

《過秦論》　張氏雲璈曰：《過秦》三篇，賈子《新書》無「論」字，應劭曰「《賈誼書》第一篇」，亦不以爲論也。

秦孝公據殽函之固　六臣本「殽」作「崤」。《困學紀聞》十一云：「春秋時殽，桃林，晉地，非秦有也。」按秦孝公已非春秋時矣。

注　崤謂二殽　《史記·陳涉世家》集解引韋昭說「崤」作「殽」。

囊括四海之意　《漢書·陳勝傳》無「之意」二字。

當是時也　賈子《新書》無「也」字。

修守戰之具　《史記》「具」作「備」，《新書》同。

於是秦人拱手而取西河之外　梁氏玉繩曰：秦惠文王八年魏入河西地於秦，孝公時安得至西河之外乎？《史記·商君傳》有「魏惠王割河西地獻秦以和」之語，並誤。

惠文、武、昭　《史記·陳涉世家》作「惠文王、武王、昭王」。《漢書》及賈誼《新書》並作「惠文、武、昭襄」。惟《史記·始皇本紀》作「惠王、武王」，則遺却昭王一代耳。

收要害之郡　毛本「收」上有「北」字，《新書》亦有，衍也，他書並無。

齊有孟嘗，趙有平原，楚有春申，魏有信陵　梁氏玉繩曰：《史記正義》於《春申傳》云「四君封邑，檢皆不獲，惟平原有地，又非趙境，並皆號謚」，《索隱》於《魏公子傳》云「《地理志》無信陵，或是鄉邑名」，兩注踈陋之甚。《魯頌》箋曰「嘗在薛之旁」，裴駰、司馬貞已引之，田文襲父封薛，兼食嘗邑，故號孟嘗，孟乃其字；趙勝封於東武城；黄歇初封淮北，後徙吴墟：俱明載本傳。平原、春申是號而非地，故《韓子·和氏》篇言楚莊王有弟春申君，漢朱建及孝景皇后母臧兒皆號平原君也。若魏公子無忌，則封於陳留郡之寧陵縣而號之爲信陵君者也，寧陵爲古葛地，葛於六國屬魏，魏以封公子無忌，號信陵，此乃確證。

約從離衡　《新書》「離」作「連」，非也。

兼韓、魏、燕、趙、宋、衛、中山之衆　《史記·始皇本紀》「兼」作「并」，「燕」下有「楚齊」二字。王氏念孫曰：有者是也，各書並脱。

甯越　《吕氏春秋·不廣》篇「甯越」注云趙中牟人，又《博志》篇「甯越，中牟之鄙人，學十五歲而周威公師之」，此注引甯越語孔青事即在《不廣》篇，兩處俱云中牟人，是一人也。惟《史記集解》引徐廣曰「越一作經，或别有此人，不必甯越也」，其説獨異。

徐尚　注**未詳**　《史記索隱》亦云未詳，《漢書》無注。按徐尚疑即《史記·魏世家》之外黄徐子，説魏太子申以百戰百勝之術者。

召滑　《史記·始皇本紀》作「昭滑」，《陳涉世家》作「邵滑」，而《甘茂傳》亦作「召滑」，徐廣曰「滑一作涓」。

翟景　注**未詳**　《史記索隱》亦云未詳。梁氏玉繩曰疑即《趙策》之翟章。王氏念孫曰：翟景蓋即《戰國策》之翟强。《楚策》曰魏相翟强死；《魏策》曰魏王之所用者樓䵍、翟强也，又曰翟强欲合齊秦外楚者也。景字古讀若强，聲與强相近，故翟强或作翟景，《春秋考異郵》「景風至，景者强也，强以成之」、《史記·高祖功臣侯者表》「杜衍强侯王郢人」徐廣曰「强一作景」可證。

注**高誘曰：周最，周君之子也**〔一〕　《戰國策·西周策》曰司寇布爲周最謂周君曰「君使人告齊王以周最不肯爲太子也」，故高注云爾。《漢書·古今人表》〔二〕「周景」，梁氏玉繩謂「景」當是「最」之譌。又《史·周紀》云「齊重，則固有周聚以收齊」，徐廣曰亦作「最」。

帶佗　注**未詳**　王氏念孫曰：《易林·益之臨》曰「帶季、兒良，時利權兵，將師合戰，敵不能當，趙魏以强」，帶季蓋即帶佗，帶佗、兒良爲趙、魏將，故曰趙魏以强，但未知孰爲趙將、孰爲魏將耳。

兒良　《漢書·藝文志》兵權謀十三家有兒良一篇，師古曰六國時人。王氏念孫曰：注中王廖、兒良云云見《吕氏春秋·不二》篇，高注亦未言王廖、兒良爲何國之將。

王廖　此王廖，六國之士也，在戰國時。《韓詩外傳》亦有王廖，則春秋時秦内史也。非一人。

趙奢之倫　《史記·始皇本紀》及《漢書》「倫」並作「朋」。

叩關而攻秦　注　**叩或爲仰。言秦地高**〔三〕**，故曰仰攻之**　六臣本及《史記·陳涉世家》《漢書》《新書》「叩」並作「仰」。王氏念孫曰：仰本作卬，卬叩字相似，故誤作叩。

九國之師　《史記·楚世家》云「六國攻秦，楚懷王爲從長」，六國者楚及燕、趙、魏、韓、齊也。《秦本紀》言韓、趙、魏、燕、齊，帥匈奴共攻秦而不及楚，《年表》及《燕世家》又不及齊，《趙世家》但言與韓、魏擊秦，《魏世家》但言五國攻秦，皆語焉不詳。此論獨稱九國之師，《索隱》謂六國之外更有宋、衛、中山，蓋三國共以兵從也。〔四〕

遁逃而不敢進　《史記·始皇本紀》「遁逃」作「逡巡」，今本下衍「遁逃」二字。《漢書》作「遁巡」，《新書》作「逡巡」。惟《史記·陳涉世家》與此同。梁氏玉繩曰：「遁」即「巡」字，傳寫者因「遁」與「循」近，遂誤改「遁」爲「巡」；又移「遁」配「逃」，增於「逡巡」之下，實「逡巡」之異文，謂九國遲疑不進爾。若云遁逃而走，即應大被追躡，豈但不敢進乎？《匡謬正俗》及《金石文字記》辨之詳矣，《漢書·平當傳贊》「逡遁有恥」、《游俠·萬章傳》「逡遁甚懼」、《隸釋·鄭固碑》「逡巡退讓」可證。

注《史記》曰：逡巡，遁逃　六臣本作「遁逃」。《史記》作「逡巡」，是也。蓋李所見《史記》本如是，後人妄添二字，尤本依之誤改耳。

而天下諸侯已困矣，於是從散約解　《漢書》無「諸侯」二字，「解」作「敗」。《史記·陳涉世家》作「而天下固已困矣」。

流血漂櫓　《史記》《漢書》「櫓」並作「鹵」。朱氏珔曰：《說文·木部》「櫓」字云大盾也，重文「樐」〔五〕字云或從鹵，因即假「鹵」字爲之；《孟子》作「杵」，杵亦櫓之音近假借字也。

國家無事　六臣本校云善無「家」字，非也。

吞二周　吴氏枋《宜齋野乘》云：秦昭王五十一年滅西周，後七年莊襄王滅東周，則吞二周乃始皇之曾祖父，非始皇也。

執敲撲　《史記·始皇本紀》作「執棰拊」，《集解》徐廣曰一作「槁朴」，《索隱》曰賈本論作「槁朴」。

注《說文》曰：敲，擊也　今《說文》：敲，横擿也〔六〕。

俛首係頸　六臣本校云「頸」善作「頭」，蓋傳寫誤。

却匈奴七百餘里　金氏甡曰：《史記》：劉敬曰：匈奴河南白羊、樓煩王，去長安近者七百里。又《匈奴傳》曰：始皇帝使蒙恬擊胡，悉收河南地，因河爲塞。

士不敢彎弓而報怨　《史記·陳涉世家》「士」下有「亦」字，「彎」作「貫」，《索隱》云：貫音烏還反，又如字，謂上弦也。朱氏珔曰：《説文》「彎，持弓關矢也」，《孟子》「越人關弓而射之」本書《吴都賦》注引作「彎弓」，是「彎」即「關」；《漢書·王嘉傳》注「關，貫也」，《儀禮·鄉射禮》《大射儀》「不貫不釋」注並云古文「貫」作「關」，則彎、關、貫三字皆以音近通用。

銷鋒鍉鑄以爲金人十二 注 **以銷鋒鍉爲鐘鐻**〔七〕**，金人十二** 六臣本「鍉鑄」作「鑄鍉」，誤也。《史記·始皇本紀》作「銷鋒鑄鐻」。《新書》「鋒」作「鏑」，鏑即鍉也〔八〕。按：鍉字斷句，注中「以銷」當作「銷以」，「鋒鍉」二字衍。《三輔黄圖》云：金人坐高三丈，其銘曰：「皇帝二十六年，初兼天下，改諸侯爲郡縣，一法律，同度量。大人來見臨洮，其長五丈，足跡六尺。」

以弱天下之民。然後踐華爲城，因河爲池，據億丈之城，臨不測之谿以爲固 《史記·始皇本紀》「天下」作「黔首」，「踐」作「斬」，「池」作「津」。《新書》「城」作「高」，「不測之谿」作「百尺之淵」。

陳利兵而誰何 注 **《廣雅》曰：何，問也** 《説文》：何，一曰誰也。《史記·衛綰傳》景帝「不譙呵綰」，注「譙音誰，呵音何」。「《漢書》有誰何卒」注，「誰」與《高帝紀》譙讓項羽之「譙」同〔九〕，「何」與「呵」同，如今關城盤詰之例。顧氏炎武曰：「誰、讙同，何、呵同。《韓詩》：室人交遍讙我。《韓非子》：王出而何之。焦氏《易林》：鷄鳴犬吠，無敢誰者。」

萬世之業也 六臣本無「也」字。

非有仲尼、墨翟之賢 盧氏文弨曰：别本《新書》「仲尼」作「仲弓」，按《荀子》當以仲尼、子弓並稱，子弓蓋即馯臂子弓也。

俛起阡陌之中　《漢書·陳勝傳》「俛」上有「而」字。《史記·陳涉世家》作「俛仰阡陌之中」。《始皇本紀》作「倔起什百之中」，上亦有「而」字。梁氏玉繩曰：「什」即「仟」字誤，仟伯、阡陌古字通。王氏念孫曰：「阡陌」本作「什伯」，後因而誤作「仟伯」又誤作「阡陌」，惟《秦始皇本紀》作「什伯」，《集解》引《漢書音義》曰首出十長百長之中，如淳曰時皆辟屈在十百之中」，據此則正文及如注皆本作「什伯」明矣。《陳涉世家》索隱亦作「什伯」、注云「謂十人百人之長也」〔十〕，《匈奴傳》索隱引《續漢書·百官志》云「里魁掌一里百家，什主十家，伍長五家〔十一〕」、又引《過秦論》云「俛起什百之中」，此皆其明證。

注 **俛，音免**　姜氏皋曰：本書《文賦》「在有無而僶俛」，注引《詩》「僶俛」、《禮·表記》「俛焉日有孳孳」，讀如勉，是「俛」即「勉」字。

率罷散之卒　六臣本「罷散」作「疲散」，校云善作「罷弊」。《新書》作「疲弊」。此尤本改，與《史記·始皇本紀》《陳涉世家》、《漢書·陳勝傳》同。

轉而攻秦　《史記·始皇本紀》《陳涉世家》並作「而轉攻秦」。

天下雲集而響應　六臣本及《史記·陳涉世家》「集」並作「會」。《漢書》《新書》並作「合」。

且夫天下　又 **非尊於齊、楚、燕、趙、韓、魏、宋、衛、中山之君也**　《漢書》無「夫」字，「非」作

「不」,「尊」作「齒」,無「也」字。六臣本「非」亦作「不」。

鋤耰棘矜 注**棘,戟也** 王氏念孫曰:《方言》「矜謂之杖」〔十二〕,棘矜謂伐棘以爲杖也,《淮南·兵略》篇陳勝「伐櫲棗而爲矜」〔十三〕義與此同,伐棘爲矜即上文所云斬木爲兵也,《徐樂傳》陳涉「起窮巷,奮棘矜」、《嚴安傳》陳勝吴廣「起閭巷,杖棘矜」〔十四〕、《史記·淮南厲王傳》曰「適戍之衆,鐖鑿棘矜」〔十五〕義並同,下文「鉤戟長鎩」乃始言戟耳。

非銛於鉤戟長鎩也 六臣本「非」作「不」。《新書》「非銛」作「不敵」,《漢書》同,又無「也」字。《史記·始皇本紀》「銛」作「錟」。

非抗於九國之師也 六臣本無「於」字。《漢書》「非抗」作「不抗」,無「也」字,《史記》亦無。

功業相反 又**致萬乘之權** 又**百有餘年矣** 《漢書》《新書》「反」下有「何也」二字。《史記》有「也」字,無「致」字,「萬」作「千」。《漢書》無「矣」字。

而攻守之勢異也 陳氏兆崙曰:「攻」字乃「取」字誤,觀下篇自明。

校　記

〔一〕周君之子也　「君」原作「公」,據稿本及《文選注》改。

〔二〕漢書古今人表　「人」據稿本及《漢書》補。

〔三〕言秦地高　「言」據稿本及《文選注》補。

〔四〕史記楚世家云云　本段摘自梁玉繩《史記志疑·秦本紀》。

〔五〕朱珔曰櫓字云大盾也重文樐　「盾」原作「楯」，據《説文》改；「樐」原作「櫓」，據稿本及《説文》改。朱珔《文選集釋》無此節。

〔六〕今説文敲横擿也　「擿」原作「擿」，據《説文》改。

〔七〕以銷鋒鍉爲鐘鐻　「鍉」據稿本及《文選注》補。

〔八〕鏑即鍉也　「鍉」原作「提」，據稿本及上下文改。

〔九〕漢書有誰何卒注誰與高帝紀譙讓項羽之譙同　「紀」字據楊慎《丹鉛總録》卷十四補，《漢書·高帝紀》「譙讓羽」者樊噲，非高帝。楊慎曰：「賈誼《過秦論》『信臣精卒、陳利兵而誰何』，注『誰何，問之也。《漢書》有誰何卒，如淳曰何謂何官也』。按他注解誰與譙同，與《高帝紀》『譙讓羽』之譙同；何與呵同……何官如今之盤詰守關者。」《秇林伐山》卷十九又有發揮，却漏「紀」，遂成「高帝譙讓羽」，此一誤也。焦竑《筆乘》卷六《古字有通用假借用》轉載略去「如淳曰何謂何官也」，「按他注解」省作「注」，下文「誰與高帝譙讓項羽之譙同」遂成上文「《漢書》有誰何卒」注，此二誤也。顧起元《説略》全録焦竑此章，清人以訛傳訛，近人李劍雄標點《焦氏筆乘》亦不察。

〔十〕什伯謂十人百人之長也　什、十，《史記索隱·陳涉世家》作仟、千，乃王念孫《讀書雜志·漢書八》引改，後有夾注云今本誤。

〔十一〕伍長五家　「伍」原作「五」，據稿本及《讀書雜志·漢書八》《史記索隱·匈奴傳》改。
〔十二〕方言矜謂之杖　「方言」據稿本及《讀書雜志·漢書八》、《方言》卷九補。
〔十三〕伐橪棗而爲矜　橪，《淮南子·兵略訓》作「棘」，乃王念孫《讀書雜志·淮南十五》據《史記索隱·司馬相如傳》等改。
〔十四〕起閭巷杖棘矜　「閭」原作「窮」，據《漢書·嚴安傳》改，王念孫涉上句《徐樂傳》「起窮巷」而誤。
〔十五〕鐖鑿棘矜　「鐖」原作「璣」，據稿本及《讀書雜志·漢書八》《史記·淮南衡山列傳》改。

非有先生論

東方曼倩

《非有先生論》　《文章緣起》云：傳始於東方朔《非有先生傳》，是以寓言而謂之傳。汪氏師韓曰：《文選》歸之論體，不稱傳也。

進不能稱往古以廣主意　《漢書·東方朔傳》脱「能」字，「廣」作「厲」。

竊爲先生不取也　六臣本作「竊不爲先生取也」。《漢書》作「竊不爲先生取之也」。

是不忠也　又**寡人將竦意而覽**　六臣本「是」作「臣」。尤本「覽」作「聽」。

夫談者有悖於目而佛於耳　注**字書曰：佛，違也**　《漢書》無「者」字、「而」字，「佛」作「拂」。

案《學記》「其求之也佛」，釋文「佛本又作拂」，《禮疏》云「戾也」，與《曲禮》「獻鳥者佛其首」解同。注引字書作「違」解，與「戾」義等。又《詩》「佛時仔肩」，《韓詩》「佛」作「茀」；《詩》「茀厥豐草」，《韓詩》「茀」作「拂」。是佛、茀、拂三字皆通。

或有説於目、順於耳　六臣本「順」上有「而」字。

寡人將覽焉　《漢書》「覽」作「聽」。六臣本「覽」下有「于直」二字。

昔關龍逢深諫於桀，而王子比干直言於紂　朱氏綬曰：《列女傳·孽嬖傳》「龍逢進諫曰：君無道必亡。桀曰：日有亡乎？日亡而我亡。不聽，以爲妖言而殺之」，又「比干諫曰：不修先王之典法，而用婦言，禍至無日。紂怒以爲妖言」，此所謂深諫直言也。

注**如淳曰：《漢書注》曰**　陳校去上「曰」字，各本皆衍。

戮及先人　六臣本校云五臣「先」作「於」。

遂及飛廉、惡來、革等，三人皆詐僞　今《漢書》無「遂」字，「革」作「輩」，誤也。六臣本及《漢書》「三」並作「二」。案良注「飛廉善走者，其子惡來革多力」，是以飛廉爲一人、惡來革爲一人；李注引《説苑》以費仲、惡來、革崇、侯虎爲四子，是以革爲一人，故曰三人。

陰奉彫瑑刻鏤之好　又**宗廟崩弛，國家爲墟**　又**戮殺賢臣**　《漢書》「彫瑑」作「琱瑑」，「弛」作「阤」，「墟」作「虚」，「殺」作「放」，「賢臣」作「聖賢」。

愉愉呴煦，終無益於主上之治，即志士仁人　《漢書》「呴煦」作「呴呴」，師古曰呴呴言語順也。六臣本「治」作「理」。《漢書》「即」作「則」。

將儼然作矜莊　又上以拂人主之邪，下以損百姓之害　六臣本無「將」字。《漢書》「莊」作「嚴」，無「人」字。王氏念孫曰「損」當作「捐」。

遂居深山之間　《漢書》「深」作「家」。

於是吴王懼然易容　六臣本「懼」作「懼」是也，按《漢書》作「懼」，觀李注與《漢書注》並音居具切、六臣本注音句，則作「懼」無疑。

此二子者　《漢書》「子」作「人」。

注《尸子》曰：箕子胥餘　《書·微子》正義云「徧檢書傳不見箕子之名，惟司馬彪注《莊子》云箕子名胥餘，不知出何書」，據此則當出《尸子》也，《莊子·大宗師》釋文亦引《尸子》云。

得賜清讌之間　《漢書》作「得清燕之間」，師古曰間讀曰閑。

太公釣于渭之陽　六臣本「渭」下有「水」字。

注《六韜》曰：文王卜田。史扁爲卜曰：于渭之陽，將大得焉。非熊非羆，非虎非狼　孫氏星衍所輯《六韜》作「文王將田，史編布卜曰：田於渭陽，將大得焉，非龍非彲，非虎非羆」。

本仁祖誼　《漢書》「誼」作「義」。

於是裂地定封　六臣本「裂」作「列」，何據之校改。

世之不絶也　又**躬親節儉**　又**省刑罰**　又**天下大洽**　又**囹圄空虚**　《漢書》無「之」字、「親」字。六臣本亦無「親」字。《漢書》「罰」作「辟」，「洽」作「治」。六臣本「圄」作「圉」，「空虚」作「虚空」。

惟周之貞　《漢書》「貞」作「楨」，何據之校改。

四子講德論　王子淵

注**涉始於足**　「涉」當作「步」，下同，各本皆誤。

注**一單三尺**　六臣本「單」作「躍」，是也。

注**《廣雅》曰：遁，逃也**　六臣本「逃」作「避」，是也，此《釋詁》文。

注**《説文》曰：蚊蝱，齧人飛蟲也**　今《説文》「蟁」字訓云「齧人飛蟲」，重文「蚊」注「俗蟁從文」，又「蝱」字訓與「蟁」同。

僕雖嚚頑　六臣本「嚚頑」作「頑嚚」。

陳懇誠於本朝之上　五臣「懇」作「懃」，良注可證。

注**《呂氏春秋》曰：甯戚飯牛車下**　又**《淮南子》曰：甯越商歌車下**　梁氏玉繩曰：「甯戚」

始見《齊語》及《管子·小匡》諸篇，而《吕覽·勿躬》篇「戚」作「遬」，蓋戚有速音，故通作遬也。《亢倉子·賢道》篇又作「籍」，籍、戚音相近也。《淮南子·道應訓》誤爲「甯越」，《韓子·外儲》篇誤爲「甯武」。朱氏珔曰：「此注所引《吕氏春秋》作『戚』在《舉難》篇，又《直諫》篇『使甯戚毋忘其飯牛』亦同，與《勿躬》篇作『遬』互異，知遬即戚也。所引《淮南子》在《主術訓》，仍作戚不作越。而《道應訓》作越者，《説文》『戚，戉也』，斧戉之戉經典多借鉞字爲之，而又與越通，本書王元長《曲水詩序》『文鉞碧砮之琛』注『鉞當爲越』也。疑戚名而字鉞，又以同音遂爲越耳。若《過秦論》所稱甯越，在戰國時，則别是一人矣，《漢書·古今人表》甯戚與甯越俱列第三等。至《韓子》作武，殆武、戚字形相近而誤歟？」

而以爲親者也　六臣本無「也」字。

注 **閭嫁子奢**　「嫁」當作「娵」，今《荀子·賦篇》及《七發》注引皆是「娵」。《荀子》楊注：「奢」是「都」字之譌。

嫫母倭傀　注 **倭傀，醜女。未詳所見**　《淮南子·修務》篇：雖粉白黛黑弗能爲美者，嫫母、仳倠也。高誘注：嫫母、仳倠，古之醜女。《廣雅·釋詁》：仳倠，醜也。豈「仳倠」與「倭傀」字可通用歟？

公輸不能斲　五臣「斲」作「斷」。銑注：不能有所制斷也。

衡蒙涉田而能致遠　又 **夫樂者感人密深**　又 **好惡不形**　六臣本無「能」字，「密」作「心」，「形」

作「刑」，恐誤。

故美玉藴於碔砆　胡公《考異》曰：「碔砆」當作「武夫」，注不從石，五臣翰注乃作「碔砆」，各本亂之。案《山海經》「會稽之山，其下多玞」，郭注「玞，武夫石，似玉」。《廣雅·釋地》亦作「武夫」也。

精練藏於鑛朴　五臣「練」作「鍊」，「朴」作「璞」，翰注可證。按「朴」當作「樸」。

注**《説文》曰：鑛，銅鐵璞也**　「鑛」當作「磺」，「璞」當作「樸」。今《説文》：磺，銅鐵樸石也。惟《説文》作「磺」，故有「磺與鑛同」之注。

民氓所不能命　六臣本「民」作「黎」，「德美」作「美德」。

又**揚君德美**

寂寥宇宙　六臣本「寥」作「聊」，注同。

注**不知老之將至也**　今《論語》「也」作「云爾」。

《書》云：迪一人使四方若卜筮　注**《尚書》曰：故一人有事四方，若卜筮，無不是孚。孔安國曰：迪，道也；孚，信也**　段曰：「王褒所引蓋《今文尚書》之文，與古文異，事、使二字篆體相似。李注引《孔傳》六字今本無之，是其所據本亦不同。」按段氏謂褒所引《君奭》之文爲《今文尚書》是也，至迪、孚二字之訓乃李注别引他篇《孔傳》以釋其義，「迪，道也」見《大禹謨》，「孚，信也」見《湯誥》，原非必屬此節之傳，否則今《書》本無「迪」字，何從闌入乎？段氏以爲所據本不同，殆未然。惟李注既不言《書》有異字，而引《孔傳》連綴於下文未分晰致混淆耳。今《尚書》「事」字下有「于」字，「無」作「罔」。

注《論語》子曰：**君召使擯**　本書《辨命論》注引「狐狢之厚以居」上亦題「子曰」二字。案《禮記·曲禮》注引「當暑袗絺綌」〔一〕、《玉藻》注引「素衣麑裘」又引「緇衣羔裘」又引「黄衣狐裘」、《儀禮·既夕》疏引「素衣麑裘」〔二〕、陸佃《禮記解》引「膾不厭細」、羅願《爾雅翼》引「不得其醬不食」、《南史·顧憲之傳》引「雖菜羹瓜祭」、《論衡·祭意》篇引「雖疏食菜羹」均題孔子曰，知古人引《鄉黨》多此例也。

注《毛詩·周頌》曰　陳校「詩」下添「序」字，各本皆脱。

且觀大化之淳流　又**詠歌之不厭**　六臣本無「且」字，「厭」作「足」。

注**郭璞《山海經注》曰：鱓魚似蛇**　今《山海經》無此文，惟《北山經》「湖灌之水，其中多䱇」〔三〕郭注「亦鱓魚字」，李所引疑即此注之脱文也。

顧二子措意焉　又**顧二生亦無疑**　又**大夏之材**　又**非一人之略也**　六臣本無「焉」字，「疑」下有「也」字，「略」下無「也」字。五臣「夏」作「廈」，良注可證。

九合諸侯，一匡天下　翟氏灝曰：公、穀以來皆以九合爲實數，自朱子《集注》據《春秋傳》展喜「糾合諸侯」之語始以爲古字通作「糾」，《離騷·天問》篇「齊桓九合諸侯」朱子注亦同，然朱子以前俱如字讀。《管子·小匡》篇、《晏子春秋·問下》篇、《荀子·王霸》篇、《戰國策》齊王斗語又《魯連遺燕將書》《越絶書·外傳·吴傳》、《韓非子·十過》篇、《吕氏春秋·審分覽》、《韓詩外傳》六、《大戴禮·保傅》篇、《淮南子·氾論訓》、《説苑·尊賢》篇、《新序·雜事》篇、《論衡·書虚》篇、《中論·智行》篇、魏武帝《短歌行》等處俱以「九合諸侯一匡天下」作偶語，而《史記·齊世家》有桓公自稱「寡人兵車之會三，乘車之會六，九合諸侯，一匡天下」云云，則九合之爲實數無可疑也。

晉文公有咎犯趙衰　六臣本「咎」作「舅」。案《荀子·臣道》篇「晉文咎犯」楊注「咎與舅同」，《韓非子》《吕氏春秋》《淮南子》《韓詩外傳》《史記》亦皆作「咎」，《儀禮·士昏禮》鄭注「古文舅皆作咎」。

楚莊有叔孫子反　六臣本「叔孫」作「孫叔」。

句踐有種蠡渫庸　六臣本「渫」作「世」。何曰即「舌庸」也。按《漢書·董仲舒傳》作「泄庸」，「舌庸」見《吴語》，即《左·哀二年傳》之「洩庸」也。

是以海内歡慕　又**或以息者欲罷不能，偃息匍匐乎《詩》《書》之門，游觀乎道德之域，咸絜身修思**　六臣本「歡」作「勸」，無「匍匐」二字，「思」作「德」。何云：「或以息者欲罷不能偃息」分句；一本無「匍匐」二字，「偃息」連下句讀，與下「游觀」二字爲對。

省田官　何校「田官」改「官田」。胡公《考異》曰：《宣紀》地節元年假郡國貧民田，三年詔曰〔四〕「前下詔假公田貸種食」，公田即官田也，疑此句當有李注。

宰相刻峭 又**莫不肌栗慴伏** 又**百姓征彸** 五臣「峭」作「削」，良注可證；「栗」作「慄」，「征彸」作「怔忪」，濟注可證。

尚寬柔 又**今海内樂業** 六臣本「尚」作「上」，「海内」作「四海」。

注**鳳凰集魯** 又**邕邕者聲和也** 「魯」下當有「郡」字，「者」當作「音」。

昔文王應九尾狐而東夷歸周 注**《春秋元命苞》曰：天命文王以東夷歸周之事** 據《後魏書·靈徵志》云〔五〕「高祖太和十年三月，冀州獲九尾狐以獻，王者六合一統則見〔六〕，周文王時東夷歸之曰：王者不傾於色，則至德至，鳥獸亦至」，魏收之《志》雖非漢以前書，而數語必傳之自古。又《周書·王會解》「青丘狐九尾」孔晁注「青丘，海東地名」，此當是東夷歸周之説，必文王時已先入貢者。故郭璞《山海經圖贊》云「青丘奇獸，九尾之狐。有道翔見，出則銜書。作瑞周文，以標靈符」，此可爲證。又《宋書·符瑞志中》云「九尾狐，文王得之，東夷歸焉」，此則沈約之説，較前於魏收，或皆是用子淵語也。

周公受秬鬯 注**未詳** 金氏甡曰：《書·洛誥》周公曰：「伻來毖殷，乃命寧。予以秬鬯二卣，曰明禋，拜手稽首休享。」《論衡·儒增》篇曰：「周時天下太平，越裳獻白雉，倭人貢鬯草。」

宣王得白狼而夷狄賓 注**未詳** 《管城碩記》云：「按《瑞應圖》：王者仁德則白狼見，周宣王時，白狼見，西國滅。《後魏書·靈徵志》云：太安三年三月，有白狼一見於太平郡，議者曰：先帝本封之國而白狼見焉，無窮之徵也，周宣王得之而犬戎服。」

今南郡獲白虎　《宋書·符瑞志》：漢宣帝元康四年，南郡獲白虎。案《漢宣紀》屢言鳳凰、甘露、神爵，而是年不載獲白虎事。

是以北狄賓合　五臣「合」作「洽」，濟注可證，尤本據改。

先生曰：夫匈奴者，百蠻之最强者也　六臣本校云「先生曰夫」四字善作「先生夫子曰」五字，誤也。《史記·匈奴列傳》云：匈奴者，其先祖夏后氏之苗裔也，居於北。梁氏玉繩曰：古人單稱夷及蠻爲四裔之通號，如追貊北方之國而《韓奕》之詩曰「因時百蠻」，衛在冀州之域而武公作詩曰「用逷蠻方」。

天性憍蹇，習俗傑暴　六臣本「憍」作「驕」，「傑」作「桀」。

驚邊抏士　五臣「抏」作「杌」，銑注可證。何曰：《能改齋漫録》作「抗」，引杜甫詩「對揚抗士卒」，是也。胡公《考異》曰：善不音注者，已見《上林賦》「抏士卒之精」〔七〕下也，尤本作「杌」亦非。

單于稱臣而朝賀　六臣本無「賀」字，恐係誤脱。

燋齒梟瞷　注**燋齒，未詳**　翰注：燋齒，黑齒也；梟瞷，眼白也。金氏甡曰：《周書·王會解》曰：黑齒，白鹿、白馬。

未尅殫焉　六臣本「尅」作「克」，是也。此但傳寫誤。

校記

〔一〕當暑袗絺綌　「袗」原作「紾」，據《禮記·曲禮下》鄭注改。《論語·鄉黨》注疏本同，正平本、義疏本作「縝」，乃《經典釋文》《唐石經》《五經文字》作「紾」。然《釋文》云「紾本又作袗」，于《禮記·曲禮下》《喪大記》復作「袗」。當以「袗」爲正，「縝」通「袗」。

〔二〕素衣麑裘　「素」原作「表」，據稿本及《儀禮·既夕》賈疏、《論語·鄉黨》改。

〔三〕湖灌之水其中多䱻　「水」原作「山」，據《山海經·北山經》改。

〔四〕地節三年詔曰　「三」下原衍「十」，據稿本及胡克家《文選考異》卷九、《漢書·宣帝紀》改，地節祇有四年。

〔五〕據後魏書靈徵志云云　此當爲朱珔語，見《文選集釋》卷二三。「靈徵」原倒，下引《管城碩記》同，據《魏書》改，朱珔、徐文靖均不誤。

〔六〕王者六合一統則見　「見」據《文選集釋》卷二三、《魏書·靈徵志》補。

〔七〕抏士卒之精　「抏」原作「扤」，上文同，據稿本及《文選·上林賦》、《文選考異》卷九、《能改齋漫録》卷六等改。

文選卷五十二

班叔皮　王命論

注 王命，帝王受命也 至 復起於今乎　胡公《考異》曰：此下有脱文，必并引「既感嚻言」以及「乃著《王命論》」等語，各本皆脱。

雖其遭遇異時，禪代不同，至於應天順人其揆一焉　六臣本「時」作「世」，「人」作「民」，「揆一」作「一揆」。《漢書·叙傳》「焉」作「也」。

注 順乎天，應乎人　段氏云：此傳寫之譌，又脱「而」字。

注 事治而百姓安之　今《孟子》「而」字在「事」字上。

注 善曰：世運　胡公《考異》曰：「世運」當作「運世」，各本皆倒。

不知神器有命，不可以智力求。悲夫！此世之所以多亂臣賊子者也　《漢書》「求」下有「也」字，無「之」字。劉德曰：神器，璽也。李奇曰：帝王賞罰之柄也。師古曰：李説是也。

思有短褐之襲　《漢書》「短」作「裋」，「襲」作「褻」。王氏念孫曰：褻與褻不同字〔一〕。褻，親身衣也，從衣，埶聲，讀若漏泄之泄；褻，重衣也〔二〕，字本作褺，從衣，執聲，讀若重疊之疊，其「執」字或在「衣」中作褻，轉寫小異耳，與褻衣之褻從埶字不同。此言短褐之褻，謂饑寒之人思得短褐以爲重衣，非謂親身之褻衣也。《漢紀》及《文選》並作「短褐之襲」，李注「《説文》曰：襲，重衣也。《字林》曰：襲，大篋反〔三〕」，此即「褺」之借字，何以明之？《説文》「褺，重衣也，從衣，執聲」，《一切經音義》十五「褺，徒俠反」引《通俗文》曰重衣曰褺，宋祁引蕭該《音義》曰「《字林》曰：褺，重衣也，大篋反」，正與李善所引同，則「襲」爲「褺」之借字明矣。《説文》以襲爲左衽袍，以褺爲重衣，今經史中重衣之字皆作襲，而褺字遂廢，惟此一處作褺，乃古字之僅存者。而師古云「褻謂親身衣也，先列反」，是直不辨褻、褺之爲兩字矣。《廣韻》「褻」在《十七薛》，「襲」在《二十六緝》，「褺」在《三十帖》。「褺」與「襲」聲相近，故《漢紀》《文選》皆作「襲」，若「褻」與「襲」則聲遠不可通矣。

檐石之蓄　六臣本、毛本「檐」均作「擔」。胡公《考異》曰：此所見不同也，《漢書》「擔」即「儋」字，或從木，見《毛詩傳》釋文，又《群經音辨》之《木部》可證，《苦寒行》「檐囊行取薪」〔四〕亦用之。

注　**韋昭曰：短爲裋**　「曰」當作「以」。案《方言》「襜褕，其短者謂之裋褕」，《説文》「裋，豎使布長襦」，《漢書·貢禹傳》「裋褐不完」師古曰「裋者謂僮豎所著布長襦也。褐，毛布之衣也。裋音豎」是也。

注　**惡在爲人父母也**　今《孟子》「在」下有「其」字，「人」作「民」。

又況幺麽不及數子　《漢書》「麽」作「𦢊」，下有「尚」字，鄭氏曰「𦢊音麽，小也」，晉灼曰此骨偏𦢊之𦢊也〔五〕。錢氏大昕曰：《説文》無「麽」字，而有「髍」字。髍，瘺病也，與𦢊同。幺言其小，𦢊言其病。童謡所稱「見一蹇人言欲上天」，隗囂少病蹇，故以是刺之，晉說得之。王氏念孫曰：錢說非也，𪏆之言靡也，幺𪏆二字連文俱是微小之意。《廣雅》「紗、麽，小也」，紗與幺同。《選注》引《鶡冠子》曰「無道之君任用幺麽，有道之君任用俊雄」又引《通俗文》曰「不長曰幺，細小曰麽」，作𪏆者古字假借耳，「幺𪏆不及數子」謂囂勇不如信布、强不如梁籍、成不如王莽，非譏其病蹇也。若以𪏆爲病蹇，則上與「幺」不相比附，下與「不及數子」之文不相連屬矣。《説文》髍，瘺病也；瘺，半枯也。此即今偏枯之病，非蹇病也。

而欲闇干天位者也　六臣本「也」作「乎」，《漢書》作「虖」。

注**《説文》曰：栭，枅上標**　今《説文》：栭，屋枅上標也。毛本「標」作「梁」。段曰：《靈光殿賦》《王命論》二注皆作「梁」，今案作「標」爲長，標者表也、高也，張載注《靈光殿賦》曰「栭，方小木爲之，栭在枅之上。枅者，柱上方木斗。又小於枅，然後乃抗梁焉」是也。

注**《説文》曰：鬻，鼎實也。鬻與餗同**　「鬻」當作「鬻」，下同。今《説文》「鬻，鼎實，从䰜，速聲」，重文「餗」注云鬻或從食、束。按《易》「覆公餗」馬融注云「餗，鍵也」，《説文》云陳留謂鍵爲鬻，故曰與餗同。

當秦之末，豪桀共推陳嬰而王之　六臣本「末」作「時」，「桀」下有「並起」二字，毛本據添。

卒富貴，不祥　六臣本「卒」上有「今」字，毛本據添。

陵爲宰相，封侯 又**探禍福之機** 六臣本「宰」作「漢」，「機」作「幾」。

注**道德於此** 何校「德」改「得」，陳同，各本皆誤。

審此二者 又**用人如由己** 又**趣時如響起** 又**悟戍卒之言** 《漢書》「二」作「四」，「響起」作「嚮赴」，「悟」作「寤」。六臣本「由」作「用」。

初劉媼妊高祖，而夢與神遇，震電晦冥，有龍蛇之怪 《漢書》「妊」作「任」，下有「其」字，師古曰任謂懷任也。梁氏玉繩曰：太史公作史每采世俗不經之語，故於《殷紀》曰吞卵生契，於《周紀》曰踐迹生棄，於《秦紀》又曰吞卵生大業，於《高紀》則曰夢神生季，一似帝王豪傑俱産於鬼神異類者。蛟龍見於澤上，雷電晦冥，劉媼猶夢卧不覺，將與土木何殊？《論衡·奇怪》篇嘗辨之。予因以考讖緯雜説，稱伏羲、帝嚳感履迹而生，神農、堯、湯感龍神而生，黄帝感大電生，少昊感白帝生，顓頊感瑶光生，舜感大虹生，禹感流星貫昴又吞神珠薏苡生，文王母夢大人生，孔子夢黑帝生。《御覽》八十七引《世紀》「豐公妻夢赤馬若龍，戲，已而生太公」，則卯金兩世俱龍種，而薄太后生文帝復有蒼龍據腹之祥，王太后生武帝亦有夢日入懷之兆，嗣後生天子者往往藉怪徵以稽之，皆此類也。

是以王武感物而折契 《漢書》「契」作「券」。

吕后望雲而知所處 六臣本「所」作「具」〔六〕。

符瑞不同斯度　五臣「同」作「周」，向注可證。

而苟昧權利　《漢書》「昧」下有「於」字。王氏念孫曰：「於」字衍，以下句法相同，首句多一「於」字則累於詞矣。

注**孔子曰：不知命，無以爲君子**　今《論語》無「孔」字，「子」下有「也」字。《漢書》董仲舒策引與此同，惟「無」作「亡」。

伏斧鉞之誅　《漢書》「斧」作「鈇」。

注**《説文》曰：覬，幸也**　今《説文》：覬，钦幸也。

貪不可冀，無爲二母之所笑　注**今本作冀**　何校「貪」上添「毋」字，「爲」上去「無」字。《漢書》「毋貪不可幾，爲二母之所笑」，師古曰：不可幾謂不可度幾而望也，一説幾讀曰冀。

校記

〔一〕褻與褻不同字　「褻」原作「襲」，據稿本及《讀書雜志·漢書十五》改。

〔二〕褻重衣也　「褻」原作「襲」，據稿本及《讀書雜志·漢書十五》改。

〔三〕李注襲大篋反　《文選注》「反」作「也」，乃王念孫據宋祁引蕭該《音義》改，後有夾注云舊本訛。

〔四〕檐囊行取薪　「薪」原作「新」，據稿本及《文選考異》卷九、《文選·苦寒行》改。

〔五〕膂音麽此骨偏膂之膂也　「音」原作「作」，「骨」脱，據稿本及《漢書注·叙傳》改。

〔六〕六臣本所作具　「所」據稿本及《文選》補。

魏文帝

典論論文

下筆不能自休　銑注以武仲下筆不休爲文章之美。《敬齋古今黈》云：魏文帝《典論》〔一〕謂班固小傅毅而無所取也，下筆不能自休者正斥其文字汗漫無統耳；若爲美之辭，則固乃推重之也，魏文何爲而有小之之言乎？

享之千金　注**享，亨通也。亨或爲享**　胡公《考異》曰依注則正文之「享」當作「亨」。《説文》：「亯，獻也，《孝經》曰祭則鬼亯之，凡亯之屬皆从亯。」段曰：「小篆作亯，故隸書作亨，作享小篆之變也〔二〕。亯，許兩切，亯之義訓薦神，誠意可通於神，故又讀許庚切；薦神作亨亦作享，飪物作亨亦作烹也。是亨、享古爲同字耳。」

注**《東觀漢紀》曰：吴漢入蜀都，縱兵大掠。……城降，孩兒老母口萬數。一旦放兵縱火，聞之可爲酸鼻。家有幣帛，享之千金。禹宗室子孫，故嘗更職，何忍行此**　何校「更」下添「吏」字，是也。按今本《東觀漢紀》作「下詔讓吴漢副將劉禹曰：城降，嬰兒老母口以萬數」云云，是前有「劉禹」字，而下文「禹宗室子孫」句始明也。

咸以自騁驥騄于千里　《三國·魏志·王粲傳》注引「以自」作「自以」，「驥騄」作「騏驥」。按作「自以」者是也，「以自」恐係誤倒。

徐幹時有齊氣，然粲之匹也　《魏志注》引作「幹詩有逸氣，然非粲匹也」。

注 **遭我乎猺之間兮**　胡公《考異》曰：六臣本「猺」作「嶩」，是也〔三〕。姜氏皋曰：「猺之」應作「嶩以」，此注是引《漢書·志》，非引《詩》，改之是已；然上句「子之還兮」，《漢書·志》「還」作「營」，不同《詩》也，胡校亦未詳。

至於雜以嘲戲　尤本句首有「以」字，「於」作「乎」。

楊、班儔也　《魏志注》引「儔」上有「之」字。

不假良史之辭　又**不以隱約而弗務**　六臣本「假」上無「不」字，「弗」作「不」。

貧賤則懾於飢寒，富貴則流於逸樂　六臣本〔四〕「懾」作「懼」，無兩「則」字。

日月逝於上　六臣本校云善「逝」作「遊」，誤也。

斯志士之大痛也　六臣本「斯」下有「亦」字，無「之」字。

校記

〔一〕魏文帝典論　「文」原作「武」，據稿本及上下文改。

〔二〕作享小篆之變也　「作享」據稿本及《説文·亯》段注補。

〔三〕六臣本猺作嶩是也　今國圖藏尤本亦作「嶩」，北宋本、元槧本、秀州、明州、袁本同，乃贛州、建州、茶陵本據《詩・齊風・還》改「狃」，毛本、胡本因之。下云毛本、胡本上句「營」改「還」同此。

〔四〕貧賤則懾於飢寒富貴則流於逸樂六臣本　此十七字據稿本及《文選》補。

曹元首

六代論

曹元首　何曰：「段成式《語資》篇載元魏尉瑾曰『《九錫》或稱王粲，《六代》亦言曹植』，按元首不以文章名世，安得宏偉至此？意者陳王感愴孤立，常著論欲上，以身屬親藩，嫌爲己地，至身没而元首以貽曹爽歟？」又曰：「《晉書・曹志傳》：『武帝嘗閲《六代論》，問志曰：是卿先王所作耶？志對曰：先王有手所作目録，請歸尋按。還奏曰：按録無此。帝曰：誰作？對曰：以臣所聞，是臣族父冏所作，以先王文高名著，欲令書傳於後，是以假託。帝謂公卿曰：父子證明，足以爲審，可無復疑。』按允恭最稱好學，豈有先王所作必待尋按目録乃定是非？且素知元首假托，何不即相證明，待帝再問耶？或緣此論於司馬氏後事有若燭照，身立其廷，恐招猜忌，故遜詞詭對耳。」按《三國・魏志・武文世王公傳》注引《魏氏春秋》載此論前有上書云「臣聞古之王者，必建同姓以明親親，必樹異姓以明賢賢。故《傳》曰『庸勳親親，昵近尊賢』，《書》曰『克明峻德，以親九族』，《詩》曰『懷德惟寧，宗子惟城』。由是觀之，非賢無與興功，非親無與輔治。夫親親之道，專用則其漸也微弱；賢賢之道，偏任則其弊也劫奪。先聖知其然也，故博求親疏而並用之。近則有宗盟藩衛之固，遠則有仁賢輔弼之助，盛則有與共其治，衰則有與守其土，安則有與享其福，危則有與同其禍。夫然，故能有其國家，保其社稷，歷紀長久，本枝百世也。今魏尊尊之法雖明，親親之道未備。《詩》不云乎，『鶺鴒在原，兄弟急難』，以斯言之，明兄弟相救於喪亂之際、同心於憂禍之間，雖有鬩牆之忿，不忘禦侮之事。何則？憂患同也。今則不然，或任而不重，或釋而不任，一旦疆埸稱警，關門反拒，股肱不扶，腹心無衛。臣竊惟此，寢不安席，思獻丹誠，貢策朱闕，謹撰合所聞，叙論成敗」云，應採附注中。

昔夏殷周之歷世數十　六臣本及《魏志注》並無「之」字。

暨乎戰國　又**救於滅亡**　《魏志注》「乎」作「於」，「救於」作「憂懼」。

四十餘年　何、陳校「四」並改「三」，注同。胡公《考異》曰：「《魏志注》亦作四，蓋誤。善引《漢書·諸侯王表》爲注，彼文作三，師古曰三十五年。」按周赧王五十九年卒，徐廣曰乙巳也，自此歲至始皇二十六年庚辰始并天下，中間固三十五年海内無主。然東周之滅在秦莊襄王元年，史公當日何不取此七年以繫王統乎？若《大事記》則直以秦昭王五十二年繼周，恐非也。

騁譎詐之術　六臣本「騁」作「馳」。

注**是謂深根固蔕**　《老子》「治人事天」章「蔕」作「柢」，釋文云「柢亦作蔕」，知《老子》本文自不作「蔕」也。

將以爲以弱見奪　六臣本及《魏志注》無「將」字，「以弱」作「小弱」。

功臣無立錐之土　《魏志注》「土」作「地」。

注**秦竊自號謂始皇**　何校「謂」改「爲」，後所引同。

豈不悖哉　六臣本「悖」作「勃」。

千有餘歲　六臣本「歲」作「人」，《魏志注》作「城」。胡公《考異》曰：「元首此文出於《史記·秦始皇本紀》，彼作『歲』。又《孝文本紀》『古者殷周有國，治安皆千餘歲』，《漢書》作『皆且千歲』。蓋當時語自如此。」

至身死之日　六臣本及《魏志注》「至」下有「以」字。

至令趙高之徒　又**胡亥少習尅薄之教**　又**士有常**　六臣本「令」作「命」，「尅」作「刻」。《魏志注》亦作「令」、作「刻」。尤本「士」誤作「土」。

而成帝業　又**未有若漢祖之易者也**　《魏志注》「而」作「遂」，無「者」字。

注**權，秉，即柄字也**　陳校「秉」下添「也秉」二字，各本皆脱。按《左·哀十七年傳》「國子實執齊秉」，服虔注曰「秉，權柄也」，見嚴氏蔚《左傳古注輯存》。

而天下所以不能傾動　六臣本及《魏志注》並無「能」字。

授命於内　又**大者跨州兼域**〔二〕　《魏志注》「授」作「受」，「域」作「郡」。

猥用朝錯之計　六臣本及《魏志注》「朝」作「晁」。

疏者震恐　又**兆發高祖，釁成文景**　六臣本「恐」作「怒」。《魏志注》「祖」作「帝」，「成」作「鍾」。

下推恩之命　六臣本及《魏志注》「命」並作「令」。

注**《漢儀注》：王子爲侯，侯歲以户口酎黄金於漢廟**　至**色惡者，王削縣**　案此與《漢書·武帝紀》如淳注、《三輔黄圖》引同。今本《漢舊儀》「歲」字上有「王」字，「金」字下有「獻」字，「削縣」作「奪户」。

至乎哀平　六臣本及《魏志注》「乎」並作「于」。

解印釋綬　《魏志注》「綬」作「紱」。

徒以權輕勢弱　又**豈非宗子之力耶**　又**而身無所安處**　六臣本及《魏志注》並無「以」字。《魏志注》「耶」作「也」。六臣本無「所」字。

大魏之興，于今二十有四年矣　何曰：據此則此論當齊王芳正始四年上也，又六年爲嘉平元年，曹爽誅滅，魏祚遂移。

而不改其轍跡　又**爲萬代之業也**　又**備萬一之慮也**　《魏志注》「其」作「於」，「慮」作「虞」。

必置於百人之上〔二〕　六臣本及《魏志注》〔三〕並無「於」字。

扶之者衆也　《魏志注》句首有「以」字。六臣本「扶」作「仆」。

何暇繁育哉　又危急將如之何？是以聖王安而不逸　《魏志注》「何暇」上有「而」字，「如」作「若」。尤本脱「以」字。

校記

〔一〕跨州兼域　「兼」原作「並」，據《文選》改。

〔二〕百人之上　「上」原作「下」，據《文選》改。

〔三〕魏志注　「志」據上下文補。

韋弘嗣

博弈論

注《説文》曰：博，局戲也　段校「博」改「簙」。

蓋君子　六臣本「蓋」下有「聞」字。《三國·吴志·韋曜傳》亦有。

而懼名稱之不建也　六臣本「建」作「達」，《吴志》作「立」。

勉精厲操　《吴志》「勉」上有「故」字。

經之以歲月，累之以日力　六臣本無「歲月累之以」五字。

注請以十五歲　今《吕氏春秋·博志》篇脱「五」字。

歷觀古今功名之士，皆有積累殊異之跡　又勞神苦體　又平居不惰其業　《吴志》「今」下有「立」字，「積累」作「累積」，「神」作「身」，「惰」作「墮」。六臣本亦作「墮」，下同。

而吴漢不離公門　六臣本無「而」字。

好翫博弈　又**神迷體倦**　六臣本「翫」作「習」。《吴志》「神迷」作「心勞」。

注**中計塞城皋**　「城」當作「成」，各本皆誤。

求之於戰陣　又**而何暇博弈之足耽**　又**貞純之名章也**　六臣本無「於」字。六臣本及《吴志》無「暇」字，「章」作「彰」。

百世之良遇也　又**乃君子之上務**　六臣本無「也」字、「乃」字。

枯棋三百，孰與萬人之將　注**邯鄲淳《藝經》曰：棋局，縱横各十七道，合二百八十九道，白黑棋子，各一百五十枚**　沈括《筆談》云：「弈棋古用十七道，與後世法不同，今世棋局縱横各十九道，未詳何人所加。」錢氏大昕云：「嘗見宋李逸民《忘憂清樂集》棋譜首載孫策賜吕範、晉武帝賜王武子兩局，皆十九道，疑是後人假托。」按《藝文類聚》七十四晉蔡洪《圍棋賦》云「算塗授卒，三百惟群」，是晉時棋局猶未加也。

注**貿，易之也**　胡公《考異》曰：「之」字不當有，各本皆衍。

文選旁證卷第四十三

文選卷五十三

嵇叔夜 **養生論**

注 **著《養生篇》** 何曰：《晉書·阮种傳》云「弱冠爲嵇康所重，康著《養生論》〔一〕所稱阮生即种也」，今此文無之，殆不止一篇。按《隋書·經籍志》注「《養生論》三卷，嵇康撰，亡」，《野客叢書》稱賀方回家所藏《嵇康集》十卷有《養生論》又有《與向子期論養生難答》一篇，而此題注作《養生篇》，則義門所謂不止一篇者非無據矣。

莫非妖妄者 又 **請試粗論之** 六臣本「妖」作「夭」，無「請」字。《藝文類聚》七十五引作「粗試論之」。

夫神仙雖不目見 六臣本「不目」作「目不」。

雖終歸燋爛 六臣本「歸」下有「於」字，是也，毛本誤除之。

此天下之通稱也 六臣本無「之」字。

可百餘斛　六臣本校云「斛」下善有「也」字。《野客叢書》云：安有一畝收百斛之理？漢史書「斗」字爲「㪷」，因而誤「斛」耳。姜氏臯曰：按注言畝爲區三千七百，區收粟三升，若以今百升爲石計之，是且得百一十一石也。北齊童謡「百升飛上天」爲斛律光而作，因知齊時尚以百升爲斛。《漢書·外戚傳》師古注云「中二千石〔二〕，月得百八十斛，一歲凡得二千一百六十石；真二千石，月得百五十斛，一歲凡得一千八百石；二千石，月得百二十斛，一歲凡得一千四百四十石」，又古時一斛即一石之證。沈存中《筆談》云漢之一斛當今二斗七升，《珊瑚鈎詩話》云「劉仲原得銅斛二，其一始元四年造，其一甘露元年造，皆云容十斗，後刻云重四十斤，以今權量較之，容三斗〔三〕、重十五斤而已」，然則所謂百餘斛者今之三十石耳。故徐光啟《農政全書》亦云：用伊尹區田之法，一畝歲獲三十六石〔四〕也。

注《經方小品》　陳延之撰《舊唐書》作「小品方」。

合歡蠲忿，萱草忘憂　此二語注引《神農本草》，今《本草》云「合歡，味甘平，安五臟，和心志，令人歡樂無憂，久服輕身明目，生益州」也，《古今注》以爲嵇康植之舍前，或因此文而附會。又注云「萱草，今之鹿葱」，案《藝文類聚》八十一：「鹿葱，《風土記》曰宜男草也，懷妊婦人佩之必生男。」然魏曹植有《宜男花頌》，晉傅玄、夏侯湛有賦，齊沈約、梁元帝有詩〔五〕，無一語及於忘憂者。惟《初學記》二十七梁徐勉《萱草花賦》云「亦曰宜男，嘉名斯吉」，李石《續博物志》亦云「萱草，一名鹿葱，花名宜男」，或是一物也。

愚智所共知也　六臣本校云五臣無「共」字。

注**大蒜勿食**　六臣本「勿」作「多」，是也。

齒居晉而黄　注**齒黄，未詳**　余曰：「《埤雅四》云：噉棗令人齒黄。《爾雅翼》：晉人尤好食棗，久之齒皆黄。」今案陸佃、羅願所云正出於嵇論，而余以補李注之未詳，可乎？

而外内受敵　六臣本「外内」作「内外」。

爲病之始也　六臣本句首有「而」字，「爲」下有「受」字，尤本據添。

縱聞養生之事　六臣本「生」作「性」。

欲坐望顯報者　六臣本「欲」上有「而」字。

内懷猶豫　《曲禮》「定猶與」，正義云「《説文》猶，玃屬；豫，象屬。此二獸皆進退多疑惑者」，此以兩獸對説；此注引《尸子》以釋豫，又引《説文》以釋猶，亦是對説。《爾雅·釋獸》有猶無豫，《顔氏家訓》「猶，獸名也，既聞人聲，乃豫緣木，如此上下，故稱猶豫」〔六〕，師古注《漢書·高后紀》同，即本書《洛神賦》注亦云「猶獸多豫，狐獸多疑」，此皆從一獸合説。《離騷》「心猶豫而狐疑」王逸注但曰「中心狐疑猶豫」，《九歌》「君不行兮夷猶」王注但曰「夷猶，猶豫也」，《老子》「豫兮若冬涉川，猶兮若畏四鄰」釋文「豫如字，本或作懊」、猶無注，是則不從獸解。王觀國《學林》云：《後漢書·馬援傳》「計冘豫未決」，《廣韻》「冘豫，不定也」，以此觀之猶似非獸，蓋「猶猷冘」三字通用，「豫預與」三字通用也。

注**猶如麀**　陳校「麀」改「麃」，各本皆誤。

難以目識　六臣本「目」作「自」。

注**《論語》：桀溺曰：滔滔者，天下皆是也**　六臣本「滔滔」作「悠悠」，是也。此引以釋正文「悠悠」，若作「滔滔」不相應矣。

神氣以醇白獨著　五臣「白」作「泊」，向注可證。

恕可與羨門比壽　《世説新語》注引「恕」作「庶」。

注**恕，人心度物也**　「人」當作「以」。

校記

〔一〕康著養生論　「康」據《義門讀書記》卷四九、《晉書》卷五二補。

〔二〕外戚傳師古注云中二千石　「外戚傳師古」原襲趙翼《陔餘叢考》卷三十作「成帝紀如淳」，「中」下衍「有」，并據《漢書注》改。

〔三〕容三斗　原作「容三升」，據《珊瑚鈎詩話》卷二、《陔餘叢考》卷三十改。

〔四〕一畝歲獲三十六石　此誤，《農政全書》卷五、《齊民要術》卷一引《氾勝之書》作「區田收粟三十六石，然則一畝之收有過百石矣」，即區收三十六石、畝收過百石。

〔五〕梁元帝有詩　「帝」原作「武」，據《藝文類聚》卷八一「梁元帝詠宜男草詩」改。

〔六〕故稱猶豫　「猶」據稿本及《顔氏家訓·書證》補。

運命論

李蕭遠

注《春秋元命苞》曰：命者，天下之命也　「下」字不當有。本書《長楊賦》注、《蕪城賦》注、《辨命論》注引並無「下」字。

注《墨子》曰：貧富治亂，固有天命　今《墨子·非儒》篇云：壽夭貧富，安危治亂，固有天命。

誦三略之説　黄石公《三略》始見《隋志》。今本三卷，則鄭瑗《井觀瑣言》以剽竊老氏譏之，惟明劉寅《三略直解》以爲真出自太公、至黄石公始授子房。而本書《三國名臣序贊》「三略既陳」注則取龐士元之上中下三計云云，而不及黄石公事。

注亦然　又知非遇也　又非加益也　胡公《考異》曰：「亦」上當有「治」字，「遇」當作「愚」，「非」上當有「知」字，此引《吕氏春秋·處方》篇文。

以游於群雄，其言也，如以水投石，莫之受也。及其遭漢祖，其言也，如以石投水，莫之逆也　六臣本校云善本無此一段及注「漢書」至「不省」二十五字。按李不應無，本書《石闕銘》「計如投水」注引此論可證。

注《漢書》張良無説陳涉，今此言之，未詳其本也　按《史記·留侯世家》云「陳涉等起兵，良亦聚少年百餘人，景駒自立爲楚假王在留，良欲從之」，而陳涉已起於大澤鄉，良居下邳地不甚遠，當日報韓心切，或有干説之事而史不能詳矣。

注過婦人　陳校「過」改「遇」，各本皆誤。

以文命者七九而衰，以武興者六八而謀　翰注：「文王受命，九十七而終；武王伐紂之時年八十六。衰謂文王没也，謀謂武王謀伐紂也。九十七當言九七而言七九，八十六當言八六而言六八，蓋言之倒。」李注但言七世九世六世八世，説亦近鑿。林先生曰：七九、六八皆言數也，合之即卜世三十。

注靈、景，周之末王也　六臣本作「靈景周之王者末者也」，尤本無上「者」字，恐皆有衍誤。

注冉求，字子有　何曰：冉謂仲弓，非子有也。

注《史記》曰：洙、泗之間，闇闇如也　今《史記·魯世家》「闇闇」作「齗齗」，《索隱》作相讓解是，徐廣以争辨釋之非。朱氏珔曰：《説文》「齗，齒本肉也」，齗齗蓋即闇闇之同音假借字，故此處直作闇闇。《漢書·地理志》：「魯濱洙泗之間，其民涉渡，幼者扶老而代其任。俗既益薄，長老不自安，與幼少相讓，故曰齗齗如也。」徐廣引之，以爲齗齗是鬥争之貌，然《漢志》既云相讓則不得謂鬥争，不如《索隱》讀如《論語》「闇闇如也」爲得之。《索隱》又云「鄒誕生作斷斷，如《尚書》讀，則爲專一之義」〔一〕，是亦一解。又按《索隱》引繁欽《遂行賦》云「涉洙泗而飲馬，恥少長之齗齗」，義亦從《漢志》。蓋但謂魯在洙泗之間者，非屬聖門，若此論上文云「維仲尼至聖，顔、冉大賢」，則直指聖人之徒，故其説不同。李康爲魏明帝時人，在繁欽稍後，是以「齗齗」爲「誾誾」自康始也。

體二希聖 銑注：孟、孫二子體法顔、冉，故云體二。按郝經《續後漢書》〔二〕引作「體仁希聖」。

注**晞驥之馬** 六臣本「晞」作「希」，下同。胡公《考異》曰：正文作「希」，注「希，望也」亦仍作「希」，似「晞」字依《法言》改之也。

而不可援 六臣本句末有「也」字。

而屈厄於陳蔡 六臣本「屈厄」作「受屈」。

注**人雖自絶也** 今《義疏》本亦有「也」字，「雖」下當有「欲」字。

雖造門猶有不得賓者焉 六臣本無「雖造門」三字。

升堂而未入於室者也 六臣本無「於」字。

而後之君子 六臣本「之」作「世」，毛本從之。

不亂於濁 又**不傷於清** 六臣本「亂」作「辭」，「於」並作「其」。

而歷謗議於當時 六臣本校云善「謗議」作「誹謗」，恐誤。

不徼而自遇矣 注**不徼自遇** 六臣本「徼」作「邀」，注同。

籧篨戚施之人　注**籧篨不鮮**　按《詩·新臺》「籧篨」从竹不從草，《晉語》「籧篨不可使俛」同。《方言》《説文》皆作竹席解，故從竹。段氏玉裁謂：「不可使俯」者，捲籧篨而豎之，其物亦不可俯，故《詩》以言醜惡、《爾雅》以名口柔也。然《漢書·叙傳》「舅氏蘧蒢」从草，師古注「蘧蒢，口柔，觀人顔色而爲辭，佞者也」亦从草，古或通用。

淫其聲色　六臣本「色」作「也」非。

脉脉然　五臣「脉脉」作「眽眽」，銑注可證。

注**《爾雅》曰：脉，相視也**　胡公《考異》曰：「視」字不當有，本書《魯靈光殿賦》注、《古詩十九首》注皆衍。

蓋知伍子胥之屬鏤於吴　六臣本「屬」作「钃」。

注**是豢吴也**　六臣本「也」下有「夫」字，是也。

注**諸子欲厚葬，湯母曰**　六臣本、毛本重「湯」字，是也。

蓋笑蕭望之跋躓於前　「之」下當更有「之」字，各本皆脱。

注**載躓其尾**　姜氏皋曰：今《詩》「躓」作「疐」，王伯厚《詩考》云《説文》引《詩》作「躓」也。蓋《説文》「躓，跲也」，《爾雅·釋言》及《毛傳》曰「疐，跲也」，是疐、躓音義皆通。《新唐書·韓愈傳》以《進學解》之「跋前疐後」爲「躓後」，《容齋五筆》譏之，謂韓公用《狼跋》詩語非躓也，是未深考。

注**道病死**　毛本作「在道而死」，按此係良注語。良注又云「石顯病死，而言絞縊者誤也」則又似李注語，蓋爲六臣本所并。

注**民無得而稱焉**　今《論語·季氏》「得」作「德」，其在上論《泰伯》「民無得而稱焉」則作「得」，釋文云本亦作「德」，是得、德古通用。

則執杓而飲河者　六臣本「河」下有「水」字。

注**桓公《新論》曰**　何校「公」改「譚」，陳同，各本皆誤。

賞罰懸乎天道　六臣本「賞」作「災」。

褰裳而涉汶陽之丘　毛本「褰」誤作「蹇」，注引《毛詩》亦誤。

椎紒　注**紒，即髻字也**　又**扱衽**　六臣本「紒」作「髻」，「扱」作「插」。

注**而衆星拱之**　《論語》釋文云「共，鄭本作拱」。按《孟子·盡心》篇注、《吕氏春秋·有始覽》注引並作「拱」。

璣旋輪轉　六臣本「旋」作「璇」。胡公《考異》曰：「「璣」當作「機」，作「機旋」李本也，作「璣璇」五臣本也，尤本正文「旋」不誤、注二「琁」字亦當作「旋」。姜氏皋曰：《書正義》及《史記索隱》引馬融云：「璿，美玉也。璣，渾天儀，可轉旋，故曰璣衡。其中横筩，以璿爲璣，以玉爲衡，所以貴天也。」《尚書大傳》云：「琁者還也，機者幾也、微也。其變幾微，而所動者大，謂琁機。」鄭玄注曰渾儀中第爲旋璣也。參詳諸家之説，機之在渾儀者，故謂之璣耳。璣，故旋者也。璣旋二字之所始，不得不本之於《書》。李故引《書》，復以馬、鄭釋經者，明之也。是正文未必不作「璣」，亦莫必五臣之改李也。

注**言傳其所以順天下之謀**　六臣本、尤本「以順」作「順以」，誤。

昔吾先友　銑注：老子，康之先也，與孔子同志爲友，故云。

校記

〔一〕則爲專一之義　「一」據稿本及《史記索隱·魯世家》補。

〔二〕郝經續後漢書　「續」原作「讀」，據稿本改；「後」原誤作「季」。

陸士衡　辨亡論上

皇綱弛紊　《晉書·陸機傳》「紊」作「頓」。

於是群雄蜂駭　六臣本及《晉書》「蜂」並作「鋒」。

注**北至南陽**　六臣本「北」作「比」，是也。

飈起之師跨邑　又**熊羆之衆霧集。雖兵以義合**　《晉書》「飈」作「猋」，下「望飈」句同；「衆」作「族」，「集」作「合」，「合」作「動」。《三國·吴志·孫皓傳》注「衆」亦作「族」。

哮闞之群風驅 注**闞如虓虎** 按《説文·虎部》虓，虎鳴也；《口部》唬，虎聲也，讀若蒿；哮，豕驚聲也。《玉篇》哮、唬同呼交切。《一切經音義》二引《通俗文》曰虎聲謂之哮唬。是以本書《七啟》注「哮與虓同」也。《風俗通·正失》篇引《詩》已作「闞如哮虎」。

未有如此其著者也 六臣本「有」作「見」。

注**陳忠曰** 何校「陳」改「閻」，陳同，各本皆誤。

飾法修師，則威德翕赫 《晉書》「飾」作「飭」。《吴志注》「則」作「而」。

而張昭爲之雄 《晉書》「昭」作「公」，是也。蓋當時避晉諱，後人復改爲「昭」。下同。其下篇「高張公之德」則改之未盡者耳。

而江東蓋多士矣 六臣本及《晉書》並無「而」字。

旋皇輿於夷庚 《困學紀聞》云：《左氏·成十六年傳》「披其地以塞夷庚」，正義謂「平道」也，二字出於此。

反帝座乎紫闥 《晉書》「座」作「坐」，「乎」作「於」。《吴志注》亦作「於」。

以奇蹤襲於逸軌，叡心因於令圖 又**而加之以篤固** 《晉書》無兩「於」字，「固」作「敬」。六臣本下「於」字作「乎」。《吴志注》「因於」作「發乎」。

注**班固《王命論》曰** 何校「固」改「彪」，陳同，各本皆誤。

旌命交於塗巷　六臣本「於」作「乎」。

志士希光而景騖，異人輻湊　《晉書》「希」作「睎」，「湊」作「輳」。

周瑜陸公　翰注：陸公謂陸遜，機之祖，故不言名。

出作股肱　《晉書》「作」作「爲」。

以名聲光國　《吴志注》「名聲」作「聲名」。

張温以諷議舉正　《晉書》脱「張温」二字，「諷議」作「風義」。

以機祥協德　六臣本「機」誤作「璣」。

注 **孫權以爲車騎將軍**　陳校此下添「主簿」二字，各本皆脱。

注 **往濡須口**　陳校「往」改「住」，是也，各本皆誤。

謀無遺諝　《吴志注》「諝」作「筭」，《晉書》作「計」。

注 **公孫獲曰**　陳校「獲」改「玃」，各本皆誤。

魏氏嘗藉戰勝之威　六臣本及《吴志注》「嘗」並作「常」。

浮鄧塞之舟，下漢陰之衆　余曰：《郡縣志》：鄧塞故城在襄州臨漢縣東南二十二里，南臨宛水，阻一小山，號曰鄧塞，昔魏嘗於此裝治舟艦以伐吴，陸士衡表稱「下江漢之卒，浮鄧塞之舟」謂此也。

鋭騎千旅 又**謨臣盈室** 《晉書》「騎」作「師」。《吴志注》「謨」作「謀」。

而陸公亦挫之西陵 《吴志注》《晉書》「而」下並有「我」字。

喪氣挫鋒 《吴志注》「挫」作「摧」。

而吴莞然 六臣本及《吴志注》「莞」並作「莧」。《論語》釋文亦作「莧」。

西屠庸益之郊 《晉書》「屠」作「界」，恐誤。「西屠」與「北裂」爲偶句也。

東包百越之地，南括群蠻之表 《史記·東越列傳》「閩越王無諸及越東海王摇者，其先皆越王句踐之後也」，蓋閩越即今閩地，東越即今永嘉等縣。顧氏祖禹曰「臨海郡，吴太平二年分會稽東部都尉置；建安郡，吴永安三年分會稽南部都尉置；東陽郡，吴寶鼎中分會稽郡置」，洪氏亮吉曰「吴會稽郡領縣十，臨海郡領縣七，建安郡領縣九，東陽郡領縣九」，大約皆「百越」之境。「群蠻」當指交、廣二州，《晉志》云「吴黄武五年〔二〕分交州之南海、蒼梧、鬱林、高涼四郡立爲廣州，俄復舊，永安七年復分交州置廣州」云。

注 **賈誼《過秦》曰** 「曰」字上當有「論」字。

虎臣毅卒 《晉書》「虎」作「武」，避唐諱。

注 **晉人使子貢** 何校「貢」改「員」，陳同，各本皆誤。

耀於内府 六臣本及《吴志注》「耀」並作「輝」。

珍瑰重迹而至　注**羽檄重積而狎至**　毛本「瑰」作「貴」，誤。何校「積」改「迹」，陳同，各本皆誤。

注**《字略》作「輴，樓也」**　胡公《考異》曰：「樓」下當有「車」字。姜氏皋曰：《説文》輴，陷陬車也。《大雅》「與爾臨衝」，傳曰「衝，衝車也」，釋文引《説文》作「輴」。《左·定八年傳》「主人焚衝」，釋文引同。《後漢·光武紀》注曰：衝，輴車也。諸書釋訓如此，未嘗言「樓」。惟《光武紀》「衝輣撞城」章懷注引許慎曰「輣，樓車也」。此注《字略》云者亦當有脱誤。

齊民免干戈之患　《晉書》「齊民」作「黎庶」，避唐諱。

注**《尚書》曰：尚有典型。《毛詩》曰**　何校「尚書」改「毛詩」、「毛詩」改「又」字，陳同，各本皆誤。

注**皆指事不飾，忠懇**　何校據《吴志》「忠懇」下增「内發」二字。

注**子不聞周舍之諤諤**　胡公《考異》曰：「子」字當去，各本皆衍。

離斐　六臣本及《吴志注》《晉書》並作「鍾離斐」。按李注「離斐」引《吴志》「黎斐」，而云「黎與離音相近，是一人」，則不得有「鍾」字明矣。

樓玄　注**孫晧遂用玄爲宫下録事**　六臣本「樓」作「婁」，非也。《吴志》有《樓玄傳》，不作「婁」。毛本「用」上脱「遂」字。陳曰「録事」當作「鎮」，是也，此《吴志·樓玄傳》文，各本皆誤。

賀劭之屬　六臣本、《晉書》「劭」並作「邵」，是也，《吴志》有《賀邵傳》。

股肱猶存 六臣本及《吴志注》《晉書》「存」並作「良」。

然後黔首有瓦解之志 六臣本及《晉書》「志」並作「患」。

卒散於陣，民奔於邑 《晉書》「民」作「衆」。六臣本無此二句。

非有工輸雲梯之械 何校「工」改「公」，陳同。胡公《考異》曰：《晉書》及《吴志注》皆是「工」字，疑士衡謂之「工輸」未當輒改也。

注 **王濬鼓入於石頭** 陳校「鼓」下添「譟」字，各本皆脱。

注 **張悌字臣先** 何校「臣」改「巨」，陳同，各本皆誤。

險阻之利 六臣本「險阻」作「阻險」。

注 **《説文》曰：詭，變也** 胡公《考異》曰：「詭」當作「恑」，此引《心部》文。

校記

〔一〕吴黄武五年 原作「吴黄初二年」，據《晉書·地理志》改。

辨亡論下

而奄交廣 六臣本「奄」作「掩」，《吴志注》作「有」，《晉書》作「掩有」。

其民怨矣 六臣本及《晉書》並無「矣」字。

劉公因險以飾智　又**其俗陋矣**　六臣本及《吴志注》並無「以」字。《吴志注》及《晉書》「公」並作「翁」。六臣本及《晉書》並無「矣」字。

夫吴，桓王基之以武　《吴志注》及《晉書》並無「夫」字。

懿度弘遠矣　六臣本及《吴志注》「弘」並作「深」。

其求賢如不及　《晉書》「不」作「弗」。

注**使親近以巾拭面**　六臣本「使」作「便」，無「親」字，「拭」下有「其」字。按《渚宫舊事》引《吴志注》作「以手巾拭其面」。

注**船載糧具俱辦**　又**爲軍後援也**　陳校云「載」字衍，「糧」下添「戰」字，「軍」改「卿」，各本皆有誤脱。

卑宫菲食　六臣本「食」下有「貪」字，非也。

以豐功臣之賞　又**以納謨士之算**　六臣本、《晉書》無兩「以」字。

士燮蒙險而致命　六臣本及《吴志注》《晉書》「致」並作「效」。

高張公之德　孫氏志祖曰：「上篇兩稱張昭，此竟與其祖遜、父抗一例者。《吴志注》『《江表傳》曰：孫權於群臣多呼其字，惟呼張昭曰張公』，士衡之稱或即因此。」按上篇兩「昭」《晉書》皆作「公」，此仍是避晉諱，後人追改未盡者耳。

注 **諸葛瑾事，未詳** 俟考。

歸魯子之功 《吴志注》「魯子」作「魯肅」，是也，與前篇「魯肅、吕蒙之疇」及本篇「魯肅一面而自託」句一例。

削投惡言 《晉書》「惡」作「怨」，誤也。金氏甡曰：「《左傳》：宋左師請賞，公與之邑六十以示子罕，子罕削而投之。又《漢書·朱博傳》曰：投刀使削所記〔一〕，遣出就職。」

是以忠臣競盡其謨 六臣本及《吴志注》「謨」並作「謀」。

初都建業 又 **百度之缺粗脩** 《晉書》「業」作「鄴」，「百」上有「故」字。六臣本「粗」作「租」，「脩」作「精」。按注云「租，古粗字」，則正文應作「租」。

雖醲化懿綱 六臣本及《吴志注》「綱」並作「網」，翰注同。

抑其體國經邦之具 六臣本及《吴志注》「邦」並作「民」。

注 **畿音基，近也** 胡公《考異》曰：「近也」二字當在「音基」之上。

其器利，其財豐 《吴志注》作「其財豐，其器利」。

未巨有弘於兹者矣 《吴志注》「巨」作「見」，非也，《晉書》亦作「巨」，巨與遽古字通，未巨即未遽耳。《晉書》「矣」作「也」。

借使中才守之以道 《晉書》無「中才」二字。

善人御之有術　《晉書》無「善人」二字，「有」作「以」。

注**不踐跡**　今《論語》「跡」作「迹」，釋文云本亦作「迹」。《三國志·司馬朗傳》注同。《説文繫傳》引作「衟跡」〔二〕。

敦率遺典　又**則可以長世永年，未有危亡之患也**　《吴志注》「典」作「憲」，無「也」字。六臣本無「以」字、「也」字。

或曰：吴蜀脣齒之國，蜀滅則吴亡　又**何則？其郊境之接**　《晉書》「國」下有「也」字，「蜀」上有「夫」字，無「則」字，又無「何則」二字。

公以四瀆　《吴志注》「公」上有「陸」字。六臣本無「公」字。

憑寶城以延強寇　《吴志注》「寶」作「保」。胡公《考異》曰：「保城」與「資幣」偶句，蓋「保」即今之「堡」字，翰注「寶猶堅也」文義殊爲不安。

重資幣以誘群蠻　《晉書》「重資」作「資重」。

北據東阬　焦氏竑《筆乘》云：「《甘泉賦》『陳衆車於東阬』〔三〕，《辨亡論》『陸公偏師三萬，北據東阬』，注『東阬，東海也』。《説文》：阬，閬也，虚、壍也〔四〕。」按《甘泉賦》注如淳有「東阬，東海」之釋，而此論之注明云東阬在西陵，兩者不得混而一之也。姜氏皋曰：《汝南先賢傳》「周燮有先人草廬在於東阬，其下有陂，魚蚌生焉」，此當即西陵之東阬，益可證其非東海矣。

注 **步闡城** 又 **陸抗所築之城** 《水經·江水注》云：「江水出峽，流逕故城洲，上有故城，城周五里，吴西陵督步騭所築也。孫皓鳳凰元年，騭息闡復爲西陵督，據此城降晉。晉遣太傅羊祜接援，未至，爲陸抗所陷也。江水又東逕故城北，所謂陸抗城也，城即山爲墉，四面天險。」

分命鋭師五千 《吴志注》「五」作「三」。

注 **因部分諸軍吴彦等** 何校「吴」改「吾」，陳同，各本皆誤。

言守險之由人也 《晉書》「由」作「在」。

夫四州之萌 又 **先政之策易循也** 又 **功不興而禍遘者，何哉** 六臣本及《吴志注》「萌」作「氓」。《吴志注》「策」作「業」。《晉書》「循」作「修」，無「者」字。六臣本亦無「者」字。

是故先王達經國之長規 又 **謙己以安百姓** 又 **寬冲以誘俊乂之謀** 《吴志注》及《晉書》並無「是」字。《吴志注》「謙」作「恭」。六臣本「乂」誤作「人」。

危與下共患 《吴志注》及《晉書》「共」並作「同」。

注 **見麥秀之蘄蘄** 今《尚書大傳》「蘄」作「蔪」，盧氏文弨《考異》亦作「蔪」。按《能改齋漫録》云：「李注《七發》『麥秀蔪兮雉朝飛』引宋玉《笛賦》『麥秀蔪兮鳥華翼』，非也，予按《尚書大傳》『微子將朝周，過殷之故墟，見麥秀之蔪蔪兮，禾黍之蠅蠅也，曰故父母之國也云云，謂之《麥秀》之歌，歌曰：麥秀漸漸兮黍油油，彼狡童兮不我好仇』，宋玉賦蓋亦本此，惟《大傳》序與歌『蔪』『漸』不同。」觀此知宋時《文選》《大傳》傳寫已不同，此作蕲，更傳寫之歧出矣。

校記

〔一〕投刀使削所記　「刀」原作「刃」，據《漢書·朱博傳》改。

〔二〕繫傳引作衜跡　《説文繫傳》「衜」字下仍引作「践迹」。

〔三〕陳衆車於東阬　「車」原作「軍」，據《焦氏筆乘》卷四、《文選·甘泉賦》改。

〔四〕阬閬也虚壍也　《説文》無「虚壍也」三字，或是「《爾雅·釋詁》：阬阬，虚也。郭注：阬壍也」之脱省。

文選卷五十四

五等論〔一〕

夫體國經野　六臣本「經野」作「營治」，恐誤。

郡縣之制，創自秦漢　趙氏翼曰：「田汝成謂郡縣不始於秦，引《左傳》晉分祁氏之田爲七縣、羊舌氏之田爲三縣，事在周敬王八年。此蓋據秦孝公用商鞅變法集小鄉邑聚爲縣，及秦並天下置三十六郡，以爲秦置郡縣之始，故在敬王後也。不知四甸爲縣、四縣爲都及五鄙爲縣之制見於《周禮》，則置縣本自周始。蓋係王畿千里内之制，而未及於侯國。若侯國之置縣，則實自秦始。《史記》秦武公『十年伐邽、冀戎，初縣之；十一年初縣杜、鄭』，考秦武公十年乃周莊王九年、魯莊公六年，其事在敬王前一百七十八年，則列國之置縣莫先於此。《國語》晉惠公許賂秦穆公以河外列城五，曰『君實有郡縣』。其時列國未有此名，而秦先有之，尤爲明證。」

創自秦漢 《晉書·陸機傳》「自」作「於」。

夫先王知帝業至重，天下至曠 《晉書》「先王」作「王者」，「曠」作「廣」，下兩「曠」字同。

並建五長 《晉書》「五」作「伍」。毛本「建」作「立」。

財其親踈之宜 注「**裁**」與「**財**」，**古字通** 《晉書》「財」作「裁」。

注**而獨斯畏** 何校「而」改「無」，陳同，各本皆誤。

爲己在乎利人 《晉書》「在」作「存」。

不如利而後利之之利也 六臣本及《晉書》並不重「之」字。按今《荀子·富國》篇重「之」字，與此合。又六臣本無「也」字，亦誤脱。

而己得與之同憂 《晉書》「而」作「則」，「憂」作「愛」。朱氏珔曰：此言同樂者乃可與同憂，語取反對，方與下偶句「饗天下以豐利，而我得與之共害」爲一例，若作「愛」則非其義矣。

而我得與之共害 又**利博則恩篤** 《晉書》「我」作「己」，「則」作「而」。

注**所以博利、博義也。利博、義博，則無敵也** 今《吕氏春秋·慎勢》篇作「所以博義，義博利則無敵」，與此異。

萬國受世及之祚矣　六臣本無「矣」字。《晉書》「世及」作「傳世」。

各務其治，九服之民　又**下之體信**　又**世治足以敦風**　《晉書》「其治」作「其政」，避唐諱；「體」作「禮」；「世治」作「世平」，亦避唐諱。

雄俊之士　又**由萬邦之思治**　六臣本「士」作「民」。《晉書》作「人」，「治」作「化」，皆避唐諱，餘同此，不悉具。

三代所以直道　六臣本及《晉書》句首並有「蓋」字。

愿法期於必涼　五臣「涼」作「諒」，良注可證。《晉書》亦作「諒」。

昔者成湯　又**故五等之禮**　又**有隆焉爾者**　《晉書》無「者」字、「焉」字，「故」作「然」。六臣本「禮」作「體」。

是以經始權其多福　又**郡縣非致治之具也**　《晉書》「權」作「獲」。六臣本及《晉書》並無「也」字。《晉書》「致治」作「興化」。

及承微積弊　六臣本作「及承積其弊」。

豈非置勢使之然歟　《晉書》「置」作「事」。

國慶獨饗其利　六臣本校云「獨」善作「猶」。

忘萬國之大德　六臣本「萬」作「經」，非也。

借使秦人因循周制　又**有與共弊，覆滅之禍**　《晉書》「周」作「其」，「弊」作「亡」。六臣本「覆」上有「而」字。

大啓侯王　又**朝錯痛其亂**　又**阻其國家之富**　又**憑其士民之力**　《晉書》「侯王」作「王侯」，「朝」作「晁」，「阻」作「岨」，「民」作「庶」。

六臣犯其弱綱　注**誼言八而機言六者，貫高非五等，盧綰亡入匈奴，故不數之**　向注：六臣謂燕王臧荼、韓王信、淮陰侯韓信、梁王彭越、淮南王黥布、燕王盧綰。林先生曰：善注引賈疏原止七人，又不數貫高、盧綰則僅五人，陳玉陽所譏「麾貫高之不封，而不悟陳豨無土；黜盧綰之入虜，而乃遺韓信亡胡。反始臧荼，豈容獨置？文殊賈陸，何必參同」云云深中其失，向注得之。姜氏皋曰：《賈誼傳》原言八人，有不反之長沙，所云「功少而最完，勢疏而最忠」是也。機言六人者，除長沙外，貫高非列侯耳。《高紀》云「豨嘗爲吾使，甚有信，代地吾所急，故封豨爲列侯，以相國守代」，《功臣表》「陽夏侯陳豨，七年正月丙午封」，似不得云陳豨無土。當如賈説不數長沙、貫高，則適得六人。

皇祖夷於黥徒　六臣本、《晉書》「黥」並作「黔」。金氏甡曰：《文選》誤作黔，故注云「黔當爲黥」，後人依之校正；本文作黥，而注中黔、黥二字反顛倒耳。按金説是也，李注以爲「黔首」字當作「黥徒」字，若倒轉不可通耳。

注《史記》曰：**荆王劉賈者** 至**蓋别有所見** 六臣本無此五十九字。金氏甡曰：高祖征黥布，被創，行道病甚而崩，所謂「皇祖夷於黥徒」也；此注復牽入被殺之劉賈，遂以稱兄稱祖爲疑，自生枝節，無謂之甚。胡公《考異》曰無此最是。

注**然黥當爲黔** 黥、黔二字顛倒，説見上。

不忌萬邦 《晉書》「邦」作「國」。

養喪家之宿疾 六臣本「疾」誤作「侯」。

姦軌充斥 又**則城池自夷** 《晉書》「軌」作「宄」，「則」作「而」。

注**縱，恣意** 陳校「縱」下添「横」字，各本皆脱。

注**我實能使狄** 胡公《考異》曰：「能」字不當有，各本皆衍。

鉦鼙震於閫宇 又**天下晏然，以治待亂** 《晉書》「鉦」作「征」，「治」作「安」，「亂」作「危」。毛本「天」上添「方」字，誤。

是以宣王興於共和 六臣本「宣王」作「厲、宣」。案《史記》以共和爲周、召行政之號，《年表》且以共和紀元，《國語》韋注、《左傳》孔疏、劉知幾《史通》、《通鑑》《稽古録》、劉恕《外紀》、金履祥《前編》皆宗其説。梁氏玉繩曰：「《左·昭二十六年傳》『厲王戾虐，萬民弗忍，流王於彘〔二〕，諸侯釋位以間王政，宣王有志而後效官』，知厲、宣之間諸侯有代王行政者。然周、召本王朝卿士，倘果攝天子之事，不可釋位别立名稱若後世之年號，故師古注《人表》以《史記》之説爲無據也。考《竹書紀年》、《莊子·讓王》篇、《吕氏春秋·開春》篇及《索隱》引《世紀》、《正義》引《魯連子》並以共和爲共伯和，共國伯爵，和其名。《人表》厲王後有共伯和。共地近衛，即漢河内郡之共縣，周時謂之共頭，《吕氏春秋·誠廉》篇『盟微子于共頭之下』是已。蓋厲王流彘，諸侯皆宗共伯若霸主，其時宣王尚幼，匿不敢出，周、召居守京師，輔導太子，及汾王没，太子年亦加長，共伯乃率諸侯會周、召而立之。則凡言共伯至周攝政者，甚至干位篡立，盡屬不經之談爾。竊疑史公以共和紀元，大違《春秋》『天王出居』『公在乾侯』之義，有不可解者。歐陽公《春秋論》有『伊尹、周公、共和之臣嘗攝矣，不聞商、周之人謂之王也』，此足定載筆之失。」按《水經·清水注》云共縣故城「即共和之故國也，共伯既歸帝政，逍遥於共山之上」，與沈約《竹書紀年注》「和有至德，尊之不喜，廢之不怒，逍遥得志于共山之首」云云相合，陸德明《釋文》、司馬彪《莊子注》並云「共伯名和，修其行，好賢人，諸侯皆以爲賢」是也。

孽臣朝入，而九服夕亂哉　《晉書》「孽」作「嬖」，無「而」字。

注**子盍亦遠續禹功**　六臣本、尤本「續」作「績」，是也，與《左·昭元年傳》合。本書《三國名臣序贊》注引亦誤作「續」。

中人變節　《晉書》「中」作「忠」，恐誤。

無救刼弑之禍　六臣本及《晉書》「弑」並作「殺」。

民望未改　《晉書》「民」作「衆」。下「而安民之譽遲」，「民」作「人」。

皆以官方庸能　又**故郡縣易以爲治**　《晉書》「皆」下無「以」字，「治」作「政」。下「爲己思治」「並賢居治」同。

百度自悖　又**貪殘之萌**　六臣本「悖」作「勃」，「萌」作「氓」。

皆群后也　又**爲利圖物**　又**良士之所希及**　《晉書》「皆」下有「如」字，「利」作「吏」，恐誤；無「之」字。

官長所夙夜也　六臣本無「也」字。《晉書》「夜」作「慕」。

然則八代之制　六臣本「則」下有「探」字，非也。《晉書》無。

殆可以一言蔽矣　《晉書》「矣」作「也」。

校記

〔一〕五等論　尤本、元槧本、毛本、胡本同，目録及六臣本作「五等諸侯論」。

〔二〕左傳流王於彘　《左傳·昭二十六年》「流」作「居」，乃杜預注作「流」。

辨命論　劉孝標

注**峻字孝標，《辨命論》蓋以自喻云**　六臣本無「峻字」二字，是也。《梁書》作「乃著《辨命論》

〔一〕以寄其懷」。

故謹述天旨，因言其致云爾　《梁書·劉峻傳》「天旨」作「大目」，「致」作「略」，無「爾」字。六臣本亦無「爾」字。

注**郭璞曰：孫子荆**　胡公《考異》曰：此有誤也，「璞」疑當作「子」，《郭子》三卷在《隋志·小説》。按《晉書·孫楚列傳》「楚與同郡王濟友善，濟本州大中正，訪問銓邑人品狀，至楚，濟曰『此人非卿所能目，吾自爲之』，乃狀楚曰『天才英博，亮拔不群』」云，較此尤詳。楚字子荆，濟字武子，正此事也。郭景純後死於孫、王四十餘年，固可及紀其事，然本傳未云曾著雜史等書，惟本書每引郭頒《魏晉世語》〔二〕，此注疑亦引郭頒語，於情事較近也。

實海内之名傑，豈日者卜祝之流乎　《梁書》「名」作「髦」，無「乎」字。

然則高才而無貴仕　六臣本無「則」字。

至於鶡冠甕牖　五臣「鶡」作「褐」，向注可證。《梁書》亦作「褐」。

必以懸天有期　《梁書》「懸」作「玄」，恐有誤。

注**《左傳》：閔子騫曰**　「騫」當作「馬」，各本皆誤。

異端斯起　《梁書》「斯」作「俱」。

夫道生萬物　六臣本無「夫道」二字。尤本及《梁書》「道」並作「通」。

墜之淵泉非其怒　六臣本「淵泉」作「深淵」。

一化而不易。化而不易　《梁書》脱「化而不易」四字。

文公蹝其尾　六臣本、毛本「蹝」作「疐」。姜氏皋曰：《説文》無「蹝」字，以「躓」作「疐」。説見前。

夷叔斃淑媛之言　夷叔之稱又見《三國志·郤正傳》《王昶傳》《劉廙傳》注、《晉書·羊祜傳》、《風俗通·正失》篇、魏明帝《步出夏門行》、陶潛《飲酒》詩、戴逵《釋疑論》見《廣弘明集》。

注 **然子輿，孟子之字也**　趙岐《孟子注》云「字則未聞」，《史記·孟荀列傳》亦不載孟子字，《漢書·藝文志》師古注始引《聖證論》曰字子車。《太平御覽》三百六十三亦引《聖證論》作「子居」，謂孟子少居坎軻，故名軻字子居。而師古《急就篇注》及《廣韻》「軻」字注又均作「子居」。《孔叢子·雜訓》則云孟子車，注「一作子居」。惟此注引《傅子》作「子輿」。蓋古車、輿通用，如秦三良之子車氏，《史記·秦紀》《趙世家》《扁鵲傳》並作「子輿」。惟「居」字想以音同而譌耳。

至乃伍員浮尸於江流　六臣本「尸」作「屍」。《梁書》亦作「屍」。

並一時秀士也　尤本及《梁書》「時」下有「之」字。

循循善誘　《南齊書·劉瓛傳》：儒學冠於當時，京師士子貴游莫不下席受業。

注 **狀亭亭以岧岧**　「岧岧」當作「苕苕」，各本皆誤。

相次殂落　《梁書》「次殂」作「繼徂」。

宗祀無饗　余曰：《南史·劉顯傳》：族伯劉瓛卒無嗣，齊武帝詔顯爲後。

因斯兩賢以言古，則昔之玉質金相　何曰：向注以「則」字爲句，作典則解。

候草木以共彫　尤本「候」作「徼」，恐誤。

注　黥婁先生　袁本「黥」作「黔」〔三〕。此偶誤。

注　敦洽讎麋，推顙廣顔，色如漆赬，垂髮臨鼻，長肘而盭　《吕氏春秋·遇合》篇「推」作「雄」，本書《魏都賦》注作「椎」。《吕氏春秋》「漆」作「狹」、「髮」作「眼」。六臣本「盭」下有「股」字。

其斯之謂矣　六臣本無「其」字。

然命體周流　又　或先號後笑，或始吉終凶　六臣本「命體」作「體命」，「號」字、「吉」字下並有「而」字。

交錯糾紛，迴還倚伏　《梁書》「糾紛」作「紛糾」，「迴還」作「循環」。

而其道密微　六臣本「密微」作「微密」。

謂龕亂在神功　六臣本「龕」作「戡」。

注　蔡邕《陳太丘碑》曰：元方、季方，皆命世挺生，膺期特授　何曰：今蔡碑無此語，或有二碑，今逸其一。林先生曰：伯喈爲文範作碑銘，集中共三首，此其廟碑也。

故言而非命，有六蔽焉爾，請陳其梗概　六臣本「命」下有「者」字。《梁書》無「爾」字，「請」上有「余」字，恐是誤「爾」爲「尒」，因誤作「余」。

注《淮南子》曰：哆嗚，蘧蒢戚施，醜也　胡公《考異》曰：此有誤也，所引《修務訓》文「哆」上有「啳睽」二字、無「醜也」二字，高誘注云啳睽、哆嗚、蘧蒢、戚施皆醜貌也，或許慎云「醜也」耳。

同知三者　《梁書》「同」作「固」，毛本改「固」依《梁書》耳。

注貔，摯夷　何校「摯」改「執」，陳同。

注《淮南子》曰：歷陽至國没爲湖　胡公《考異》曰：此以下皆注文，不得云「《淮南子》曰」。謹按：《道藏》本《淮南子·俶真訓》云「夫歷陽之都，一夕反而爲湖」，高誘注云「歷陽，淮南國之縣名，今屬江都。昔有老嫗常行仁義，有二書生過之，謂曰：此國當没爲湖」云云。此注所引當是脱《淮南子》正文二句及「高誘曰」三字，惟以歷陽屬九江郡與高注異。考《漢志》九江郡秦置，高帝四年更名爲淮南國，武帝元狩元年復故，領縣十五，有歷陽，則「今屬九江郡」句必李所見高注原文如此。其曰今屬江都者，《隋志》歷陽郡統縣二，歷陽、烏江，烏江下注云「梁置江都郡，齊改爲齊江郡，陳又改爲臨江郡，周改爲同江郡，開皇初郡廢，大業初置」，歷陽郡有六合山，然則屬江都語疑以此而譌也。

沸聲若雷震　又焉能抗之哉　六臣本「若」作「如」，「抗」作「亢」。

注得天下之英才而教育之　今《孟子》無上「之」字。按《韓昌黎集·上宰相書》引「英」上亦有

「之」字。

注《淮南子》曰：夏后氏之璜，不能無考。高誘曰：考，不平也　今《淮南子·氾論訓》高誘注「考，瑕釁也」，又《説林訓》「白璧有考」注「釁污」，與此注異。本書注中引《淮南子》多有採許慎注者，此亦當係許注而誤作高誘耳。

故亭伯死於縣長，相如卒於園令　六臣本「亭伯」作「崔駰」，「相如」作「長卿」。《梁書》亦作「長卿」。

注太常上對諸儒。太常奏弘第居下策　何校「策」下添「奏」字，陳同。胡公《考異》曰：此有誤也，考《漢書》云「弘至太常上策詔諸儒」又曰「太常奏弘第居下策奏」，必善連引此二處耳。

注《尚書》曰：祖伊恐，奔告于受。孔安國曰：受，紂也，音相亂　「書」下當有「序」字，此所引《書》及《傳》皆本在《書序》。

踵武於雲臺之上　又耕耘於巖石之下　《梁書》無兩「於」字。

比於狼戾　《梁書》「於」作「其」。

注毛萇曰：杯晚切　陳曰「曰」下脱「板板，反也」四字。

與三皇競其萌黎，五帝角其區宇　又充仞神州　六臣本及《梁書》「萌」並作「氓」，「仞」並作「牣」。《梁書》「宇」作「寓」。

此四者，人之所行也　六臣本無「也」字。

成殺逆之禍　六臣本「殺」作「弑」，《梁書》作「悖」。

吉凶在乎命　六臣本、毛本「命」下有「也」字。《梁書》「在」作「存」。

注**司馬子韋**　「馬」當作「星」，説詳前《西征賦》。

注**磨其手**　胡公《考異》曰：「『磨』當作『磿』，本書《與岑文瑜書》引作『酈』，音酈。説詳前。

若使善惡無徵　六臣本及《梁書》並無「若使」二字。

且于公高門以待封，嚴母掃墓以望喪　周嬰《巵林》云：「按荀悦《漢紀》，此東海人風謡，《漢書》不載，孝標蓋全用之。」六臣本「高門」作「門高」，但傳寫誤。

若使仁而無報　六臣本及《梁書》「若」並作「如」。

斯徑廷之辭也　注**激遏之辭也**　《通雅》：「徑庭者，徑路之與中廷，偏正殊絶，猶方言霄壤也。」「遏」當作「過」，《莊子》釋文可證。

河漢而不測　又**或立教以進庸怠**　《梁書》「測」作「極」，「怠」作「惰」。

今以其片言　又**此生人之所急**　六臣本無「其」字，「生」作「小」。

注**予惡乎知説生之或非邪**　胡公《考異》曰：「『或非』當作『非惑』。

注**予惡乎知惡死之非弱喪而不知歸者邪**　六臣本無「非弱喪而不知歸者邪」九字，作「或是邪」

三字。

校記

〔一〕乃著辨命論　光緒版脱「辨」字。

〔二〕本書每引郭頒魏晉世語　「語」原作「説」，據《文選·晉紀總論》注引「郭頒《世語》」、《隋書·經籍志》「《魏晉世語》十卷，晉襄陽令郭頒撰」等改。

〔三〕袁本黥作黔　「袁本」當作「六臣本」，茶陵本同之。

文選旁證卷第四十四

文選卷五十五

廣絶交論

注**到溉見其論**　毛本「到」誤作「劉」。

朱公叔《絶交論》　何曰：《後漢注》：朱穆與劉伯宗絶交，因此著論。

注**慕尚敦篤**　六臣本及毛本「慕」作「莫」，是也。

星流電激　又**道叶膠漆**　《梁書·任昉傳》「激」作「擊」。六臣本「叶」作「協」。

注**芳芳漚鬱**　六臣本下「芳」字作「香」。按本書《上林賦》作「芬芳」，《史記》作「芬香」。「芳芳」固誤，「芳香」亦非。

注**班固《漢書》贊曰**　陳校「贊」改「述」，各本皆誤。

若乃匠人輟成風之妙巧，伯子息流波之雅引　《梁書》無「乃」字，「子」作「牙」。

注**試欲効其款款之愚**　陳校「試」改「誠」，各本皆誤。

注 王仲宣《七哀詩》曰：悟彼下泉人 何曰：《七哀詩》所謂下泉非及泉也，注贅。

粤謨訓 又 媿人靈於豺虎 《梁書》「粤」作「越」，「靈」作「論」。朱氏珔曰：李注引《書》「惟人萬物之靈」，則「靈」字非誤，「論」亦當是「倫」。

注《爾雅》曰：丁丁，嚶嚶，□相切直也 「相」字上不當空。毛本「相」上有「者」字，非也。此必原有「者」字，後以其衍而去之，故空耳。

主人听然而笑曰 又 不覩鴻雁雲飛 又 雲飛電薄 《梁書》無「而笑」二字，「鴻」作「鵠」，「雲飛」作「高飛」，「電」作「雷」。六臣本亦作「雷」。

注 棠棣之華 六臣本「棠」作「唐」，下同，何、陳據改。按《春秋繁露·竹林第三》篇引亦作「棠」。

注 如切如瑳，道學也。如琢如磨，自修也 今《大學》有兩「者」字。按《爾雅·釋訓》亦無「者」字，《釋文》「磋亦作瑳」，《説苑·建本》篇引同此。

然則利交同源 六臣本及《梁書》並無「則」字，是也。

隳膽抽腸 又 誓殉荆卿湛七族 六臣本「隳」作「墮」，「七」作「宗」。按作「宗」非也，《梁書》亦作「七族」，李注「七族」有明文，不得改「宗族」矣。

富埒陶白 六臣本「埒」作「將」，誤，良注「將，等也」正訓「埒」字。

繩樞之士 又 魚貫鳧躍 六臣本「士」作「子」。《梁書》「躍」作「踊」。

注 **秦嘉《婦詩》曰**　又 **惟思致款誠**　「婦」上當有「贈」字,「惟」當依六臣本作「遺」。

陸大夫宴喜西都　六臣本及《梁書》「宴」並作「燕」。

注 **王襃《碧雞頌》曰**　金氏甡曰:「碧雞」與「黄馬」同出《公孫龍子》,馮衍所云殆即指此,《碧鷄頌》與談辨無涉。

叙温郁則寒谷成暄,論嚴苦則春叢零葉　《梁書》「郁」作「燠」,「苦」作「枯」。五臣亦作「燠」,良注可證。按李注「苦」有明文,當仍其舊。

注 **張升《反論》語曰**　「語」字衍,六臣本無,本書引屢見。

於是有弱冠王孫　又 **附駔驥之旄端**　又 **鳥因將死而鳴哀**　《梁書》無「有」字,「駔」作「騏」,「旄」作「髦」,「鳴哀」作「悲鳴」。六臣本作「哀鳴」。

是以伍員濯溉於宰嚭　注 **《吴越春秋》曰:帛否來奔於吴**　又 **或作「伯喜」,或作「帛否」,或作「太宰嚭」,字雖不同,其人一也**　按太宰嚭一人異稱最多。《史記·伍子胥傳》稱伯嚭,《吕氏春秋·重言》篇「嚭」作「噽」,《論衡·逢遇》篇稱「帛喜」,《吴越春秋·闔閭内傳》又作「白喜」,惟此與《越絶外傳·計倪》篇同稱「宰嚭」。〔一〕朱氏珔曰:「伯」可作「白」者,《白虎通》《風俗通》《獨斷》諸書「伯」皆訓爲「白」也;「伯」又可作「帛」者,《左氏·隱二年傳》「紀子帛」《公羊》《穀梁》「帛」作「伯」、《國策·秦策》「大敗秦人於李帛之下」《史記》作「李伯」是也。「嚭」或爲「否」、爲

「喜」者，各省「嚭」字之半也。

馳騖之俗，澆薄之倫　六臣本「俗」作「倫」，「倫」作「俗」。

注**厥篚織纊**　何校「織」改「纖」，陳同，各本皆誤。

注**屬纊以候氣**　胡公《考異》曰：「候」當作「俟」，下當有「絶」字。

注**信陵之名蘭芬也**　何校「蘭」上添「若」字，陳同，各本皆脱。

卿雲黼黻河漢　《梁書》「河」作「江」。

莫肯費其半菽　《漢書注》臣瓚曰：食蔬菜以菽雜半之。《史記索隱》王劭曰：半，量器名，容半升。

注**楊氏爲我**　今《孟子》「爲」字上有「取」字。

匍匐逶迆　又**毫芒寡忒**　《梁書》「逶迆」作「委蛇」，「毫芒」作「芒毫」。

故桓譚譬之於闤闠　注**疑「拾」誤爲「桓」，遂居「譚」上耳**　依注「桓譚」當作「譚拾」，然《梁書》亦作「桓譚」也。

注**《説文》曰：襲，因也**　本書《王命論》注引作「襲，重衣也」。今《説文》「襲，左衽袍」，段曰：凡經典「重襲」之義皆當作「褶」。

迅若波瀾　又**斷焉可知矣**　又**何所見之晚乎**　《梁書》「若」作「彼」。六臣本「矣」作「也」，無「乎」字。

因此五交　六臣本及《梁書》句首並有「然」字。

故王丹威子以檟楚　何曰：《東觀漢紀》：丹怒，撻之五十。

有旨哉有旨哉　《梁書》不重有。

英跱俊邁　六臣本及《梁書》「跱」作「特」。按「跱」李注有明文。

注　**班固述曰：莊之推賢，於兹爲德**　胡公《考異》曰：六臣本作「班固贊曰：鄭當時之推賢也」，此引本傳贊，是也，尤校改甚非。

雌黄出其脣吻，朱紫由其月旦　王氏志堅曰：「史稱昉有盛名，遊其門者必爲推薦。裴子野爲從中表，獨不至，昉亦恨焉，故不之善。此則到溉輩固爲負心，而昉於取士之道亦未盡也。」

注　**《説文》曰：輜，車軸端**　「輜」當作「轊」。今《説文》軎正文、轊重文。

想惠莊之清塵　六臣本「惠莊」作「莊惠」。

注　**《烈士傳》曰**　「烈」當作「列」。

注　**陽角哀**　六臣本「陽」作「羊」。胡公《考異》曰：蓋正文善「陽」、五臣「羊」耳。姜氏皋曰：《廣韻》稱《列士傳》有「羊角哀」，是《列士傳》本作「羊」；《左傳》「夷羊五」，《晉語》作「夷陽午」；《古今人表》「樂陽」，師古曰即「樂羊」。陽、羊古通用，然莫訂正文及李注必作「陽」也，且《梁書》及《藝文類聚》引正文均作「羊」。

歸骸洛浦 又**寄命嶂癘之地** 《梁書》「骸」作「體」，「嶂」作「瘴」。五臣作「障」，向注可證。何曰《三國志》皆作「嶂」。

注**南客北叟** 何曰「客」一作「容」。

注**此謂到洽兄弟也** 毛本「到」誤作「劉」。林先生曰：《梁書》到洽本傳：任昉有知人之鑒，與洽兄沼、溉並善，嘗訪洽於田舍，見之曰「此子日下無雙」，遂申拜親之禮。

注**劉孝標《與諸弟書》曰** 胡公《考異》曰：「標」當作「綽」，本傳云「孝綽諸弟時隨藩皆在荆、雍，乃與書論共洽不平者十事，其辭皆鄙到氏」云云，此所引即其一事也。孝綽彭城人，故下稱孝標云「平原劉峻」，不知者妄改，絶無可通。

注**攸然不相存贍** 六臣本「攸」作「悠」，是也。

注**南陽餓** 朱氏珔曰「餓」當作「饑」。按今本《東觀漢記》亦作「餓」。

注**右宰轂臣** 余校「轂」改「穀」，下同。《吕氏春秋·觀表》篇亦作「穀」。

太行孟門，豈云嶄絶 《吕氏春秋·上德》篇云：孔子聞之曰：通乎德之情，則孟門、太行不爲險矣。

注**《説文》曰：「雰」亦「氛」字** 毛本「氛」誤作「氣」。今《説文》「氛」重文「雰」。

校記

〔一〕按太宰嚭一人異稱最多云云　本段摘自梁玉繩《人表考》卷九。

演連珠

陸士衡

注**所謂連珠者，興於漢章之世**　林先生曰：《文章緣起》以《連珠》爲揚雄作，按《北史·李先傳》曰魏帝召先讀韓子《連珠》二十二篇，則《連珠》實託始韓非矣。

注**而覽者微悟**　又**易看而可悦**　毛本「覽」誤作「賢」。余校「看」改「覩」，《藝文類聚·雜文部》引亦作「覩」。

劉孝標注　林先生曰：按《隋志》，《演連珠》何承天注，然則注者不僅孝標一人。

后土所以播氣　林先生曰：《藝文類聚》所載「后土」作「厚地」。

注**天地所以施生**　又**在地則化**　胡公《考異》曰：「生」當作「化」，「地」當作「川」，「化」當作「虚」，各本皆誤。

注**川，氣之通也**　今《周語》「通」作「導」。

注**然水火相殘**　六臣本「殘」作「踐」，是也，毛本亦作「踐」。

注**閔子騫曰**　「騫」當作「馬」。六臣本作「公鉏然之曰」，誤也。

注而不可以相違　六臣本「違」作「爲」，是也。

注蓋象衡門之人　「象衡門」三字，本書《東都賦》注引作「蒙闇」二字。姜氏皋曰：《虞氏易》云：艮爲山，五半山，故稱丘，木果曰園，故賁于丘園也。《荀爽易》云：在山林之間賁飾丘陵以爲園圃，隱士之象也。《王肅易傳》以爲隱處丘園象衡門之人，義同。別以爲「蒙闇」者，《書·無逸》「亮陰」《論語》作「諒陰」，鄭氏曰「諒闇〔一〕，轉作梁闇，楣謂之梁，闇謂廬也」，今通行之菴字即闇字之俗也。

臣聞祿放於寵　六臣本「放」作「施」。

注政逮大夫四世，夫三桓子孫微矣　此亦節引。

注言以至道均被〔二〕　六臣本「言以」二字作「善曰」，誤也。尤本「以」字空格，亦衍「言」字。此注下「善曰」二字六臣本無，尤本補，是也。

不發傅巖之夢　班固《答賓戲》云：殷說夢發於傅巖〔三〕。

注秦密對王商曰　余校「密」改「宓」。

注而可御於前也　何校去「而」字，陳同，各本皆衍。

乘馬班如　注王肅曰：班如，盤桓不進也　案「班如」《子夏易傳》作「相牽不進貌」，其初九「盤桓」云猶桓旋也。《馬融易傳》：槃桓，旋也；班如，不進也。《鄭氏易》作「般如」。陸氏《周易述》

作「盤桓，不進之貌」。《虞氏易》注：班，躓也，馬不進故班如矣。是漢學釋「班如」皆與盤桓同義。宋李杞《周易詳解》以爲「雖邅回不進，然有班馬之聲，則有欲遁之意」亦尚不違古義，自《程傳》作「班，分布之貌」遂與盤桓異解。張横渠《易説》「盤桓，猶言柱石」，何楷《古周易訂詁》以盤石桓表釋之，凌氏去盈《易觀》遂云「大石曰盤，人柱曰桓」，蓋取著地不可動之象，而均不作「不進」解矣。

注 **高誘曰：陰，晷影之候也**　六臣本無「之候」二字。今《呂氏春秋·察今》篇注作「陰，日夕昊也」，「夕昊」當即「晷」字之誤。

注 **何休《公羊傳》曰**　「傳」下當有「注」字，各本皆脱。

注 **是弗聽也**　本書《七命》注引此「是弗」作「故不」。

注 **書出，瞑目**　陳校「瞑」改「瞋」，各本皆誤。

注 **應劭《漢書注》曰：繆公出，當車，以頭擊門。而劉云觸車，未詳其旨**　《後漢書·朱穆傳》注引《韓詩外傳》云「禽息，秦大夫，薦百里奚，不見納，繆公出，當車，以頭擊闑，腦乃精出」云云與此異，按今《韓詩外傳》無此文。

生於絶絃　又**弱於陽門之哭**　又**以續湯谷之晷**　六臣本「生」作「主」，「陽」作「楊」，「湯」作「暘」。

芝蕙被其涼 又**德以普濟爲弘** 按「涼」與「弘」今韻不相通，邵氏長蘅引陸雲《陸常侍誄》「時惟誕弘」與「爰帝曁王」韻，戚氏學標又引《易林》「無以爲強」與「敗於水泓」韻爲證。

習數則貫 又**瞽叟清耳** 六臣本「貫」作「慣」，「叟」作「史」。

注 **謂以明水瀡瀡粢盛黍稷** 胡公《考異》曰此當作「瀡滫」。謹按：六臣本作「滫」、脱「瀡」字，毛本脱「水瀡」二字，皆誤也。

注 **《宋玉集》曰：既而《陽春》《白雪》，含商吐角，絶節赴曲** 此與《對楚王問》篇字句不同，與《琴賦》注引《宋玉集》又異，蓋集本或亦不同。此因正文「絶節」字，故亦「各隨所用而引之」。

注 **孔子行於東野** 又**於是鄙人馬圉乃復往説曰：子耕東海，至於西海** 今《呂氏春秋·必己》篇作「孔子行道而息」，「於是」以下作「有鄙人始事孔子者，曰：請往説之。因謂野人曰：子不耕於東海，吾不耕於西海也」。

注 **蘇、張近而解環易絶也** 此語費解。按恐謂蘇、張之辨能解連環者近而易絶也。

注 **日月發輝** 尤本「日」上有「善曰」二字，非。

非假百里之操 五臣「百」作「北」，銑注可證。胡公《考異》曰：「百里」不可通，此必有誤，疑「里」當作「牙」，劉、李無注，以「百牙」不煩注耳。

德表生民 六臣本「生民」作「民倫」。

注**善曰：下愚由性**　至**不救棲遑之辱**　何曰：此下八句皆劉注，自「按西」以下乃善注，「善曰」二字當移彼。是也，「按西」二字當改「善曰」二字耳。今尤本「漢劉向上疏曰」上已改「按西」二字爲「善曰」，而上文「善曰」二字仍未删。

身或難照　六臣本「照」作「昭」，非也。按「照」與「謬」叶韻。戚氏學標曰：「謬」本音近「茂」，陸氏《連珠》「有時而謬」叶「身或難照」，音同「妙」也。

非無懷春之情　又**故淩霄之節厲**　此首「情」與「厲」獨不協韻。段校云「情」字誤，朱氏珔曰疑「情」爲「志」字之譌。按上聯「名勝欲，故偶影之操矜」與下聯互乙則叶韻矣。

是以蒲密之黎　林先生曰：「蒲密」當作「蒲宓」，謂子路、子賤也，《宋書·良吏傳》序曰：「蒲宓之化〔四〕，事未易階。」

則夜光與武夫匿耀　六臣本「武夫」作「珷玞」。

臣聞柷敔希聲　六臣本「敔」作「圉」。

注**繫一柷之功也**　「繫」當作「擊」，「一」字不當有，各本誤衍。

臣聞目無嘗音之察　六臣本「嘗」作「常」。

注**杜預《左傳注》曰**　余校上增「善曰」二字。三十九首注「楚辭曰衝風」上、「法言曰」上，四十四首注「文子曰」上，四十八首注「淮南子曰」上，並同。以上各條毛本之誤，尤本多不誤。

注**衝風起兮横波**　按「横」上當有「水」字，各本皆脱。

注**惟化所珍**　陳曰「珍」當作「甄」。胡公《考異》曰：當作「移」，各本皆誤。姜氏皋曰：「珍」疑是「紾」字之譌，《説文》云「紾，轉也」。

注**流爲水及風，誤也**　胡公《考異》曰：「流」字衍，各本皆衍。

注**而悲感者也**　胡公《考異》曰：「悲」字不當有，「者」當作「周」，此以「感周」與上句「悲殷」對文，各本皆誤。

注**或者以《詩序》云**　六臣本無「或者以」三字。胡公《考異》曰：此注各本皆有誤，無以正之。

義貴於身　六臣本「貴」作「重」。

注**善曰：性命之道**　何校移「善曰」二字於下文「子曰」上。尤本上衍下脱，毛本上删下仍脱，皆非。

臣聞圖形於影　至**觀物必造其質**　六臣本校云五臣此段在「通於變者」一段前。

漂鹵之威　六臣本「鹵」作「櫓」。賈誼《過秦論》「流血漂櫓」，《史記》作「鹵」。

注**《過秦》曰**　他本「曰」字上有「論」字，尤本脱。

校記

〔一〕論語作諒陰鄭氏曰諒闇　陰、闇原倒，稿本并作「陰」而刻本誤改上處，兹據《論語·憲問》、

《詩·商頌譜》孔疏引《尚書·無逸》鄭注正之，本書《西征賦》引不誤。

〔二〕言以至道均被　元槧本、毛本「言以」，尤本、胡本作「言」下空格，六臣本作「善曰」。胡克家《文選考異》卷十曰：尤改「善曰」入下而誤衍「言」字，當作首空二格。

〔三〕殷説夢發於傅巖　「夢發」原倒，據《文選·答賓戲》《漢書·叙傳》改。

〔四〕宋書蒲宓之化　《宋書·良吏傳》《南史·循吏傳》均作「密」不作「宓」。

文選卷五十六

女史箴　張茂先

注**張華懼后族之盛，作《女史箴》也**　《史通》云：賈后無道，女史因之獻箴。

二儀既分　六臣本「既」作「始」。

在帝庖羲，肇經天人，爰始夫婦，以及君臣　林先生曰：《白虎通》：伏羲因夫婦正五行，始定人道。〔一〕

王猷有倫　尤本「王」上有空格，當補「而」字。六臣本校云善有「而」字、五臣無「而」字，是也。六臣本「猷」作「猶」。

施衿結褵　注**褵與離，古字通也**　陳曰「褵」據注當作「離」。

注《儀禮》曰：女嫁，母施衿結帨，曰：勉之敬之，夙夜無違父母之誡　按《士昏禮》記親迎送女諸辭，「母」字上無「女嫁」二字，「父母之誡」四字作「宫事」二字，下文有「庶母及門内施鞶，申之以父母之命」云云，此當是節引之也。又《爾雅·釋器》「衿謂之袸」注「衣小帶也」，陳氏祥道曰「衿，香纓帶也，帶結之垂者爲褵，《詩》云：親結其褵」是也，然則施衿、結褵爲一事。

注《毛詩》曰：親結其褵　又褵，婦人之幃也　案「褵」今《詩》作「縭」，毛傳曰「縭，婦人之褘也〔二〕，母戒女而爲之施衿結帨也」，孔穎達曰「《釋器》云：婦人之褘謂之縭；縭，緌也。孫炎曰：褘，帨巾也」，然則「褘」不當作「幃」。惟《説文》作「幃」，云「囊也」，與《詩》之「褘」無涉。

戒彼攸遂　又女史司箴　六臣本「戒」作「式」，「司」作「斯」。

校記

〔一〕在帝庖羲云云　「羲」原作「犧」，正文據《文選》改，注據《白虎通》卷一改。

〔二〕縭婦人之褘也　「縭」原作「褵」，據稿本及《詩·豳風·東山》毛傳改。

封燕然山銘

班孟堅

注齊殤王子都鄉侯暢　章懷注：齊殤王名石，伯升孫，章之子。劉攽曰：按「殤」當作「煬」，説在《齊王傳》，彼既有子，不得謚殤明矣。又袁宏《後漢紀》「都鄉」作「郁鄉」。

有漢元舅曰車騎將軍竇憲 又**寅亮聖皇** 六臣本無「曰」字，《後漢書·竇憲傳》「皇」作「明」。

納于大麓 金氏甡曰：「《史記·五帝本紀》『堯使舜入山林川澤』，《索隱》引《尚書》『納于大麓』孔氏以麓訓録，言令舜大録萬機之政，按《竇憲傳》『和帝即位，太后臨朝，憲以侍中，内幹機密，出宣誥命〔一〕』。此用『納麓』蓋亦本孔義。」金説非也，《孔傳》東晉始出，班固在前，非其所用。《尚書大傳》鄭注「麓者録也，致天下之事使大録之」是《今文尚書》説，而東晉古文取之耳。《堯本紀》用《古文尚書》説，《釋文》「馬、鄭注云：麓，山足也」。二家截然不同，班固自是用今文説。朱氏珔曰：梅賾所上《書》無《舜典》一篇，時以王肅之注補之，齊明帝時姚方興乃采馬、王注造《舜典》孔傳，是今之《舜典》孔傳爲姚方興本，并非梅賾本；「大録萬機」云云本《今文尚書》説，方興取以入傳，則以今文家言而妄屬之古文家矣。

注**如虎如貔** 至**與上同也** 此當依章懷注作「如熊如羆，如豺如離」，徐廣曰此「離」音訓並與「螭」同也，各本皆誤。

東胡烏桓 又**驍騎十萬** 《後漢書》無「胡」字，「十」作「三」。

雷輜蔽路 《後漢書》「雷」作「雲」，章懷注「稱雲，言多也」。

下鷄鹿 五臣「鹿」作「漉」，良注可證。

然後四校横徂 六臣本「徂」作「狙」，誤也。

考傳驗圖 林先生曰：《漢書·張騫傳》：漢使窮河源，天子按古圖書，名河所出曰崑崙。

注**子稽弼立** 何校「弼」改「粥」，各本皆誤。

注**五月大會蘢城** 按《漢書》「蘢」作「龍」。惟《史記·韓長孺傳》云「車騎將軍衛青擊匈奴，出上谷，破胡蘢城」也。

將上以攄高、文之宿憤 《後漢書》無「將」字。

注**殺北都尉** 何校「北」下添「地」字、「尉」下添「印」字，陳同。

茲可謂一勞而久逸 又**昭銘盛德** 五臣「茲可」作「咨所」，良注可證。《後漢書》「可」作「所」，「盛」作「上」。

封神丘兮 章懷注：神丘即燕然山也。

校記

〔一〕出宣詔命 「出」原作「大」，據《後漢書·竇憲傳》改。

座右銘

崔子玉

注**《吕氏春秋》曰：内反於心** 今《吕氏春秋·高義》篇「反」誤作「及」。

在涅貴不淄 注**涅而不淄** 《史記·孔子世家》、《新語·道基》篇、《論衡·問孔》篇引並作「淄」。

本書《夏侯常侍誄》注引亦作「淄」，而彼處正文作「緇」。

張孟陽

劍閣銘

張孟陽　毛本「孟」誤作「夢」。

注**載隨父入蜀，作《劍閣銘》**　林先生曰：按《晉書》，太康初載至蜀省父，道經劍閣，載以蜀人恃險好亂，因著銘以作誡。

注**有褒谷口**　段校「褒」下添「斜」字。

匪親勿居　《晉書·張載傳》「匪」作「非」。

興實在德，險亦難恃，洞庭孟門，二國不祀　又**自古迄今，天命匪易**　又**公孫既滅**　《晉書》「興實」八字在「洞庭」八字之下，「在」作「由」，「迄」作「及」，「匪」作「不」，「滅」作「没」。

注**假稱蜀都太守**　陳校「都」改「郡」，各本皆誤。

陸佐公

石闕銘

石闕　良注：此石闕在端門外，夾道而置之。余曰：《六朝事迹》：建康縣北五里有四石闕，在臺城之門南，高五丈，廣三丈六寸，梁武帝所造。按《梁書·武帝本紀》天監七年春正月戊戌作神龍、仁虎闕于端門、大司馬門外，此於本文「皇帝御天下之七載」云云正合，余引《六朝事迹》所謂四石闕者恐非。

詔使爲《漏刻》《石闕》二銘，冠絶當世　注　先通奉公曰：《梁書·文學·袁峻傳》「武帝雅好文辭，獻文章於南闕者相望，奉敕與陸倕各製新闕銘」〔一〕，今倕文傳，而峻文不可得見矣。

昔在舜格文祖　六臣本「在」作「者」。

注　**《尚書》曰：湯既黜夏命**　陳校「書」下添「序」字。

刑酷然炭　何校「然」改「爇」，按《廣韻·一先》「爇」字引此，「然」不必改。

龍飛黑水　六臣本句首有「於是」二字。

注　**三年十二月，義旗發自襄陽**　陳校「三」改「二」。按永元三年三月和帝即位改元中興元年，其永元三年自不當有十二月。至以三年改爲二年十二月，則於義旗發自襄陽情事不合。《南齊書·東昏侯紀》云「十二月雍州刺史梁王起義兵於襄陽」，然未嘗進兵也；《梁書·武帝紀》永元「三年二月南康王爲相國，以高祖爲東征將軍，給鼓吹一部，戊申高祖發襄陽」，《南史·梁本紀》同，是爲三年二月，疑此注引《梁典》衍「十」字耳。

夏首憑固，庸岷負阻，協彼離心，抗兹同德　濟注：夏首謂薛元嗣守郢州，庸岷謂東昏侯，同德謂梁武。

凶渠泥首　余曰：《梁書·武紀》：魯山城主張樂祖，郢城主程茂、薛元嗣，相繼請降。

注**胡馬之千群**　胡公《考異》曰：「之」字不當有，各本皆衍。

折簡而禽盧九　余曰：《梁書·武紀》：「先是東昏遣冠軍將軍陳伯之鎮江州，爲子陽等聲援，高祖乃謂諸將曰：『今加湖之敗，誰不弭服！我謂九江傳檄可定也。』因命搜所獲俘囚，得蘇隆之，厚加賞賜，使致命焉。伯之遣隆之反命，求未便進軍。高祖乃命鄧元起率衆沿流，及高祖至，伯之束甲請罪。」

士無遺鏃，而樊鄧威懷，巴黔底定　六臣本「遺」作「餘」，無「而」字。《梁書·本紀》：「樊、漢阽切，羽書續至，公星言鞠旅，稟命徂征。鄧城之役，胡馬卒至，公南收散卒，北禦雕騎，全衆方軌，按路徐歸。」又《南史》「東昏以劉山陽爲巴西太守，使過荆州就行事蕭穎胄以襲襄陽，帝知其謀」，山陽爲陳秀所斬，巴黔底定。

注**《魏略》曰王陵**　又**以卿非肯遂折簡者也**　尤本脱「曰」字。陳校「陵」改「淩」，下同，「遂」改「逐」，各本皆誤。

守似藩籬，戰同枯朽　林先生曰：《南史》：「蕭衍至，帝乃聚兵爲固守計，冠軍王珍國領三萬人據大桁，莫有鬥志，直閤席豪突陣死。豪驍將也，既斃，衆軍於是土崩。」

注**以牛爲禮**　胡公《考異》曰：六臣本「禮」作「礼」，按當作「札」，各本皆誤。姜氏皋曰：此節今本

《六韜》所佚，《群書治要》引《虎韜》云「以牛爲禮以朝者三千人」，是「以牛爲禮」不當斷句耳。

市無易賈　六臣本「賈」作「價」。

注　**湯始征，□自葛**　按他本「自」字上無空格。今《孟子》「葛」下有「載」字，亦不於「葛」字斷句。周氏廣業曰：趙氏《章句》「載，始也，一説載當作再，言湯再征十一國」，《選注》正用趙説。

注　**《呂氏春秋》曰：曰桀爲無道**　衍一「曰」字。

注　**武王伐紂，蒙寶衣投火而死**　《太平御覽》八百八十九引「紂」字下重「紂」字。

俯從億兆　六臣本「俯」誤作「府」。

注　**《禮記》曰：升于中天**　「于中」當作「中于」。

注　**《蒼頡》曰**　何校「頡」下添「篇」字，陳同。

注　**祝良爲梁州刺史**　陳曰：「梁」疑當作「涼」，祝良刺涼州見范史《陳龜傳》。是也，各本皆誤。按司馬彪《續志》本無梁州〔二〕。

置博士之職，而著録之生若雲，開集雅之館，而欵關之學如市　林先生曰：《南史》：「天監四年詔開五館，建立國學，置五經博士。五年，置集雅館以招遠學。」〔三〕

興建庠序　林先生曰：《梁書·儒林傳》：選士徒于會稽受業何胤，分遣博士、祭酒至州郡立學。

注　**孫楚《客主言》曰**　毛本脱「孫」字，「楚」下衍「辭」字。

注《禮經》，謂《周禮》也　「禮經」當作「經禮」，各本皆誤。

注長安城西有雙圓闕，上有一雙銅爵　「西」下衍「有」字，「爵」下脱「宿」字。按此古歌《銅雀辭》，而注繫之魏文，因銅雀臺而誤耳。

或以布化懸法　又乃命審曲之官　六臣本「化」作「治」，「曲」下有「直」字，非也。

懸書有附，委篋知歸　注懸書則懸法也，委篋則藏書也，重用之故變文耳　金氏甡曰：梁脩誹木肺石之制，委篋似即投匭之説，謂陳訴者望闕而知所向耳，與上句自係兩意。

鬱崫重軒，穹隆反宇。形聳飛棟，勢超浮柱　《文選類林》引注云「鬱崫、穹隆，壯貌；飛棟、浮柱，謂漢甘泉宫之大也。此闕形勢之高而加超越焉」，今注無之。

色法上圓，制模下矩　六臣本「圓」作「員」，「制」作「製」。

注臨煙雲　陳校「雲」改「雨」，各本皆誤。

郤背九房，北通二轍，南湊五方　胡公《考異》曰：注中「郤，返也」下當有「《周禮》曰：應門二轍。《漢書》曰：秦地五方雜錯。然此五方謂吴之五方也」凡二十六字，今誤并入五臣向注。

校記

〔一〕梁書文學袁峻傳云云　此引自《南史·袁峻傳》，《梁書》文不同。

〔二〕司馬彪續志本無梁州　「司馬彪」原誤作「劉昭」。彪著《續漢書·郡國志》本無梁州，劉昭注「益州，本梁州」則有，指古梁州。按《晉書·地理志》「漢以其地爲益州，泰始三年分益州立梁州」，則漢時涼州非益州之梁州明矣。

〔三〕南史天監四年五年云云　「南史」原作「梁書」，「五年」脱，據《南史·儒林傳》《梁本紀》改補，《梁書》無此語。

新刻漏銘

注**掌壺以令軍井**　六臣本「掌」下有「挈」字，是也。

注**懸壺以哭**　又**令軍中衆**　「以」下當有「代」字，「哭」下當有「者」字。何校「中」下添「士」字，各本皆脱。

注**宮城門傳五伯官直符**　《北堂書鈔·武功部》引《漢舊儀》作「宮城門擊柝、擊刁斗，傳五夜，百官徼直符」〔一〕，與此注異。

注**陸機、孫綽皆有《刻漏銘》**　案孫綽銘見張溥所編《漢魏名家集》，其陸機本集載《漏刻賦》，非銘也。本文「積水違方」句注亦引作陸機「賦」，而「飛流吐納之規」句注又引作「銘」。

布在方册　六臣本「布在」作「有布」。案此以「有布」與下句「無彰」爲偶句。李當亦作「有布」，但傳寫誤耳。

注**晝夜漏起**　「晝」字應刪，前已引《漢舊儀》無此字。

注**則河濂海夷**　六臣本作「則河海夷晏」，尤本據改。

注**登大庭之庫**　何校「庭」下添「氏」字，各本皆脱。

金筒方員之制　六臣本「筒」作「箭」，「員」作「圓」。

課六歷之疎密　《初學記·器物部》引「歷」作「律」，非。又誤稱「南齊陸倕」，似不見文中「天監六年」云云，更非。

無得而稱也　六臣本「得」作「德」，按銑注作「得」耳。

注**蔡邕《銘論》曰：德非此族，不在銘典**　又**蔡邕《銘論》曰：昔召公作誥，先王賜朕鼎，出於武當曾水**　今《太平御覽》五百九十引蔡邕《銘論》無此語。

注**其功銘于昆吾之野**　「野」當作「冶」。

注**有陋洛邑之義**　「義」當作「議」。

爲其銘曰　六臣本此下有善注「集曰：銘一字至尊所改，勑書辭曰：故當云銘〔二〕」十七字，毛本誤脱。

注**角平、升桶、權概**　「升」當作「斗」。按今《吕氏春秋》注：「角，平。斗桶，量器也。稱錘曰權。概，平斗斛者，令鈞等也。」此注亦是節引。

注齊宣公之時，禮義消亡　何校「齊」改「衛」。尤本無上五字。

擊刀舛次　注不擊刁斗自衛　胡公《考異》曰：「刁」字本作「刀」，後人作「刁」以別之，蓋已久矣。此作「刀」者，轉因譌而偶合于古。

聚木乖方　五臣「聚」作「叢」，銑注可證。《文選類林》亦作「叢」。

靈虬承注，陰蟲吐噏　翰注：陰蟲謂蝦蟇也，言漏刻之體以龍承之，作蝦蟇銜承盞而吐噏之。

月不知來，日無藏往　五臣「知」作「遁」，「無」作「不」。向注：遁，隱也，言置漏刻知日月度數，故不能藏隱。按尤本亦作「遁」，作「知」恐誤。

注合昏，槿也。葉晨舒而昏合　《群芳譜》木槿不名合昏，惟「合驩一名合昏、一名夜合、一名青棠，葉纖密圓而綠，似槐而小，相對生，至暮而合」，《廣群芳譜》引羊徽《木槿賦》有云「挹宵露以舒采」，又江總《南越木槿賦》「日及多名，蕣賓肇生，東方記乎夕死，郭璞贊以朝榮」，則亦非昏合者。

注來世作程　余校「來」改「永」。

校記

〔一〕北堂書鈔武功部云云　「百官徽直符」句出自《儀飾部》。

〔二〕故當云銘　「云」原作「作」，據《文選注》改。

王仲宣誄

曹子建

誰謂不庸　六臣本「庸」作「痛」。何、陳據改，是也，「庸」字但傳寫誤。

注**國稱《陳留風俗記》曰**　何校「國」改「圈」，陳同，各本皆誤。按《隋書·經籍志》「記」作「傳」。

揚聲秦漢　向注：秦有王離、王翦之貴，漢有五侯之盛，是揚聲也。《野客叢書》云：王粲係畢公高之後，畢封於魏，後至惠王以王爲氏，而離、翦自周太子晉之後，五侯自齊田和之後，此三派原不相干，向注非是。

注**《易》稱所謂陽九之厄**　「稱」當作「傳」，各本皆誤。

或統太尉　濟注：統，領也。六臣本「統」作「掌」，涉下句而誤。

注**幽贊於神明而生蓍**　六臣本「贊」作「讃」，「贊」與「讃」通，《易·説卦傳》釋文云本或作「讃」，《隸釋·孔龢碑》亦作「幽讃神明」。

碁局逞巧　尤本「碁」誤作「綦」。

注**是用不售**　「售」當作「集」，各本皆誤。

注**《漢書》：南郡有編鄀縣**　胡公《考異》曰：六臣本下有「《音義》曰：編音鞭，鄀音若」九字，此善音；正文「鄀」下「若」字，五臣音也。

注 **將命之日** 六臣本「將」下有「受」字，是也。

與君行止 六臣本「君」作「軍」，是也，此尤本誤。

注《**孟子**》**曰：計及下者無遺策** 「孟子」下當有「注」字。《七經孟子考文補遺·公孫丑上》篇「子路」至「與人爲善」章趙氏《章指》云：「言大聖之君由采善于人，故曰計及下者無遺策、舉及衆者無廢功也。」今注疏本脱去此語。周氏廣業採此句作《孟子》逸文，且云觀「故曰」字則引古可知。《選注》謂出《孟子》，當亦有據也。

光光戎路 又**輝輝王塗** 六臣本「路」作「輅」，「輝輝」作「輝耀」。

翩翩孤嗣 余曰：《魏志》：粲二子爲魏諷所引誅，後絶。

將反魏京 六臣本「反」作「及」。

楊荆州誄

潘安仁

夏四月乙丑 按《晉書·武帝本紀》咸寧元年春正月戊午朔，自戊午至乙丑凡八日，閲兩甲子則一百二十八日，是四月内不得有乙丑日，疑「乙」字是「己」字傳寫之譌。

滎陽楊史君 六臣本「史」作「使」。

注 **實左右商王** 六臣本無「實」字。按本書《二十八將論》《運命論》《褚淵碑文》注引皆無，不必與今《毛詩》同也。

注**《周禮》曰謚者**　六臣本「禮」作「書」，是也。

族始伯僑，氏出楊侯　林先生曰：《漢書·楊震傳》「八世祖喜封赤泉侯」，《刊誤》云：「楊氏有兩族，赤泉氏從木，子雲從扌，而楊修稱曰修家子雲，又似震族亦是揚。吴仁傑曰：晉有兩楊氏。《左傳》『霍、楊、韓、魏，姬姓也』，此楊侯之國出自有周，支庶爲晉所滅者也；《晉語》『楊食我生』，此則所謂『晉大夫食采于楊，至食我而滅』者也〔一〕，食我滅而楊侯之後獨存，故子雲以爲喬出。杜征南注霍楊及楊氏皆云在平陽，然則食我之邑即楊侯之國也。楊、揚字易亂，今《千姓編》有楊無揚。陸法言字書楊字注云『本自周宣王子幽王邑諸楊，號曰楊侯，後并於晉，因爲氏』，與子雲自序同。然則子雲、伯起皆氏楊明矣。」兹誄故亦引伯喬〔二〕。段氏玉裁曰：古假「揚」爲「楊」，故《詩·楊之水》毛曰「楊，激揚也」，《廣雅》曰「楊，揚也」，《佩觿》曰「楊，柳也，亦州名」。然則出自晉之楊者莫不當作揚矣。

注**有韎韋而言跗注者**　何校「而」改「之」、去「者」字，各本皆誤。

投心魏朝　六臣本「魏」作「外」。

孝實蒸蒸　陸賈《新語·道基》篇云：虞舜蒸蒸於父母。《後漢·靈帝紀》云：崇有虞之孝，昭蒸蒸之至。《蔡邕集·九疑山碑》云：逮于虞舜聖德，克明克諧，頑傲以孝蒸蒸。《藝文類聚》引魏卞蘭

《贊述太子表》云：昔舜以蒸蒸顯其德。《家語·六本》篇：瞽瞍不犯不父之罪，而舜不失烝烝之孝。是漢魏經師言舜之孝，似皆以烝烝斷句也。王氏引之曰：《書傳》「諧，和。烝，進也。言能以至孝諧和頑、嚚、昏、傲，使進進以善自治〔三〕，不至於姦惡」，按訓「烝」爲「進」雖本《爾雅》，然以「烝烝乂」爲「進進治」則不辭甚矣，三復經文當讀「克諧」爲句、「以孝烝烝」爲句、「乂不格姦」爲句也，「蒸」與「烝」通。

注**錫爾土宇歸章**　胡公《考異》曰：「錫」字不當有，「歸」當作「皈」。

聖皇受終　六臣本「皇」作「王」。

注**《晉宮閣銘》曰**　胡公《考異》曰：「銘」當作「名」，後《宣貴妃誄》引同。

謂督勳勞　注**督，察也**　《困學紀聞》十七云：此當引《左傳》「謂督不忘」，即《微子之命》曰「篤不忘」也，「督」與「篤」古通，以「督」爲「察」非也。

茫茫海岱　注**《毛詩》曰：洪水茫茫**　朱氏珔曰：今《詩·長發》「洪水芒芒」，《太平御覽》五百二十八引作「茫茫」，與此同。但此言地域，不若引《玄鳥》篇「宅殷土芒芒」〔四〕《魏書·崔宏傳》引亦作「茫茫」及《左氏·襄四年傳》「芒芒禹迹」爲得。且「茫」字見《玉篇》，《説文》別無從水之「茫」，當依《詩》作「芒」而云「茫與芒同」。

僞師畏逼　陳曰：「師」當改「帥」，謂步闡也；「師」乃晉諱，似不應用。

注 **景命有順**　何校「順」改「傾」，陳同，各本皆誤。

仰追先考，執友之心　注《**禮記**》**曰：見父之執**　《困學紀聞》十七云：此當引《曲禮》「執友稱其仁」也。

覆露重陰　向注：言岳父與戴侯爲友。

注 **先王覆露子也**　陳校「王」改「主」，各本皆誤。

校記

〔一〕晉語楊食我生此則所謂晉大夫云云者也　「楊食我生此則所謂」「者也」十字據《兩漢刊誤補遺》卷十補，「晉大夫」云云爲《漢書·揚雄傳》注，原引誤作《晉語》。

〔二〕兹誄故亦引伯喬　「喬」原作「僑」，據上文及《文選》改。

〔三〕諧和頑嚚昏傲使進進以善自治　「昏」原脱，「進進」作「進退」，據稿本及《經義述聞》卷三、《尚書·堯典》孔傳改補。

〔四〕玄鳥篇宅殷土芒芒　「玄鳥」原作「烈祖」，據《詩·商頌》改。

楊仲武誄

楊綏字仲武　六臣本「綏」作「經」，是也，何、陳皆據改。

其母鄭氏 六臣本校云「母」下五臣有「曰」字。

喪服同次 六臣本「同」作「周」。案誄「同次」爲次寢，不得作「周」也。

此亦款誠之至也 六臣本「至」作「志」。

夏五月己亥卒 六臣本無「夏」字、「卒」字。按《通鑑目録》元康九年三月是丁卯朔、六月是丙辰朔推之，五月不得有己亥。《晉書·惠帝本紀》是年六月戊戌太尉隴西王泰薨，益可證五月無己亥矣。此亦是傳寫有誤也。

當此衝猋 六臣本「猋」作「焱」，毛本據改。

罔不必肆 「必」古與「畢」通用。本書《竟陵王行狀》注引謝承《後漢書》云：劉靚《方筴》所載，靡不必綜。

潘楊之穆 「穆」與「睦」同。本書沈休文《奏彈王源》云「潘楊之睦」。

不得猶子 六臣本「猶」作「予」。

含芳委耀 六臣「耀」作「輝」，翰注可證。

埏隧既開 五臣「隧」作「埏」，良注可證。

痛矣楊子 又**臨穴永訣** 六臣本「矣」作「哉」，「永」作「長」。

文選旁證卷第四十五

文選卷五十七

夏侯常侍誄

譙人也　六臣本作「譙國譙人也」，是也，此尤本脱二字。

辟太尉府　又**仍爲太子舍人**　六臣本「府」下有「掾」字，無「仍」字。

注**續事後素**　《論語》釋文「繪，本又作繢」。《周禮·考工記》注同。

孝齊閔、參　《荀子·性惡》篇稱曾、騫，《隸釋·唐扶頌》《富春丞張君碑》並稱參、騫，此稱閔、參。古人舉二賢姓名每多參錯如此。

注**鴻漸于陸**　姜氏皋曰朱謀㙔《周易象通》始改「陸」爲「逵」。案朱子《本義》以程子從胡翼之之説以「陸」作「逵」，晁公武《讀書志》載范諤昌《證墜簡·漸卦·上六》〔二〕疑「陸」字誤，胡翼之取之，然則亦不始於胡也。

注**視之如傷**　六臣本「之」作「民」，是也。

莫涅匪緇 胡公《考異》曰：「緇」當作「淄」，注引《論語》可證。《後漢書·皇后紀》「遂忘淄蠹」〔二〕章懷注「淄，黑也」，《座右銘》「在涅貴不淄」注亦引「涅而不淄」，淄、緇同字，不知者誤改之也。

奉轡承華 金氏甡曰：陸機《洛陽記》「太子宮中有承華門」，見《贈馮文羆遷斥丘令》詩注。

校記

〔一〕漸卦上六 「六」原作「亦」，據《郡齋讀書記》卷一上改。

〔二〕後漢書皇后紀遂忘淄蠹 「紀」下原衍「論」，據《後漢書》改。

馬汧督誄

注**蘭羌** 胡公《考異》曰：「蘭」上當有「馬」字，《關中詩》注引有，今《晉書·惠帝紀》亦可證也。

若夫偏師裨將之殞首覆軍者 六臣本「軍」作「車」。

注**彘以偏師陷於罪** 「彘」下當有「子」字，各本皆脱。

紆青拖墨之司 五臣「墨」作「紫」，銑注可證。

注《**日出東南隅**》**曰** 陳校「隅」下添「行」字，各本皆脱。

注**羌什長鞏便。然更蓋其種也** 胡公《考異》曰：「『便』當作『傻』，『更』當作『叟』，善意謂叟即傻字也，或尚有傻、叟異同之注而不全，若作便、更則不相通。又按：以此推之，正文及上注二

『更』字皆『叟』之誤，後誄『犖更恣睢』亦然。」

群氏如蝟毛而起　六臣本「氏」作「羌」。

注**下礧石**　六臣本「礧」作「壘」，是也，此引《李陵傳》文。

注**城上礧石也**　又**然「礧」與「礨」並同**　胡公《考異》曰：「『礧』當作『雷』，此所引《晁錯傳》注文，『礨』當作『壘雷』二字，各本皆誤。」

柿梠桷之松　余曰：毛萇《詩傳》曰「許許，柹貌」，釋文「柹，孚廢反」，《後漢·楊由傳》注「柹，孚廢反」，並與「柿」音義同，今俗呼匠人所落木曰柿。顧氏千里曰：《五經文字》「柿、柹：上芳吠反，見《詩》注；下音仕，從木，從𠂔聲，𠂔音姊」，分别二字，自《説文》以下各字書如《玉篇》《廣韻》《類篇》《集韻》盡同，以此證之，潘安仁文用柿字，讀孚廢反最是。而通志堂刻《毛詩》釋文「孚廢反」之「柿」、汲古閣刻《後漢書·楊由傳》注「孚廢反」之「柿」皆作「柹」則誤，而余仲林不辨也。至釋玄應《一切經音義》卷十及廿二皆引「《三蒼》『柿，札也』」，今江南謂斫削木片爲柿」，未嘗誤，與此正合。又下誄「柿松爲芻」五臣音「廢」亦其證也。姜氏皋曰：柿，《説文》作柨，段氏玉裁以爲朩在《六部》，柨、胇、沛字皆從之，隸變作柿、肺、沛殊誤，而「柿」之誤作「柹」、「果肺」之誤作「乾胏」、「沛」之誤作「沸」，其譌又不勝改，是也。然《楊由傳》「有風吹削哺，太守以問由，由對曰『方當有薦木實者，其色黃赤』，頃之，五官掾獻橘數包」，章懷注「哺當作柹」，「削哺」字不可考，《顏氏家訓》亦無的解，惟由意以爲木實，然則「柹」即柹果之柹，疑《後漢書》不誤也，引之證「柿」字，恐余氏、顧氏同誤耳。

注《説文》曰：柹，削柹也　今《説文》：柹，削木札樸也，從木，朩聲，陳楚謂櫝爲柹。

歷馬長鳴　又寘壺鐳瓶甀　六臣本「歷」作「櫪」，無「寘」字。

將穿，響作　五臣「穿」下有「城」字，向注可證。

内焚積火薰之，潛氏殲焉　六臣本「内」作「因」，無「之」字。

注崔寔四月令　尤本「四」下添「人」字。段校添「民」字。

乃以私隸數口，穀十斛　六臣本「十」上有「數」字。

注夏與櫝，古今字通　本書《廣絶交論》「故王丹威子以櫝楚」，注：櫝與榎，古今字也。

注梁王彤　陳校「彤」改「肜」，各本皆誤。

極推小疵　六臣本「極推」作「推極」。

注然則口不言　「則」字不當有，各本皆衍。

漢明帝時有司馬叔持者，白日於都市手劍父讐，視死如歸，亦命史臣班固而爲之誄　六臣本「之誄」作「誄也」。汪氏師韓曰此事闕注。按張溥所輯《班蘭臺集》無此誄。

未之或遺也　又天子既已策而贈之　又知人未易人未易知　六臣本無「也」字、「已」字，兩「未」字並作「不」。

彤珠星流　銑注「珠」作「朱」，誤也。「彤珠」與下「飛矢」對，不可改。

注**《司馬兵法》曰**　陳校去「曰」字，各本皆衍。

精冠白日　注**康睢曰**　六臣本「冠」作「貫」，陳校「康」改「唐」，皆是也。

注**太尉應劭等議**　何校「尉」下添「掾」字，陳曰見《安陸昭王碑》。

注**王逸《楚辭》曰**　陳校「辭」下添「注」字，各本皆脫。

掊穴以斂　注**棰也**　尤本「掊」誤作「棓」。注「棰」當作「捶」。

萁稈空虛　毛本「萁」譌作「箕」。段曰：《孫子》「𦮼稈一石，當吾二十石」，𦮼與萁同，曹操注云豆稭也〔一〕。

悠悠烈將〔二〕　何校「烈」改「列」，陳同，各本皆誤。

注**公孫玃説梁王曰**　毛本「玃」誤作「獲」。

甘棠不翦　六臣本「不」作「勿」。

牧人逶迆　注**《毛詩》曰：逶迆逶迆**　按今《毛詩》作「委蛇」，釋文引《韓詩》作「逶迆」，云「公正貌」，與毛傳「行有蹤跡也」訓異。此注訓用毛，而字從韓，又無「委蛇與逶迆同」之注。

注**若鷹之揚，若不戢翼而少留也**　下「若」字不當有，各本皆衍。毛本作「舉」，亦衍字也。

慨慨馬生　注引《說文》慷慨之訓，疑正文上「慨」字本亦作「慷」。

硠硠高致　又**發憤囹圄**　尤本「硠硠」作「琅琅」。六臣本「圄」作「圉」。

注**而決水灌智伯**　何校「伯」下添「軍」字。

注**太史公曰：兵善者出奇無窮**　今《史記》作「兵以正合，以奇勝，善之者出奇無窮」。

心焉摧剥　又**街號巷哭**　又**司勳頒爵**　五臣「剥」作「割」，向注可證。六臣本作「巷號街哭」，「頒」作「班」。

校記

〔一〕曹操注云豆稭也　「稭」原作「萁」，據《孫子·作戰》曹注、《説文·萁》段注改。

〔二〕悠悠烈將　「烈」原作「列」，據下文、稿本及《文選》改。

顔延年　陽給事誄

永初之末　《甲子會紀》：「宋主劉裕以永初三年五月崩，子義符即位，改明年爲景平元年。」陽君之事在是年十一月，故可稱永初之末也。

劘剥司充　又**罷困相保**　又**立乎將卒之間**　六臣本「劘」作「摩」〔一〕，「罷」作「疲」。五臣「卒」作「率」，良注可證。

注**杜預曰：橈，敗也**　胡公《考異》曰：「敗」當作「曲」，所引在成二年。

振恤遺孤　注**振，收也**　六臣本「遺孤」作「孤遺」。本書《上林賦》「振溪通谷」注引張揖亦云「振，收也」，然此正文「振恤」似當從《周禮》「振窮恤貧」鄭注「振窮，拯救天民之窮者」。

注**《左氏傳》**至**殺陽處父**　六臣本無此八十八字，何、陳校去。

苦夷致果，題子行間　注**名之曰陽州**　何曰：陽州乃地名，與陽氏何與？而誅及之。林先生曰：按此以陽州爲陽氏食邑，因苦夷而名始見耳；下「舊勳」仍指處父，不指苦夷也。

舊勳雖廢　又**帝圖斯艱**　六臣本「廢」作「發」，但傳寫誤；「艱」作「難」。

憬彼危臺，在滑之垌　《水經·河水注》：「河水又東，右逕滑臺城北，城有三重，中小城謂之滑臺城，舊傳滑臺人自修築此城，因以名焉。」吴處厚《青箱雜記》：滑有測景臺，故滑城謂之滑臺。

涼冬氣勁　五臣「涼」作「嚴」，「氣」作「器」。向注「器，弓弩也」，恐誤。

注**《蒼頡》曰：障**　何校「頡」下添「篇」字，陳同，各本皆脱。

注**逷矣西土之人**　今《書》「逷」作「逖」。王氏鳴盛曰：「逖，遠，《釋詁》本作逷，郭璞引此經以證亦作逷。《詩·抑》篇『用逷蠻方』，傳訓遠，疏引《釋詁》亦作遠。郭忠恕《汗簡》卷上之一引《古文尚書》同。今《書》作逖恐非。」按《説文》：逷，古文逖。《集韻》：逖，古从易。

思存寵異　六臣本「思」作「息」，誤也。

校記

〔一〕劘剥司兖六臣本劘作摩　上「劘」及「摩」原作「靡」，據《文選》改。陳八郎本作「摩」，秀州、明州、袁本同并校「善作劘」；集注、北宋本、尤本、元槧本、胡本作「劘」，毛本作「劘」，贛州、建州、茶陵本同并校云「五臣作摩」。是善作劘或劘、五臣作摩，無作「靡」者。

陶徵士誄

夫璿玉致美　注**《山海經》曰：升山，黄酸之水出焉，其中多琁玉**　又**《説文》曰：琁亦璿字**〔一〕　今《中山經》「琁」作「璇」。按古無「璇」字，《説文》有「琁」字，注「瓊或從旋省」〔二〕，則亦赤玉也。《説文》「璿」字注云「美玉也」，與「琁」字無涉。朱氏珔曰：璿、琁同聲，琁宜爲璿之重文，故《尚書》「璿璣」之璿，伏生《大傳》作琁，今本《説文》誤以「琁」廁「瓊」字下遂不可通，當依此注訂正。蓋古書「璿」與「瓊」多相亂，《左氏·成十八年傳》「贈我以瓊瑰」《穆天子傳》郭注引作「璿瑰」、《僖廿八年傳》「瓊弁玉纓」《説文》引作「璿弁」是也。

而首路同塵　六臣本「首」作「道」，誤也，「首路」與下「輟塗」對。

豈所以昭末景　注**堂宴棲末景**　六臣本「昭」作「照」。尤本「堂」誤作「豈」。胡公《考異》曰：作「堂」亦非，當作「賞」。

有晉徵士尋陽陶淵明　林先生曰：王伯厚謂：「陶淵明《讀史》述夷齊云『天人革命，絶景窮居』、述箕子云『矧伊代謝，觸物皆非』，先儒謂食薇飲水之言、銜木填海之喻，至深痛切，讀者不之察爾。顔誄云『有晉徵士』，與《通鑑綱目》同意，《南史》立傳非也。」葉氏樹藩曰：「《晉書》『名潛字元亮』，《南史》云『潛字淵明，或曰字深明〔三〕名元亮』。黄魯直詩『潛魚願深渺，淵明無由逃。彭澤當此時，沉名一世豪』似謂更淵明爲潛，至云『晚歲以字行，更始號元亮，淒其望諸葛，骯髒猶漢相』又似謂更潛爲元亮。今讀此誄，惟顔知陶，故特書其在晉之舊名也。」按沈約《宋書·隱逸》之《陶潛傳》曰「陶潛字淵明，或云淵明字元亮」，在《南史》之前。

南岳之幽居者也　何曰南岳謂廬山。

注**親探井臼**　六臣本「探」作「操」，是也。

母老子幼　林先生曰：「母」字疑是「父」字誤，靖節年十二喪母、三十七乃喪父也。

注**田對曰**　胡公《考異》曰：「田」字不當有，各本皆衍。

後爲彭澤令　方氏以智《通雅》云：「彭澤縣在今湖口縣東三十里，左蠡而北、大孤而東皆其地也。唐武德五年改彭澤縣爲浩州，遷浩山下。至今湖口九都號五柳鄉，八都號彭澤鄉。」

結志區外　六臣本「區外」作「外區」。

注**《劉劭集》有《酒德頌》**　何校「劭」改「靈」，陳同。胡公《考異》曰：「靈是也，然下卷《褚淵碑文》注亦云劉劭有《酒德頌》，不應兩處並誤作劭，俟再考之。」謹按：尤本《褚淵碑文》仍作「伶」；又《隋書·志》魏光禄勳劉劭集二卷亡，李注少後於《隋志》，未必尚見劭集也。

簡葉煩促　六臣本「促」作「禮」，誤也。

春秋若干，元嘉四年月日　余曰：《紹陶録·栗里譜》「元嘉四年丁卯，君年六十三，有《自祭文》云『律中無射』」，《擬挽歌詩》云『嚴霜九月中，送我出遠郊』，當是杪秋下世」，按《自祭文》及《挽歌》皆預擬之辭，不當據以定月日，朱子《綱目》書在十一月必非無據。

物尚孤生　五臣「孤」作「特」，濟注可證。

韜此洪族　鄧氏名世《古今姓氏書辨證》云「陶侃生員外散騎岱，岱生晋安城太守逸，逸生彭澤令贈光禄大夫潛」，按《陶潛傳》祖茂昌太守，此言祖岱亦異。

注**《說文》曰：級，次第也**　今《說文》：級，絲次第也。

注**得黄金百斤**　胡公《考異》曰：「斤」字不當有，「百」與「諾」協韻；六臣本「斤」作「兩」亦衍。

兩非默置　又**因心違事**　又**畏榮好古**　六臣本「兩非」作「而兩」，「違」作「達」，「榮」作「勞」，恐誤。

注**范曄《後漢書》曰：論**　六臣本「曰論」作「論曰」，是也。

注**綦毋邃曰**　《隋書·經籍志》注「梁有《孟子》九卷，綦毋邃撰，亡」，邃之世次行事無考。《隋志》載其《列女傳》七卷，在皇甫謐後。又注云「《二京賦音》二卷〔四〕，李軌、綦毋邃撰」，又有注《三都賦》三卷、撰《誡林》三卷，並梁有今亡。宋裴駰注《史記》嘗引其說，知爲晉人。

禱祀非恤　五臣「祀」作「祠」，向注可證。

敬述靖節　六臣本「靖」作「清」，是也。胡公《考異》曰：此下八句叙述薄葬，必是「清節」無疑，至末「旌此靖節」方說其謚。

注**訃，或作赴**　六臣本「或」下有「皆」字。胡公《考異》曰：有者是也，此所引《雜記上》注文。

注**斂手足形**　六臣本「手」作「首」，是也，正義及《唐石經》亦作「首」。

至方則礙　六臣本「礙」作「閡」。

注**草木根荄淺，未必橛也。飄風與，暴雨墜**　毛本脱「淺」字，六臣本「橛」作「撅」。「與」當作「興」，各本皆誤。

叡音永矣，誰箴余闕　陸氏游《老學菴筆記》引作「徽音遠矣，誰規予闕〔五〕」。

注**百官箴王闕**　何曰「箴」上當重「官」字，各本皆脱。

注**妻曰：昔先**　六臣本「先」下有「生」字，是也，毛本據添。

校記

〔一〕琁玉説文曰琁亦璿字　「琁」原作「璇」，據下文、稿本及《文選注》《山海經·中山經》改。

〔二〕琁字注瓊或從旋省　「旋」原作「琁」，據《説文》改。

〔三〕潛字淵明或曰字深明　「深」原作「淵」，據《南史·陶潛傳》改。

〔四〕二京賦音二卷　「音」據《隋書·經籍志》補。

〔五〕陸游引作誰規予闕　規，毛晉本、四庫本、張海鵬本《老學菴筆記》卷八皆同《文選》作「箴」。

謝希逸

宋孝武宣貴妃誄

謝希逸　林先生曰：《南史》：謝莊作《哀策文》奏之，帝卧覽讀，起坐流涕曰「不謂當今復有此才」，都下傳寫，紙墨爲之貴。

龍鄉輟曉　金氏甡曰：此似用燭龍事，注引龍鄉出鳴鷄，事僻而小，與出句不稱。

注**而温之至，生黍**　「之」字不當有，各本皆衍。

天寵方隆　尤本「隆」誤作「降」。

家凝賈庇之怨　注**庇或爲妣**　五臣「賈庇」作「隕妣」，銑注可證。

毓德素里　何曰：殷淑儀當時傳爲義宣之女，此言毓德素里，諱之也。林先生曰：《南史》：「殷淑儀，南郡王義宣女也，義宣敗後，帝密取之，寵冠後宮，左右宣泄者多死，故當時莫知所出。或云是殷琰家人〔一〕入義宣家，義宣敗乃入宫。」

注　**君子以振民毓德**　今《易》「毓」作「育」，王肅《易注》作「毓」。

贊軌堯門　《宋書・謝莊傳》云：初，世祖寵姬殷貴妃薨，莊爲誄云「贊軌堯門」，引漢昭帝母趙婕妤堯母門事，廢帝在東宮銜之，至是遣人責莊曰：「卿昔作《殷貴妃誄》，頗知有東宮否？」將誅之，繫於左尚方，太宗定亂得出。

撫律窮機　又**實邦之媛**　又**視朔書氛**　五臣「機」作「幾」、「媛」作「援」，銑注可證，濟注亦云「援，助也」。六臣本「氛」作「氣」，但傳寫誤。

注　**宮中爲紫禁**　六臣本「禁」下有「禁密奥，又謂之嚴奥」八字。

喪過乎哀，棘實滅性　翰注：謂皇子子雲不勝哀而薨。

注　**司馬彪《漢書》曰**　六臣本「漢」上有「續」字，是也。

注　**《説文》曰：闉，城曲重門也**　毛本「曲」誤作「闕」。今《説文》作「内」。

循闈闔而逕渡　六臣本「渡」作「度」。

校記

〔一〕或云是殷琰家人　「琰」原作「玉」，據《南史・宣貴妃傳》改。

潘安仁　哀永逝文

注　**《説文》曰：輀，喪車也**　今《説文》「輀」作「輀」。

嫂姪兮慞惶　六臣本「慞惶」作「章偟」。

注　陳琳《武軍賦》曰　何校「軍」改「庫」，各本皆誤。

謂原隰兮無畔，謂川流兮無岸　孫氏鑛曰：此用《詩·衛風》「淇則有岸，隰則有畔」語。

是乎非乎何皇　六臣本「皇」作「遑」。毛本據改，非也。

注　我獨而能無槪然　六臣本「而」作「何」，是也，毛本亦不誤。

文選卷五十八

顔延年

宋文皇帝元皇后哀策文

宋文皇帝元皇后　六臣本無「皇帝元」三字。

注　詔前永嘉太守顔延年爲哀策文　六臣本「年」作「之」，「文」下有「謚曰元」三字，皆是也，《宋書·袁皇后傳》可證。

七月二十六日　六臣本「六」作「八」。

將遷座于長寧陵　六臣本無「遷」字，「座」作「瘗」。余曰：《建康實録》宋文帝元嘉三十年葬長寧陵，《六朝事迹》宋元嘉十七年葬元皇后袁氏于長寧陵即文帝陵，然則陵名皆生前即定乎？

注《韓詩》曰：纚　何校「詩」下添「章句」二字，下「韓詩曰淑女」同。

皇塗昭列　又**淪徂音乎珩珮**　又**撤奠殯階**　五臣「昭列」作「照烈」，向注可證。《宋書》「淪」作「想」。六臣本「殯」作「賓」。

注**王者膺慶於所感**　胡公《考異》曰：「者」字不當有，「感」當作「慼」。

注**孔子之謂集大成也者**　今《孟子》「集大成」三字重文。

注**繪事後素**　本書《夏侯常侍誄》注引「繪」作「繢」。説見前。

惠問川流〔一〕　又**方江泳漢，載謡南國**　《宋書》「惠」作「蕙」。六臣本「泳」作「詠」，「載」作「動」。《宋書》「載」作「再」。

鴻化中微　又**仰陟天機**　又**《房樂》韶理**　《宋書》「鴻」作「洪」，「韶」作「昭」。六臣本「機」作「璣」。朱氏珔曰：《尚書》「璿璣」，伏生《大傳》「璣」作「機」，且釋云「機者，幾也，微也，其變幾微，而所動者大，謂之琁機」，是本當作「機」；若「璣」字則《説文》云「珠不圓」者，蓋「機」之同音借字也。

下節震騰，上清朓側　林先生曰：地失常則震騰，月違度則朓側，言德之所届，悉消其災也。《漢書·谷永傳》云：地震，皇后貴妾專寵所致〔二〕。《春秋考異郵》云：后族專政，則日月並照。

注**縮𦝩，行遲貌**　六臣本「𦝩」作「縮」，毛本據改。

司化莫晰　六臣本「化」作「造」。

注**《漢書儀》曰**　何校「書」改「舊」，陳同。孫氏志祖曰：衛宏《漢舊儀》，《舊唐·志》作《漢書儀》，然則「書」字不必改矣。

戒涼在肂　又**霜夜流唱**　《宋書》「肂」作「律」，六臣本「唱」作「喝」，皆誤。

戎夏悲讙　《宋書》「讙」作「嚾」。

校記

〔一〕惠問川流　「問」原作「門」，光緒版據《文選》改。

〔二〕漢書谷永傳云云　「谷永傳」原作「五行志」，據《漢書》改。

齊敬皇后哀策文

謝玄暉

將祔于某陵　六臣本無「將」字，非也。

注**《說文》曰：塋，墓地**　今《說文》「地」作「也」。

注**《周禮》曰：遂人，大喪，使帥其屬以蜃車之役衛**　「人」當作「師」，「以」當作「共」，「衛」字不當有，各本皆誤。

注**柩載柳，四輪**　何校「柩」下添「路」字，陳同，各本皆脫。

注**迫地而行，有似屜，因取名焉**　王氏應電《周禮傳》曰：屜車者，《掌屜》所謂闉壙之屜，車所以載屜也，並遂師共之。

注**阮瑀《正欲賦》曰**　胡公《考異》曰：「正」當作「止」，各本皆誤。

注**今王翁鄭孺**　陳校去「孺」字，各本皆衍。

先德韜光　毛本「先」作「元」，注亦作「先」。段校注「先」字改「元」字。

君道方被　又**在謁無謏**　六臣本「道」作「臨」，「在」作「所」。林先生曰：《詩正義》：私謁，謂婦人有寵，多私薦親戚。

注**孔安國傳曰**　何校「傳」上添「尚書」二字，各本皆脱。

宸居長往　六臣本「居」作「駕」。

懷豐沛之綢繆兮　何曰：蕭氏陵在武進，故云豐沛。

遵鮒隅以同壤　注**鮒隅之山**　今《大荒北經》「鮒隅」作「附禺」，而《海外北經》作「務隅」，《海內東經》又作「鮒魚」，皆一山也。

映輿鍐於松楸　尤本「鍐」作「鍐」，誤。本書《東京賦》「金鍐鏤鍚」亦作「鍐」。

繼池綍於通軌兮，接龍帷於造舟　六臣本上「於」字作「之」，下「始協德於蘋蘩兮」同。何曰：《太祖紀》：梓宮於東府前渚升龍舟。

籍閟宮之遠烈兮　又終配祇而表命　六臣本「籍」作「藉」，「祇」作「祀」，皆是也。

哀日隆於撫鏡　注**係身毒寶鏡一枚**　身毒即天竺也。何曰：注引《西京雜記》云云，宣帝時佛法未入中國，安得身毒寶鏡爲甲觀之佩？明是六朝人附會之書，此「撫鏡」當引《後漢書·陰皇后紀》明帝「視太后鏡奩中物，感動悲涕」事。

注**假結帛巾各一枚**　六臣本無「枚」字，是也。

郭有道碑文

蔡伯喈

蔡伯喈　《後漢書·郭泰傳》云：蔡邕爲文既，而謂涿郡盧植曰：吾爲碑銘多矣，皆有慙德，惟郭有道無愧色耳。

太原界休人也　林氏侗《來齋金石考》云：林宗墓在介休縣驛路傍，「介休」碑作「界休」。

或謂之郭　余曰：《急就篇》注：虢公醜奔京師，遂姓郭氏。

先生誕應天衷　今本《蔡中郎集》「應」作「膺」。

注**魯人有儀公潛者**　今《孔叢子·公儀》篇作「公儀僣」，彼「僣」字誤，此「儀公」字倒。《高士傳》亦作「潛」，與此同。蓋公儀，休之群從也。

注**劉熙《孟子注》曰：隱，度也。括，猶量也**　今《孟子》無「隱」「括」二字，惟趙氏《篇叙》有之，此劉氏並爲之注也。

爾乃潛隱衡門，收朋勤誨　余曰：范書：黨事起，知名之士多被其害，惟林宗及汝南袁閎得免，遂閉門教授弟子以千數。

童蒙賴焉　惠氏棟《後漢書補注》引任昉《雜傳》曰：魏昭謂林宗曰「經師易遇，人師難求，願在左右，供給灑掃」，林宗許之。

將蹈鴻涯之遐跡　今本《蔡中郎集》「鴻涯」作「洪崖」，是也，《水經·汾水注》引同。此注引《西京賦》《神仙傳》亦作「洪」，蓋翰注作「鴻」耳。

紹巢許之絶軌　今《蔡集》及《水經注》「許」並作「由」。《水經注》「絶」作「逸」。

享年四十有二　今《蔡集》「二」作「三」，近刻《水經注》亦作「三」，四庫本改作「二」。按《後漢書》本傳，建寧元年太傅陳蕃、大將軍竇武爲閹人所害，林宗哭之慟，明年春卒於家，時年四十二。考陳、竇之死在建寧元年九月，然則史不誤也。

以建寧二年正月七乙亥卒　《後漢書》注引謝承書云：泰以建寧二年正月卒，自弘農函谷關以西、河内湯陰以北二千里，負笈荷擔彌路，柴車葦裝塞塗，有萬數來赴云云。《水經注》「二年」作「四年」，「乙亥」作「丁亥」。《後漢書》本傳「建寧元年云云，明年春卒於家，時年四十二」，章懷注引謝承書：泰以建寧二年正月卒。〔一〕《漢隸字源》載此碑作「正月乙亥」。惠氏棟《補注》曰：

「《郭有道碑》云建寧二年正月乙亥卒，謝承書亦云，《水經注》獨云四年正月丁亥，疑誤。」今按泰卒於二年無疑，唯考《通鑑》、劉羲叟《長曆》是年正月甲辰朔，無乙亥，則乙亥二字當仍有誤，難以定也。

永懷哀悼　《水經注》「悼」作「痛」。

亦賴之於見述也　今《蔡集》「見」作「紀」。

於是樹碑表墓　今《蔡集》「樹」作「建」，《後漢書》本傳所謂刻石立碑也。《元和郡縣志》云：林宗墳在介休縣東三里，周武帝除天下碑，惟林宗碑詔獨留。

俾芳烈奮于百世　今《蔡集》「于」作「乎」，碑自作「于」。

令問顯於無窮　六臣本「問」作「聞」。

注**《毛詩》曰：顯顯令問**　陳校「毛詩」二字改「史孝山出師頌」六字。胡公《考異》曰：陳未是，「曰」下當有「令問令望。出師頌曰」八字。

注**《尚書》：祖乙曰**　「乙」當作「己」。

校記

〔一〕後漢書本傳云云注引謝承書云云　此句複出，疑衍，然稿本缺頁，無以考之。

陳太丘碑文

蔡伯喈　今本《蔡中郎集》此碑外又有《文範先生陳仲弓銘》及《陳太丘廟碑》，凡三首。按中郎自謂所作碑銘惟郭有道爲無愧，蓋陳太丘後有道之卒十有餘年也。

字仲弓　洪适《隸續》載此碑「弓」作「躬」。

許人也　注**或云許昌，非也**　六臣本及今《蔡集》並作「許昌人也」。按「昌」字不當有，觀李注可知。

兼資九德，總修百行　《古文苑》載邯鄲淳《陳元方碑》云：內包九德，外兼百行。

彬彬焉　五臣「彬彬」作「斌斌」，良注可證。

不遷貳以臨　五臣「遷貳」作「遷怒」，翰注可證。

會遭黨事，禁固二十年　又**愛不瀆下**　又**慙於臧文竊位之負**　六臣本「固」作「錮」，「瀆」作「黷」，「臧文」作「文仲」。

年八十有三，中平三年八月丙午遭疾而終　《後漢書·陳寔傳》云「中平四年，年八十四，卒于家」與此異。今《蔡集》與此同，《隸續》云《漢書》誤作四年。趙明誠《金石録》云：按《蔡集》陳仲弓三碑，其一碑云中平三年秋八月丙午卒，而三碑皆云春秋八十有三，傳以爲四年、年八十四疑誤也。

臨没顧命，留葬所卒 良注：顧命謂遺令，留葬所卒謂遺令葬於所卒之處，不歸本屬也。何曰：顧命二字，古人通用如此。

大將軍弔祠，錫以嘉謚 六臣本無「大」字。《後漢書》注引《先賢行狀》云：將軍何進遣官屬弔祠爲謚。

天不憖遺老 今《蔡集》「老」上有「一」字。

《書》曰：洪範九疇 六臣本無「書曰」二字。

文爲德表，範爲士則 何曰：《魏志·鄧艾傳》引作「文爲世範，行爲士則」，非是。按本傳云謚爲文範先生是也。

奉禮終没 今《蔡集》「没」作「而」。

遺官屬掾吏 何校「吏」改「史」，各本皆誤。

緦麻設位，哀以送之。遠近會葬，千人已上 《後漢書》云：海内赴者三萬餘人，制衰麻者以百數。

重部大掾，以時成銘 六臣本「時成」二字上下互倒，非也。今《蔡集》作「以成斯銘」亦非。

死而不朽者已 六臣本及今《蔡集》「已」並作「也」。

哀何有極　今《蔡集》「何有」誤作「有何」。

褚淵碑文　王仲寶

王仲寶　余曰：《梁書·陶季直傳》：褚彦回爲尚書令，與季直素善，頻以司空司徒主簿委以府事。彦回卒，季直請尚書令王儉爲立碑。

公諱淵，字彦回　《南齊書·褚淵傳》同。《南史·褚淵傳》但云彦回，避唐諱也。

注**吾之於人**　《論語》「人」下有「也」字。《後漢書·韋彪傳》注引亦無。

可謂婉而成章　六臣本無「成」字。

敦穆於閨庭　五臣「閨」作「闈」，濟注可證。

注**張叶《白鳩頌》**　「叶」當是「協」。然今本《張景陽集》不載此頌。

注**王隱《晉書》曰：氾勝之穆敦九族**　汪氏師韓曰：《漢藝文志》有氾勝之十篇，注云成帝時爲議郎，今考勝之既是漢人不應稱述於晉史，又考唐修《晉書·儒林傳》云「氾毓字稚春，奕世儒素，敦睦九族，時人號其兒無常父〔一〕、衣無常主」與王隱所稱無異，然則善注所引王隱之書當是氾毓，而傳鈔者誤也。林先生曰：任彦升《彈劉整》文注引作「氾毓」，則此卷之誤可知。

翱翔乎禮樂之場　六臣本「場」作「圃」。

風儀與秋月齊明，音徽與春雲等潤 林先生曰：按《南史》：彥回美儀貌，善容止，俯仰進退，咸有風則〔二〕，時人以方何平叔。

用人言必猶於己 六臣本無「人」字，是也。此因注引「用人如用己」而傳寫誤衍耳。何校去「言」字，恐非。今《張集》「猶」誤作「就」。

注**先過袁宏** 六臣本「宏」作「閎」，是也。

注**譬諸汎濫** 胡公《考異》曰：「汎」當作「氿」。氿濫，氿泉、濫泉也。《答賓戲》云「懷氿濫」，何、陳校改「氿」者非。

注**范曄《後漢書》左朱零曰** 胡公《考異》曰：「書」字當重，「左」當作「佐」，何、陳校去「左」字者非。

選尚餘姚公主 《南史》作「尚宋文帝女南郡獻公主」，《南齊書》同，後又云「淵妻，宋故巴西公主」。按南郡、巴西皆郡名，而餘姚則縣，蓋初封也。

光昭諸侯 六臣本「昭」作「照」。

注**鄭玄《禮記》曰：闋，終也** 六臣本「記」下有「注」字，是也。

注**閔子騫曰** 「騫」當作「馬」，見前。

元戎啟行，衣冠未緝。内贊謀謨，外康流品 《南齊書》云：司徒建安王休仁南討義嘉賊，屯鵲尾，遣淵詣軍，選將帥以下動階得自專決。

注 **有豫章郡雩都縣**　陳校「有」字移「雩」字上。六臣本無「有」字。

既秉辭梁之分　六臣本「分」作「介」。

注 **楚人鬼之，越人機之**　六臣本上「之」字作「而」，無下「之」字，是也，此本《列子·説符》篇。「機」當作「禨」，各本皆誤。

注 **諫過而後賞善**　「後」字不當有，各本皆衍。

丹陽京輔　何校「陽」改「楊」，陳同，下注同。何曰：《晉書》丹楊郡「丹楊」下注云「丹楊山〔三〕，多赤柳，在西也」，是「楊」之從木審矣。惟唐以來潤州丹陽乃作「陽」。

注 **李尤有《函谷關銘》曰**　六臣本無「有」字，是也。

注 **孟軻曰**　又**孟子喜而不寐。公孫丑曰：奚喜**　此是節引。六臣本「軻」作「子」，是也。

丁所生母憂，謝職。毁疾之重，因心則至　余曰：《南史》：彦回丁所生喪，毁頓不可復識，期年不盥櫛，惟泣淚處乃見其本質。

注 **昔有魯伯禽**　陳校「有」改「者」，何校「魯」下添「公」字。

不貳心之臣　六臣本句首有「率」字。

嗣王荒怠於天位　六臣本「王」作「主」，是也。

龕亂寧民之德　六臣本「龕」作「戡」。

注 **檄太常曰**　何校「檄」改「移」，陳同。按「移」上當有「劉歆」二字。

注 **山川，沮澤也**　今《禮記》無「也」字。

兼授衛軍　六臣本「衛」下有「將」字，是也。《南史》亦云「順帝立，改號衛將軍、開府儀同三司如故」。

注 **君子徽猷**　陳校「子」下添「有」字，各本皆脱。

荀、裴之奉魏、晉　注 **太祖封荀攸亭侯**　陳曰：荀謂荀顗也，注似誤。林先生曰：荀顗爲魏臣入晉，若荀攸則未嘗事兩朝。

注 **《晉起居注》曰：帝詔曰**　陳校上「曰」字改「安」，各本皆誤。

餐東野之秘寶　注 **東野，未詳**　又 **然「野」當爲「杼」，古「序」字也**　翰注「野當爲序」，據此則正文實作「野」字。

注 **雖去列位而居東野**　又 **又曰《雒書》**　六臣本「雖去」作「在」，「又」作「一」，皆是也。按李注既知「野」當爲「序」，而先引疏廣居東野事似贅。姜氏臯曰：注云「東野未詳」又云「野當爲杼，古序字」，是亦疑而未定之辭，竊疑《史記·魯世家》「周公既受命禾，嘉天子命，作《嘉禾》〔四〕，東土以集」云云，東野或謂此也。《玉海·姓氏急就篇》下注：「《莊子》魯有東野稷，《荀子》稷作畢。」東野魯邑，見《春秋左氏·定五年傳》注。秦氏嘉謨《世本輯補》云：「今據《東野氏譜》『立周公之後爲五經博士』，是東野乃魯後也。」此文東野或指周公乎？

注 **河圖本紀**　六臣本「本」作「今」。陳曰：據王元長《策秀才文》注引《璇璣鈐》，「本」當作「命」，「紀」下脱「也」字。

注 **《晉書》：劉劭有《酒德頌》**　六臣本無「晉書」二字。尤本「劭」作「伶」，説詳《陶徵士誄》。

録尚書事　六臣本無「事」字。

注 **諸公給虎賁三十人，持劍焉**　六臣本「三」作「二」，是也。今《晉書·職官志》作「給武賁二十人，持班劍」。

大漸彌留　本書《安陸王碑》「欻焉大漸」、《竟陵王行狀》「大漸彌留」皆以人臣之疾稱大漸也。《列子·力命》篇「季梁得疾，十日大漸」，張湛注：漸，劇也。

春秋四十有八　林先生曰：《南史》：彦回少時篤疾，夢人以卜蓍一具與之，遂差其一，至卒時四十八歲。張氏雲璈曰：淵弟彦宣歎曰「名德不昌，遂有期頤之壽」，以四十八爲期頤，大奇。

齊君趍車而行哭　注 **知不如車之駃**　又 **群后恇動於下**　六臣本「君」作「侯」，「趍」作「趨」，「后」作「臣」，「動」作「慟」。陳校「駃」改「駛」。

班劍爲六十人　又 **謚曰文簡**　六臣本「班」上有「增」字。余曰：《梁書·陶季直傳》：王儉以彦回有至行，欲謚爲文孝，季直請曰「文孝是司馬道子謚，恐其人非具美，不如文簡」，儉從之。

萬物不能害其貞 又**然後可兼善天下** 注**達則兼善天下者也** 六臣本「貞」作「身」，「可」下有「以」字。注引《孟子》多「者也」二字。

言象所未形 注**謝慶緒《答郄敬書》曰** 六臣本「形」作「刑」，「郄」作「郗」。胡公《考異》曰：「敬」下當有「輿」字，前《游天台山賦》注引可證。

故吏某甲等 林先生曰：六朝立碑多故吏爲之，如范雲爲齊竟陵王故吏，上表求立碑是也。

餐輿頌於丘里 孫氏志祖曰：《莊子》是爲丘里之言。

注**五星聚房者** 陳曰當重有「房」字，是也。荀悦《申鑒》注、《藝文類聚·符命部》《太平御覽·天部五》《玉海·祥瑞門》並同可證。《古微書》引「聚」下有「於」字。

注**同據而興** 陳校「同」改「周」，各本皆誤。

天鑒璿曜 何校「璿」改「琁」。陳曰據注「璿」當作「琁」。

五臣兹六 六臣本「兹」作「兼」。何曰注當引《論語》「舜有臣五人」。

儀形長遞 六臣本「遞」作「逝」。

校記

〔一〕兒無常父 「兒」原作「家」，據《晉書·儒林傳》改。《文選·奏彈劉整》善注引作「兒無常母」。

〔二〕咸有風則　「咸」原作「盛」，據《南齊書》《南史·褚淵傳》改，乃《太平御覽》二〇四引作「盛」。

〔三〕丹楊郡丹楊下注云丹楊山　「丹楊山」原作「丹陽山」，據稿本、《義門讀書記》卷四九及《晉書》宋本、局本改，殿本作丹陽郡、丹陽山。

〔四〕周公作嘉禾　「作」原作「於」，據《史記·魯世家》改。

文選旁證卷第四十六

文選卷五十九

王簡棲　**頭陀寺碑文**

王簡棲　注王巾　何校「巾」改「中」，陳同。胡公《考異》曰：「《説文通釋》『王中』音徹，俗作巾非，此何、陳所據也，然各本皆作巾。」或云「巾，閒居服〔一〕，故字簡栖」，吴氏省欽曰「屮即左字，《簡兮》詩『左手執籥』，其名與字或取此」。

注**有學業。爲《頭陀寺碑文》，詞巧麗，爲世所重**　按《梁高僧傳》載王曼頴《與慧皎法師書》云「唯釋法進所造，王巾有著，意存該綜，可擅一家，然進名博而未廣，巾體立而不就」，又梁釋慧皎《高僧傳·序録》云〔二〕「瑯琊王巾所撰僧史，意似該綜，而文體未足」云云，據此則簡棲於宗教究心已久，宜此作之精詣也。

注**碑在鄂州**　《元和郡縣志》：頭陀寺，在鄂州江夏縣東南二里。

注**不如挹朝夕之池**　今《漢書》無「挹」字，是也，此誤衍，本書《鄒陽書》亦無「挹」字。蘇林曰吴以海水朝夕爲池，朝夕即潮汐也。

注《大智度論》曰　陳校去「曰」字，各本皆衍。

不可以學地知　五臣「學地」作「識智」，濟注可證。

其涅槃之藴也　六臣本「也」作「乎」。

注宫、商、角、徵、羽也　尤本「徵」作「祉」，蓋避諱改。

注如來，佛號　《金剛經》云：無所從來，亦無所去，故名如來。

憑五衍之軾〔三〕　注今碑本以爲「憑四衢之軾」，蓋梁代諱「衍」故改焉　金氏甡曰：《選》本宜與碑本同。昭明諱「順」而改爲「填」，則「衍」字更宜絶迹矣，而「順」字「衍」字頗多，大抵皆後人復其舊也。

玄關幽揵　又遥源濬波　五臣「揵」作「鍵」、「濬」作「浚」，銑注可證。

行不捨之檀　注天竺言檀，此言布施　《翻譯名義集》云：悉檀，悉是華言，檀是梵語；悉之言徧，檀翻爲施，佛以四法徧施衆生，故名悉檀。

注物所以機心應之　六臣本「所」作「斯」，是也。

注拔河〔四〕，一名金沙河也　姜氏皋曰：拔河當是拔提河，此句當是《涅槃經》注也；又《彌陀經》云「舍利弗極樂國土有七寶池，八功德水充滿其中，池底純以金沙布地」，文或指此。

注 **千三界爲小千世界** 段校「三界」改「一世」二字。

周、魯二莊，親昭夜景之鑒 注《瑞應經》曰：到四月八日夜明星出時，佛從右脅墮地，即行七步 《牟子》亦云四月八日從母右脅而生。按《春秋》莊七年「夏四月辛卯夜，恒星不見」，正義云「周四月，夏仲春，杜氏以《長曆》校之，知辛卯是四月五日也」，則夜明乃二月五日，非四月八日矣。張氏雲璈曰：「《魏書·釋老志》云：釋迦生當周莊王九年、春秋魯莊公七年夏四月，恒星不見，夜明。《傳燈録》云：周昭王二十四年，釋迦佛生刹利王家，放大智光明，照十方世界。《論衡》云：周昭王二十四年甲寅四月八日，恒星不見，貫於太微，王問太史蘇繇，對曰：西方有聖人生，卻後千年，其教法來此矣。《佛運統紀》云：周昭王二十四年甲寅四月八日，中天竺淨梵王摩耶夫人生太子悉達多。此皆欲附會周昭王時恒星不見之異。然考《竹書紀年》，周昭王元年是庚子，則甲寅是十五年，非二十四年也；十四年癸丑夏四月恒星不見，十九年伐楚喪六師於漢王陟，明年己未爲穆王元年，烏在其二十四年也？春秋魯莊七年之恒星不見，當周莊王之十年，歲在甲午，上距昭王癸丑凡三百四十二年矣，不應佛生之年懸遠若此。」其爲虚誕益可知也。

注 **子莊王陀立** 六臣本「陀」作「佗」，是也。

注 **盡功金石** 胡公《考異》曰：「盡」當作「書」，各本皆誤。

注 **少出家西域，咸得道** 毛本「咸」作「人」。

注**名被東川**　陳曰「川」疑「州」誤，是也，各本皆誤。

注**年二十五出家，師釋道安、苻丕**　胡公《考異》曰：此有誤，劉孝標《世説新語·言語》注引《高逸沙門傳》云〔五〕年二十五始釋形入道，恐此本與彼大意相同，並不云出家師釋道安、苻丕云云，此誤涉下《惠遠傳》文耳。何、陳校皆云「苻丕」下有脱，亦未是。

注**馮衍説鮑叔永曰**　六臣本無「叔」字〔六〕，是也。

注**緣亦斯廢也**　陳校「亦」改「空」，各本皆誤。

注**惑，煩惚也**　胡公《考異》曰：「惚」當作「惱」，各本皆誤。按唐敬客書《王居士塼塔銘》亦以煩惚爲煩惱。

遂欲捨百齡於中身，殉肌膚於猛鷙　釋法顯《佛國記》云：「有國名竺刹尸羅，竺刹尸羅漢言截頭也，佛爲菩薩時於此處以頭施人，故因以爲名。復東行二日，至投身餧餓虎處。」《金光明經》云：「曩世有王摩訶羅陁，生三太子，小子名曰摩訶薩埵，出遊林野，見有一虎饑餓欲絶，故卧虎前，虎無能爲，求刀不及，即以乾竹刺頸，出血於高山上，投身虎前。於時大地六種震動，是虎即舐王子身血，噉食其肉。」注似當引此。

注**李尤《七難》**　「難」當作「款」，各本皆誤。

諱興宗　注**弘啟興復**　六臣本無上「興」字〔七〕。尤本「復」誤作「服」。

注《禮記》曰：步中《武》《象》，驟中《韶》《護》，所以養耳　何曰：此三語檢《禮記》不得，蓋今日所見又非唐初之本。林先生曰：此當是引《史記·禮書》，否則唐初本不應與今本大異，《石經》具在可證也。

劉府君諱諠　何曰：「諠，《南史》作暄。後爲領軍，東昏殺之。作文時諠尚在，趙德夫跋《樊毅西嶽碑》云『生而稱諱，見於石刻者甚衆』是也。」胡公《考異》曰：此所引《南齊書·江祏傳》文亦作「暄」。

注爲江夏王郢州行事者　陳曰：「行事」下當重有「行事」二字，行事之名後漢已有，如西域長史索班〔八〕稱行事見《西域傳》是也。

智刃所遊　六臣本「遊」作「由」，誤也。

注掘井九仞　今《孟子》「仞」作「軔」，丁氏《音義》：軔，義與仞同。

工以心競　張氏雲璈曰：注引《莊子》《晉書》，然《左·襄二十六年傳》師曠曰「臣不心競而力争」更在前也。

注司馬紹《贈山濤》詩曰　「紹」下當有「統」字，各本皆脱。

九衢之草千計，四照之花萬品　林先生曰：沈約《郊居賦》「舒翠葉而九衢，開丹花而四照」，梁元帝啟「昔往陽臺，難逢四照。曾遊澧浦，慣識九衢」，俱以四照、九衢作對。

注 **故《離騷》云：靡華九衢**　今《中山經》注無「故」字，「華」作「蓱」，是也。毛氏奇齡曰：《楚辭·天問》「靡蓱九衢」，其葉九出爲九衢也，釋氏説崑崙山下有萍莎國產萍，即《頭陀寺碑》所云「九衢之草」也。

金姿寶相　尤本「姿」誤作「資」。林先生曰：《增一阿含經》云：波斯匿王以紫磨金作如來相。《佛國記》云：僧尼羅國王以金身等而鑄佛像，髻裝寶珠。

言時稱伐　六臣本「伐」誤作「代」。

庶髣髴乎衆妙　尤本「乎」誤作「於」。

注 **《字林》曰：黷，特垢也**　尤本無「特」字。任氏大椿曰：《説文》「黷，握持垢也」，特字當爲持字之誤。

幽求六年　《雜譬喻經》：阿難白佛：佛生王家，坐於樹下念道六年得佛，如是易耳。

注 **乾動川静**　何校「川」改「巛」，陳同，各本皆誤。

式揚洪烈　又 **倚據崇巖**　六臣本「式」誤作「戒」，「倚」作「傍」。

媚兹邦后　銑注：邦后，謂江夏王也。

注 **孟子曰：君子仁義禮智信根於心，色睟然見於面**　今《孟子》「子」下有「所性」二字，此添「信」字，又單舉「色」字。

勝幡西振　林先生曰：《釋氏要覽》：沙門得一法者，便當建幡告四遠〔九〕。

校記

〔一〕或云巾閒居服云云　此下摘自梁玉繩《瞥記》卷六。

〔二〕高僧傳序録云　「録」據《高僧傳》卷十四補。

〔三〕憑五衍之軾　「軾」原作「載」，據《文選》改。

〔四〕拔河　原作「跋河」，光緒版據《文選注》改。

〔五〕高逸沙門傳云　「傳」據《文選考異》卷十、《世説新語·言語》注補。

〔六〕六臣本無叔字　「叔」原作「永」，光緒版據《文選注》改。

〔七〕六臣本無上興字　引文有二「興」字，「上」字據《文選注》補。

〔八〕西域長史索班　「史」據《文選考異》卷十、《後漢書·西域傳·車師》注補。

〔九〕釋氏要覽告四遠　「覽」原作「典」，「告」原作「造」，據大正藏本《釋氏要覽》卷上及所引《長阿含經》卷十二改。

沈休文　**齊故安陸昭王碑文**

南蘭陵人也　六臣本「陵」下有「郡」字。顧氏祖禹曰：南蘭陵治蘭陵縣，今常州府西北六十里有廢蘭陵城。

注**晉分東海爲東蘭陵郡**　按《南齊書·高紀》云「晉元康元年分東海爲蘭陵郡」，是蘭字上無東字。錢氏大昕曰：「晉南渡後，僑置徐、兖、青諸州郡於江淮間，俱不加『南』字。至永初受禪以後，始詔除『北』加『南』，此詔載於《宋書·本紀》，可謂信而有徵。《宋書·州郡志》謂晉成帝立南兖州寄治京口，此據後來之名追稱之。《晉書·地理志》謂明帝改兖州爲南兖州，元帝以江乘置南東海、南琅邪、南東平、南蘭陵等郡，分武進立南彭城等郡，屬南徐州，此皆誤采《宋志》之文，而不知晉時本無南字也。」然則僑郡且無南字，本郡不得有東字矣，各本皆衍。

魏氏乘時於前　「乘時」當作「時乘」。

注**爲冠軍將軍**　今《南齊書》作「遷右軍將軍」。

立行可模　又**清明内昭**　六臣本「行」作「身」，「昭」作「照」。

今可得略也　六臣本「得」下有「而」字。

注**緬爲宋劭陵王文學**　何校「劭」改「邵」，陳同，各本皆誤。

帝出于震　六臣本「出于」誤作「于出」。

實掌喉脣　《野客叢書》云：或謂尚書爲喉舌，而以爲「喉脣」，無乃好異之過耶？僕謂此語承襲已久，宋趙伯符表云「無宜復司喉脣」，宋文帝謂王華曰「同掌喉脣」，裴子野曰「張吏部有喉脣之任」，《宋志》云「多選忠義士爲喉脣」，又崔駰《尚書箴》云「龍作納言，帝命惟允，山甫翼周，實司喉吻」則又不但「喉脣」也。

非止恒受　六臣本「受」作「授」。

注**《周書》：孔子曰**　至**是非先後耶**　沈氏景熊曰：此不似《汲冢》文，《逸書》亦未嘗有孔子語，想出於《尚書大傳》耳。

注**吴王書閭廬**　陳校去「書」字。

注**應劭《漢官儀》曰**　毛本「官」誤作「書」。

注**求民之瘼。班固《漢書》引《詩》而爲此瘼**〔一〕　上「瘼」字當作「莫」。

都會殷負　注**今爲此負**　五臣「負」作「阜」，良注可證。

提封百萬　六臣本「提」作「隄」。

注**我太公鴻飛兖、豫**　何校「公」改「祖」，陳同，各本皆誤。

注**劉琨勸進奏曰：奄有舊吴。牽秀《祖孫楚詩》曰**　「奏」當作「表」，「牽秀祖」三字各本皆衍。

撫同上德　又**鄧攸之緝熙萌庶**　六臣本「同」作「用」，「萌」作「氓」。

注**衡、巫，三江名**　此有誤，良注「衡、巫，二山名」是也。

水陸之塗三七　濟注：三七謂二千一百里。

注**鄧南鄙人**　陳校「南」下添「鄙」字，各本皆脱。

注**千仞之漢亦滿之**　胡公《考異》曰：「漢」當作「溪」，各本皆誤。

德與五材並運　六臣本「材」作「才」，但傳寫誤。

注**倪寬爲郡内史**　何校「郡」改「左」，陳同，各本皆誤。

升降二宫　六臣本「宫」作「君」。

注**聚人於雚蒲之澤**　陳校「聚」改「取」，各本皆誤。朱氏珔曰：「雚蒲，今《左傳》作萑苻。按《説文》萑字云薍也，從艸，萑聲；萑，鴟屬，從隹從𦫳；又雈字从隹聲，艸多皃。三字形相近，遂致淆紊，而『雚葦』字俱誤爲艸多皃之萑矣。此又作雚者，同音通用，與《韓非子·内儲説》引同。《詩·小弁》『萑葦淠淠』，《韓詩外傳》『萑』亦作『雚』也。『苻』字見《爾雅》『莞苻蘺』，郭注『西方人呼蒲爲莞蒲』，則苻乃蒲之類，《左傳》釋文『苻音蒲』，然《説文》無『苻』字，則此文正當作『蒲』也。」

千金比屋　六臣本「屋」作「室」。

注**征艾朔士**　何校「士」改「土」，各本皆誤。

無假里端之籍　六臣本「里」作「黑」。銑注「里端謂以法令著於里閭也」，則作「黑」者但傳寫誤耳。按五臣此注贅甚。

注《歌録》曰：《鴈門太守行》曰　陳校去上「曰」字。

未足比其仁　六臣本「足」作「或」。

注《韓詩外傳》：孔子曰　至顧無怪之　今《韓詩外傳》無此語。

牧州典郡　六臣本「州」誤作「川」。

南顧莫重　六臣本「重」作「過」，下有「千里」二字，非。

永明八載　《南齊書·武紀》：永明八年秋七月辛丑，以會稽太守安陸侯緬爲雍州刺史。

注永明八年，匈奴寇朐山　姜氏皋曰：齊永明之八年，魏太和之十四年也，《魏書·孝文紀》是年並無出師南侵之事，其《島夷傳》梁郡王嘉破道成將於朐山下云云《魏本紀》載於太和四年，《南齊書·魏虜傳》亦云太和三年之明年僞南部尚書托跋等十萬衆圍朐山。太和四年是齊建元二年，《齊本紀》於是年亦云索虜寇淮泗及寇壽陽，其永明八年無出師禦敵之事，南北史本紀同。此文及注當别有所本。

注宏爲東郡　陳曰：「『東』下當有『陽』字，《世説注》引《續晉陽秋》可證。東陽今浙東金華，若東郡在晉爲濮陽，彦伯時已久陷北境，安得往莅之？」按本書《三國名臣序贊》題下注引亦有「陽」字。

注《漢書名臣奏》曰　又隔在漢北　陳校去「書」字，各本皆衍。何校下「漢」改「漠」〔二〕，陳同，各本皆誤。

禮義既敷，威刑具舉，強民獷俗，反志遷情　林先生曰：《南齊書》紀安陸雍州政績云：「緬留心辭訟，親自隱卹，刼抄度口皆赦遣，許以自新，再犯乃加誅，爲百姓所畏愛。」

囹圄寂寞　六臣本「圄」作「圉」。

注 **蔡彤爲遼東太守**　六臣本「蔡」作「祭」，是也。按下注「鮮卑寇遼東，蔡彤擊之」亦當作「祭」。

桑婦下機　六臣本「下」作「不」。

雖鄧訓致劈面之哀　按注引訓傳但云「或以刀自割」，無「劈面」字，「劈」當作「剺」。《説文》「剺，劃也」，剺與劈字形相似，剺一作剓、一借作梨。《後漢書·耿秉傳》「匈奴聞秉卒，舉國號哭，或至梨面流血」，《唐書·回紇傳》亦有「剺面哭」之語，此宜兼引秉傳。

注 **《韓詩》曰**　陳校作「《韓詩章句》曰」，見任彦昇《勸進牋》注。

載貽話言　又 **惟幾而彌固**　又 **二宮軫慟**　又 **領衛將軍**　尤本「貽」誤作「惟」。六臣本「惟」作「雖」〔三〕，「慟」作「動」，無「領」字。

時皇上納麓在辰，登庸伊始，允副朝端，兼掌屯衛。聞凶哀震，感絶移時　林先生曰：《南齊書》：高宗少相友愛，時爲僕射，領衛尉，表求辭衛尉，私第展哀，詔不許。每臨緬靈，輒痛哭不成聲。

注 **兄弟先後**　何校作「兄先弟後」，陳同。

注《尚書》曰：**魯侯伯禽** 陳校「書」下添「序」字，各本皆脱。

究八體於毫端 姜氏臯曰：庾肩吾《書品》不載蕭緬，猶曰《書品》所論列者乃章草也；而唐張懷瓘《書斷》神品、妙品、能品中均未見，及竇臮《述書賦》論齊高帝、梁武帝、簡文帝、元帝及蕭子良而不及安陸，大約休文此作亦所謂諛墓而已。

秋儲無以競巧 《困學紀聞》十七云：弈秋見《孟子》；「儲」字未詳，蓋亦善弈之人，注謂「儲蓄精思」非也。先通奉公曰：對句「流睇」是一人，則「秋儲」未必是二人，或以「秋儲」對「弈思」、以「流睇」對「取睽」，則李注之義爲長，王伯厚以秋、儲爲二人究無所據。

注**儲積山藪** 陳校「積」改「精」，各本皆誤。

虚懷博約 六臣本「約」作「納」，是也。此傳寫誤。

蓋百代之儀表，千年之領袖 六臣本「代」作「世」，「年」作「載」。

注**實曰人之領袖也** 「曰」當是「百」字之誤。

痛棠陰之不留 注**落棠山，日所入也** 汪氏師韓曰此似用召伯甘棠事。張氏雲璈曰：今人動用「棠陰」，蓋未讀此注者也。

因菜命氏 良注：蕭叔大心因食菜於蕭，命爲蕭氏。

幾以成務 六臣本「幾」作「機」。

注有天爵，有人爵　本書《贈河陽詩》《辨命論》注引均無「者」字。

清猷濬發　尤本「濬」誤作「浚」。

注夏侯稚　何校「稚」下添「權」字。陳曰：魏夏侯稚權以才學稱，見荀勗《文章叙録》。是也，各本皆脱。

注季康子問使民以敬，如之何　今《論語》作「敬忠以勸」。

注以從王乎　六臣本「乎」下有「此」字，是也。

注涕以手揮之也　陳校「涕」下添「流」字，各本皆脱。

注王儉曰：石誌不出禮典，起宋元嘉顔延之爲王琳石誌　《困學紀聞》十三云：「葉少藴曰：『齊武帝欲爲裴后立石誌墓中，王儉以爲非古。或以爲宋元嘉中顔延之爲王球作誌，墓有銘自宋始。唐封演援宋得《司馬越女冢銘》、隋得《王戎墓銘》，爲自晉始，亦非。今世有崔子玉書《張衡墓銘》，則墓銘自東漢有之。』周益公謂銘墓三代即有，唐開元四年偃師耕者得比干墓銅盤。東漢誌墓初猶用磚，久方刻石。」按李注「琳」字誤，《困學紀聞》作「王球」，《宋書》有傳，王儉議載《南齊書·禮志》，正作「球」。

校記

〔一〕而爲此瘼　「而」原作「以」，據稿本及《文選注》改。

〔二〕何校下漢改漠　引文有二「漢」字，「下」字據稿本補，稿本原作二條後標爲合并。

〔三〕六臣本惟作雖　「雖」原作「推」，據稿本及《文選》改。按秀州、明州、贛州、袁本作雖，校云善作惟；建州本作惟，校云五臣作雖。

劉先生夫人墓誌

任彦昇

《劉先生夫人墓誌》　張氏鳳翼曰：此文皆韻語，而無家世、生死歲月，當是去誌而選其銘。陳氏與郊曰：考《説文》「誌」記也，「銘」亦記也，非有散文韻語之别，蓋散文是誌銘前序耳。江淹之於孫緬單舉韻言，王融之於豫章王、謝朓之於海陵王、沈約之於長沙王都無散序，並曰墓誌也。

注 **瓛取王法施女也**　林先生曰：向注「瓛平生與其妻道義相得，終身不改志也」，而《齊志》言王氏被出，今此誌乃合葬之文，疑《齊志》有誤。

欣欣負載　又**亟聞義讓**　何校「載」改「戴」。六臣本「聞」作「閒」。

注 **丞相遵之後也**　何校「遵」改「導」，陳同，各本皆誤。

寂寥楊冢　尤本「寥」作「寞」。

文選卷六十

齊竟陵文宣王行狀

任彥昇　此三字當移前「齊竟陵文宣王行狀一首」下。

南徐州南蘭陵郡縣都鄉　何校「都」上添「中」字，據《南齊書·高帝紀》文。陳曰疑當作「東」，見《安陸昭王碑文》注。胡公《考異》曰：按彼注即引《南齊書》，東、中乖異，未必非「東」誤也；又按「縣」上當有「蘭陵」二字，此歷説州郡縣鄉里，不應衹云縣而不云何縣。姜氏皋曰：按《齊紀》，蕭氏世居東海蘭陵縣中都鄉中都里，迨過江居晉陵武進縣之東城里，寓居江左者皆僑置本土，加以「南」名，於是爲南蘭陵人。然《齊州郡志》南徐州領郡無南蘭陵郡，其南琅邪郡下有蘭陵縣，《隋書·地理志》江都郡延陵縣下注云「舊置南徐州南東海郡，梁改曰蘭陵縣，陳又改爲東海」，又曲阿縣下注云「有武進縣，梁改爲蘭陵，開皇九年併入」，是南齊時南徐州下不得有南蘭陵郡也。既居武進縣之東城里，似不得仍云中都鄉中都里，豈鄉里亦併僑置也？洪氏亮吉以爲「蘭陵郡，《晉志》元帝置。《圖經》：晉太初中置〔一〕郡及蘭陵縣，屬徐州。領縣可考者一」，是則《隋志》所云曲阿縣下者南蘭陵郡、延陵縣下者蘭陵縣人也，惟鄉里仍舊不得其説，而《南齊志》無南蘭陵郡亦不可解。

照隣幾庶　五臣「幾庶」作「庶幾」，向注可證。

公實體之　又**至若《曲臺》之《禮》**　六臣本「體」作「禮」，「若」作「乃」。

《九師》之《易》　姜氏皋曰：《文獻通考》：「九家者，漢淮南王所聘明《易》者九人，荀爽嘗爲之集解。」《釋文·序録》以爲：「《荀爽九家集注》十卷，不知何人所集，稱荀爽者以爲主故也〔二〕，其序有荀爽、京房、馬融、鄭玄、宋衷、虞翻、陸績、姚信、翟子玄。」然《周易集解》凡三十餘家，而於京房等九家外別有《九家易》，是《序録》譌也。且虞翻、陸績諸儒不當淮南王時，當如《通考》說，荀爽嘗爲之注〔三〕耳。

注**應劭《漢書注》**　又**韓固作《齊詩》**　六臣本無「漢書注」三字，「韓固」上有「臣瓚曰」三字。「韓」乃「轅」之誤。尤本據顏注《藝文志》改「轅固」爲「后蒼」，恐非。按《漢書·藝文志》引《齊后氏故》二十卷又《齊后氏傳》三十九卷，無轅固生之傳，故應劭據此而言。然《儒林傳》序明云「漢興言詩，於魯則申培公，於齊則轅固生，燕則韓太傅」，傳又云「固之弟子昌邑夏侯始昌最明，后蒼事夏侯始昌」，是蒼爲固之再傳弟子也。尤本固非，即六臣本上引應劭、下引臣瓚，一事采兩人之說，反置《漢書》原文不引，亦失之。

注**前代史岑比之**　何校「比之」改「之比」，各本皆誤。

注**《毛詩》傳曰：無畔換，猶跋扈也**〔四〕　此當是「《毛詩》曰：無然畔換。傳曰：畔換猶跋扈也」，「無」字下脱「然」字，「援」字作「換」，顏注「畔換，強恣貌，猶言跋扈」，《皇矣》篇：無然畔換」

是也。此出鄭箋而引作傳者，李引毛、鄭每不甚分別，蓋其時傳、箋久并故也。

遷左軍　六臣本無「左」字。

注**王永字安期**　「永」當作「承」，《晉書》本傳可證。

會稽太守　林先生曰：子良爲會稽太守，有諫罷臺使一節，《南史》《南齊書》並言之。

注**倪寬爲農都尉大司農奏課最連**　陳校「爲」下添「司」字、「最連」二字上下互乙，各本皆誤。

邪叟忘其西昊　五臣「其」作「於」、「昊」作「景」，向注可證。

注**范曄《後漢書》曰：劉寵拜會稽太守，徵爲將作大匠。山陰有五六老叟，自若邪山出送寵，曰：聞將見棄，故自扶奉送**　胡公《考異》曰：袁本「范曄」作「華嶠」是也，但「嶠」下無「後」字仍非。姜氏皋曰：今華嶠《後漢書》「太守」下有「政不煩苛」句，「老叟」下無「自若邪山出」五字，「扶」字下無「奉」字。袁宏《後漢紀》、司馬彪《續漢書》均載此事，而詞各不同。竊謂李仍節録范書，觀寵傳可證。

注**曾子謂子思伋曰**　陳校「伋曰」二字上下互乙，各本皆倒。

注**公子於其妻之父母**　今《禮記》「於」作「爲」，各本皆誤。

而茹戚肌膚，沈痛瘡鉅　五臣「戚」作「慼」、「鉅」作「距」，向注可證。「瘡」依李注當作「創」，據向注亦五臣作「瘡」也。

繚纚非隆殺之要　又**外施簡惠**　六臣本「隆」作「降」，「施」作「馳」。

注**馮衍説鮑永曰：幸逢寬明之日，將值危言之時**　胡公《考異》曰：六臣本作「幸蒙危言之世，遭寬明之時」。此或據《馮衍集》引之，尤本全依范書改，未必是也。

武皇帝嗣位　六臣本無「皇」字。

食邑加千户　五臣「加千」作「如干」，濟注「猶若干也，蓋食邑無定户」。胡公《考異》曰：「《南齊書》云二千户，上文云食邑千户，此云加千户，即二千户也。善無注者不須注耳，濟注可謂妄説。」

上穆三能　五臣「能」作「台」，銑注可證。

注**司徒故曰中教**　此語未詳，或引《周禮·大司徒》「以五禮防萬民之僞而教之中」，而各本脱誤，無以證之。

儀形國胄　胡公《考異》曰：「形」當作「刑」，注引《毛詩》、袁山松《後漢書》俱是「刑」字。上文「實兼儀形之寄」注別引《晉中興書》，此不得與彼同。或五臣如此，《藉田賦》「儀刑孚于萬國」五臣作「形」可證。

允歸人範　六臣本「歸」作「師」，傳寫誤也。

注**袁山松《後漢書》曰：李膺風格儀刑**〔五〕**，皆可師範**　按姚氏之駰所輯袁山松《後漢書》未載此節。

注**中大夫**　六臣本作「掌以𡜍詔王」，是也。

以本官領國子祭酒，固辭不拜　林先生曰：此節《南史》不載。《南齊書》謂代王儉任，辭不拜。

注**父母生之**　「母」字不當有，各本皆衍。

又授使持節、都督楊州諸軍事、楊州刺史　六臣本、毛本「楊」作「揚」，注同。按「揚州」古从木作「楊州」是也，餘同此。

萌俗繁滋　六臣本「萌」作「氓」，「繁滋」作「滋繁」。

寄深負圖　余曰：《南齊書》：世祖遺詔使子良輔政。按此注引《家語》不如引《漢書·霍光傳》「使黄門畫者畫周公負成王」〔六〕云云。

有詔策授太傅至**兼之者公也**　六臣本「策」作「崇」，「也」作「矣」。朱氏珔曰：注於「蕭傅之賢」既引《漢書》蕭何事，又以傅爲傅寬；然下句「曹馬之親」注引《魏志》曹真「遷大司馬，賜劍履上殿，入朝不趨」，是曹馬即曹司馬一人也，則蕭傅亦當指一人，注語失之。下文又引《晉公卿禮秩》云云與正文無涉，亦爲複贅。

某年某月日薨　六臣本「年」下無「某」字。按《南齊書·鬱林王紀》隆昌元年夏四月戊子太傅竟陵王子良薨，以《通鑑目録》三月辛亥朔、五月庚戌朔訂之，當是四月八日。

褒崇庸德，前王之令典；追遠尊戚，沿情之所隆　又**新除進督南徐州**　《南齊書》本傳「庸」

作「明」，「戚」作「親」，無兩「之」字、「進」字。

神監淵邈 又**具瞻惟允** 又**燮和台曜** 又**諒以齊徽《二南》** 又**奄見薨落** 又**震動於厥心** 《南齊書》「監」作「鑒」，六臣本同；「惟允」作「允集」，「和」作「曜」，「曜」作「陛」，「徽」作「暉」，「見」作「焉」，「落」作「逝」，無「動」字。

今先遠戒期，龜謀襲吉。茂崇嘉制，式弘風猷 《南齊書》「龜謀襲吉」在「先遠戒期」上，「茂」作「宜」，「猷」作「烈」。

具九錫服命之禮 《南齊書》「錫服」作「服錫」，誤倒也。

給九旒鑾輅 胡公《考異》曰：「旒，當作游，善引『《甘泉鹵簿》游車九乘』爲注，作游不作旒甚明，濟注乃作旒也。」《南齊書》「鑾」作「鸞」。

注 **如今喪轜車** 六臣本「轜」作「輭」，是也。

注 **韓延壽給羽葆** 何校「給」改「植」，陳同，各本皆誤。

一依晉安平獻王孚故事 《南齊書》無「一」字、「獻」字，詔止此。

公實貽恥 六臣本「公實」作「實公」。

注 **而好下接己** 何校「接」改「佞」，陳同，各本皆誤。

注 **郅鄆曰** 余校「鄆」改「惲」。六臣本亦作「惲」，是也。

協應叟之志　六臣本「志」作「性」。

注**《韓詩》：子路曰：曾子褐衣緼緒**　《韓詩》未詳，俟考。〔七〕

注**鄭玄曰**　「曰」上當有「禮記注」三字，各本皆脱。

乃依林構宇　六臣本「依」作「仍」。

注**野人雖云隔**　六臣本「隔」作「隱」。胡公《考異》曰「野人」當作「人野」。

注**後以江陵沙州人遠**　何校「沙」上添「西」字、「人」上添「去」字。

屈以好事之風，申其趨王之意　六臣本「事」作「士」，是也。何曰「王」當作「士」。孫氏志祖曰：六臣本「屈以好士之風，申其趨王之意」語甚婉曲，蓋上苟好士，下亦不妨趨王耳；何義門不知「事」字之誤，而欲改「趨王」爲「趨士」，何也？

注**先生王叔造門**　又**使謁者迎入**　又**先生徐入**　何校「叔」改「升」，下同，「迎」改「延」，「入」改「之」。又曰：今《國策》作「斗」，形相近之誤。吴氏師道曰《文樞鏡要》作「王升」，胡公《考異》曰《古今人表》亦作「升」也。

乃知大春屈己於五王，君大降節於憲后，致之有由也　六臣本無兩「於」字，又無「節」字，無「也」字。

注**文惠太子懋**　胡公《考異》曰「子」下當有「長」字，見《齊書·文惠太子傳》，各本皆脱。

注 孔藏《與從弟書》曰 陳校「藏」改「臧」，各本皆誤。

導衿褵於未萌 注 於衿結褵 六臣本「導」作「遵」。何校注中「於」字改「施」，陳同，各本皆誤。

注 親結其縭 六臣本「縭」作「離」〔八〕，是也，觀下注自見。

注 趙文子與叔向 六臣本「向」作「譽」，毛本據改。

愚竊惑焉 六臣本「焉」作「哉」。

注 弟子弔之 何校「弟」改「曾」，陳同，各本皆誤。

所造箴銘，積成卷軸 六臣本「所」作「乃」。林先生曰：按《南史》：子良所著内外文筆數十卷〔九〕，雖無文采，多是勸戒。

將加治葺 六臣本此下有善注「杜預《左氏傳注》曰：葺，覆也」十字，毛本均無。

注 《尚書》曰：禹 胡公《考異》曰「曰禹」當作「禹曰」，各本皆倒。

乃撰《四部要略》《浄住子》 林先生曰：按《南史》「子良移居鷄籠山西邸，集學士抄五經百家，依覽例爲《四部要略》千卷，招致名僧，講論佛法，造經唄新聲，道俗之盛，江左未有」，又按《唐書·藝文志》有子良《浄住子》二十卷。謹按《南齊書·子良傳》云「依《皇覽》例」，《南史》缺「皇」字不可通〔十〕，當依《南齊書》補。姜氏皋曰：蕭雲英本集今存《浄住子·序》一、《浄住子·浄行法門》三十一，當日之綜爲二十卷者不可見矣。

注以拾遺補闕藝　六臣本無「藝」字。

校記

〔一〕蘭陵郡晉太初中置　《東晉疆域志・僑州郡縣第七》于州郡縣名前均略「南」字，此處摘引當補「南」字。又晉無太初年號，或指前秦太初，即晉太元中。

〔二〕稱荀爽者以爲主故也　「主」原作「注」，據稿本及《經典釋文・序録》改。

〔三〕荀爽嘗爲之注　此與上文矛盾，「注」當作「集解」。

〔四〕毛詩傳曰無畔换猶跋扈也　《詩・大雅・皇矣》「無然畔援」，《文選注》贛州、建州本引同；明州、毛本「援」作「换」，秀州、袁本、尤本、元槧本、胡本更脱「然」字。按「無然畔援」是經，「猶跋扈也」是箋，此「傳」字衍。俞紹初《新校訂六家注文選》改作「毛詩曰無然畔援，鄭玄曰畔援猶跋扈也」，是采《文選・爲袁紹檄豫州》「操遂承資跋扈」善注，不若胡克家《文選考異》卷十校去「無」字、「换」改「援」更爲簡便。

〔五〕李膺風格儀刑　「格」原作「俗」，據《文選注》改。

〔六〕畫周公負成王　「負」原作「輔」，據《漢書・霍光傳》改，乃本篇下文「任均負圖」翰注引作「輔」，然據兩處正文「負圖」及此條善注引《家語》「抱之負斧扆南面」則亦當作「負」。

〔七〕褐衣緼緖未詳俟考　「衣緼」據《文選注》補，語見《韓詩外傳》卷二，唯「緖」彼作「緒」。

〔八〕六臣本縭作離　此前當補「胡公《考異》曰」。「縭」原作「褵」，據上文及《文選》、《文選考異》卷十改。「六臣本」當作「袁本」，茶陵本亦作「緺」。

〔九〕内外文筆數十卷　「筆」原作「章」，據《南齊書》《南史·蕭子良傳》改，本書《求立太宰碑表》引不誤。

〔十〕南史缺皇字不可通　《南齊書》《南史·蕭子良傳》均有皇字，乃林先生引脱。

弔屈原文

賈誼

既以謫去　又**爲賦以弔屈原**　六臣本無「既」字。《史記·屈賈列傳》《漢書·賈誼傳》「謫」並作「適」。林先生曰：按《漢書·藝文志》賈誼賦七篇，此篇當在其中；序明言爲賦，昭明以爲文，何也？

已矣哉！國無人兮，莫我知也　《漢書》無「哉」字、「兮」字。

屈原楚賢臣　至**因自喻**　《史記》無此四十三字，知此篇當從《漢書》中録出也。六臣本「因」下有「以」字。

注**《風俗通》曰：賈誼與鄧通俱侍中，同位，數廷譏之，因是文帝遷爲長沙太傅**　又**亦因自傷爲鄧通等所愬也**　按此出《風俗通·正失》篇。《困學紀聞》十七：「宋景文云『賈誼思周鬼神，不能救鄧通之譖』，考之漢史無鄧通譖賈生之事，蓋誤也。」因思王伯厚豈未讀《風俗通》並忘此注者，亦偶失檢耳。《史記》《漢書》傳中並言絳、灌、東陽侯、馮敬之屬盡害之，詳「屬」字，鄧通何必不在其中？汪氏師韓以爲「賈生死於文帝十二年，又十一年而文帝始崩，鄧通之尊顯必在此十一年中」云云，是疑賈、鄧爲不同位，亦無確證。考荀悦《漢紀》文帝五年「除盜鑄錢令，更造四銖錢，賈誼諫之」，又云「是時吳王即山鑄錢，而幸臣鄧通亦賜銅山得自鑄錢」，以賈、鄧二人之事並列一年，且有關涉，則通之因此而怨，未可知也。

注**《越絶書》曰**　胡公《考異》曰：六臣本「越」上有「善曰」二字，是也，下「《列子》曰」上、「罔極言無中正」上、「《字林》曰」上、「《毛詩》曰」上、「莊子」上、「蝦音遐」上、「《文子》曰」上、「《莊子·庚桑楚》」上同，或移於每節首，非。

側聞屈原兮自沈汨羅　《漢書》「側」作「仄」，「沈」作「湛」。

乃隕厥身　又**嗚乎哀哉**　尤本「隕」作「殞」。《漢書》句末有「兮」字。

讒諛得志　《風俗通·正失》篇作「佞諛得意」，本篇上注引同。

方正倒植　注**植，《史記》作「值」**　六臣本「植」作「置」。按「植」與「置」古字通，《論語》「植其杖而芸」，《石經》作「置」。

世謂隨夷爲溷兮，謂跖蹻爲廉　注**《史記》「隨」字作「伯」**　《史記》作「世謂伯夷爲貪兮，謂盜跖廉」。《漢書》無「世」字，亦無兩「爲」字。《索隱》曰：《漢書》作「隨夷溷兮跖蹻廉」，一句皆兼兩人。

莫邪爲鈍兮　《史記》「鈍」作「頓」，《索隱》云「頓」讀爲「鈍」。

吁嗟默默，生之無故兮　六臣本「吁」作「于」，《史記》《漢書》並作「于」。《史記》「默默」作「嚜嚜」，「兮」字在上句末，以下五聯並同。

注**吁嗟鳩兮**　「吁」當作「于」，説見上。金氏甡曰：《楚辭·卜居》曰「吁嗟默默」，賈蓋用其語，若引《詩》則「麟兮」更在前矣。

寶康瓠兮　《史記》「寶」上有「而」字。張氏雲璈曰：《爾雅·釋木》「壺棗」注「壺，瓠也」，又《釋器》「康瓠」注「瓠，壺也」，壺、瓠實一物，故互相訓釋。

騰駕罷牛　六臣本「罷」作「疲」。

注**汗明曰：大驥**　胡公《考異》曰：「大」字當作「夫」，各本皆誤。

章甫薦履　《漢書》「甫」作「父」，「履」作「屨」。《史記》「履」亦作「屨」。

嗟苦先生　六臣本及《漢書》「苦」並作「若」，是也，「苦」但傳寫誤。

注**應劭曰：嗟，咨嗟；苦**　陳曰《漢書》「苦」作「也」，《史記集解》無此字〔一〕。

訊曰　《漢書》「訊」作「誶」，李奇曰「誶，告也」，師古曰誶音碎。戴氏震曰：《毛詩》「歌以訊止」，「訊」乃「誶」字轉寫之譌，《毛詩》云告也，《韓詩》云諫也，皆當作「誶」，誶音碎，故與萃韻；訊音信，問也，於詩義及音韻咸扞格矣。王氏引之曰：《小雅・雨無正》篇「莫肯用訊」與退、遂、瘁爲韻，張衡《思玄賦》「占水火而妄訊」與内、對爲韻，左思《魏都賦》「衘書來訊」與匱、粹爲韻，則訊古讀若誶，訊、誶同聲故二字互通。《雨無正》箋「訊，告也」，釋文「訊音信，徐：息悴反」〔二〕，與《墓門》釋文同；《大雅・皇矣》篇「執訊連連」，釋文「字又作誶」。《王制》「以訊馘告」，釋文「本又作誶」；《學記》「多其訊」，釋文「字又作誶」。《爾雅》「誶，告也」，釋文「本又作訊」；《吴語》「乃訊申胥」，《説文》引作「誶申胥」。《莊子・山木》篇「虞人逐而誶之」，釋文「本又作訊」；《徐無鬼》篇「察士無淩誶之事」，釋文引《廣雅》曰「誶，問也」，《文選・西征賦》注引《廣雅》「誶」作「訊」。《漢書・賈誼傳》「立而誶語」，張晏曰「誶，責讓也」，《賈子・時變》篇「誶」作「訊」。《楚辭・九歎》「訊九魁與六神」，王逸注曰「訊，問也，一本作誶」。《漢書・叙傳・幽通賦》「既誶爾以吉象兮」，《文選》「誶」作「訊」，師古曰「誶，造也，音碎」，李善注引《爾雅》曰「訊，告也」。《後漢書・張衡傳・思玄賦》「占水火而望誶」，《文選》「誶」作「訊」，舊注曰「訊，告也」。凡此或義爲誶告而通用「訊」，或義爲訊問而通用「誶」，惟其同聲是以假借，又可盡謂之譌字乎？

注**《離騷》下竟亂辭也**　陳校「竟」改「章」，各本皆誤。

國其莫我知兮，獨壹鬱其誰語　又**鳳漂漂其高逝兮，固自引而遠去。沕深潛以自珍**　《史記》無「兮」字，「壹」作「堙」，「鬱」下有「兮」字，「逝」作「遰」。《漢書》「漂漂」作「縹縹」。《史記》《漢書》「固」上並有「夫」字，《史記》「引」作「縮」，《漢書》「深」作「淵」。

偭蟂獺以隱處兮，夫豈從蝦與蛭螾 《史記》上句作「彌融爚以隱處兮」，徐廣曰一云「偭蟂獺」，又徐廣曰一本云「彌蝎爚以隱處」，《索隱》曰蓋三本揔不同也。按「蟂獺」與下蝦、蛭螾正相對，於義爲順。《史記》「蝦」作「螘」，《索隱》曰螘音蟻，《漢書》作蝦。

所貴聖人之神德兮 《漢書》無「人」字。

使騏驥可得係而羈兮 《史記》無「而」字。《漢書》「騏驥」作「麒麟」，是也；無「得」字。按李奇注本有「麟鳳」之語，若騏驥則固得而羈矣。

般紛紛其離此尤兮，亦夫子之故也 六臣本「般」作「盤」。《漢書》「尤」作「郵」，古字通。《史記》「故」作「辜」，《索隱》云《漢書》「辜」作「故」。

注 **亦夫子不如麟鳳不逝之故** 六臣本「不逝」作「翔逝」，是也。

歷九州而相其君兮 《史記》「歷」作「瞝」，《索隱》曰「瞝，《漢書》作歷」。六臣本無「其」字，《史記》亦無。

鳳凰翔于千仞兮，覽德輝而下之 又 **見細德之險徵兮** 《史記》「千仞」下有「之上」二字，「而」作「焉」。《史記》《漢書》「徵」並作「微」，然師古注云「言見苛細之人，險阸之證」，則仍是解「徵」字。《困學紀聞》十二云「微當作徵。見險證而去，色斯舉矣，見幾而作」，是也。

遥曾擊而去之 注 **《史記》「擊」字作「翮」** 五臣「遥曾擊」作「摇增翮」，翰注可證。《史記》亦然，《集解》徐廣曰一云「遥增擊」也，「翮」下有「逝」字。《漢書》「曾」亦作「增」，師古曰「增，重也」。王氏念孫曰：「如以『增』爲高高上飛之意，是也，《梅福傳》曰『夫戴鵲遭害，則仁鳥增逝；愚者蒙戮，則知士深退』，『增逝』與『深退』對文，是增爲高也。『增』或作『曾』，《淮南·覽冥》篇『鳳皇曾逝萬仞之上』，高注『曾猶高也』，高擊謂上擊也，宋玉《對楚王問》曰『鳳皇上擊九千里』是也。李訓增爲益，顔訓爲重，皆失之。遥者疾也，《方言》曰『摇，疾也』又曰『遥，疾行也』，《楚辭·九章》曰『願摇起而横奔兮』，《淮南·原道》篇曰『疾而不摇』，『摇』與『遥』通。此言鳳皇必覽德輝而後下，若見細德之險徵，則速高擊而去之也。如訓遥爲遠，亦失之。」

注 **鄭玄曰**　陳校「玄」改「氏」，各本皆誤。

豈能容夫吞舟之巨魚　《史記》《漢書》無「夫」「巨」字，《漢書》無「能」字。

横江湖之鱣鯨兮[三]　「鱣」或作「鱏」，向注可證。《史記》「鯨」作「鱏」。

固將制於螻蟻　六臣本「固」作「故」，「螻蟻」作「蟻螻」。按「螻」與「魚」爲韻，則作「蟻螻」爲是，今單行《史記索隱》本作「蟻螻」。

注 **亦謂讒賊小人所見害也**　何校「謂」改「爲」，陳同，各本皆誤。

校記

[一]史記集解無此字　此上當補「胡公《考異》曰」，《史記》殿本、局本均有此「苦」字。

〔二〕息悴反　「悴」原「誶」，據《經義述聞》卷五、《經典釋文·毛詩·小雅·雨無正》《陳風·墓門》改。

〔三〕横江湖之鱣鯨兮　此下原衍「注」，據《文選》改。

弔魏武帝文

陸士衡

今乃傷心百年之際　**又機答之曰**　六臣本無「乃」字，無下句。

注**《尚書》曰高明柔克，高明謂日月也**　姜氏臯曰：《尚書孔傳》「高明謂天」，疏云「天之德高明」。近世王氏鳴盛、孫氏星衍集馬、鄭注，余氏蕭客録古注，但有馬融曰「高明君子，亦以德懷也」、《左氏·文五年傳》杜注「高明猶亢爽也」、《漢書·叙傳》師古注「《洪範》云高明柔克，謂人雖有高明之度而當執柔乃能成德〔二〕也」，皆無「高明日月」之解，疑《洪範》此節鄭注已逸也。

注**貝獨坐，謂中官左悺、貝瑗也**　六臣本「貝」作「唐」，「貝瑗」作「唐衡」。

注**是區區者**〔二〕**，而不畀余也**　何校「畀余」改「余畀」，陳同，各本皆倒。

貽謀四子　良注：四子謂丕、植、彪、章也。按非也，觀李注自見。

注**顧命，以見上文**　按「以」當作「已」。

注**史記不言**　何校「記」改「既」，各本皆誤。

皆著銅爵臺　六臣本無「皆」字，「爵」作「雀」，後同。

施八尺牀，繐帳，朝晡上脯糒之屬，月朝十五　六臣本「八」作「六」，「繐」上有「張」字，「上」作「設」，「五」下有「日」字。

當建安之三八　林先生曰：操死在建安二十五年，三八者舉成數言之。

注**李範曰：稅**　陳校「範」改「軌」，各本皆誤。

雖龍飛於文昌　何曰：文昌即操所自謂「吾其爲周文王」也，注非。姜氏皋曰：何説亦近附會，按本書《魏都賦》「造文昌之廣殿」注「正殿名也」，《水經注》曰「魏武封于鄴，爲北宮，宮有文昌殿」，故云龍飛於文昌也。「非王心之所怡」亦「黄屋非堯心」之意。若作周文王解則「龍飛於」三字亦不順。李注引《漢書》文昌宫云云，或殿名取義於此耳。

憤西夏以鞠旅，泝秦川而舉旗。踰鎬京而不豫，臨渭濱而有疑。冀翼日之云瘳，彌四旬而成災　何曰：「此言操以西征無功，發憤疾作，與《魏志》不同，蓋諱之也。諸葛武侯《正議》云：孟德以其譎勝之力，舉數十萬之師救張郃於陽平，勢窮慮悔，僅能自脱，辱其鋒鋭之衆，遂喪漢中之地，深知神器不可妄獲，旋還未至，感毒而死〔三〕。以此互證，知武侯之言也信。」

注**周望兆動於渭濱**　陳校「動」改「動」，各本皆誤。

每因禍以禔福　五臣「禔」作「提」，濟注可證。

注 **我營魄而登遐** 又 **抱一能無離乎** 胡公《考異》曰：「我」當作「載」，「抱」上當有「載營魄」三字，各本皆誤脱。

氣衝襟以嗚咽 六臣本「咽」作「呼」。按翰注雖作「嗚呼然悲多不得言」云云仍是解「咽」字，恐「呼」字係傳寫誤。

違率土以靖寐，戢彌天乎一棺 六臣本「靖」作「静」，「乎」作「以」。

援貞吝以惎悔 又 **紆廣念於履組** 又 **結遺情之婉孌** 六臣本「吝」作「咎」，「廣念」作「家人」，「之」作「於」。按尤本「吝」亦作「咎」，皆傳寫誤也。何曰：貞謂持法，吝謂小忿怒大過失，注非。

注 **張堅《與任彦昇書》曰** 陳校「堅」改「昇」、「昇」改「堅」，各本皆誤。

注 **孔子謂盟器者** 何校「盟」改「明」，各本皆誤。

眝美目其何望 胡公《考異》曰：「眝」當作「貯」，注云「眝與貯同」謂所引《字林》《博雅》之「眝」與正文之「貯」同也，若作「眝」與注不相應。

既睎古以遺累，信簡禮而薄葬 何曰：《魏志》：建安二十三年〔四〕六月令曰：古之葬者必居瘠薄之地，其規西門豹祠西原上爲壽陵，因高爲基，不封不樹。

校記

〔一〕執柔乃能成德 「成」原作「威」，據稿本、道光版及《漢書注·叙傳》改。

〔二〕是區區者　「者」字光緒版據《文選注》補。

〔三〕感毒而死　「毒」原作「動」，據《義門讀書記》卷四九、《三國志·蜀書·諸葛亮傳》改。

〔四〕建安二十三年　「二」原作「三」，據《義門讀書記》卷四九、《三國志·魏書·武帝紀》改，建安祇有二十五年。

謝惠連　祭古冢文

注**棺題曰和**　今《吕氏春秋·開春論》高注「題」作「頭」，誤，應據此改正。《説文》：題，頟也。

縱鍤漣而　注**而，助語也**　六臣本「而」作「洏」，注「助語」作「語助」，是也。朱氏珔曰：「注引《易》『泣血漣如』，『如』與『而』通。《易象傳》『用晦而明』虞注『而，如也』，《左氏·隱七年傳》『及鄭伯盟歃如忘』服虔注『如，而也』，蓋互相訓。六臣本作『洏』，漣洏疊字，上句『捨畚悽愴』，悽愴亦疊字，似偶語相稱。然《説文》引《易》『泣涕慩如』云『慩，泣下也，字從心』，而漣爲瀾之重文，是《易》之『漣如』及《詩》之『泣涕漣漣』皆同音，借漣爲慩也。《説文》洏字云『洝也，一曰煮孰也』，又洝字云渜水也，渜水爲温水之義，與後人解洏爲涕流貌迥異。顧《詩》中多以『漣洏』成文者，當即本《易》『漣如』，如、而通用，遂又借洏爲而耳。」

注**《説文》曰：醯，酸也**　毛本「酸」誤「醋」。

瓜表遺犀　又**撫俑增哀**　五臣「遺」作「餘」、「俑」作「櫬」，向注可證。

注 **先是雒陽城南** 何校引徐云：廣漢治雒縣，此「陽」字衍。

窀穸東麓 注 **葬爲埋也。《説文》曰：穸，葬下棺也** 五臣「窀穸」作「穸窆」，濟注可證。段校「穸」改「窆」。何校「葬爲」改「謂葬」。今《説文》：窆，葬下棺也；窀，葬之厚夕也；穸，窀穸夜也〔一〕。

注 **未之有也** 何校「有」下添「改」字，陳同，各本皆誤。

嗚呼哀哉 六臣本無此一句。

校記

〔一〕厚夕也穸窀穸夜也 「夕」據《説文》補；徐鍇《繫傳》本「夜」字，大徐本、段注本無。

顔延年 祭屈原文

玉縝則折 五臣「縝」作「貞」，銑注可證。

注 **樧又欲充夫佩緯** 陳校「樧」改「樧」、「緯」改「幃」。

注 **羌無實而害長** 胡公《考異》曰：「害」當作「容」，各本皆誤。

如彼樹芳 六臣本「芳」作「芬」。

祭顔光禄文

王僧達

顔光禄　余曰：《宋書》本傳：世祖登祚，以爲光禄大夫。

義窮機象　又**嚴方仲舉**　六臣本「機」作「幾」，「嚴方」作「方嚴」。

注**公收淚而問之**　六臣本「淚」作「涕」。

敬陳奠饋　又**顧望歔欷**　六臣本作「敬奠于饋」，「望」作「我」。

重刊文選旁證跋

梁恭辰

先中丞公著作甚多，於蕭《選》一書致力者五十年。詮釋義理，考證舊聞，芸臺相國最佩之。道光末年刊成書，求者踵至，未幾燬於兵火。手澤所繫，急欲重雕，而宦橐枵如，有志未逮。金少伯樞部、鄒渭清觀察集貲刻之而未果。何小宋制府璟過浙，高軒下訪，譚藝及之，深以未覩是書爲憾。蓋制府用力於此書最深，故思之不置。浙省故多藏書家，因代爲借得一部，即命兒孫輩分卷繕寫以應之。來書殷殷致意，猶以重刊相勖。遲迴者又八年，固未嘗忘也。去年汪柳門鳴鑾掌教學海堂，校藝餘閒，時相過從，輒復縱言及之。蓋學使亦專究《選》學者也。因私語之曰：「吴中多文人，若以原書蒙板刊之，既省寫工，舛錯亦少，衆擎易舉也。」學使心動，返吴後，即謀於知交處。許星臺方伯力助其事，彌歲而蕆功焉。今張薌壽中丞之洞每勸人重刻古書，以爲傳先哲之精藴，啟後學之困蒙，爲利濟之先務也。然則學使此舉，實足嘉惠士林，闡揚《選》學，非僅將伯助予用匡不逮矣。既喜書之成且速，又愧碌碌菲才，因人成事，謹述顛末，以誌欣幸。

光緒八年四月，男梁恭辰謹識。

重刊文選旁證跋

許應鑅

辛巳秋，余刻孫春圃先生《四六叢話》將竣，汪柳門侍讀持長樂梁茝鄰中丞所著《文選旁證》，謂印本絶尠，盍付手民，以惠來學。余惟中丞博綜審諦，字櫛句梳，辨異同以訂其譌，衷群説以歸於是，網羅富有，掇墜搜遺，淵乎浩乎，奥窔盡闢。學者欲窺蕭統之曩規，暢崇賢之緐緒，以覃研訓詁，上逮群經，非是書莫由階梯而渡筏也。國朝校勘者十有餘家，而博贍精核集其大成，無逾乎此。余捐俸爲倡，同人亦醵貲相助，仍囑羊敦尗郡丞以校讎之役。惟原刻烏焉亥豕，不免傑僞，敦尗考訛訂佚，是正千有餘字，疑者闕之，八閲月而録畢。余簿書倥傯，未暇探尋義藴，幸重加考覈，燦若列眉，爰揭其大凡，以告世之讀是書者。

光緒八年歲次玄黓敦牂仲冬之月，番禺許應鑅謹跋。

重刊文選旁證跋

汪鳴鑾

蕭《選》之學，權輿李唐，曹、李二家，斯爲巨擘。然考《唐書·藝文志》，曹憲《文選音義》其卷蓋闕，承學之士尊李祧曹，當時已然。其後有五臣注本，開元中工部侍郎吕延祚上，與善並行，實則爇燋焌契，無裨景光，服艾盈要，馨烈益替，千古而下，厥有定論。宋時官私刊板都取五臣合並善本，是猶賈、孔疏義割廁群經，高、鄦緒言雜糅鴻烈，以冠雙屨，祇益舂駁。國朝諸老，若吴江陳氏、長洲余氏、金壇段氏，先後廓清。長樂梁茝林中丞復薈萃諸家，折衷己見，纂《文選旁證》四十六卷，鋟木行世。是書鉤校同異，意在扞城崇賢。凡所引申，足爲功臣；間有抵捂，比於争友。昔王伯厚淹貫古今，然舉善注疻痏，惟《楊荆州誄》二事即矜創獲，况什伯於此！同時阮文達公、朱宫詹珔皆服膺是書，即其精審爲可知矣。竊謂古之文人，未有不通小學。西京鴻篇鉅製，揚、馬稱首，而長卿有《凡將》，子雲有《訓纂》，其它班固則有《太甲》《在昔》，蔡邕則有《勸學》《聖草》。是以發爲文章，沈博絶麗，浩無津涯，讀其文者，豈第獵取華藻已哉！馬、鄭之堂塗，《倉》《雅》之淵藪，胥於是乎在。梁氏此書又其梯桄也。方伯番禺許年丈莅吴三載，政通人和，公餘之暇，雅好觚翰，既取孫氏《四六叢話》重板行之，因余慫慂，復有是刻，所以嘉惠士林良厚。刻既竣，承命綴數語於後。

時光緒壬午孟夏，錢唐汪鳴鑾跋。

點校後記

《文選旁證》是清代比較重要的《文選》研究著作。我知道此書，要追溯到解放初期。當時我在南京大學中文系讀書，在夫子廟舊書店買了張之洞的《書目答問》，是商務印書館一九三三年版「國學基本叢書」之一。其《略例》云：「諸生好學者來問應讀何書、書以何本爲善，偏舉既嫌挂漏，志趣學業亦各不相同，因録此以告初學。」原來所開書目是供初學者參考的，這引起了我的興趣。又云：「讀書不知要領，勞而無功，知某書宜讀而不得精校精注本，事倍功半。」這是告訴我們讀書選擇版本的重要性。在其《集部·總集》類有《文選》書目十二種，其中就有「《文選旁證》四十六卷，梁章鉅，榕風樓刻本」。

六十年代，我開始研究《文心雕龍》，查閱范希曾《書目答問補正》，所列參考書祇有一種：「《文心雕龍輯注》，梁劉勰，黄叔琳注，盧氏廣州刻本。」同時發現梁章鉅《文選旁證》還有「光緒間刻本」。

「文化大革命」期間，教學、科研工作都停了，無事我就在家中亂翻書。當時手頭有支偉成的《清代樸學大師列傳》（上海泰東圖書局，一九二八年），收録三百七十餘人，經章太炎先生校訂，其史實應該是可信的。出乎我意料的是，在其「考史學家」中竟有梁章鉅的大名。其傳記云：

公敭歷中外垂四十年，居官之餘不廢著述。於經，有《論語旁證》二十卷，《孟子旁證》十四卷，《夏小正通釋》四卷；于小學，有《倉頡篇校證》三卷；于史，有《三國志旁證》二十四卷；于掌故，有《國朝臣工言行記》十二卷，《樞垣紀略》十六卷，《春曹題名録》六卷，《南省公餘録》八卷；於考據，有《稱謂拾遺》十卷；于文章，有《文選旁證》四十六卷。其餘詩文雜著纂輯者不下數十種。而裴注《三國》、李注《文選》已極賅洽，尚能詳徵博引，兼訂正其闕失，尤心力所萃云。

于此可見，梁章鉅是一位頗有成就的學者。

當時手頭還有駱鴻凱的《文選學》（中華書局，一九三七年），第三章《源流》對隋唐至清代的《文選》學做了系統的考述。其評論梁章鉅《文選旁證》云：

蓋以博采見長。其評校於何、陳、余三家外，兼引段懋堂之説（段氏評校《文選》無刻本，是書徵引特詳），而根據胡氏《文選考異》者爲尤多。此外徵引所及，若同時林茂春之《補注》（林氏《補注》亦藉此書以傳），及翁方綱、紀昀、阮元、顧千里、孫義鈞、朱綬、鈕樹玉、朱珔、姜皋諸家之説，皆多有之。自言所采書籍凡一千三百餘種。阮元序其書「沉博美富，可爲選學之淵海」，而朱氏珔序亦以集大成許之。

支偉成、駱鴻凱兩家對《文選旁證》的評論，引起我對該書的重視。八十年代，我爲研究生開設《文選》研究課程。爲了備課的需要，複印了《文選旁證》光緒八年（一八八二）梁章鉅之子梁恭辰覆刊本。經過查考，覆刊本與道光原刊本款式全同，但改正了一千多處錯誤，可謂後出轉精。但我不解的是，當代編印的《續修四庫全書》第一五八一册所影印的《文選旁證》竟是道光原刊本，《提要》對道光本的錯誤竟不置一詞。這給讀者使用此書帶來諸多不便。這件事使我想起明代張溥的《漢魏六朝百三家集》，其明刻本錯字較多，所以二〇〇一年廣陵書社影印時采用了光緒五年（一八七九）彭懋謙信述堂重刊本，實爲明智之舉。

複印《文選旁證》并閱讀一部分後，我認爲支偉成、駱鴻凱的評價是公允的。清代學者許應鏁在《重刊〈文選旁證〉跋》中也説：

余惟中丞博綜審諦，字櫛句梳，辨異同以訂其譌，衷群説以歸於是，網羅富有，掇墜搜遺，淵乎浩乎，奥窔盡闢。學者欲窺蕭統之曩規，暢崇賢之緐緒，以覃研訓詁，上逮群經，非是書莫由階梯而渡筏也。國朝校勘者十有餘家，而博贍精核集其大成，無逾乎此。

看到這裏，我頭腦中有一個疑問：爲什麽張之洞的《書目答問》所開出的《文選》書目有《文選旁證》，而所附《國朝著述諸家姓名略》的「文選學家」中却没有梁章鉅的名字？經過多年的思考，我認爲這和當年流傳的《文選旁證》是梁章鉅剽竊别人成果的謡言有關。清代學者李慈銘（一八二九—一八九四）《越縵堂讀書記》卷八説：

梁氏章鉅《文選旁證》，考核精博，多存古義，誠選學之淵藪也。閩人言此書出其鄉之一老儒，而梁氏購得之；或云是陳恭甫氏稿本，梁氏集衆手稍爲增益者。其詳雖不能知，要以中丞他所著書觀之，恐不能辦此。同治己巳（一八六九）四月二十五日。

「其鄉之一老儒」何人？李慈銘不知道，我們也不知道。至于陳恭甫，即陳壽祺，清代經學家，他并没有關于《文選》的著作，怎麽能寫出《文選旁證》這種近百萬字的專著來呢？還有一些類似的説法，我就不一一列舉了。可能就是這些謡言剥奪了梁章鉅作爲「文選學家」的資格。

九十年代，福建人民出版社約我點校《文選旁證》，列入「八閩文獻叢刊」。接到任務時，我有些猶豫。因爲：一、點校古籍是一項艱難的工作，稍有疏忽難免出錯。八十年代應中華書局之約點校《玉臺新詠箋注》時，我就想到魯迅先生的話：「標點古文真是一種試金石，祇消幾點幾圈，就把真顔色顯出來了。」（《點句的難》）「標點古文，不但使應試的學生爲難，也往往害得有名的學者出醜。」（《「題未定」草》）這次，魯迅先生的話再次在我耳邊響起。二、《玉臺新詠箋注》僅三四十萬字，《文選旁證》近百萬字，任務繁重，曠日持久，而當時我已年逾花甲，擔心精力不濟。但由于出版社的堅持，我最終接受了此項任務。

從一九九四到一九九六年，我一面給研究生講課，一面點校《文選旁證》。該書引書一千三百多種，查閱引書十分辛苦，以致在一九九六年我大病一場，高燒到四十二度，緊急送到醫院，經過三天治療纔退燒，兩周後纔出院。退燒後我馬上接着標點，護士感到奇怪，是什麽工作要抓得這麽緊呢？

一九九六年底交稿後，經過責任編輯認真審稿，至二〇〇〇年一月纔出版。我給友人臺灣師範大學王更生教授寄了十部，讓他轉贈給臺灣的《文選》學者。作爲回報，他複印了我需要的張雲璈《選學膠言》、朱珔《文選集釋》、許巽行《文選筆記》等寄過來。這種學術交流，對我的《文選》學研究起了推動作用。接着，我又給鎮江市圖書館寄贈《文選旁證》和我的專著《文選學研究》（鷺江出版社，二〇〇八年）各五十部，請他們以「中國文選學資料中心」的名義贈給有關專家學者。據出版社反饋，《文選旁證》受到了《文選》學界和漢魏六朝文學愛好者的歡迎，早已售罄，絕版多年，此次新版將納入「八閩文庫」。

後來，我還寫了一篇論文討論《文選旁證》的著作權及其學術價值問題，題爲《梁章鉅與文選研究》，收入《穆克宏文集》第三册（中華書局，二〇一八年）。

説完我與《文選旁證》的關係，再説説書名中的「旁證」二字如何理解。

我開始接觸《文選旁證》時，認爲「旁證」是指李善注之外的論證。點校此書之後，我的看法改變了。我認爲：旁者，廣也；「旁證」是廣泛校勘、多方注釋的意思，是集衆人之校、聚衆人之注，亦即集校、集注的意思。

《文選旁證凡例》云：「注義以李爲主，五臣有可與李相證者入之。其史傳各注爲李所未采而小有異同，及他書所論足以補李之不及者，亦附焉。間有鄙見折衷，則加按字以别之。」這是説，《文選旁證》的注釋有五種類型：李善注、五臣注、史傳各注、他書所論、鄙見。這説明此書有集注性質。

《凡例》又云：「校列文字異同，亦以李本爲主，次及五臣注，次及六臣本，又次及近人所校及他書所引。」這是説《文選旁證》的校勘吸收了各方面的成果。梁章鉅特别提到校勘吸收何義門（焯）、陳少章（景云）、余仲林（蕭客）、段懋堂（玉裁）之説最多。這說明此書有集校性質。

《凡例》又云：「是編叙述師説爲多。侯官林暢園師有《補注》，稱林先生。鄱陽胡果泉師有《考異》，稱胡公《考異》。大興翁覃溪師，稱翁先生。河間紀曉嵐師，稱紀文達公。儀徵阮芸臺師，稱阮先生。此外所采古書及近儒各説，則一概標名，以清眉目。」這是説，《文選旁證》引用師輩林茂春、胡克家、翁方綱、紀昀、阮元之説頗多，又援引了古書和近儒之説，也説明該書的集注性質。

《文選旁證》始編于清嘉慶甲子（一八〇四），歷時三十餘年，凡八易稿，協助編纂者有顧千里、孫義鈞、朱綬、鈕樹玉、朱琦、姜皋等。此書成于衆手，也説明了它集注、集校的特點。

此舉一例：陳琳《檄吴將校部曲文》開頭云：「年月朔日子，尚書令彧。」梁注：

翰注：子者，發檄時也。顧氏炎武曰：日者初一初二之類，子者甲子乙丑之類也，漢人未有稱夜半爲子時者，翰注誤矣。何曰：「子」字疑「守」字之誤。張氏雲璈曰：荀彧之卒在建安十七年，夏侯淵討馬超在十八年、討宋建在十九年，韓遂之斬、張魯之降在二十年，考《魏志》皆在彧卒之後，檄首列彧名未詳。姜氏皋曰：「彧」當是「攸」之譌。《魏書·太祖紀》建安十八年「十一月初置尚書、侍中、六卿」，裴注引《魏氏春秋》曰以荀攸爲尚書令；《荀攸傳》云「魏國初建，爲尚書令」「從征孫權，道薨」，注云「建安十九年攸年五十八」是也。然文中言張魯之降則年又不符，此或是二十一年將征權先有此檄，而攸亦薨於是年。按攸於十八年爲尚書令，至二十一年以大理鍾繇爲相國。《通典》云尚書令「魏晉以下任總機衡」，然則即相國也。攸若卒於十九年，中間不聞替者，何以至二十一年始以鍾繇爲相國？《魏公九錫勸進文》攸次即繇，則攸卒繇代亦其序也。因疑攸卒於二十一年，則於檄中情事皆合耳。

這條注中引用李周翰、顧炎武、何焯、張雲璈、姜皋等人之説，集注特點可見一斑。至于集校，因爲相當零散，就不再舉例了。

綜上所述，可見《文選旁證》是一部廣泛校勘、多方注釋的《文選》研究專著，對于《文選》學研究具有較高參考價值。

原題《我與〈文選旁證〉》
刊于《中國典籍與文化》
二〇二一年第一期

圖書在版編目（CIP）數據

文選旁證 /（清）梁章鉅撰；穆克宏點校. －福州：福建人民出版社，2022.10

（八閩文庫・要籍選刊）

ISBN 978-7-211-08812-6

Ⅰ.①文… Ⅱ.①梁…②穆… Ⅲ.①《文選》－古典文學研究 Ⅳ.①I206.2

中國版本圖書館CIP數據核字(2022)第177335號

文　選　旁　證

作　　者：[清]梁章鉅 撰；穆克宏 點校
責任編輯：江叔維
美術編輯：陳培亮
裝幀設計：張志偉
出版發行：福建人民出版社
地　　址：福州市東水路 76 號
電　　話：0591-87533169（發行部）
電子郵箱：fjpph7221@126.com
經　　銷：福建新華發行(集團)有限責任公司
印刷裝訂：雅昌文化(集團)有限公司
地　　址：深圳市南山區深雲路 19 號
電　　話：0755-86083235
開　　本：890 毫米 ×1240 毫米　1/32
印　　張：48.25
字　　數：1260 千字
版　　次：2022 年 10 月第 1 版　第 1 次印刷
定　　價：220.00 元（全三册）